本著作得到中央高校基本科研业务费专项资金资助

网络文学研究视界(第三辑)

主 编／禹建湘 刘玲武

中南大学出版社
www.csupress.com.cn
·长沙·

序

网络文学浩瀚的作品存量和广泛的影响力使它成了"屋子里的大象",谁都难以对这个"大个子"熟视无睹。此时,由中南大学文新院创办的《网络文学研究视界(第一辑)》在学界的正式亮相,不仅恰逢其时,而且是名实善任之举。

之所以使用"名实善任"这个有些不伦不类的词来形容这件事,其实是心有所感、词之所归。中南大学文学院(后来随着新闻传播和数字出版学科的成长壮大,2015年更名为"文学与新闻传播学院")素有"中国网络文学研究重镇"之称,虽为同仁勉励,亦非毫无根据——我们学院是国内最早介入网络文学研究的高校之一,并且是研究团队阵容最为整齐、积累成果最多的学院。1999年中文系刚创办不久(中文系本科1998年才开始招生),作为学科创始者之一和学科带头人,我试图在交叉学科和边缘学科寻找新的学术增长点,便将学院科研重心定位于网络文学研究,试图让这个新创办的学科、学院能走出一条特色发展之路。随后组建学术团队,开始发表网络文学研究文章。2003年4月,我院在人民文学出版社出版了我国网络文学第一部理论专著《网络文学论纲》;2004年5月,学院老师联手出版了这一领域的第一套理论研究丛书"网络文学教授论丛"。这些成果产生了较好的学术反响,特别是在我那本小书《数字化语境中的文艺学》(中国社会科学出版社,2005年版)获得第四届鲁迅文学奖后,我和我的团队更加坚定了深耕网文的信心。2004

1

年 11 月,挂牌成立的"网络文学研究基地"获批湖南省人文社会科学重点研究基地。该基地从事现当代文学、文艺学、古代文学、比较文学与世界文学,乃至语言学、传播学研究的老师,开始加盟网络文学研究,学院先后有 25 位老师加盟团队,参与项目研究以及丛书和论文撰写,陆续完成了"文艺学前沿丛书""网络文学新视野丛书""新媒体文学丛书"和"网络文学 100 丛书",出版了网络文学发展史、编年史、批评史、网文普查、成果目录集成等方面的书籍,编撰了网络文学年鉴、词典,建立了国内最大的网络文学文献数据库,在各类学术期刊发表网络文学理论批评文章 300 多篇,累计出版网络文学理论著作 54 部。第一个教育部(2001 年)、国家社科基金(2002 年)资助的网络文学研究项目,第一个网络文学的国家社科基金重大项目(2016 年),均是我们团队拿到的。2008 年 1 月,我们出版了我国第一部网络文学本科专业教材(《网络文学概论》,北京大学出版社),2005 年 5 月,我们出版了研究生教材《网络传播与社会文化》(高等教育出版社),开设的网络文学课程先后荣获国家精品视频课和湖南省精品课,并获得省级"优秀教学团队"称号。在社团组织方面,继 2011 年挂牌成立湖南省网络文学研究会后,2013 年又在拉萨成立了中国文艺理论学会网络文学研究会(2019 年国家民政部统一规范名称为"中国文艺理论学会网络文学研究分会")。2016 年 4 月,中国作协第一个网络文学研究基地落户中南大学并隆重揭牌,2019 年,该基地入选全国 CTTI 智库。

回顾历史,面对倏忽而逝的创业年代,我只想说,中南大学网络文学研究团队是中国网络文学的见证者、参与者,我们的网络文学研究是与中国网络文学一同发展、一道成长的,我们学院研究网络文学是有积累、有传承的。20 余年的团队协作,我们筚路蓝缕,开拓了一方学术热土,形成了一种学术特色,点滴积累的研究成果,对于一个新兴的学科、学院来说,在培养和吸引人才,获得硕士点和博士点,赢得"网络文学研究重镇"的学术声誉方面,起到了核心支撑作用。现在,由学院来编撰网络文学研究集刊不仅是实至名归，更堪善任此谋。

首辑所载 20 余篇论文，均出自中南大学师生之手，老师多为接力学术的青年才俊，学生则是学院的博士生和硕士生。其内容涉及网络文学叙事机制、主题表达、类型研究、语言景观、阅读模式、女性创作、影视改编、同人小说、网络伦理、政策法规、版权治理、作品翻译、海外传播、发展趋势等方方面面，展现出多角度、全方位的特点，让我们感受到这批少壮派和新生代学人开阔的学术视野和敏锐的理论思维，也感受到我国网络文学研究正不断拓展学术疆域，一步步走向广阔和纵深。

如果从 1991 年北美华人留学生创办汉语网络电子刊物算起，中国的网络文学至今已走过 30 年发展历程。千万量级写手、数千万部长篇作品存量、超过 4.6 亿的阅读族群，草根崛起、技术催生的网络文学出人意料地创造了网文世界的"中国现象"，打造了难得一见的网络文化和粉丝经济，不仅在我国当代文坛备受瞩目，还以过硬的文化软实力漂洋过海，走向世界。它的骄人业绩和种种不足，它带给人们的诸多话题与无尽争议，它过去的辉煌和未来的走向，都需要我们去反思、去总结、去研究。从这个意义上说，研究网络文学，评价网络文学，不仅是未来的"显学"，而且是"朝阳学术"，因为它蕴藏的是一片葳蕤的学术新天地！

互联网强大的整合力最适合不同专业领域的学人协作攻关，它让开始步入学术主流的网络文学研究，成为助推我国网络文学转型升级、扬帆远航的重要支撑。祈愿中南大学网络文学研究团队能够以"网络文学研究视界"丛书为新起点，面向全国、全世界吸纳更多优质学术资源，把这个专业学术集刊办好，办出特色，办出水平，办出高度，开辟一片更为广阔的网络文学研究新蓝海！

谨此为序。

欧阳友权

2021 年 3 月 21 日

目　录

1

再议网络文学的"网络性"*

——（数码）人工环境与网络文学的自我实现

王玉玊

中国艺术研究院

一 （数码）人工环境下的文学

自从网络文学进入文学研究的范畴，便始终存在着这样一个问题：网络文学区别于传统文学的本质特征是什么？最初占据主导的意见，似乎是网络文学是一种"超链接"文学。但这与其说是对网络文学实际形态的总结，不如说是一种延续了启蒙与自由理想的乐观主义乌托邦畅想。从实际的发展过程来看，网络文学并未沿着现代主义的道路，走向先锋试验性的小众"超链接文学"，而是凭借大众的、草根的力量发展为一种覆盖中国数亿人口的流行文艺形态——由原创超长篇网络类型小说与网络粉丝社群同人小说所共同构成的叙事类文艺形态。以此为依据，第二种主导意见出现了，这种意见认为，网络文学并不新鲜，不过是通俗文学的网络版而已。网络文学是借中国纸媒通俗文学"先天不足"之便，而在网络空间落地生根，这种说法似乎很能自圆其说。但如果让任何一个熟悉传统通俗文学的读者来读一读当下的网络文学作品，他一定会发现，眼前的一切是如此陌生。当前的网络文学可

---

* 本文为 2019 年度教育部重大攻关项目"中国网络文学创作、阅读、传播与资料库建设研究"（19JZD038）、中国艺术研究院基本科研项目，"2010 年代中国文艺研究"，2020-1-9.

以放弃长篇小说的情节结构,放弃现实主义的叙事原则,放弃成长型的"圆形"人物,放弃一切现实主义小说的"文学性"来源,以及通俗文学寓教于乐的功能预设。放弃这一切之后,网络文学依旧成立,或者说,正是因为放弃了这一切,网络文学才更像它自己。时至今日,网络文学依旧坚定地向前发展着,朝着一条远离纸媒通俗文学的道路——一条自我实现的道路。

2015年,邵燕君在《网络文学的"网络性"与"经典性"》一文中提出了网络文学的"网络性"这样一个观察维度,文章借用麦克卢汉"媒介即信息"的媒介环境学理论,提出了一个极富洞远见的判断:网络文学的"文学性",势必要从其"'网络性'中重新生长出来"①。网络不仅仅是网络文学赖以存在的媒介与外部环境,还势必内化于网络文学的文学形态内部,并成为网络文学的底层逻辑与基础特性。

邵燕君文中提出的网络文学的"网络性"包含了如下三个层面:

网络文学是一种"超文本";

网络文学根植于"粉丝经济";

网络文学具有与 ACG 文化的连通性。

网络就是我们通常所谓的网络,"网络性"却有三个层面,至少从形式上来讲,这样的概括似乎还是不够完美。而如果将这三个层面视作网络文学的"网络性"衍生出的三种现象,而非"网络性"本身,则可发现,"超文本""粉丝经济"与 ACG 文化传统确实有着相互连通的底层逻辑。

一是超文本。网络文学的"超文本",并不是以在文本内部添加超链接的方式实现的,而是以"公共设定"的方式实现的。任何叙事要素,无论是世界观、人物还是情节的类型与桥段,都积累了无数公共设定,每一个公共设定都将把无数次使用这一设定的文本连接起来。反过来讲,以公共设定为叙事基础的每一部具体的网络小说,都经由公共设定,并与过往的无数作品连接在一起;以公共设定为叙事基础的每一部具体的网络小说都是不完整的,它

---

① 邵燕君:《网络文学的"网络性"与"经典性"》,《北京大学学报》(哲学社会科学版),2015 年第 1
期,第 143 页。

在公共设定所关联的作品场中完成自身,并同时超越自身,形成"超文本"。

二是粉丝经济。"公共设定"的公共性,是在粉丝社群中实现的,是粉丝社群共创、共享的公共财产。粉丝经济只是粉丝社群的一种运行方式。如果说现实主义小说曾假定自身的创作参照系是无边的自然与人类社会,那么网络文学真正的创作参照系就是粉丝社群。一切公共设定之所以有能力成为公共设定,是因为它有助于满足某个粉丝群体的某种叙事欲望。公共设定就这样围绕粉丝社群的欲望模式不断生长出来、自成世界的。当我们说网络文学是一种"大众"文学的时候,不过是在客观描述网络文学将5亿之众多人群卷入其中,但网络文学从来不是那种能够被所有人理解、让所有人接受的默认的"大众文学"。属于大众文艺的时代已经过去了,今天的时代是"分众"文艺的时代,是四分五裂的人群从不同的角度凝视并生成千差万别的世界的时代,是不同的文学群体在不同的世界中创造着不同的文学样式的时代。网络文学从来不假定自己是一种大众文艺,它首先需要对所在的粉丝群体的欲望模式和公共设定负责。网络文学的超文本特性来源于公共设定,而公共设定是在粉丝社群中发挥作用的,网络文学"网络性"的第一个和第二个层面就这样连接在了一起。

三是ACG文化传统。ACG文化传统——由日本动画(anime)、漫画(comic)、游戏(game)等密切相关的文艺类型共同构成的文化产业链——是一个文化范例,或者说是后现代社会大规模文艺生产范式的第一个成功案例。"二战"战败,加之20世纪90年代的阪神大地震和平成大萧条,使日本比世界上大多数国家都更早进入一种后现代的语境。这也是日本ACG文化得以形成的土壤。无论是公共设定体系,还是分众化的大规模文艺生产①,都最早在ACG文化中获得了第一具完成形态的"肉身"。

网络文学的粉丝社群(这一社群中的每一个人都是网络文学的受众,并同时是网络文学的创作者或潜在创作者)的成员们在今天,特别是在网络环

---

① 分众化的大规模文艺生产:即使ACG文化在日本如此流行,如此广为人知,甚至日本首相都选择以超级马里奥的形象在2020年东京奥运会的8分钟宣传表演中出场,但ACG文化依旧是一种分众文化,是属于"御宅族"粉丝社群的文化。

境中, 也面临着后现代的个人经验和困境。也是在这样的情境之下, 他们找到了 ACG 的文化叙事资源。网络文学对 ACG 文化资源的借鉴, 不仅仅是因为网络文学粉丝社群的主导者是"看日本动漫长大的一代人"——当然这是一个原因, 但这不是唯一的原因——更重要的原因在于这两种文艺形态有着先天的连通性, 这种连通性指向在后现代的情景下进行文艺叙事的可能性。也就是说, 网络文学"网络性"的第三层面, 对 ACG 文化资源的借鉴, 实际上服务于第一层面和第二层面。

现在, 网络文学的"网络性"(我们姑且沿用这个词)已经呼之欲出: 那是一个区别于现实主义的新的文学"世界"。

"世界", 当艾布拉姆斯在他的《镜与灯——浪漫主义文论及批评传统》中使用这个概念时, 现实主义的原则还是如此深入人心, 以至于人们似乎不需要去区别文学的"世界"与我们生活于其中的现实世界。① 但文学"世界"与现实世界的显而易见的重合或许只是历史上的偶发现象, 是资产阶级文化逻辑的阶段性造物。现在, 文学"世界"与现实世界的显而易见的重合正在消失, 或者说, 现实世界本身的坚固性、绝对性、公共性正在消失, 新的文学"世界"再也无法假"自然"之名自我隐匿, 它作为一种"人工环境"来显现自身。

艾布拉姆斯在《镜与灯——浪漫主义文论及批评传统》中说, 每一件艺术品, 都能划分为如下四个要素: 作品、艺术家、世界、欣赏者。对于文学而言, 这就是在人(作者、读者)与作品之间插入了一个中介性要素——"世界"。

"世界"是什么呢? 艾布拉姆斯说:

一般认为作品总得有一个直接或间接地导源于现实事物的主题——总会涉及、表现、反映某种客观状态或者与此有关的东西。这第三个要素便可以被认为是由人物和行为、思想和情感、物质和事件或者超越感觉的本质所构成, 常常用"自然"这个通用词来表示, 我们却不妨换用一个含义更广的中

---

① 仅对"世界"这一文学范畴的理解而言, 现实主义与现代主义之间的连续性远大于断裂性。

性词——世界。①

  既然"世界"可以是人物和行为思想和情感,那么它就不是文学作品中的"环境";既然"世界"是直接或间接地导源于现实事物的,那么它也就必然不是作为其源头的"现实"。当我们将"现实主义"的创作原则简单地理解为文学艺术反映世界的时候,实则常常忽略了这个作为中介的"世界"的存在。

  艾布拉姆斯说,"世界"通常被称为"自然",这是因为"现实主义"的"世界"声称自己是现实(自然)的镜与灯。那么,不"自然"的文学"世界"、不以模仿现实为目的的"世界"是否存在?

  在当下全球流行文化中,我们确实看到了这样一种整体的趋向——人们开始生产基于另一种"世界"的文艺作品。为区别于"自然",姑且将这种文学"世界"称为"人工环境"。

  日本学者东浩纪首先在文学"世界"的意义上使用了"人工环境"一词。东浩纪在《动物化的后现代2——游戏性写实主义》一书中以日本的角色小说为例,提出了"人工环境"的概念:

  角色小说创作的增多,以最简明易懂的形式显示了如下事实:被置于后现代化环境下的日本小说(至少是其中一部分)在这十余年间,开始依赖于与现代的自然(大叙事)不同的另一种人工环境(大数据库)。②

  角色小说的问题,不只是"御宅族"历史中的一章,而必须在宏观的社会、文化视野中把握它。我们称作"漫画、动画写实主义"的东西,很可能是现实主义衰退之后,后现代世界中产生的多种多样的人工环境现实主义中,在日本发展起来的一种。③ 东浩纪使用"萌要素""数据库""漫画、动画写实主义""游戏性写实主义"等概念,详细描述了日本角色小说中的人工环境,并为文学的人工环境提供了三点可洞见的情形。

---

① H·M·艾布拉姆斯:《镜与灯:浪漫主义文论及批评传统》,郦稚牛、张照进、童庆生译,北京大学出版社,1989年版,第3页。
② 东浩纪,『ゲームのリアリズムの誕生・動物化するポストモダン2』,讲谈社现代新书,2007年版,第71页。
③ 东浩纪,『ゲームのリアリズムの誕生・動物化するポストモダン2』,讲谈社现代新书,2007年版,第72页。

其一，人工环境的兴起，与后现代状况、与"现实主义"的衰退密切相关。

其二，当前文学作品人工环境的底层逻辑深植于数码环境、网络空间与计算机程序逻辑。为区别于其他可能的人工环境，将其称为"（数码）人工环境"。

其三，后现代人工环境是多种多样的，而非如"现实主义"那般。假设只有一种现实、一个"世界"，日本角色小说的人工环境是（数码）人工环境中尤为重要的一种，但并非唯一一种。

为什么基于（数码）人工环境的创作倾向在全球范围内兴起？为什么"现实主义"范式无法延续自身在通俗文艺领域的绝对统治权？

对"现实主义"文学而言，"世界"的公共性主要来源于宏大叙事。宏大叙事是一套解释世界、讲述世界的话语，它赋予现实以意义，指明人类未来的发展方向。正如东浩纪所说，在宏大叙事运转良好的情况下，"现实主义"无疑是效率最高的叙事方法。在这样的时代，人们阅读文艺作品中的小叙事，最终获取的是这无数故事背后共通的宏大叙事。而人工环境则诞生于宏大叙事崩解、局部小叙事增生的后现代社会中，作者与读者不再拥有一个共通的现实，"现实主义"赖以存在的那种"想象力环境"消失了。① 在这种情况下，（数码）人工环境作为一种代偿性的公共性系统应运而生。（数码）人工环境是以数据库的形式存在的，它来源于数码环境造就的当代想象力。东浩纪所说的"萌要素数据库"就是一种典型的（数码）人工环境。这个处于不断更新之中的庞大数据库，包含着诸如"傲娇""腹黑""呆毛"等数不胜数的角色"萌要素"，创作者从中筛选出一部分"萌要素"，组合形成人物，人物行动构成故事，最终，读者阅读故事读者消费的就不再是宏大叙事，而是故事背后的那个数据库。

---

① 宏大叙事的崩解显然并不意味着宏大叙事的消失，宏大叙事过于强大，所以也过于脆弱，一旦人们普遍意识到了宏大叙事的存在，意识到宏大叙事有其自身的限度，那么即使人们还勉强共享着某些"常识"，即使所有局部小叙事都在挪用宏大叙事的素材，我们仍然可以说宏大叙事在崩解。

二　从"传统网文"到"二次元网文"

在当代全球流行文艺生产中，根深蒂固的"现实主义"传统、基于（数码）人工环境的创作倾向，以及一些现代主义的创作技巧总是混杂出现。它们在不同地区、不同体裁的文艺创作中比重各有不同。总体而言，一种文艺生产中包含的数码媒介要素越多、传统媒介要素越少，它基于（数码）人工环境的创作特征就越明显。具体到中国的网络文学而言，一方面，它于20世纪末诞生于网络空间，相比于依托成熟纸媒出版行业发展起来的日本轻小说或欧美奇幻文学，更少受到纸媒出版惯性的掣肘，因而在广泛借鉴全球文化资源的基础上形成了异常丰富、成熟发达的文学（数码）人工环境；另一方面，网络文学又不可能真的凭空产生。在网络文学诞生之初，大量难以通过传统期刊出版渠道进入主流文学作家序列的业余作者与文学爱好者便成为网络文学创作的重要力量，他们将各式各样的文学理想和创作传统带入了网络文学的领域。这也是网络文学曾一度与纸媒通俗文学极为相似的主要原因。

邵燕君在《网络文学的"断代史"与"传统网文"的经典化》中提到，以2015年前后为界，网络文学可以分为前、后两个阶段，前一阶段是属于"传统网文"的阶段，后一阶段是属于"二次元网文"的阶段。"传统网文"是"以'起点模式'为主导、以'拟宏大叙事'为主题基调和叙述架构、以传统文学为主要借鉴资源、以'起点模式'为基本形态的'追更型'升级式爽文"，"二次元网文"则是"以'萌要素''玩梗'为中心的'角色小说'"，在文化资源上主要借鉴了"'二次元'ACG文化"。[①]

尽管对"传统网文"和"二次元网文"进行明确的定义和断代是非常困难的，但网络文学的这种发展趋势却是非常明显的。那么，"传统网文"与"二次元网文"之间究竟是怎样的关系？真的是一种创作方向的转换，或者代际

---

① 邵燕君：《网络文学的"断代史"与"传统网文"的经典化》，《中国现代文学研究丛刊》，2019年第2期，第1—7页。

更迭导致的借鉴的主导文化资源的置换吗？或许并非如此。

实际上，"二次元网文"中的每一个特征，我们都能在"传统网文"中找到大量的对应物。在江南、郭敬明等已经成功转向纸媒的早期网络作家那里，我们就能够看到日本 ACG 文化的深刻影响；在顾漫的小说中，我们甚至能够看到"以'萌要素''玩梗'为中心的'角色小说'"的完成形态。甚至 2015 年这样一个年份，也不过是资本迟来的追认①。事实上，在"耽美""同人"等一些更远离主流社会视线、受文学传统的束缚更轻的网络文学类型支流中，"二次元网文"，特别是"萌要素"构成的角色，从一开始就极为强势地存在在那里，并居于主导地位。

"二次元网文"的每一个特征从一开始就或隐或显地存在于"传统网文"的基因之中，只不过"传统网文"受纸媒文学传统的惯性驱使，将这一切基础特征构成的文学骨架，通过填充素材包装成传统文学读者所习惯的样子。"传统网文"的时代产生于自我压抑的时代，也是两种文学(纸媒传统文学与网络文学)驱力相互博弈的时代。

东浩纪在《动物化的后现代——御宅族如何影响日本社会》一书中提到：在宏大叙事/现实主义与数据库消费/游戏性写实主义这两个阶段之间，还存在一个过渡地带——拟宏大叙事/故事消费的阶段。也就是说，在宏大叙事衰落的过程中，存在一个特定的世代，他们在现实主义的文学传统中成长起来，对宏大叙事有着根深蒂固的需求。在宏大叙事衰落的年代，为了填补故事中宏大叙事的空缺，他们选择创造虚构的世界来代替现实世界，并作为故事发生的场所。东浩纪选取的案例是《机动战士高达》系列动画作品，这一系列中的每一部作品都发生在同样一个虚构世界之中，"高达迷"们会对这个宏大世界中的复杂历史如数家珍。在受拟宏大叙事影响的一代人之后，彻底不需要宏大叙事的一代人在 20 世纪 90 年代登场，"数据库消费"的时代来临了。

将"传统网文"对应于拟宏大叙事/故事消费的一代，将"二次元网文"对

_____

① 2015 年被网络文学业内称为"二次元资本元年"。

应于数据库消费/游戏性写实主义的一代,似乎是一种很简便的区分方法。但实际上,无论是在日本的 ACG 作品中,还是在中国的网络文学中,如果只以作品的实际样态而论,我们很难将故事消费的时代与数据库消费的时代区分开来。以中国而论,无论是在"传统网文"还是"二次元网文"中,都存在世界观宏大、细腻的作品,民族主义情绪的全球兴起也证明:所谓彻底不需要宏大叙事的代际从未真正存在过。我在出版过的《编码新世界:游戏化向度的网络文学》一书中,以兼具"宏大叙事稀缺症"与"宏大叙事尴尬症"的一代人来描述"90 后"的网络文学读者。而今天我们看到的情况是:或许对于更年轻的读者而言,作为历史遗留物的"宏大叙事尴尬症"正在成为背景,"宏大叙事稀缺症"成为更加突出的症状。但"宏大叙事稀缺症"的普遍存在,并不意味着宏大叙事普遍重建的新可能,而意味着人们越来越迫切地在文学艺术中寻求廉价而高效的宏大叙事代偿品。无论是宏大的世界观,还是作为宏大叙事碎片的种种唤起崇高情感的叙事要素,都可以成为数据库消费中的数据素材。这一点,无论是对于"传统网文"而言,还是对于"二次元网文"而言,都是一致的。

但是从现实主义到数据库消费的转变中,存在作为过渡阶段的故事消费,这一思考模式本身提供了一种理解"传统网文"的路径——"传统网文"是一个中间阶段,是传统现实主义的文学惯性与新的基于(数码)人工环境的创作方法尚未决出胜负的阶段。

三 基于(数码)人工环境的网络文学创作

基于(数码)人工环境的网络文学创作的核心特征是"数据库"与"模组化"。

东浩纪基于一个资深 ACG 爱好者的立场与观察,认为以角色为中心的日本 ACG 作品建基于"萌要素数据库",而"萌要素数据库"中的素材组合形成的"人设"(人物设定),即为与"现实主义"文学中的"人物"相对应的构件。但事实上,在(数码)人工环境之中,世界设定同样也是高度数据库化的。文艺作品中累积下来的世界设定数据库，以及类似于电子游戏的数值化的世界运行法则构架机制，共同代替现实世界，成为文本内部世界观的建立基础。借此在一定程度上摆脱了现实世界规定性的网络文学因而体现出在架构高度幻想世界方面无与伦比的优越性。

"模组化"则指向数据库中的数据被组合起来的方式。如同计算机程序编码一般，基于(数码)人工环境的网络文学作品并不是一个密不可分的文学有机体，而是由不同的素材、元件拼装而成，各自包含初始值与算法的模块彼此碰撞、交互，最终构成运动之中的故事世界。而每一种元件能否将自身的法则(对于世界设定而言)与意志(对于人设而言)贯穿始终，能否通过这种模块间的碰撞产生最大的叙事张力或情感强度，就成为评判基于(数码)人工环境的网络文学作品文学性的重要标准。

典型的基于(数码)人工环境的网络文学创作趋向包含如下六种：

升级-系统文。仿照角色扮演类电子游戏的升级系统创作的升级文，为网络文学提供了第一个经典的世界架构方式。在这类以人物能力提升为主轴的故事中，极简的升级框架可以叠加各种各样的世界设定元素，并形成玄幻升级文、修仙升级文、西幻升级文等不同类型。2015年左右起，作为升级文的进阶版本的系统文开始兴起。在系统文中，系统反客为主，不再服务于主人公的欲望实现，而是代替了主人公的人生规划。不断完成系统发布的任务成为主人公的行动目的，主人公欲望系统之欲望，以达成系统任务之多寡来衡量人生价值。系统的凸显，体现出网络文学作者与读者对于世界设定的意识进一步自觉化，是网络文学的(数码)人工环境日趋成熟的一个表征。升级-系统文始终是代表着网络文学基本盘的作品类型，这就意味着基于(数码)人工环境的网络文学作品并不是网络文学中偶发的异类作品，(数码)人工环境就是网络文学赖以存在的文学"世界"。

日常-甜宠向。日常-甜宠向的作品并不从属于任何固定的题材类型，往往被视为作品的风格特征。但日常-甜宠向作品能够成立，绝不只是一个风格层面的问题，因为从本质上来讲，日常-甜宠向小说是反叙事的。这类作品不再致力于讲述包含着开端、发展、高潮、结局的复杂故事，而是着眼于高度审美化的日常生活，以碎片化的微叙事连缀勾勒出某种理想的生活状态、世界形态与情感模式。日常-甜宠向作品的成立，有赖于人设与世界设定的自律。

人设的自律化特征意味着人设预设了在任何情景之中采取行动的能力，反过来说，人设的任何行动都是全部人设在某一个具体情景中的实现，这一行动因而最终指向了整个人设的全部可能性，乃至于人设背后那个丰富而庞大的"萌要素"数据库。同样的，世界设定的自律化特征意味着在世界法则允许的范围内，可以出现各式各样的景观、种族、社会结构、文化、科技，反过来说，对于世界中任何一个角落的展现都指涉了整个世界的终极法则与无限可能。因而日常-甜宠向作品中的每一个细节都充满着"非叙事的张力"，作为一个原点，它可以将全部的时间与空间绽放为无限。

无限-快穿文。无限流小说与快穿文是典型的高设定题材类型，在多个设定各异的副本世界中不断穿梭是两者的共同特征。与升级-系统文类似，无限流和快穿文也借鉴了角色扮演类电子游戏的机制，并生成支撑网络文学世界结构的另一种经典模式。区别在于，无限流小说与快穿文主义借鉴的是电子游戏中的副本机制。在一部无限流小说或快穿文中，可以相继出现科幻、武侠、奇幻等各种世界设定的副本，主人公上一章还在科幻世界"开机甲"，下一章就可以进入古代社会"搞宅斗"。恰恰是由于所有的世界设定都可以从原本的意义系统中剥离出来，成为纯粹的风格元素与叙事套路，这些乍看起来画风千奇百怪的副本才能够以本质上相同的结构被接入总的无限流小说或快穿文系统框架之中。

吐槽-玩梗向。毫无疑问，"梗"也是（数码）人工环境中一个庞大的数据库。梗之所以能够成为梗，前提条件便是它能够从原本的社会语境（或文本语境）中挣脱出来，摆脱原本的相对固定的意义指向，以一种无意义的轻灵状态，向更广阔的世界敞开。换言之，梗提供了一种去意义化的公共性，因而高度契合于（数码）人工环境的本性。玩梗与吐槽往往是成对出现的，但凡玩梗必有吐槽，无论是让角色吐槽完所有的梗，让读者无槽可吐，还是只玩梗不吐槽，把槽点留给观众来吐，都是在玩梗之中预设了一个吐槽的位置。

有了读者的吐槽或者读者对小说中人物吐槽的响应,一次玩梗才算最终完成。2018年、2019年以来,以玩梗、吐槽而闻名的网络文学作品明显增多,如《死亡万花筒》《大王饶命》等。如果我们仍按照传统思维方式将一部小说中的世界想象成一个有机统一体,那么吐槽和玩梗便在不断打破这一统一体的连贯性,不断将来自其他世界的杂质带入文内空间,同时将文内空间中的信息带向小说外部的大千世界。因此,吐槽与玩梗对"现实主义"小说或许是有着致命的杀伤力的。但基于(数码)人工环境的网络小说本来就不相信有机统一体的神话,它是灵活的机械组装体,可以轻松兼容各种插件,作为同源数据库中材料的梗,对于这样的世界与故事而言并不具备真正的异质性。甚至我们可以说,当现实世界变成了无穷无尽的梗,现实世界本身便也就(数码)人工环境化了。

脑洞-大纲文。140字以下的脑洞段子,或者几千至数万字不等的大纲文是通常存在于微博、LOFTER等社交媒体平台上的网络文学类型。这类作品以一对CP设定、一个关键情节、一个梗或者一个世界设定等原创内容为核心展开叙事,行文极简,极少进行细节描写,与核心内容无关的内容尽皆省略,看起来类似于故事大纲,故常常被称为大纲文。与"现实主义"的文学"世界"不同,(数码)人工环境的数据库中的材料天然诞生于叙事又彻底服务于叙事,每一个能够长期存在的设定都必然有着强大的故事生产能力,所有曾经被讲述过的故事都融化其中,并随时可以被复现出来。既然如此,那些讲过的故事便可以不必再讲,作者只需要提供一个有趣的结构,读者便可以依照这个结构将各式各样的故事碎片组织起来,读者获得这个结构本身,就获得了关于它的一切。因此,段子或者大纲文看似简陋,却并不残缺,它的完整性将在每一个具体的读者那里得到实现。

人设-同人向。尽管理论上同人创作可以从原作的任何方面着手,但当代网络同人创作的绝对主流是以人设,特别是人设间CP关系为核心的。当然,具体的同人作品中的人设及CP关系并不简单等同于原作中的人物与人物关系。无论原作中的人物是"现实主义"的圆形人物,还是萌要素构成的角色,这些人物在进入同人创作之前,总要经历萌要素的解离与重组。这种解离与重组的过程，是在网络同人粉丝社群中完成的，是原作人物/人设的原始形态，是普遍地在各个亚文化圈中通行的萌要素数据库，仅在某一粉丝圈中通行的局部(数码)人工环境，以及作者个人的独创性四者相互作用的结果。

四 结语

升级-系统文、日常-甜宠向、无限-快穿文、吐槽-玩梗向、脑洞-大纲文、人设-同人向，在这六种典型的基于(数码)人工环境的网络文学创作趋向中，升级-系统文与无限-快穿文指向世界设定的结构方式，人设-同人向指向人设的结构方式，吐槽-玩梗向指向梗的结构方式，分别呈现了(数码)人工环境中网络文学三个最典型的数据库类别——世界设定数据库、人设/萌要素数据库、梗数据库——的典型调用模式；日常-甜宠向与脑洞-大纲文则展示了(数码)人工环境最大限度背离"现实主义"叙事惯例的可能形态，它们分别是"反叙述"的与"反描写"的。

当然，文学毕竟不是程序，没有精准的命名与定量，它的复杂与暧昧标识出人脑与电脑的巨大差异。文学永远不可能被任何叙事学的理论拆分干净，文学叙事范式的变化也并不会导向"文学已死"的结论。文学依旧在那里，我们阅读它、感受它，为之雀跃和感动。

文学是永恒的，而叙事是始终变化着的。从"传统网文"到"二次元网文"，是基于(数码)人工环境的网络文学走向自觉化与自我实现的过程，也是网络文学面对"现实主义"文学的当代困境，同时适应于网络媒介的数码逻辑，寻找关于"讲故事"这件事的另类出路与可能的过程。无须讳言的是，基于(数码)人工环境的网络文学创作在目前仍有很明显的代偿性特征，它至多算"后现实主义"，而并非一个全新的文学阶段，但这依旧是我们的文学现实。

网络文学的发展及其社会文化价值[*]

许苗苗

首都师范大学

"网络文学"从早期严肃多元的先锋探索，到如今成为指向"网文"的超长篇类型小说，经历了虽不漫长却变动频仍的过程。类型网文是当前网络文学的主流，拥有庞大的点击量和经济产值。数据使其具备成为人文科学研究对象的价值，但除此之外，作为当代重要文化现象的网络文学还体现出更多方面的价值，例如由全新媒介与类型文学概念结合衍生的独特故事要素，作为新文化力量在媒介嬗变时代扮演的阶层代言角色，以及因创新组织生产模式而引发、暴露的社会问题等。

一 类型网文与社会文化议程设置

如今被公众认识的网络文学，多指网络首发的类型化长篇通俗小说，或称类型网文。它率先在网上实现内容付费，探路粉丝经济，将我国网络文学从新媒体上的弱小概念转变为年产值数十亿的庞大产业，可谓成果卓著。然而，类型网文并不等同于网络文学。所谓"网络文学"，最初是一个边界模糊的概念，既泛指网上一切带有文学色彩的文字篇章，也可特指那些应用多媒

---

* 本文为2019年度国家社科基金艺术学重大项目"'微时代'文艺批评研究"（19ZD02）的阶段性成果。

体技术的数码作品。由于缺乏明确本体，这一新造的词语难以令纷纭的众意达成一致。早期网络文学的盛衰极大依赖大众传媒特别是主流文学报刊的界定和评价，《中华读书报》《文艺报》等都在网络文学概念的兴起中扮演过推动者的角色。1999—2002年，纸质媒体对网络文学的报道呈现出由盛赞其为"新文明的号角"，到质疑其是否"新瓶装旧酒"，再到斥其为令人失望的"垃圾"的转向。[①] 随着线下出版物滞销、网络书库关闭、多家个人文学站点被收购，一度登上媒体热词的"网络文学"慢慢淡出大众视野。然而没过几年，长篇在线连载的通俗类型小说就再度以网络文学之名卷土重来。起点、晋江、幻剑书盟等网站，积累下大批以往纸媒上看不到的原创内容。虽然不适于印刷，但这些故事却在游戏、动漫、影视剧改编中备受欢迎。媒体适应能力是网络概念独有的特性，这种特性使新一轮的网络文学即类型网文风生水起：类型网文一方面脱胎于通俗文学、类型小说，与文学亲缘紧密；一方面具备明显的在线生成特征，通过互动积累了大批关系紧密的粉丝型读者。同时，它借助网络支付技术实现自我供给，后期又得到商业资本支持，开发出多种提升收益的手段，将"人气"落实为选票和赏金，并逐渐形成独立产业。就这样，既具备独立性，又可向文学溯源的类型网文日渐替代原本过于驳杂的概念体系，将"网络文学"统一在"玄幻""穿越""都市""言情"等通俗小说故事模式之中。

通俗小说也叫媒体小说，与大众媒体紧密关联，出版社、日报、影视等都曾影响其表现。互联网媒体对通俗小说的贡献在于以标签链接等检索技术，使特定类型迅速锁定读者，短时间内便传播到最大范围的读者中。类型不仅是网站的栏目划分依据，更是写作模式和阅读趣味的分野，读者的喜爱通过评论打赏即时体现，表现得尤其直接。因此，尽管此前人们对网络文学的认识不同，但类型小说却以较为统一的面貌和受众一致的认可迅速终结有关"网络文学是什么"的讨论，把这个模糊不清的概念改造为清晰、实在的所

---

① 参见赵晨钰、江舒远：《网络文学：新文明的号角还是新瓶装旧酒？》，《语言世界》，2000年第2期，第5页；许苗苗《性别视野中的网络文学》，九州出版社，2004年版。

指。从这方面看,正是类型小说成就了网络文学,使这一概念得以延续。

类型网文有其局限性,如果简单以它替代或遮蔽网络文学全部,这一概念的发展将会裹足不前,但类型网文也有其进步性,特别是在网络时代的社会文化议程设置方面,它起到了革新和代言的作用。类型网文自2003年左右发轫,2006—2009年爆发,这四年登上"20年榜单"的作品达11部之多。这期间,各类型在互联网上探索空间,作品与读者迅速结合成关系稳固、相互依赖的"类型—粉丝"结构,短期内经济自足、利益增长并迎来创作井喷期。它之所以有如此效应,是因为自身积极的社会意义:及时反映民众趣味和关注点,以热点话题带动大众讨论,形成辐射效应,进而改变社会文化议程设置的流程和顺序。

大多数人也许未必看过几部网络小说,但对其中的流行语却并不陌生。无论是早期单纯象形的符号表情,还是晚近意义更丰富的"双面胶""裸婚""男闺蜜""人肉搜索"等,均出自网文。源自网络作者亲身经历的接地气、有人气的文学作品,从网络走向影视、书报,借媒介融合契机赢得广泛受众,引发整个社会对相关问题的思索。如陈凯歌导演的《搜索》,即通过网上社会新闻引发的"人肉搜索"事件,控诉了键盘侠们的"网络暴力",并进一步探讨当不明真相、情绪激愤的大众骤然获得不受限制的媒体话语权之后,将在何种程度上制造、传播、渲染谣言,从而引发网络暴力和伤及当事人现实生活的问题。当然,比起《搜索》稍显沉重的话题,更多网文试图以通俗手法向社会表达网络一代的生存状况和诉求,如《失恋33天》中的"都市大龄恨嫁女",《杜拉拉升职记》里的办公室生存之道等。虽然这些作品结构简单、言辞直白,却将当下职场、婚恋、家庭关系、舆论暴力、社会伦理等领域的现实问题揭示出来,以戏谑调侃甚至自黑的语气呈现当下青年的生活压力。其中话题看似轻松时尚,却具有对当下社会问题的批判性。正是这种批判性使网络文学走出青年亚文化圈子,进入更广泛的大众视野。

在这个意义上,类型网文越热门,向不同社会文化阶层进行解释、沟通的能力就越强。虽然当前社会文化整体议程依然由官方、主流文化所设置,但网文以其流行性风靡青少年,并占据各类媒体版面,进而构成社会文化议程的一个维度。这也是网络文学自身最为宝贵的价值，即它担负着为一个阶层民众发声的职责。

二　非专有性社会生产促动网文经济

向自发创作的新人敞开大门曾是文学网站有别于传统期刊，吸引大量原创者的最大优势。早期文学网站的生产力可用本科勒的"非专有性社会生产"（nonproprietary social production）①形容：网民自由写作、自发贡献内容并带来流量。网民的自发写作构成了对权威期刊审核制度的抗争行动，赢得大量点击。不同网站为吸引点击量而致力于提升内容，由此，网文写作对印刷期刊的挑战构造出有利于网站发展的共享经济。2003—2009 年，大量新人投身网文界，引起类型文爆发。我们现在看到的玄幻文《诛仙》、盗墓文《鬼吹灯》、穿越文《步步惊心》、历史文《明朝那些事儿》等代表作，都诞生在此期间。这些作品成名于网络后，下网印刷出版的行为却对传统印刷出版构成了冲击，展示出网络创作的强大生产力。除专门的文学站点之外，综合网站的论坛也是网文一大生产基地。诞生于音速论坛的"跑团记录"《天变崇祯二年》和以《临高启明》为代表的几部穿越明代小说，在创作中就充分利用了论坛群策群力、角色扮演的机制，②虽然后者属于"起点中文网"，但具备群体创作性质。

互联网为不同观点提供平台，就像 LINUX 和微软争夺电脑操作系统、安卓和苹果在手机界面上争夺一样③，对于网络信息内容是否应免费试用和传播，也始终存在分歧。部分人主张开源，坚持免费共享，他们对网络抱有乌托邦式的幻想，也曾经无偿为网络贡献内容，其中包括众多网络文学写作

---

① Cf, Yochai Benkler, *The Wealth of Networks*: *How Social Production Transforms Markets and Freedom*, New Haven, Conn. : Yale University Press, 2006.

② 孙凯亮：《从网络社区粉丝文化到"群穿小说"——〈临高启明〉的生产机制研究》，《网络文学评论》，2017 年第 2 期，第 23-31 页。

③ 两对概念分别是电脑和手机的主流操作系统，其中前者主张开源、免费，后者主张知识付费、产权保护。

者。在非专有性创作时期，多数网民自发、免费、无功利地创作，同人写作、跟风写作的现象也十分常见，连著名的"盗墓笔记"系列最初也是"鬼吹灯"同人，并得到原作者"本物天下霸唱"的认同和鼓励。网络创作因作者无利可图而获得极高的网络声誉，虽然没有经济补偿，却得到了无形资本。内地早期网络作者如李寻欢等，后期转行文化产业，使早期积累的无形资本得到转化。这可以视作非专有型网络创作的附加产品。

对文学网站来说，自由创作成本低，但由于强调共享、不重原创的"非专有性"，容易引发模仿跟风，后续商业开发难以确认权益归属。因此，随着网络文学商业模式成型，其后的作者逐渐走向专业化写作。这时，同人、跟风写作等就由于欠缺原创性而值得商榷，引发利益冲突。更有部分作者出现抄袭、洗稿①等行为。网络文学的原创性问题从创作领域走向了经济和法律领域，需要细加甄别。这一系列问题虽然引起了网络文学内部的争论，却也为知识产权、文化产业以及相关领域的管理和调解贡献了新案例，对社会法规的健全等具有积极意义。

在商业利益达到一定规模之后，行业内部必然开始对生产方式进行调整，以确保可预期的盈利方式稳固下来。2010年"盛大诉百度案"后，网站、作家维权常态化，"全产权运营"和"IP"的兴起，促使网文转向专业化生产。网文不再免费创作，类型也不再随机出现，而由网站根据盈利能力精准定制：拥有大批付费读者且容易改编为游戏的玄幻类小说得到大力推广，擅长以爽点提高粉丝黏性的作者相应获得更多展示渠道和转化机会；而小众类型写手则得不到相应回报，有些甚至被迫转型。类型文的批量制造模式使其供给得到保障，质量也相对稳定，但由于前期培训、宣传、运营等投入增加，网站和作者都追求更高回报，由此引发2015年后网文界大神涨价、IP抢夺、官司不断的局面。

非专有性网络创作推动文学网站兴起，网络写作自由竞争、跟风的状态

---

① 洗稿就是对其他的原创内容进行篡改、删减，使其好像面目全非，但最有价值的部分还是抄袭的。

吸引了大批稳固的作者和粉丝。这种抛弃传统观念上的文学标准和权威媒体的行动与网络经济共振并相互促进①，是非专业化网络创作的优势。以商业网站为单位的网络文学生产运营团体确保作者收入和内容的稳定供给；但同时，它们终结非专业写作，制造出以满足"市场—消费者"而非"读者"的网络小说创作模式，这导致知名专业网站中的新人难以获得相应的资源和关注，网络文学不再是自由的园地。

三 多方迎合限制题材挖掘

以类型小说为主的网文虽然具备通俗、接地气、易传播等优点，但其缺陷也显而易见，最突出的就是类型小说力图满足各方需求的迎合性，限制了网络创作原本具备的突破性和创新力。

通俗文学以故事好看为最大追求，无异于触碰权力边界。早期网文中成人、暴力等类型并非意在挑战，而是个别作者迎合公众猎奇心理的产物。网站则利用它们吸引眼球，打制度"擦边球"以牟取利益。随着监管、扶植双管齐下，面对拥有封站权力的管理体制，网站作为经济主体的本性立即暴露。它迅速放弃"突破禁忌"的企图，采取种种手段从根本上杜绝所有可能冒犯权力、触及敏感话题的类型。

为积极配合监管，网站自查严厉甚至过激。如系统关键词过滤"呻吟"二字，就曾导致写受伤小战士"在床上呻吟"被误判为涉黄而锁文。在制度和网站双重监管下，写网文如同打游击，作者首先要避开一切疑似敏感点，以免"无辜受累"。体现在作品中，便是幼稚的两性关系、空洞的现实题材和瞻前顾后的表现手法。如在以言情为主的云起书院里，无论海军教官还是陆战官兵，都是制服下的甜宠对象，换一身职业装，就变成总裁、学长、世家子……又如起点军事栏目里的热血文，通篇都是精密武器、以穿越带入的炫酷装备和接连不断的打斗场面。除一般意义上的民族立场之外，其他判断都模糊而

---

① 杨国斌：《连线力：中国网民在行动》，广西师范大学出版社，2013 年版，第 15—16 页。

犹疑。为避免影响海外市场，军事文不敢将任何真实国家设为敌方，以至于解放军只能勇斗外星人；而救灾文作者的顾虑则体现在以虚构的"江川省""山城市"等地名避免"有损地方形象"的投诉。在接受管理之外，网络文学也谋求荣誉、资金方面的扶植。各类评优、排行榜就是扶植的一个方面，它们对入选作品的基本要求是符合主流价值观。唐家三少《斗罗大陆》的魔幻小世界里，团结友爱、努力修炼的少男少女颇能满足家长心目中理想中小学生的设定。因此，《斗罗大陆》虽被诟病为儿童读物"小白文"，却因不出差错而屡获推荐，以至于成为中国网络文学的代表作。而黑道、官场、特殊性向等面向更广泛社会层面、可能触及深层社会问题的题材，却因偏离主流、需加甄别而不被看好，这导致本就有限的类型文题材愈发单一。

除配合监管寻求扶植，类型文更要满足商业需求、迎合大众趣味。由于网络文学对媒介表现方式依赖极强，首页位置、排行榜席位、封面推荐、搜索排行等资源的分配都影响着网文的后续收益，网文界逐渐呈现马太效应：越是热门类型的链接导向越集中、曝光率越大，也越容易被点击。高点击意味着商业前景好，网站的投入也相应更大。同样是大神，热门类型签约稿费更高，获得跨媒介转化的机会更多。在这一导向下，越来越多优秀的作者向流行门类集中。网络作家无罪的经历就十分典型。他最初依托网游《星际争霸》，撰写《SC彼岸花》《流氓高手》等，写玩家少年潜心苦练，在网游中拓展交际空间、建立认同的主题，与现实生活结合紧密。但后续开发受制于游戏的产权和生命周期等，难度较大，不被网站看好。因此，无罪不得不转型，他先是探索都市这一相对贴近现实的题材，后又在修真中尝试，最终还是在最热门的玄幻中停留下来。他的忠实粉丝们也不得已把对真实校园的兴趣转向玄幻虚空。即便是热门类型大神，也没有太多的发挥空间，大众的审美惯性和文体本身的模式化使类型文创新能力有限，大神们不得不在有限类型模式中深耕细作，力图让粉丝满意。但这种制作到一定阶段后必然流于程式，以至于网友都能看出其中奥妙。有人曾以大神天蚕土豆几部热门作品主角的口吻发帖，发现无论林动、萧炎还是牧尘，他们的性格、特长、经历都高度重合。其实，这不能怪作者天蚕土豆偷懒，只能说在类型的限制之下，作者黔驴技穷。

四　数字控制与注意力再分配

网络文学与媒介终端关系紧密。最开始，网络文学的阅读界面是电脑屏幕，活跃的发表平台是 BBS。这时的网络文学作品常见 BBS 用语，并带有社区特色，如宁财神曾以同论坛网友邢育森、李寻欢等的 ID 作为作品中的人物。这些作品呈现出动态性强、网民参与度高、内容相对浅显的特点，似乎印证着人们基于当时的硬件预测，认为屏幕阅读不利于长篇连载，不可能涉及深度话题的说法。然而，2000—2001 年，榕树下先后推出陆幼青《死亡日记》、黎家明《最后的宣战》。癌症、艾滋病患者面对死神召唤的私密体验呈现在网上，在受众间引发种种评价。真实生命体验的即时分享是网络文学在题材方面对于传统的突破，而随着计算机日益成为当代写作阅读基本工具，也说明电脑写作并不天然与深度思维相悖。实际上，人们看到的网文，在深刻性和突破性方面的确日益消解。这一情况不应简单归咎于类型网文的风行，还与数字技术对注意力的分配策略相关。

随着移动终端的发展，读屏行为遍布日常生活场景。这也影响着网络文学的创作和内容。移动技术越先进，移动阅读被当作时间碎片填充物的功能就越明显。坐下来面对电脑的整块时间被分配给需要手脑协作的输出型工作，而阅读这种只需要眼睛的简单输入行为被分散给零碎生活场景，阅读对象的深度和严肃性自然遭到进一步消解，话题因而越来越趋向于停留在读者的阅读"舒适区"。正是这个原因使"玄幻"成为网文第一大类，乃至许多网文在反映现实生活时，也采用穿越、重生、金手指等方式。正如中国作协网络文学委员会主任陈崎嵘所言，这些文章"呈现现实生活中的矛盾，却采用非自然、非现实的手段来化解"[①]，以童话和魔法来应对现实生活中的问题。这种以眼花缭乱的精彩招式应付问题，在热血沸腾的表面下编织白日梦的倾向，与碎片化的阅读方式正好合拍，因而越来越盛行。

[①]　陈崎嵘：《关于网络文学现实题材创作答记者问》，《人民日报海外版》，2018 年 5 月 30 日。

大数据时代，算法的选择也不容忽略。如果点击过某类话题，我们的页面上就会出现"猜你喜欢""你可能想看"的推送，数字追踪下无所遁形的点击历史为我们的阅读预设了标签。即便是网络新人，大数据也会根据平均值推荐"大家正在看"的选项。这些精心构造的算法，量身定制每个人的阅读界面，形成基于庞大数据库的信息茧房，屏蔽了邂逅外部信息的机会。简短直接的流行题材读起来不费力，占用的时间和注意力不多，很容易被"随意点开"。无意的点击在信息流中成为有意义的分析数据，变成流行话题的支持因素。带有难度的题材对注意力和理解力要求高，判断因慎重而稀少；而浅显话题阅读更快、反馈既快且多，相应题材获得数据优势。从受众方面来看，网文阅读主体是青少年，且以男性居多，他们正是最希望获得归属感和群体认同的一类人。面对"大家都在看"的诱惑，谁希望自己格格不入？如果不了解流行题材的最新版本，就失去了与群体交流的切入口。这种追求与虚拟群体保持一致的心态也导致网文中流行题材更流行。看似不带价值判断的数字技术，"公平"地引导着公众注意力远离相对小众的话题。

随着网络文学社会影响力的日益加强，这一曾经带有强烈草根色彩的文化现象已稳步踏上经典化道路。20余年前那急于以"无功利""纯文学"等说辞论证自身合理性的弱小新概念如今成为庞大收入数据加持的文化巨鳄，也成为各类产业竞相追捧的宠儿。从文学角度看，当前高居各类排行榜上的网络文学代表作在内容方面稍显稚嫩；从媒介角度看，它们所需的数字技术也不够先进；从产业角度看，它们的体量虽然超出印刷品，但还远不及下游衍生物。

实际上，网络文学独特的社会文化价值，在于其参与设置社会文化议程的可能性，具体表现在其反映网络经济生产模式的变革，在其作为文学—经济实体的面貌上留下的外部规训机制烙印，在其流行题材经由媒体技术分配的注意力策略。不可否认，需要自我增值的商业资本对网络文学的发展变革起着重要作用，但网络文学之所以具备源源不断的发展动能，更源自媒介变革时代社会文化生成方式的差异。

异化与解放*

——中国网络文学批评理论的演进与反思

吴长青

安徽大学文学院

随着网络原创文学的革命性开拓，网络文学批评俨然进入学术生产的序列。纵观网络文学批评理论的生产，大陆网络文学批评出现了所谓的"电子（数码）文学理论批评""媒介理论批评""学者粉丝批评""大众文化批评""图像与游戏批评"等理论流派，这些批评理论曾经有着怎样的影响？网络文学批评理论的建构路径到底在哪里？这些问题都需要从理论上进行总结，更需要在网络批评生产实践中厘清基础性常识性概念，以消除一些不必要的歧误，更好地推动中国网络文学批评理论不断完善。

一　网络文学批评理论的主要形态

（一）电子文学理论肇端论中的网络文学

一般看来，网络文学批评理论主要来源于西方数码理论和传统文学批评理论。电子（数码）文学概念直接来源于互联网技术生成的所谓赛博空间、超文本、超链接等概述性描述。1994 年，中国获准加入世界互联网并在同年 5 月完成全部联网工作。据赵小雷考证，"早在 1994 年，钟志清就向国内介

---

* 2018 年度国家社会科学基金重大项目成果，"中国网络文学评价体系建构研究"，18ZDA283。

绍了"电脑文学"的"超文本"特征①，而较早将其运用到中国网络文学研究中的是黄鸣奋和欧阳友权等人②，他们突出"超文本"的复杂性、非线性特征③，强调其"是一个文本从单一文本走向复杂文本、从静态文本走向动态文本的新形态。"④由此，"超文本"成为中国网络文学研究的重要概念。随着网络文学论文的大量生产，"超文本"这个概念则成为早期网络文学研究的核心关键词。

黄鸣奋后来说："中国的'网络文学'与西方的'电子文学'虽然都是信息革命所催生出来的数码文学，但是二者的主要范畴是不同的。"②那么，中国"网络文学"到底是什么？学者对此争议颇大。王小英引用马季的观点并从符号学的角度谈到："正因为欧美国家几乎没有等同于中国所谓的'网络文学'，中国网络文学的主流走的仍是'传统写作的老路'。欧美关于超文本、赛博文学、遍历化文本(Ergodictext)的研究也不宜被借鉴以研究解释中国的网络文学现象。"⑤王小英直接否定了超文本、赛博文学、遍历化文本研究移植到中国网络文学研究的可能性。

欧阳友权则从媒介形态上将网络文学的超文本链接和多媒体制作的作品分类，并以此作为区分网络文学的依据，他说："最能体现网络文学本性的是网络超文本链接和多媒体制作的作品，这类作品具有网络的依赖性、延伸性和网民互动性等特征，不能下载作媒介转换，一旦离开了网络就不能生存，这样的作品与传统印刷文学完全区分开来，因而是真正意义上的网络文学。"④这也是较早对网络文学做出的描述性定义，具有一定的代表性。

张屹在欧阳友权的基础上指出，广义之外还存在一个狭义的网络文学，

---

① 钟志清：《新兴的"电脑小说"》，《外国文学动态》，1994年第2期，第16-17页。
② 早期使用"超文本"概念的研究成果主要有黄鸣奋的《超文本诗学》(厦门大学出版社，2002年版)，欧阳友权的《网络文学论纲》(人民文学出版社，2003年版)，姜英的《网络文学的价值》(四川大学博士学位论文，2003年版)，等等。
③ "非线性"指"非顺序地访问信息的方法"。参见黄鸣奋：《超文本诗学》，厦门大学出版社，2002年版，第13-14页。
④ 欧阳友权：《网络文学本体研究》，四川大学博士学位论文，2004年。
⑤ 王小英：《网络文学符号学研究》，中国社会科学出版社，2016年版，第4页。

即"将赛博空间文学分为三类：一是上了网的传统文学，如电子版的《西游记》《红楼梦》等；二是首发在网络上的原创文学，如蔡智桓《第一次亲密接触》等；三是存在于网络空间的，包含（hyperlink）的超文本、超媒体文学，如乔伊斯（MichaelJoyce）《下午》（Afternoon，astory）等，以及人机交互生成的作品，等等。张屹还从技术使用的角度，将处于较低层次的第二类称为广义的网络文学，第三类属于较高层次的超文本、超媒体文学，这种文学形式注重挖掘电脑和网络的潜能，即为狭义的网络文学。

中国网络文学现实文本也受到了西方世界的关注。英国著名汉学家霍克斯指出："贝克尔认为超文本小说是非线性写作，要求创造特殊的软件支持，特殊的经销商来销售，欣赏时要求特殊的阅读策略，在社会学意义上是一种真正的艺术形式。印刷世界没有办法，将这些要求融合在现有的组织形式和代理商之间的合作之中。如前面提及的，在线文学的革新形式还没有在中华人民共和国出现。"[①]这段论述中，霍克斯从非线性写作、特殊的软件、特殊的经销商、特殊的阅读策略、排除印刷等方面论述了西方网络文学与中国大陆网络文学的确是不同的。

（二）媒介艺术批评理论的分歧

媒介艺术批评理论是网络文学批评的又一大理论资源，因为网络文学先天就在互联网上，无论是狭义的网络文学还是广义的网络文学，离开了网络就都称不上网络文学。

邵燕君是较早提出"网络性"的学者。她同时否定了上文中"网络文学"的定义，强调在网络中生成"新文学"，既不是广义的，也不是狭义的，而是在这两者之外的。她认为："从媒介革命的角度出发，'网络文学'的核心特征就是其'网络性'。严格来说，'网络文学'并不是指一切在网络发表、传播的文学，而是在网络中生产的文学。也就是说，网络不只是一个发表平台，而同时是一个生产空间。首先，'网络性'显示'网络文学'是一种'超文本'

---

① 张屹：《赛博空间与文学存在方式的嬗变》，中国社会科学出版社，2018年2月版，第14页。

(hypertext),这个概念是相对于'作品'(work)和'文本'(text)提出的。出于各种原因,中国网络文学的发展没有走西方'超文本'实验的道路,而是以商业化的类型写作为主导。'超文本性'在这里表现为其'网站属性',每个网站本身就像一个巨大的'超文本'。如果说'作品'意味着一个向往中心的向心力,'超文本'则意味着一种离心的倾向。我们可以说,'作品'的时代是一个作者中心、精英统治的时代,'超文本'的时代是一个读者中心、草根狂欢的时代。"①她将"超文本"的概念与"网站空间"关联起来,同时,"网络性"的合理性在于网络文学完全是在网络空间中独立生产的。这样,既能兼顾到"超文本"的存在,又突出了媒介时代网络文学与传统印刷文学的重要区别。

同样,理论家并不会止步于此,由媒介研究生发出的数字媒介理论同时出现了。除了黄鸣奋一直致力于数字媒介与当代艺术的关系研究外,欧阳友权也是较早将数字媒介与文艺学学科结合起来的学者。他对数字媒介理论是积极乐观的,对数字媒介理论的建立倾注了较大热情。他认为:文学与网络"联姻",以至出现新媒体文学转型,是数字媒介深度切入文学艺术生产和消费的现实需求,而非传媒决定论的主观臆断,当"数字化生存"日渐成为人们不得不面对的生存现实和文学存在方式时,网络文学就将变成一种合理性存在,一种历史与逻辑统一的文学创构。欧阳友权采用的是文学与网络"联姻"这一说法。前者所谓"纳入"的前提是现有的"媒介文化",以"媒介文化"观照网络文学,后者则直接将"文学"与"网络"合二为一,生成一个有别于往常的新的业态——网络文学,网络文学也就是一个新媒体。前者的"媒介文化"是前置的设定,而后者的"网络"则采取一种补充性的后植融合。前者是被动生成,后者是主动建构;前者是客体,后者是主体。

单小曦认为,立足于目前我国这样的文学生产现实开展的网络文学研究成为一种有价值的独立性理论形态是存疑的。为此,他表示:"也正是出于这样的考虑,我们应该在吸收借鉴西方数字文学以及与之相关的电子文化、数字美学、数字艺术、超文本、赛博文本等研究成果的基础上,将网络文学

---

① 邵燕君:《网络文学的"网络性"与"经典性"》,《北京大学学报》,2015 年第 1 期。

生产视野扩大为数字文学视野，将网络义学研究提升为数字文学研究。"①尽管都是围绕"媒介"这一视点，但单小曦与王小英的观点恰好相左。之所以观点截然不同，是因为两者对"媒介"对象的认知存在偏差。与邵燕君观点相同的是，王小英将"网站"作为"媒介"的动因，网络文学的发生都与这个组织系统密不可分；而单小曦则完全排除"网站"的实际功能，将"网络"当作一种"媒介"整体考察。

对"网站"这个网络文学的生产"王国"的不同看法，是两种观点相左的直接原因。因此，对"媒介"的影响力认知以及"媒介"对网络文学的实际影响需要重新评估。

（三）大众文化批评理论视野下的网络文学

网络文学的勃兴与 20 世纪 90 年代我国文化产业的兴起是同步的，文化产业为网络文学提供了产业支撑，两者之间存在着互为因果的关系。因此，网络文学具有大众文化属性的特征一直是网络文学研究者力图攻克的重点。

周志雄认为："20 世纪 90 年代网络媒介的出现为文学提供了一种新的传播方式，中国社会与西方社会在文化转向上有相似性，以网络媒体提供的技术平台促进了文学的通俗化、娱乐化、商品化和普及化……网络通俗小说的兴起及兴盛，与整体的文化转向密不可分。"②因此，借鉴西方文化批评理论为中国网络义学把脉也成为个别网络文学研究者的一种学术选择。李盛涛提出用发端于 20 世纪中叶的美国文化人类学家 J. H. 斯图尔德提出的"文化生态学"来建立研究范式。此学说主张从人、自然、社会、文化等各种变量的交互作用中研究文化的产生、发展规律，用以寻求不同民族文化发展的特殊形貌和模式。据此，李盛涛认为："文化生态学和中国网络文学之间的'荒野性'决定了这两种话语形式之间内在的关联性……相较而言，'灌木丛'式

---

① 考斯基马：《莱恩·考斯基马的数字文学研究——代译序》，单小曦、陈后亮、聂春华，译，广西师范大学出版社，2011 年 11 月版，第 23—24 页。
② 周志雄：《网络文学的发展与评判》，人民出版社，2015 年 9 月版，第 18 页。

的中国网络文学更具有'荒野性'。因而,'荒野性'的价值内涵是关联文化生态学和中国网络文学的价值基点。"①对于网络文学所谓的"荒野性"到底怎么看?如何界定"荒野性"的本质或是内涵?如果单凭主观给"网络文学"下这么一个特性,是否站得住脚?

针对这种情况,欧阳友权一针见血地指出了其中的问题,他说:"出于对网络文学的误解和误判,有研究者惯于对之作大众文化普及性研究,而不是从存在论意义上进行考量;对之作异同比较研究,而不是把它当作独立存在的文学审美现象进行研究;对之作载体形式研究,而不是作价值本体研究;对之作技术研究,而不是作文化的艺术审美研究。"②在欧阳友权看来,研究网络文学不可以简单以大众文化的特性大而化之,甚至采取"通约"式的研究方式。网络文学是一个独立的主体,不是"形而上"的,它的意义和价值还在于互联网空间中"人"的状态,在于它因独立的"主体"而诞生出的独特的"审美性"。

因此,欧阳友权一直主张关注数字媒体进入文艺学之后,文艺学科面临的"理论转向"与"内涵转型"问题。③ 显然,欧阳友权所指的媒介转向与单小曦主张独立建构的"新媒介文艺学"又不是同一个问题。

说到互联网空间"人"的状态,徐岱提出须将研究的落脚点放在"媒介人"——受众群体那里。因为,这个人群是具体的消费者。徐岱认为:"如果说以往的传统文学有一种'老少皆宜'的特点(孩子们读'小人书',成人们读经典),那么有意无意地,网络文学则更多侧重于青少年读者群。在这种意义上,网络文学的产品不属于通常意义上的'大众文化',而是'青少年亚文化'。"徐岱缩小了网络文学的研究范围,同时也更具象。但是,事实果真如此吗?

---

① 李盛涛:《文化生态学:言说中国网络文学的有效理论话语形态》,《淮阴师范学院学报(哲学社会科学版)》,2017年第1期,第56-57页。
② 欧阳友权:《网络文艺学探析》,中国社会科学出版社,2018年版,第477页。
③ 欧阳友权:《新媒体与中国文艺学的转向》,《文学评论》,2013年第4期,第178-187页。

《山东大学学报》曾经发布一项受众占比调查分析数据①，从年龄划分来看：17~19岁占22.35%，25~34岁占17.33%，35~44岁占8.42%，45~64岁占3.81%。17~34岁合计占比为39.68%，25~64岁合计占比为29.56%，也就是说，网络文学受众25岁以上人群占到了1/3，还不包括由网络文学改编的各类衍生产品。而以上数据中，17~34岁占比接近40%。因此，将"青年亚文化"作为一种研究视角，是目前学界比较容易接受的一种观点。

（四）"学者粉丝"批评研究

将"学者粉丝"引进网络文学研究的是北京大学中文系的邵燕君。当然，她引进并使用这个概念不仅仅是作为一种研究方法，而是从批评者的身份出发论证批评的有效性。

在邵燕君看来，在传统文学体系里，批评家担任着"释经者"的角色。而当网络媒介取消了文化精英在知识、讯息、发表等方面的垄断特权后，专家和业余者的界限也逐渐模糊。她说："在网络空间，人人可以写作，人人可以评论，网文圈有自己的评价体系，有影响力广大的'推文人V'，那么，精英批评、学院批评的位置何在？在网络空间，精英的力量不是不存在了，而是存在于精英粉丝之中，成为'学者粉'。"②邵燕君以自己的亲身经历认定"学者粉丝"化是实现网络批评有效性的一条路径。

黎杨全从专业批评家把持的印刷期刊与网络草根占据的赛博空间秩序出发，批评了这两大群体存在着各执一词的共性问题。他强调文学批评需要一种"业余性"。"当下文坛形成森严的对立与隔绝，专业批评/传统文学在固有的印刷文化场域中继续自话自语；草根群体则在被资本统治的赛博商业文学空间中狂欢喧哗。真正需要关注的网络自由写作被忽视、遮蔽，乃至被驱逐，既无从在被专业性批评家把持的印刷期刊中获得一席之地，也无从在

---

① 徐栩，张豆豆，于润泽：《关于网络文学受众的调查分析——基于2015年阅文集团网络文学受众的调查》，《社会科学》，2016年第1期，第6页。
② 邵燕君：《从乌托邦到异托邦——网络文学"爽文学观"对精英文学观的"他者化"》，《中国现代文学研究丛刊》，2018年第8期，第24页。

被商业文学占据的赛博空间中成为草根群体的关注中心……但就文学批评而言，则必须强调其'业余性'，专业批评家与草根群体都应该成为文学的'业余爱好者'——而这，正是赛博空间带来的最大可能。"①在这里，黎杨全把网络赛博空间作为主体，且必须尊重这个主体，如果没有这个前提，赛博空间的独立性写作就是一句空话。

除此之外，还有人主张重视"副文本"研究。前文说到，邵燕君提出网站就是网络文学的"超文本"，网站上海量作品的"副文本"同样也是自由空间，可以从这个空间介入批评。李慧文认为："网络文学副文本以网页和链接的方式存在，有时候，它还以文本链的形式存在。与传统副文本不同的是，网络副文本的生产者还常常是读者。"②显然，"副文本"批评当属新媒体批评，既可理解为前文所提及的专业批评家批评（学者粉丝），也可理解为原生网民批评（简称"网生批评"），"副文本"批评当属"业余性"的一种。"新媒体批评的媒介特质是对话各方的非可视、非连续性，以私人性的就事论事代替了公共性的言之有据，以口语化的简单明了代替了书面语的抑扬顿挫，但这批评的感性化带来的好处就是简单明了，'择优'因而凸显。"③读者（粉丝）是消费网络文学的"上帝"，挖掘读者（粉丝）的潜力是网站和作者、写手的本分。同时，读者（粉丝）不仅仅是作者、写手的"衣食父母"，他们往往还是网络文学的潜在生产者。因此，读者（粉丝）的"业余性"批评是一种生产力，也是网络文学区别于传统文学的重要特征之一。

邵燕君把这个特质也定义成"网络性"，即"网络文学的'网络性'是植根于消费社会'粉丝经济'的，并且正在使人类重新'部落化'……只有在重新'部落化'或'圈子化'的意义上，我们才能真正理解'粉丝文化'那样一种'情感共同体'模式，这不但是一种文学生产模式，也是一种文学生活模式。"④

---

① 黎杨全：《数字媒介与文学批评的转型》，华中师范大学博士论文，2012 年。
② 李慧文：《网络文学副文本初探——以大陆网络小说副文本为例》，广西大学硕士论文，2016 年。
③ 刘巍：《新媒体文学批评的可能路径之一——以"腾讯文学评论专区"为例》，《当代作家评论》，2019 年第 2 期，第 60 页。
④ 邵燕君：《网络文学的"网络性"与"经典性"》，《北京大学学报》，2015 年第 1 期。

"网络性"的发现是网络文学的一次飞跃，它将网络文学消费与生产高度统一起来，具有一定的理论创新价值。

（五）图像与游戏批评研究

美国已故视觉艺术批评家和图像理论家之一 W. J. T. 米歇尔的图像理论成为相当一部分年轻学者的理论批评资源。

2015 年，鲍远福对网络文学研究进行了归纳，他将网络文学研究分为三个派别，即技术派、艺术派、否定派，同时将网络文学基本范式划分为三种类型，即审美范式、表意范式、内容范式。其中，在表意范式中，他主张将"网络文学"定义为利用互联网和多媒体技术，综合运用数据储存、传输、接收和交互平台在用户群体(包括写作者、程序员、操作员、运营商、传播者和浏览者等)之间进行的即时性游戏事件和语言游戏互动行为。于是，网络文学由此建构了多层次的"文学空间"，并在网络媒体的虚拟空间和文学艺术的审美世界间搭建起一座相互沟通的桥梁，"网络"与"文学"的概念之间也因此而出现"交集"，该"交集"的具体形态就是各式各样的网络文学文本。[①] 基于此，有关网络文学的"图像研究""游戏研究"成为他所研究的重要视角。这可以看作是网络文学的形式衍化谱系，并由此得出改变了我们的日常生活这样的结论。

另外，韩模永一方面肯定目前网络文学是广义的网络文学——网络上传播的纯文字文本。同时，他也指出，狭义的网络文学——"超文学"文学文本难以在中国大陆诞生的现实，但是并不排除有第三种文本——"图像文本"的可能。他指出："纯文字作品的网上传播。这表现在传统的纯文字作品以电子文本的形式在网上得以广泛地传播，文学本身并未发生根本的变化，只是传播方式发生了重大质变，这是目前网络文学作品存在的主流形态。超文学文本是介于两者之间的一种存在状态，它往往既是图像的又是文字的、既有

---

① 鲍远福：《中文网络文学二十年：基本概念、意指特征与研究范式》，《南京邮电大学学报》(社会科学版)，2015 年第 2 期，第 35-37 页。

线性的成分又有非线性的成分。"①需要警惕的是,图像具有消解语言的功能,图像盛行有可能导致语言的倒退,这样,极易造成语言意义的弱化、消失。在文化工业时代,图像往往还会被消弭在这样的消费文化中,直至影响到我们的全面生活。图像渐渐退为单纯的符号,是通过广告(大肆吹嘘某一物品的质地)到大型宣传(激发对某一对象的欲望)而实现的。它伴随着优先次序的转移:在媒体的范畴,从通知到传播(或从新闻到资讯);在政治上,从国家到公民社会,从党派到网络,从集体到个体;在经济领域,从生产型社会到服务型社会;在休闲方面,从警醒型文化(学校、书籍、报刊)过渡到娱乐型文化;而在心理领域,则从现实原则为主导到享乐原则为主导。所有这些都带来了完整协调的新秩序。这意味着图像将会把我们引入一个新的视域,今天短视频的盛行也许就是一个明证。

同时,鲍远福还假设了一种"影文体"的存在,这种新文体是媒介技术与互联网技术合成的产物抑或是数码技术的影像化的产物,这种以技术为背景的艺术形态必将颠覆传统的接受模式,并同步形成新的生产关系,进而影响到"人"。他认为:"以网络游戏和影文戏仿为代表的'影文体'并没有在意指过程完全排斥语言表意及对于本质实在的语义诉求。反过来,借助于语言符号的表意功能,它们已经为受众建立了一种集视觉、听觉、触觉和交感体验为一体的'新感性表征世界'。它们以现实世界为基础,并逐步超越现实世界的约束,获得了自主性和生命力,甚至直接介入我们的日常生活。"②这正预示了鲍曼所认为由技术引发的文化变迁具有一种流动的"现代性"。即流动的状态体现在"重塑"而非"取代"既定秩序和旧有结构上。像液体一般流动和变形,无法建立起一套权威的秩序体系,只是在"自我超越"中不断否定。正是在这种条件下,产生了不可靠性、不确定性和不安全感的技术文化困境。黎杨全把这种经由技术带来的变迁形塑了当代人的具体的生活情境,并

---

① 韩模永:《超文本文学研究》,中国社会科学出版社,2013年版,第227页。
② 鲍远福:《语图思维与新媒介"影文体"的意义传播》,《南京邮电大学学报(社会科学版)》,2018第5期,第93页。

将游戏作为一种直接的动力直接对网络文学产生的影响归结为一种新文化特质。他认为："游戏经验对中国网络文学的"世界"想象、主体认知及叙述方式产生了深刻影响，经由游戏经验的中介，网络文学表现出了网络社会来临后一些新的文学文化特质。"①网络社会所具备的这些特征必还将消融于网络社会，只是人在其中也许将异化成另一个他者。这便是我们仍需举起文艺批评的武器解放自身的理由。

二 网络文学批评理论资源和理论热点的开掘

毋庸讳言，网络文学批评理论虽然有许多精彩的亮点，无论是立足传统文论的拟仿与传承，还是借鉴西方理论资源的"拿来主义"，网络文学研究者所面对的现实语境与历史情境都是客观的，必须回到这个问题的原点上来。无论是对西方理论的借鉴，还是立足本土的原创，网络文学研究者都应对中国的现实负责，自觉承担起对由此分蘖出的理论分歧的追问。

(一)重估劳动价值

马克思指出："无论有用的劳动或生产的活动怎样的不同，这总归是一个生理学上的真理：它们是人类机体的功能，并且无论每一种这样的功能有怎样的内容和形式，它在本质上总是人类脑髓、神经、肌肉、感官等等的支出"②。根据马克思的劳动价值理论，所谓劳动价值，就是一种特殊的使用价值，它是劳动力这种特殊的商品所产生的使用价值，是一种能够产生价值增值的使用价值，它既来源于使用价值：劳动者通过消费一定形式和一定数量的生活资料使用价值后，将其转化为劳动潜能(这是一种过渡的价值形式)，在劳动过程中再将劳动潜能转化为劳动价值；它又服务于使用价值，目的是为了让使用价值产生增值。

---

① 黎杨全：《中国网络文学与游戏经验》，《文艺研究》，2018 年第 4 期，第 109、112 页。
② 马克思：《资本论》(第一卷)，姜晶花，张梅，译，北京出版社，2007 年版，第 47 页。

　　网络文学生产是一种以基于作者版权交换作为手段的劳动价值的增值行为，由于目前网络文学版权交易缺乏价格杠杆的调控与指导，单凭市场议价形式，甚至因为交易双方的信息不对称，劳动者的劳动价值有被低估的可能。因此，基于版权交易的剥削劳动现象被研究者所忽略。另外一方面，由于缺乏相对的公平规则，生产者与经营者在交易过程中也存在着严重的不透明和信息不对称现象，这样势必会造成压价与掺水现象，同行之间甚至还会出现恶性竞争，这样极易造成版权市场的混乱，以及根本上对作者劳动价值的漠视。

　　很多研究者已经意识到商业资本生产严重干扰了网络文学的生态发展，相较反对的声音，支持者认为，如果没有付费机制，中国网络文学市场机制就根本无法建立起来。因此，以网站为单位的网络文学生产研究势必成为研究的重点领域，相较传统期刊单一的稿酬制，网络文学的稿费模式更加多元化，研究的空间更大。

　　很多研究者将网络文学的质量不高，甚至无序生产现象归结为资本的"恶"，以为"斩断"资本的手就可以遏制网络文学的"荒野"和"无序"。这样的论断只能说是一种情绪化式的主观和武断。"精神，从一开始就很倒霉，注定要受到物质的纠缠，物质在这里表现为振动的空气层、声音、简而言之即语言。"①马克思从本质上揭示了意识受制于物质，物质基础决定了人类的意识这个本源问题。网络文学作为工业生产体系下的文化生产，深刻地打上了资本的文化生产的烙印。因此，必须从这个现实原点出发进行文化工业范畴的理论研究，文艺理论家党圣元认为："如何放下那种或固守传统或借西方的精英立场，以一种适当的立场、态度和话语系统去评估、分析、探讨那种近乎全面商业化、产业化的网络文学现实，才是真正地面对和面向我国网络文学的实际，才能客观地评价我国网络文学的商业性、产业化倾向的文化含义，也才有助于真正实现我国网络文学研究的理论与话语创新。"②因此，

① 马克思：《德意志意识形态》，《马克思恩格斯全集》(第1卷)，人民出版社，2009年12月版，第533页。
② 党圣元：《网络文学研究的当下困境与理论突围》，江西社会科学，2017年第6期，第99-101页。

在不排斥"文学性"的基础上，需要扩大研究范围，首要的是从生产原理及运行机制上探讨网络文学的本质，这样才能抓住要害，摸索到所要研究的问题的本质。

就世界范围而言，目前全球还没有第二个国家的大众文学生产的规模与运行机制堪与中国相比。西方发达国家包括亚洲的日本、韩国所历经的文化工业模式尽管相对完善，但因国情的差异，西方理论根本不能直接拿来套用。作为自创的文学商业模式自始至终带着中国的基因，因此，我们需要花大气力，在新时代背景下，探索科学的、可持续发展的中国网络文学生产的商业机制；同时，在保护广大作者合法权益的基础上，建立起较为完善的文化资本市场体制和文学、文化批评机制。

也有学者提出采用一种商业制衡的措施，对资本绑架文学进行限制。"资本驱动下生产—消费格局的重塑，使文学成为屈从技术、迎合消费的工业化商品，限制了网文向'主流文艺阵地'的转型升级。而要提升主流价值在网络文学领域的传播与影响，必须借助承载主流价值的精英话语力量，对纯粹的商业秩序予以制衡。"[1]目前，这样的研究相对较少，更缺乏有效的机制进行科学、有序的引导。另外，对经由这种商业模式助推的文化形态对社会各阶层文化所产生的影响也缺乏有效的科学评估。

乔焕江指出了问题的木质，也点出了这种问题对"大研究"领域所构成的潜在的威胁。资本，这一类型文学背后最为重要的推手，无疑会继续在网络文学理论生产中保持匿名的状态。而对当下关键的社会结构性力量的有意无意的忽略，必将导致对网络文学的理论探讨沦为抽象的技术论，因而难以回应网络类型文学异常繁荣的表象背后网络文学的可能性的衰减问题，更遮蔽了类型文学产业化对社会结构和个体认同重新书写的问题。乔焕江将资本——"类型文学"进行对应归类，将"类型文学"——一般网络文学进行区别，集中说明了中国网络文学研究的重点应在由资本推动形成的当代"类型

---

① 余碧琳、汤雪梅：《网络文学的起兴、异化与价值回归——基于三种经典传播理论的解析》，出版发行研究，2018 年第 11 期，第 60 页。

文学"上,必须对"类型文学"背后的匿名推手"资本"给予足够的关注与研究。

回到马克思提出的劳动和社会分工这个基本哲学问题上来。马克思所提出的这个无产阶级,不仅不是任何一个国家的国民,而且他还具有某种特殊的精神气质:一个富有普遍性的特殊存在。在这里,应该将对网络文学的生产者——网络写手、网络作家的研究推到前台。只有通过对网站头部作家和所谓"起点模式"的"白金作家"及他们的作品进行研究,建立起一套完整的网络生产者的研究模式,才可以触及问题的最核心处,也只有从这部分人群入手才能触摸到网络文学生产的要害部位。"批判的武器当然不能代替武器的批判,物质力量只能用物质力量来摧毁;但是理论一经掌握群众,也会变成物质力量。"①另外,网络文学研究也不能脱离生产者和消费者,因此,受众研究与生产者研究是研究网络文学的两个关键之处,如果继续按照"超文本"和"超链接"模式研究,也只是进入一种所谓纯粹理性的艺术形式的研究,绝非建立在以"人"为基础的社会实践活动基础上的研究。

(二)跨学科背景下的"类型文学"叙事研究

如果说,商业资本文化主导的网络写作一定程度上造成中国网络文学创作实践出现"异化"的倾向,客观上也带来了网络文学的理论批评建构的难度。研究者将非本质的现象作为本质主义去推演甚至做出过度阐释,势必导致理论的"挫化"和研究质量的萎靡。也即党圣元所说的须立足于"总体",而不是局部,更须注重"动态"研究。他还说:"将网络文学研究的着力点从固守'作品'分析'文学性'探讨转移到对整个网络文学现实的分析上来,把网络文学本身视作一个动态消长的过程,通过将网络文学置于数字媒介转型的大背景下,关注网络文学发展的总体、趋势、主流和分化,分析网络媒介和数字技术对文学、文化生态所产生的影响和冲击。"②中国网络文学的主流

① 马克思:《〈黑格尔法哲学批判〉导言》,《马克思恩格斯选集》(第1卷),人民出版社,1995年版,第9页。
② 党圣元:《网络文学研究的当下困境与理论突围》,《江西社会科学》,2017年第6期,第99-101页。

就是以文学网站为组织形式，以"类型文学"为主体的文本，且活跃在互联网上或以 IP 形态存在的一种文化生态，已经成为进入 21 世纪以来中国文化生态的新亮点。

马季认为：网络文学之所以选择走类型文学之路，源于"讲故事"的文化传统在中国人心目中根深蒂固。类型文学同样有自身的艺术规律，它的繁盛和发展需要一定的社会环境和文化氛围。网络文学的兴起恰逢其时。如果从一种生成原因上去探索，"类型文学"的确可以视为一种源发于技术升级而实现阶层跨越的手段和策略，但是当它成为一种普遍性之后，须有一套完善的社会动能取代源于自发的情感动力。因此，解释"类型文学"的发生，当有朴素的情感动力向有目的性的社会原动力上转换，而不是单一依赖某一种类型写作中的"情感共同体"或"共情"这样单一的艺术动力原理所能解释的。

乔焕江主张对"类型文学"进行一种"对读模式"，并依靠这种模式来廓清"类型文学"中的规律。他说："通过对类型文学商业网站的运作机制的全面考察，通过对类型文学生产、传播和消费的整个流程的把握，也要通过对类型文学文本的细读以及对其文本结构与社会结构的对读，才能实现对这一现象的深层意味的准确剖析；也只有在此前提下，网络文学理论对网络文学所蕴蓄的文学可能性的想象，才有意义和价值。"①对"类型文本"的细读和文本、社会结构的"对读"机制的建立，以及评价标准的建立，这些都将是网络文学批评理论的自身问题，如果不能回到这个根本，这样的"对读"也只能停留在臆想上。

"类型文学"文本的生成，源于商业资本，终于写作者的综合功力。区别于一般网络文学写作的是，以网站为代表的单位写作（组织写作）首先是一种劳动价值的变现和增值行为。在以满足市场作为前提的条件下，文本是朝向消费者（读者）的。因此，这种商品的特征必然遵循"可卖性"。在文化消费时代，"可卖性"既要符合社会价值的需要，同时还要顾及"消费者"（读者）的阅读趣味，这个难度不是不高，而是非常高。因此，"类型文学"创作的背

---

① 乔焕江：《从网络文学到类型文学：理论的困境与范式转换》，《文艺理论与批评》，2015 年第 5 期。

后,不仅有创作者的体力和智力劳动的付出,还有为文本的"可卖性"所付出的艰辛的"智慧""创意""审美"等艺术的、非艺术的元素。这才是"类型文学"所建构起来的横向的社会学元素和纵向的技术元素的糅合。横向的是社会的"人际元素",纵向的则是写作技能作为前置的特殊"金字塔"结构,它们共同构成了网络文学的生产机制的核心。

(三)"跨界融合"的网络文学学科属性及可能的未来

网络文学可以结合创意写作形成一门独立的学科类型。同时,网络文学的形态决定了网络文学是一种富有创意的文学。所谓创意的文学,首先要求写作者能够面向读者书写,具有公共文化消费的属性。其次,有文化产业的属性,即全版权的产业链衍生。另外,网络文学具有明确的版权保护措施,包括衍生品的版权。

可以说,网络文学创作和接受机制决定了网络文学还是一门跨界融合的学科。网络文学是全民写作的极好范例,没有所谓的专业作家创作机制,只有全职写作和兼职业余写作的职业模式;再经过签约网站市场的双向筛选,最后形成所谓的爆款和头部作品。最终,形成以网站为初级应用单位的市场遴选机制,以及追文读者评论、网生评论、专业评论相结合的文学评论格局。

因此,网络文学的学科属性具有创意、产业、跨界三大特征。

而创意写作的核心是"它更致力于研究创意活动规律、创意思维规律及如何以文字体现创造性想象和个人性风格"。在想象中创造,在创造中拓展想象,是创意写作的内涵所在。因此,基于读者需求的个性化写作也是创意写作的终极目标。

欧阳友权认为:"认同模式由社会性尺度转向自娱而娱人,价值取向由艺术真实向虚拟现实变迁,就成为网络'波普'化写作要建构的基本文学观念。"[①]自我抒发、畅快表达、虚拟现实等这些散发着浓郁个人色彩的艺术观似乎又回到了想象艺术的自身,这也是网络文学之所以能够"疯狂生长"的秘

---

① 欧阳友权:《网络文学的学科形态建设》,《文艺理论与批评》,2004 年第 7 期,第 49 页。

诀所在。从逻辑上看，网络文学与创意写作的艺术趣味和创作规律具有高度一致性。

同时，网络文学学科的"创意、产业、跨界"特性，决定了网络文学学科建构具有开放性和融合性。客观地看，如果没有"创意"在先，就没有紧随其后的"产业、跨界"的特性，如果没有"跨界融合"这个独具特色的特征，网络文学就无法从传统中文学科中独立出来，当然这又是网络文学区别于传统文学的另一个重要特征。

近年来，网络文学研究受到国家的大力扶持和学界的重视，中南大学欧阳友权主持2016年度国家社科基金重大招标项目"我国网络文学评价体系的理论与实践研究"，安徽大学周志雄主持2018年度国家社科基金重大招标项目"中国网络文学评价体系建构研究"，北京大学邵燕君主持的"中国网络文学创作、阅读、传播与资料库建设研究"项目入选2019年度教育部哲学社会科学研究重大课题攻关项目。这些都为网络文学的发展注入了深厚的学术资源，同时开辟了更多的新的研究空间。

网络文学学科建设亟待新鲜血液的补充，特别是在网络文学文本深陷创新危机背景下，打破网络文学写作中的僵化、定势已经成为网络文学发展的内在要求。网络文学如何在IP现实需求之下既能够突破条条框框，自我挑战重复雷同，又能符合时代的发展之需，创作出一批精品力作来，显得尤为急迫。

一是网络文学要能够自觉融入创意写作的"创意思维"和"创意规律"，将"创意"真正落实到文本写作中去，由形式的创意向内容的创意过渡；二是网络文学学科建设需要虚心向创意写作学科学习，学习创意写作学科建构的基础条件的构建，如师资力量的配备、教材的研发、学术高地的渐进式提升等。特别要在创意写作学科建构的体系化建设上花大力气；三是网络文学学科须主动与创意写作融合。目前网络文学学科建设中还没有创意写作的内容，网络文学学科建设不可固步自封、自说自话，而需要对创意写作的学科建设进行充分的研究。两者形成互动与对话，这样既能使网络文学的外延空间和理论建设得到合理的拓展，同时也是对完善创意写作学科体系的一种补充。

在文化创意上，需要不断激发出网络文学的新的动能，提高网络文学在文创行业中的贡献度，充分提升网络文学在行业中的转换率，深度开发一些重点领域中的大 IP，发掘其可能蕴藏的文化潜力。很多学者对网络文学寄予了热望，充分肯定网络文学的历史价值和现实功用，他们在为网络文学的自由发展给予足够宽容的同时，对网络文学的文本创新的当代实践也有所认可。禹建湘认为："网络文学的存在方式和叙事特性的变异表明，网络文学不会导致文学的消亡，而是一种嬗变，在数字媒介语境中需要酿造一个开放、宽容的文学生态，以重构文学观念，这是网络文学能够成为新的学科的一个重要内涵与本质所在。"①纵观近几年的现实探索，网络文学学科建设缓慢，但仍有不少成功经验值得借鉴。

此外，网络文学促进文创事业的案例有很多，需要我们总结出一套完整的开发运行机制，并且渗透到相关实践中去。客观地说，网络文学积极主动敞开怀抱，吸纳更多学科的营养，也是推动网络文学自身发展的内需，同时也是扬善网络文学内在魅力的一种选择。

可以预见，随着网络文学学科建与创意写作融合建设的日臻完善，网络文学批评理论建设也将会不断吸引更多学者参与。

三　结语

诚然，世界消费文化的迭代与创新为中国提供了宝贵的可借鉴经验，中国文学在发展过程中也在不断地创造自己的文化样式，两者之间互为借鉴、相互彰显。同时，在这过程中中国文学也在不断地丰富、发展具有本民族特色的优秀文化。

回顾过往，中国网络文学在新的历史境遇中越发显得长足的价值来，一方面是内在的发展，已经部分形成或正在形成自我独有的审美形态，成为与

① 禹建湘：《网络文学，一个新学科的建构预想》，《理论与创作》，2008 年第 3 期，第 30 页。

传统文学相互观照的"新文学";另一方面,在中国主张并创新的世界经验的现实面前,网络文学完全能够主动、自觉承担起这样的历史使命,所有的这些努力都将共同熔铸在中华民族丰富文化经验的熔炉中,继而成为当代中国文化自信建设这一伟大工程的重要组成部分。

同时,中国网络文学内在的很多细节都在以各种方式不一而足地呈现,各种理论创新也犹如"星星之火"活跃在一个个文化现场。只要我们心怀未来,立足中国网络文学创作实践、产业实践,认可生机勃发的网络文学现实诉求,网络文学批评理论建设定会在这样的动态过程中不断走向完善。

新媒介信息时代的文学传播及其反思*

杨向荣

杭州师范大学人文学院

当下，互联网、大数据、云计算和人工智能的出现开启了一个"新媒介时代"，或者说"信息时代"，它的出现重塑了当下文学的生产格局，也给文学传播带来了新的困境和挑战。本文，笔者拟基于新媒介时代的社会文化转型、剖析和反思文化转型中文学的社会传播及其效应，为当下文艺理论的话语建构提供一种新的思考空间。

一

在媒介思想史上，莱文森（Paul Levinson）区分了旧媒介、新媒介和新新媒介，认为"新新媒介"包括博客、优视、维基、掘客、聚友、脸谱、推特、播客等"流媒介"，它们流式信息技术的传播方式，建构了虚拟的信息空间。① 波斯特区分了"第一媒介时代"和"第二媒介时代"，认为在"第二媒介时代"，电子传播和数字传播使现代社会理性的、自律的、中心化的、稳定的主体被颠覆，使现实与虚构、真与伪的二元对立变得摇曳不定。② 波斯特笔下的"第

---

* 基金项目：国家社科基金重大项目"新时代中国特色美学基本理论问题研究"（18VXK010）和国家社科基金重大项目"中国新媒介文艺研究"（18ZDA282）阶段性成果。

① 莱文森：《数字麦克卢汉》，何道宽，译，社会科学文献出版社，2001年版，第7页。

② 波斯特：《第二媒介时代》，范静晔，译，南京大学出版社，2001年版，第19-20页。

二媒介时代"观念在柯比笔下得到了呼应。柯比(Alan Kirby)认为,在数字技术的支撑下,20世纪末出现了一种"数字现代主义"文化,它取代了后现代主义,并努力把自己建构成21世纪的新文化形态和文化范式。① 柯比强调,数字现代主义关注数字技术和网络信息等新媒介语境下所生成的拟态世界、虚拟现实和混杂空间等社会情境,呈现出去中心化和多元共生性等特征。

从历史的角度来看,文学传播历经口语传播时代,印刷传播时代、电子传播时代和信息传播时代,实现了从语言中心到文字中心,再到图像中心,最后到数字中心的转变。在史前文明时期,文学通过口耳相传的方式传播,如荷马等游吟诗人游走四方,以吟唱方式来传播文学作品。在口语传播时代,文学作品以记忆的形式存在,这些作品大多湮灭在历史的尘埃中,只有如《荷马史诗》《诗经》《格萨尔王传》等影响巨大、有着民族集体记忆的作品才得以保存下来。本雅明(Walter Benjamin)在《讲故事的人》中认为,口口相传的经验是讲故事者都要汲取养分的源泉,讲故事艺术衰落的最早征候是印刷术的发明和近代之初小说的兴起。"小说区别于故事(在狭义上区别于史诗)的是它对书本的严重依赖。只是随着印刷的发明,小说的传播才成为可能。能口口相传是史诗的财富,它迥异于小说的路数。"②虽然本雅明对印刷书本有着较强的敌对情绪,但不可否认的事实是,随着书写工具的发明,特别是印刷术的出现,报纸、杂志和书籍的出现拓展了文学传播的时空性,文学传播的方式和效果发生了革命性变化。在印刷时代,文学以期刊、报纸和著作为主,通过"文学生产-印刷媒介-欣赏接受"的线性链条,实现"作者-读者"的单线性传播。

到了电子媒介时代,广播、电影和电视等视听媒介的出现颠覆了印刷时代的文学传播方式,印刷符号被影像符号所取代,文学通过图文结合的方式被重新编码与解码。在电子媒介时代,不少文学作品被改编成影视作品,这

---

① Alan Kirby, *Digimodernism*: *How New Technologies Dismantle the Postmodern and Reconfigure Our Culture*. The Continuum International Publishing Group Inc, 2009, P. P. 1, 1.

② 本雅明:《讲故事的人》,张耀平,译,《本雅明文选》,陈永国等,编,中国社会科学出版社,1999年版,第295页。

一时期的文学传播呈现出"文学生产-影视改编-电子媒介-影视消费"的模式,实现"作者-改编者-观者"的多线性传播,如影视剧《致我们终将逝去的青春》《匆匆那年》《左耳》《何以笙箫默》《甄嬛传》《步步惊心》《诛仙》《盗墓笔记》《花千骨》《最美的时光》《宫》《美人心计》《步步惊心》《倾世皇妃》《蜗居》《微微一笑很倾城》《琅琊榜》《盗墓笔记》等,均改编自网络文学作品。

1998年,痞子蔡(蔡智恒)创作网络文学的开山之作《第一次的亲密接触》,在网上迅速被各大论坛转载和推荐,BBS也因此成为第一个基于互联网技术的文学传播平台。随着网络信息技术的发展和进步,各种新媒体与传统媒介互相融合渗透,一个融媒介的数字信息时代悄然来临。今天"继续谈论诸如印刷、收音机、电视、电影、电话等各种媒介,好像它们是完全不同的实体,已不再具有任何意义,计算机和电信网络方面的进步已经使他们与传统大众媒介融合了。"①哈贝马斯(Jurgen Habermas)也写道:"随着新传媒的出现,交往形式本身也发生了改变,它们的影响极具渗透力,超过了任何报刊所能达到的程度。"②可以看到,在高度技术化和信息化的时代,文学传播的全球化加剧,传播的主动性、参与性和创造性也在不断提升,作者与读者之间实现了双向度传播:读者可以通过网络发表评论,作者也可以根据读者反馈进行文本生产,读者与作者可以随时转换身份,形成双向互动。萧鼎的网络玄幻小说《诛仙》2015年完结,线下图书出版以百万册的惊人发行量问鼎文坛;天下霸唱的网络盗墓小说《鬼吹灯》,无论是图书出版,还是影视改编,都十分畅销,以上都堪称新媒介信息时代文学传播的典范之作。

随着网络和信息技术的发展,"比特""赛博空间"等数字技术支撑的融媒介成为文学生产的主要支撑。融媒介文学场是一个集作者、读者、策划者、销售者等于一体的媒介场域,也是文学传播的主导性媒介力量。融媒介场域不仅拓展了文学的生命力,也扩大了传播的范围,文学作品出现"超文本"式扩散和链接特征。"超文本"在尼尔森(Theodor Holm Nelson)眼中,意

---

① 斯特劳巴哈、拉罗斯:《今日传媒》,熊澄宇,译,清华大学出版社,2002年版,第3页。
② 哈贝马斯:《公共领域的结构转型》,曹卫东等,译,学林出版社,1999年版,第196页。

味着"非序列性的写作——文本相互交叉并允许读者自由选择，最好是在交互性的屏幕上进行阅读。根据一般的构想，这是一系列通过链接而联系在一起的文本块，这些链接为读者提供了不同的路径。"①也就是说，文本不再局限于文字形式，而是融合图像、声音、动画等多种形式。各种文本形式链接在一起，形成流动的离散性状态，实现交互式传播。此外，媒介技术革命不仅消解了传统意义上的作家权力，也将文学从"文本-世界"关系引向虚拟的"文本-网络-世界"关系。在文学的网络传播中，网络平台首先培养用户，然后生产文学作品，再通过策划形成影视改编、线下出版、游戏和动漫改编等操作，在迎合市场和受众的同时，实现作品的 IP 价值最大化。这是一种多元的文学传播模式，作品在其中实现了二次甚至多次传播，传播的互动性和互渗性达到了前所未有的高度。

数字化实现了多点互动传播，不仅改变了印刷时代文学的单向性传播途径，也缩短了作品从作者到读者的传播路径。数字平台为文学创作者提供了更多的交流机会，这是一种穿越了时空界限的脱域化传播，作者在网上编辑发布作品，读者几乎在同一时间内可以看到。微信公众号和文学订阅号就是一种新媒介形态的文学传播模式，以订阅推送的方式进行传播。无须借助印刷书籍，读者便可以阅读到作品，也可以通过点赞、评论等方式对作品进行反馈，与作者展开互动和交流。读者的反馈与需求，使作者开始迎合读者，进而促进身份多元的文学写手的诞生，"读者中心主义"使文学市场由原来的卖方市场成为买方市场。

在印刷时代，书籍有着特殊的隐喻意义，阅读纸质文本是一种深度思维的在场体现。施尔玛赫(Frank Schirrmacher)指出："阅读最核心的秘密就在于可以让读者的大脑获得自由思考的时间，而这种思考所得远远超过他们在阅读之前所拥有的认识"②。波兹曼(Nei Postman)认为，成熟的读写能力代表了"富有逻辑的复杂思维，高度的理性和秩序，对于自相矛盾的憎恶，超常

---

① Theodore Holm Nelson. Literary Machines, Mindful Press, 1993, 2.
② 施尔玛赫:《网络至死》，邱袁炜，译，龙门书局，2011 年版，第 25 页。

的冷静和客观以及等待受众反应的耐心。"①新媒介时代在波兹曼看来是一个"童年消逝"的时代,它意味着现代人读写能力的丧失,以及有深度的文化接受语境的消失。"随着印刷术影响的减退,政治、宗教、教育和任何其他构成公共事务的领域都要改变其内容,并且用最适用于电视的表达方式去重新定义。"②结合波兹曼的分析,笔者以为,在传统的纸质阅读中,人们收获的不仅仅是知识,更重要的是文字在大脑中所激起的深度想象以及对作品的共鸣。在这个意义上,波兹曼对电子媒介文化的忧虑,是对媒介技术决定论思想的反思,同时也是电子媒介文化所带来的传播困境的深刻隐喻。

海尔斯(N. Katherine Hayles)提出"过度注意力"和"超级注意力"概念,认为"过度注意力是传统的人文研究认知模式,特点是注意力长时间集中于单一目标之上,其间忽视外界刺激,偏好单一信息流动,在维持聚焦时间上表现出高度忍耐力。超级注意力的特点是焦点在多个任务间不停跳转,偏好多重信息流动,追求强刺激水平,对单调沉闷的忍耐性极低"③。在海尔斯的分析中,"超级注意力"对应着浏览式阅读,"过度注意力"对应着沉浸式阅读。电子阅读是一种与传统阅读完全不同的阅读模式,它强调"超级注意力"认知模式,并对印刷文化时代的"过度注意力"认知模式带来很大冲击。依据海尔斯的观点来审读当下文学传播的阅读情境,笔者以为,文字阅读偏向于"深度注意力"模式,而电子阅读是一种界面的视觉或形象阅读,更契合"超级注意力"模式。在信息时代,媒介技术的发展无疑使传统的沉浸式阅读退出主导地位,让位于浏览式阅读,这种阅读方式逐渐改变了现代性的阅读习惯,建构了一种新的阅读习性和阅读文化。

---

① 波兹曼:《童年的消逝》,吴燕莛,译,广西师范大学出版社,1982年版,第84页。
② 波兹曼:《娱乐至死》,章艳,译,北京大学出版社,2007年版,第10页。
③ 海尔斯:《过度注意力与深度注意力》,杨建国,译,《文化研究》19辑,社会科学文献出版社,2014年版,第4-5页。

二

在新媒介的数字信息时代,传统文学的单向传播转变为融媒介的多向传播。新媒介时代文学传播的生成有其独特性,脱域化、图像化、消费化是影响新媒介和数字信息时代文学传播的主要因素,并折射出文学发展的诸多新问题。

"脱域"是吉登斯(Anthony Giddens)提出用来表征现代性特征的概念,他使用这个概念来把握"现代制度本质和影响的核心要素——社会关系'摆脱'本土情景的过程以及社会关系在无限的时空轨迹中'再形成'的过程"①。网络媒介建构了一个拟态化生存环境,它潜移默化地影响着现代人的认知方式、价值判断与行为活动。现代人生存于媒介建构的拟像现实中,在其中,一切都是由符号所组成的仿像,现代人日前远离真实,并视拟像世界为真实存在。在这里,吉登斯的"脱域"概念,意在强调随着信息技术与新媒介的发展,传统的真实物理时空被解构,现代社会日益成为一个虚拟化空间,文学传播也因而被置于"异在"的拟态语境中。"脱域"使文学传播摆脱了对固定时空的依赖,使不同地域和民族的文学得以在虚拟时空中流动。作品从具体的时空中脱离出来,不再受到地域因素的影响和限制。这种依托网络媒介和虚拟时空的文学"脱域"传播,不仅实现了对物理时空距离的征服,也印证了歌德"世界文学时代到来"的预言。

新媒介信息时代的文学传播也与文化的图像转向密切相关。海德格尔在20世纪30年代指出,"世界变成图像,这样一回事标志着现代之本质"②。媒介技术时代同时也是一个读图时代,现代社会逐渐被建构为一个图像化社会,"最大限度地吸引眼球"成为现代人的共同诉求。图像成为视觉文化时代文学传播的最佳载体,首先呈现为文学著作出版的图像化倾向。文学著作借

---

① 吉登斯:《现代性与自我认同》,夏璐,译,中国人民大学出版社,2016年版,第17页。
② 海德格尔:《海德格尔选集》,孙周兴,编译,上海三联书店,1996年版,第899页。

助图像展开叙事，以达到图文并茂效果，如蔡志忠的"图说中国古典名著"系列，朱德庸的都市漫画系列《涩女郎》《粉红女郎》等。虽然古代的"绣像本"小说曾出现过图文结合的形式，但在图文关系上，主要是文为主、图为辅，图像起着对文字的补充说明作用。但在当下图书的图像化中，图像不再是文字的辅助、补充和点缀，图像成为主体，文字反过来成为配角，大量新奇、精美和富于视觉冲击力的图像成为"眼球经济"时代图书出版的主要支撑。其次，文学作品还通过对作品的影视改编来实现图像化叙事和传播。电影导演冈斯(Abe Gance)曾经指出："莎士比亚、伦勃朗、贝多芬将拍成电影……所有的传说、所有的神话和志怪故事、所有创立宗教的人和各种宗教本身，都期待在水银灯下复活，而主人公们则在墓门前你推我搡。"①国内外的名著接二连三地被搬上荧幕，先后被拍成电视剧或电影。不少中国当代作家的作品，如莫言的《红高粱》系列、路遥的《平凡的世界》、王安忆的《长恨歌》、余华的《活着》、王朔的《动物凶猛》、苏童的《妻妾成群》、周梅森的《人民的名义》、陈忠实的《白鹿原》等，都被改编为电影或电视剧。

文学传播的图像转向还体现在文学期刊的图像化倾向上。在当下期刊的出版发行中，视觉化的风格日益被强化，如《人民文学》《文学界》《小说界》《十月》等传统的文学类刊物，都增加了彩色插图，以追求刊物感官的视觉化审美风格。此外，期刊的栏目设置也呈现图像化趋势，如《小说界》的"另类文本"、《大家》的"凸凹文本"、《上海文学》的"日常生活中的历史"、《收获》的"封面中国"等栏目。随着数字技术与图像的结合，读者对文本的接受方式从"读书"转向"读屏"，如起点中文阅读等各种文学类 App 的出现，就是"读屏"时代的鲜明表征。传统文学期刊《人民文学》《钟山》《十月》《作家》《北京文学》《青年文学》也发行了电子版，方便读者网上阅读。《人民文学》还开通了"网上书店"，开设了"人民文学"公众号和"人民文学出版社"公众号以及小程序"人文读书声"，通过视频和声频等方式进行传播。可以说，文学期刊内容的通俗化和大众化，装帧设计的视觉化和豪华化，显现

---

① 伊格尔顿：《二十世纪西方文学理论》，伍晓明，译，陕西师范大学出版社，1986 年版，第 260 页。

出文学期刊传播的日益图像化趋势。

消费社会的出现也是影响新媒介和数字信息时代文学传播的重要因素。网络媒介、信息技术与市场结合，催生了全新的消费模式，特别是网络购物平台的产生，使现代人足不出户就可以跨时空购物和消费。随着网络技术的发展和全球化进程的加快，消费文化以强势的逻辑将一切都裹挟进来，如鲍德里亚所言："在我们的周围，存在着一种由不断增长的物、服务和物质财富所构成的惊人的消费和丰盛现象。它构成了人类自然环境中的一种根本变化。"①今天，整个社会处于消费文化的浪潮中，"'消费'控制着整个生活的境地"②。消费社会强调的不仅仅是物的使用价值，更强调物的符号价值。在一个眼球经济时代，消费的核心在于注意力经济，畅销书出版和消费偶像生产因而成为文学传播的一种特殊现象。

畅销书机制是 21 世纪文学市场化和商业化的产物，也是文学迎合市场需求的传播方式，如人民文学出版社 2000 年开始出版《哈利·波特》系列，随着作品的影视改编，销量达 3000 万册，连续畅销 10 多年。畅销书机制把图书作为商品投入市场中，通过分析和评估受众的阅读期待来策划与定位出版主题，再经由媒介包装和消费偶像的宣传来提升销量，实现短期内的强大资本驱动力。偶像原本是提供榜样力量的形象，但消费至上主义却让偶像成为商品符号而存在。海纳曼（Stephe Heyneman）认为："在大众传媒时代，明星是文化产业的有效工具。明星在基本保障效益的同时还传递出观众对于商品的购买欲。"③可见，媒介成为消费偶像的制造者和生产者，成为视觉化传播中被建构出来引领消费的符号。当然，消费偶像与大众媒介的利益共生关系，也带来了文学出版传播的诡异逻辑：出版社运用媒介推出偶像作家，通过偶像生产保障商业收入，而偶像作家则通过作品的畅销来提升自我知名度。出版者通过大众传媒制造偶像，通过营销手段和传媒操作，使作品传播获得成功，然后不断复制和批量化生产类似的新偶像，连续不断地推出类型化图书。

---

① 鲍德里亚：《消费社会》，刘成富等，译，南京大学出版社，2000 年版，第 1 页。
② 鲍德里亚：《消费社会》，刘成富等，译，南京大学出版社，2000 年版，第 5 页。
③ 海纳曼：《明星文化》，李启军等，译，《世界电影》，2007 年版，第 3 期，第 33 页。

三

新媒介信息时代,纸质传播、影视传播和数字传播建构了当下文学传播的基本样态和格局。文学传播的新变虽然拓展了文学的发展空间,但也带来了一系列值得深刻反思的问题。

首先,网络信息时代文学生产的快餐式增殖模式,导致文本叙事的去历史化、碎片化,以及深度阐释模式的消解。在新媒介话语场内,网络的多向度延伸打破了印刷时代文学传播的单一线性传播模式,形成网络虚拟空间内的多重话语传播模式。在技术层面上,新媒介语境下的文学传播呈现出交互性、即时性、共享性和个性化的特点。交互性使文学传播从作者中心转向读者中心,表明文学传播的低门槛性和灵活性;即时性与共享性表明文学传播突破了时空限定,作品实现了"脱域"传播;个性化表现文学传播过程中公共话语空间和私人话语空间的双重建构,个体通过博客、微博、微信等即时通信工具传达私人话语,个体开始拥有自由表达私人情绪和情感的空间和"权利"。但需要指出的是,虽然文学传播变得更为迅捷,但也导致了传播过程和传播内容的碎片化。很多作品为了提升推送效果和阅读效率,会选取和推送作品的精彩片段或经典片段,这也在某种程度上影响了作品结构的整体性。同时,作品的即时可读性也使其成为快餐式的消费碎片,它满足的是个体的感官刺激和快感欲望,而文本的思想深度和感染力则相对浅显和单薄。

历史意识是一种连续性的时间意识,时下兴盛的网络文学更多秉持一种"分裂"的时间意识,或者缺失历史意识。杰姆逊(Fredric Jameson)在分析后现代艺术的特征时认为,现代文化用来衡量和评价事物的认识深度的标准,在后现代主义文化中被各种新的实践、话语和文本的能指游戏所取代。① 在文本的"去历史化"过程中,大量碎片化的能指链的粘贴和复制,带来的是文化深度模式的削平。以此来看二次元式的网络文学作品,它们对传统文学叙

---

① 杰姆逊:《后现代主义与文化理论》,唐小兵,译,陕西师范大学出版社,1986年版,第192页。

事模式的解构和戏仿，更是突显出文化的"去历史化"特征。笔者以为，网络文学提倡小叙事，在这种叙事模式中，碎片化、零散的叙事模式以局部事件为焦点，注重个性叙述和自我表达，展现了文本的碎片化特征。与此相应，文学传播方式也呈现出碎片化特征，传统文学的框架被肢解、精华被误读，作品被置于支离破碎的"流动现代性"状态中，用马克思的话来说就是"一切固定的东西都烟消云散了，一切神圣的东西都被亵渎了"①。其次，视觉文化时代文学传播的图像化倾向，也导致了一系列问题的产生。读图时代的蒙太奇叙事，是一种外在的表象化叙事模式。当受众满足于图像化的直观感受，他们会更关注视觉的感官刺激，进而改变传统"静观式"的审美方式，导致本雅明意义上"震惊式"审美体验的生成，而不是精神的沉浸和心灵的体验。米尔佐夫写道："观看（看，凝视，瞥一眼，查看，监视和视觉快乐）或许与各种形式的阅读（破译、解码、翻译等）一样，是个很深刻的问题。'视觉经验'或'视觉教养'用文本模式是不可能得到全面解释的。"②在米尔佐夫看来，"看"是一个有着独特内涵的问题，"看"不能等同于"看见"，更不能等同于"看懂"。毕竟，只有不断积累视觉经验，才能更好地实现图像的理解和传播。

此外，图像是对现实的编码，视觉表征存在着形象及其内在意义的断裂，人们在观看图像时会存在一个与图像实景的断裂深渊或话语隐喻。视觉观看结果是与特定的文化联系在一起的，而并非视觉形象的复制或透视呈现。在不同的语境中观看一张图片，图片意义也会因观看环境不同而发生改变。即使面对图片中相似的认知点，不同的观者也会有不同的感受，这也正是视觉图像丰富性隐喻的体现。施罗德（Jonath E. Soeder）认为，凝视绝不只是意味着观看，而是意味着权力的心理学关系，在这种关系中，凝视者要优

---

① 马克思、恩格斯：《共产党宣言》，人民出版社，1964 年版，第 27 页。
② 米尔佐夫：《什么是视觉文化》，王有亮，译，《文化研究》第 3 辑，天津社会科学院出版社，2002 年版，第 4 页。

越于被凝视对象。① 今天，视觉革命催生了现代生活的视觉性狂欢与图像化生存，而图像转向显然表征了一种新的文学传播方式的出现。

再次，新媒介时代文学的商品化趋势，使得文学的文学性被消解，文学逐渐走向日常生活，日益受到市场和消费的规制。文学作品被大量推向市场，形成以作家、书商、书评人、大众构成的崭新"力场"关系：首先，作家不再处于中心地位，转变成依靠劳动换取报酬的职业写手，他们通过迎合市场刺激消费。在这样的语境下，"对艺术家本人而言，通过发行量等来赚钱的危险和诱惑越大，保持艺术意识的完整性就越困难"②。而且，由于消费文化的影响，出版人往往依据市场需求，将有商业利润的图书纳入出版行列。大众消费引导下被创作出来的文学畅销书，也日益丧失形而上的人文关怀，成为可供计量的商品。遵从市场和消费逻辑的文学生产与流通模式，不仅颠覆了传统的文学生产秩序，也建构了全新的文学传播模式。作家从曾经的"精神偶像"转化为"消费偶像"，曾经的读者变成文学消费中的粉丝，文学的高雅情怀日益被商业性和娱乐性取代。文学创作不再取决于其自身，而是取决于外在的粉丝文化和粉丝经济，作者创作日益受到读者反馈如回帖、点击、关注和评论等的影响，而这，不能不说是当代文学发展所面临和亟需解决的问题。

在商业化的生产与传播逻辑中，文学曾经的崇高在商业逻辑面前崩塌，最终滑入功利主义的生存困境。传统精英文学所信奉和坚守的话语体系发生了动摇，精英文学所应承载的宏大叙事被消解，自主性的"纯文学"所具有的神圣性、神秘性和审美性在消费的光环下逐渐被祛魅。文学逐渐脱离的精英传统，走下了高雅神坛。新媒介技术虽然扩大了文学的传播范围和传播效果，但也使文学传播更具套路化和模式化。而且，随着商业资本的介入，文学传播的产业化倾向日益明显。以上，可以说都是新媒介信息时代文学的

---

① Jonathan E. Schroeder, "Consuming Representation: A Visual Approach to Consumer Research,". Routledge, 1998, 208.

② Leo Lowenthal, An Unmastered Past: The Autobiographical Reflections of Leo Lowenthal, University of California Press, 1987, 129.

"速成"与"速朽"式发展所面临的新困境。

最后，以数字信息技术为载体的新媒介文学，迅速成为文学生产中的新形态，也导致阅读范式的转型。在数字化时代，文学有网络平台、手机终端、电子阅读器等多种传播途径，阅读方式也更随机和灵活。现代人阅读不需要面对纸质文本，而是热衷于 App 的界面阅读模式，纸质阅读慢慢转向电子阅读。文学作品从"被读"走向"被看"，文学传播由传统的"读书"转向"读屏"。便捷的文字阅读和视频观看方式，让现代人可以利用碎片化的时间来接收信息，但这种刷屏式的阅读也带来了阅读的碎片化。快速的、跳跃的、一目十行的片段式阅读模式，也导致普遍的"浅阅读"状态的形成，进而催生出只重标题不重内容的"标题党"，降低读者的阅读美感。笔者以为，网络时代的"读图"或"读屏"方式，既是一种速度化、碎片式阅读，也是一种去深度化的阅读模式。"读屏"给文学阅读带来革命性变化，使阅读中的"深度注意力"转变为"过度注意力"，但这种阅读行为往往以浅层次的信息接收或知识获取为终结，文本的深度思考逐渐被视觉浏览取代。因此，我们在适应视觉文化时代的读图需求的同时，要引导现代人养成良性的阅读习惯。

巴特（Rol Barthes）曾提出"作者之死"命题，而新媒介和网络信息时代无疑加速了作者的死亡，但令人吊诡的是，它又从另一个维度催生了作者的产生。作者身份被泛化，任何有创作欲望的个体都可以通过新媒介以自己的方式进行文学创作，表达自我和宣泄情感的人都能被称为"作者"。与作者身份泛化相对应的是创作表达的多样性，任何人都可以自由表达个体体验，个体可以在自媒体上自由写作，也可以随意转载他人作品。除了作者身份的转变，读者身份也发生了转变。在过去，读者大都处于被动接受的一方，作者与读者的互动交流很难实现。到了新媒介信息时代，读者影响力的提升逐渐消解作者权威，在文学场域中，文学资本开始流向受众群体。作者门槛的降低使越来越多的网络作家崛起，他们迎合受众需要，在争夺文化资本的同时，冲击和颠覆了由传统精英作家所制定和维护的文学规则和话语体系，而这，不能不引起我们的警惕与反思。

布尔迪（Pierre Bourdieu）厄指出，"场域"可以被定义为"在各种位置之间存在的客观关系的一个网络或一个构型"①。如艺术场能够完成这样一种制度行为,即"把艺术品的确认加强给所有(像访问博物馆的哲学家一样)按某种方式(通过应分析其社会条件和逻辑的社会化作用)构成的人(且仅仅是那些人),以至于这些人(就像他们进博物馆一样)先入为主地认定和把握在社会上被指定为艺术品的东西(尤其通过作品在博物馆的展览)"②。顺着布尔迪厄的观点,笔者以为,新媒介、数字与信息技术无疑为文学建构了这样一个新的空间场域,这是一个不同于以往文学场域的新的文学生产与传播空间,其传播途径与效应也是过去任何一个时代所无法比拟的。因此,我们应当正确面对新媒介场域的资本博弈与文学传播的革新,凸显新媒介和信息技术对文学传播的建构性,进而完善文学传播机制,更好地实现文学在新媒介信息时代的传播。

---

① 布尔迪厄、华康德:《实践与反思:反思社会学导引》,李猛等,译,中央编译出版社,1998年版,第133页。
② 布尔迪厄:《艺术的法则》,刘晖,译,中央编译出版社,2001年版,第346页。

"80后"网络都市言情小说叙事艺术探析
——从《裸婚》到《恩将求抱》

汤 俏

中国社会科学院文学研究所

伴随着"她时代""她经济"的崛起,都市言情小说成为网络文学女频中的重头戏。有学者追溯中国都市言情小说的脉络,认为发端于以《莺莺传》《李娃传》为代表的唐传奇,继而是明清时代的才子佳人小说、民国时期的鸳鸯蝴蝶派,稍近些的就到了20世纪40年代张爱玲描写上海十里洋场或是香港半山别墅里以苍凉闻名的乱世奇情小说,但是更为直接的影响来自20世纪八九十年代的港台言情小说潮流①。随着网络文学的繁荣发展,以唐欣恬、匪我思存、明晓溪、夜神翼等为代表的女频作家,又带来了都市言情小说在新世纪的兴盛。唐欣恬因其作品《裸婚——"80后"的新结婚时代》(后简称《裸婚》)被改编为电视剧《裸婚时代》热播,被誉为"新生代都市女性情感代言人",近年来创作之路愈加开阔。《裸婚》一定程度上反映了"80后"都市女性的婚恋现实、情感想象和价值取向,呈现出消费时代场域下大众都市文化的新特质。

一 "依生活而写作":从金融"海归"到网络言情大神

作为一个金融专业的"海归"到全职网络言情作家,唐欣恬的作品常常带

---

① 周志雄、孙敏:《文化视野中的网络都市言情小说》,《山西大学学报》(哲学社会科学版),2018年第4期,第25-32页。

有显著的金融行业特色。关于唐欣恬,网上的介绍大多是:"'80后'金融学硕士,曾于上海任对冲基金美股分析师,后回北京经商创业。"海外求学和在金融行业工作的经历不仅是开阔她眼界、成就她灵感的源泉,为她后来的写作积累了丰富的创作题材,同时也赋予了她区别于一般文科生作者所罕见的理性思维。2007年左右,她开始在红袖添香网站上创作《女金融师的次贷爱情》,这部小说的主人公有着和唐欣恬一样的美国留学经历,毕业以后也选择回到祖国开展事业,因此有着"海归版《奋斗》"之称。唐欣恬启用了一个很"金融"的概念来形容爱情,女主角温妮"将一腔爱情贷给信用不良的他,哪知,终成一笔坏账",直到遇到爱情信用良好的黎志元,温妮才在这场旧爱新欢的纠缠中华丽蜕变。这部小说具有典型的金融分析师的职业特点,认为爱情就像一笔账,而能不能像处理坏账一样处理逝去的爱情,大概就是小说主人公们用自己的际遇带给读者的启发。这部作品为唐欣恬赢得了近千万的点击量,从此开启了她作为网络言情作家的创作生涯,也为她叩开了线上转线下的出版之门。

唐欣恬有一套自己的创作原则,简而言之就是"依生活而写作"。她信奉"艺术来源于生活而高于生活",因此,她的小说与多数网络小说重在虚构不同,而是大多取材于自己的真实生活经历,或者是自己身边发生的、熟悉的故事,可以视作有一定现实基础的现实题材小说。她认为,源于真实生活的故事才能在更大程度上引起读者的共鸣,回想起自己的创作历程,她觉得自己的每一次经历好像都是为了后来的写作而铺垫。《大女三十》取材于她辞去金融分析师的工作、从上海回到北京经商的经历,着眼于唐小仙在这段短暂的创业过程中,与郑伦从偶遇到闪婚、实实在在柴米油盐酱醋茶的生活中如何面对一地鸡毛,如何处理各自情感上的纠葛、最终化解矛盾进入更为融洽的婚姻和家庭生活。《裸婚》类似唐小仙和郑伦的续集,也来源于唐欣恬自己的婚姻经历。面对飙升的房价和物价,"结婚"这个原本充满了喜气洋洋的词似乎也夹杂了辛酸、尴尬、疲惫和无奈等种种复杂人生况味,简单的誓言背后,支撑着夫妻双方的其实正是一种面对现实生活巨大的勇气和坚韧。《裸婚》一书紧紧抓住"80后"这一代婚恋现实的脉搏,引发了当时一代人对于"裸婚"现象的思考和论争。唐欣恬自此封神，后相继完成了《侧身遇见爱》《谁欠谁一场误会》等小说，2015年又凭借《裸生：生娃这件小事》获得第一届网络文学双年奖优秀奖，顺利完成了从一名金融海归精英到网络言情大神的转型。文如其人，唐欣恬其人其风都投射于《裸婚》里的童佳倩、《女金融师的次贷爱情》里的温妮、《大女三十》中的唐小仙、《但愿爱情明媚如初》里的毕心沁等人身上。除了我们熟悉的几部作品以外，她还创作了《你是我后来的一生》《单身贵妇养成实录》《钟此一人——锦鲤是个技术活》《稳住吧，女王》等。她的创作始终聚焦于现代都市中行色匆匆、擦肩而过的人们之间或偶然或必然的情感纠葛，书籍的腰封上赫然印着"关于都市女性的怕与爱"，始终为都市女性立言。爱也罢，怕也罢，即使她们总是趋向于把对现实的恐惧凝结成内心深处的不安，却总又在偶一转身之间裙角飞扬、眼波如水，电光火石之间跌跌撞撞、兜兜转转，辗转于繁华都市繁华的表象之下始终执着于那一份对于真爱的渴求与期盼。

二 召唤真爱的"金手指"：网络时代中的"理智与情感"

理智与情感，好比天平的两端。唐欣恬的《恩将求抱》被称为"网络时代的'理智与情感'"，讲述的就是这样一个理智与情感相互博弈的爱情故事。男主角池仁的身份是一位总裁秘书，无论颜值还是能力都可谓业界担当，却每每陷入爱情不可自拔而屡战屡败；女主角江百果是一位顶尖的发型师，拥有一家"无误沙龙"，虽说是个矮胸平、看起来营养不良的姑娘，可偏偏在爱情里总是理智大于情感，因而无往不利、游刃有余。这两人的偶遇，一开始就展现出"理智小姐"和"情感先生"直接交锋的态势来。江百果初识池仁的时候便自导自演了一场"美女救英雄"的戏码，还调侃池仁的名字"更像是被人吃的盘中餐"。这句话旗帜鲜明地将池仁定位为感情中弱势的一方，符合小说的人物设定，即男主人公反而是在情爱关系中比较感情用事、对每一段关系都难以割舍的那一位，这和人们定式思维中男性更理智更冷静的认知恰恰相反，这种陌生化效果让读者对这种男弱女强的模式充满了阅读期待。这正切合了网络言情小说当下流行的"大女主"叙事模式，女主角一反之前常见的"霸道总裁爱上我"模式中傻白甜的人物设定，更多体现出经济独立、思想坚定、可以自主掌握命运的女性主义倾向，在感情上也不再是被动地等待男性抉择的弱势地位，而是被戏言为从"总裁爱我"到"我即总裁"的一个整体流变趋势①。与"大女主"崛起相应的，是职场叙事的兴盛。女性要独立自主，首先表现在拥有自己的事业和职场上的话语权，网络言情小说由此逐渐走向更为开阔的对女性成长话题进行探索和实验的场域，这一尝试一定还存在不少试错和完善的空间，但它至少在摆脱"玛丽苏"式的陈词滥调上表现出了积极的努力。

《恩将求抱》中的女主角江百果可以说是改良版的"大女主"，她既不霸道，也非总裁，有别于以往"傻白甜"的女主人设。她对自我有着清醒的认知和高度的认同，靠自己的技术拼出一片天地，因此也生活得格外有底气。大概正是这种底气，给了江百果超出一般女性的理智，投射到个人的感情生活时，则表现出女性少见的干脆利落，既不委曲求全也绝不拖泥带水，自有一套自圆其说的情感理论以及行之有效的实践技巧，被评价为"狠心决绝"。男主角池仁一出场的表现却屡屡与其高大俊朗的外形形成强烈的反差，他对每一段感情都倾心投入、铭心刻骨，每一段感情都是他身上的一道伤口，而池仁的"伤口"在江百果那里却不过是可以不断再生的指甲。他们一个理智到几近无情，收放自如、游刃有余，一个胸怀丘壑、纵横捭阖于职场却每每失意于情场，不可自拔。命运奇妙的安排让"理智小姐"和"情感先生"在原本平行的空间发生偏航，产生不可思议的交集。

这种人设或情节上的反差或者说陌生化处理，正可以理解为网络文学中常用的"金手指"的一种。一般来说，作者通常会在小说里设置一些障碍，使得本来可以顺利发展的感情受挫，而这种困境可能是男女主人公双方的家庭矛盾、历史渊源、身份地位的悬殊，也有可能是来自双方之外的一些不可控因素，例如第三者插足或是突患绝症、横遭车祸然后失忆之类常见的桥段，

---

① 薛静：《从"总裁爱我"到"我即总裁"：网络言情小说更迭》，《中国妇女报》，2019年1月8日。

由此使主人公的感情陷入困境。正是从这种看起来似乎无望的绝境一路逆袭，读者在阅读的过程才越有快感，这就是俗称的网文之"爽"点所在。这种绝地求生的关键在于，每到危急时刻，作者便施以某种脱离现实逻辑的神奇方案来反转故事情节，既可以使主角突破困境、让问题迎刃而解，还可以使得情节一波三折、跌宕起伏，满足甚至超出读者的阅读期待，在阅读的过程中始终和人物同频共振，达到情感共鸣。人们把这种不符合常理而又频频"空降"救场的叙事策略称为"金手指"。《恩将求抱》作为反映都市现实生活的言情作品，自然深谙其中的技巧。首先人设的反差就很容易激起读者阅读的欲望，由一般情况下的男强女弱转变为女强男弱，这样一个位置的调换让读者感到新鲜，唤起继续追踪剧情的极大热情，从而得以在海量的网络文学作品中成功地保持用户的粉丝黏性。正是凭借这股陌生化带来的影响，唐欣恬才在这对看似毫无交集的男女主人公之间构造出一波又一波的小冲突和反差萌，让原本不可能生长的爱情之花在两个平行空间中藤蔓蜿蜒，生发出一段段叫人啼笑皆非而又心领神会的故事。

当然，唐欣恬也为江百果和池仁的感情设定了合理的因素，而并非强行"拉郎配"。江百果在遇到池仁之前是长期在感情里冷静而不为所动，甚至可以计算感情的人，其实内心是真正荒芜的孤独和寂寞。而池仁在遇到江百果之前的种种都是"感情"，令他满盘皆输，屡屡狼狈，唯独江百果是他的"感情之余"，他可以完全保持职场上的纵横捭阖、收放自如。池仁对江百果独一份的不"感冒"，恰恰反证了江百果是他生命中那一份"独一无二"的存在。毋庸讳言，网络小说的确都有一些常见的类同的情节模式，用得好了是会心一笑，用得不好就是槽点和毒点，这就要依靠作者驾驭全局和情节调度的能力来推陈出新，在习焉不察的既定范式里追求哪怕那么一点点逸出常规的超越。唐欣恬讲究技法，并不回避"套路"，既不流俗却也不惧从俗，还能从俗套里擦出自己的火花来。在池仁和江百果的生命里，唐欣恬安排了一段十四年前的插曲，于是一切今日的莽撞入怀便都有了合情合理的解释。"失忆"是一把极好用的金钥匙，既可以往前追溯，解释前缘天定，又可以适时地在情节需要反转的时刻神奇地"恢复记忆"，如此便可以顺其自然地打开人物关系中分分合合的那道门，读者也不会觉得太过突兀。这样的桥段在日常生活中相对不是那么常见，容易造成某种难以逻辑自洽的硬伤。唐欣恬在小说里给江百果设置了足够充分的空间，江百果表面看起来坚强乐观、大大咧咧，似乎不知人间愁苦，但其实童年时代受过的创伤一直潜藏在她内心深处，连自己都不能面对，因此始终是尘封状态。也正是因为这种"创伤后应激障碍"，她虽然选择有意识地遗忘，但池仁这个人对她来说终究是非比寻常的，这也就可以解释为什么她在机场看到池仁会出手相助。

池仁一直以为唐茹就是自己要找的那个真命女孩，"理智"告诉他应该用全部生命去呵护唐茹，但实际只是为了报答当年的萍水相逢，而每每遇到江百果，这种"理智"就莫名其妙地失效。殊不知，池仁对唐茹只是因为被误导而代入的一份责任感，并未从内心真正接受她，而对百果则虽然自认完全是利用或是巧合，却是源自理智之余的"真"感情的牵引。作为小说之外拥有上帝视角的读者自然知道，这一切都是因为江百果才是十四年前那个瘦弱的、有着卷曲头发的小女孩。这里难免有一丝宿命的味道，但言情小说既需要这种缘分天注定的命定感为读者带来爱情的信念感和浪漫感，又需要适度地把握好分寸。为了淡化这种既定的宿命感，女主势必在看着其貌不扬的外表之下拥有一颗美丽善良的心灵，而最终事实也证明，连"其貌不扬"也只是障眼的烟雾，洗尽铅华的女主天然去雕饰，其实是既人美又心甜的。与此相对，女配角或者说女二号则一定程度上是网络语言常说的"心机女"或者"绿茶"，美则美矣，却是城府极深、心思不纯的一类。《恩将求抱》也走的是这一路线，百果初看粗粝而不专情，其实是性情中人，从前种种皆因没有遇到对的那个人，而唐茹乍一看柔弱纯情，最后却被证明自幼便心机深沉、手段狠辣，最终自食恶果。所以，池仁选择百果而认清唐茹的真面目，一切也就顺理成章了。而在这行行重行行的误会与三角关系之间，甜、宠、虐、感伤等言情小说该有的情感配方一应俱全，读者也就跟着主角在这趟情感之旅中一起体验那种忽上忽下、忽紧忽慢过山车一般的感觉，这大概正是日常平凡生活的加味剂。同理心也好，代入感也好，正是因为言情小说很大程度上满足了人们在庸碌的真实人生中所缺乏的情感体验，为平淡的生活激起一些浪花或者涟漪,从而获得了青睐。人们从故事中获得了日常生活中所不能获得的多种人生体验,就好像网文的另一种类型重生小说一般,新鲜感和陌生感以及超越现实人生的多重可能性,是从网络空间蔓延到线下趣缘群体的原动力之一。

虽然《恩将求抱》被评价为网络小说中的"理智与情感",但唐欣恬所追求的旨归恰恰是以召唤真爱的金手指为情感代言,江百果和池仁的故事证明情感的力量可以战胜所谓"理智"的种种世俗考虑和计量。唐欣恬在这部小说中并没有寄托太过厚重的社会伦理思考和讨论,时代和现实都让位于架空的爱情,因此也就少了许多柴米油盐的地气。为爱情流泪欢笑而无须忧心面包,这种流光溢彩的生活正是作家为人们编织的一款瑰丽轻甜的梦,家常白菜必不可少,但也需要玫瑰来装饰一下平凡人的生活。

三 平衡的两性:"80后"一代城市青年群像

《裸婚》中刘易阳和童佳倩作为"80后"一代城市普通青年比较具有代表性,他们在一地鸡毛的生活中表现出努力坚持的韧劲、迷茫中仍不失娱人及自娱的精神以及随波逐流中的磨砺和逐渐成长,都在不同程度上反映了这一代年轻人由于成长环境的差异所导致的面临现实矛盾时不同的选择和面貌。"80后"一代是伴随着改革开放成长起来的一代,成长环境较"70后"相对平稳顺遂、鲜少体味生活的疾苦,但又不像后来的"90后"那样多元开放、个性突出。可以说,当成年的"80后"独自面对现实中住房、育儿、养老等经济问题及连带而来的婚姻和家庭矛盾时,如何肩负着物质的重压在捉襟见肘的生活中挣扎着寻找快乐,是这一代年轻人主要的课题,如何调和与父辈巨大的价值观差异、在琐碎平凡中插科打诨、含泪拥抱亦是剧情内外年轻人产生强大共鸣的话题。不同于《裸婚》反映"80后"一代婚恋、职场生存的焦虑和奋斗,《恩将求抱》架空现实基础塑造了一群都市职场精英的群像,虽然并非不食人间烟火,却不用为生计奔波发愁,更不存在就业难、住房难、看病难、入托难等种种来自普遍现实的问题。唐欣恬将新作聚焦于情感而淡化对现实的再现，与作家本身的生活经历息息相关。距离《裸婚》发表已经将近十年，全球化浪潮持续深入，都市生活不仅节奏加快，压力也越来越大，当初裸婚的那一拨年轻人已经深谙中年危机的焦虑和挣扎，更多时候渴求情感的温馨，获得一个暂时抛开现实压力"躲进小楼成一统"的机会，这是一种休养生息、重整旗鼓的方式。同时，也试图反证现代都市生活中情感荒漠化的现象，现实留给人们的空间已经较为逼仄，除了努力为稻粱谋而奔忙，可能已经无暇顾及太多情爱，即使有相遇的概率，大概也不得不让位于现实的考虑。抽离现实苦涩的委蛇暂时代入"他者"，这也许是都市言情小说之所以长盛不衰的主要原因之一。

《恩将求抱》以描摹情感为主事，人物形象虽非个个鲜衣怒马、骨肉丰满，亦在情感的酝酿和蜿蜒生长中逐渐明晰。唐欣恬有意突出男女主角的反差，池仁身高一米八五以上，身穿军绿色的夹克，一双单眼皮妙目含情，细皮嫩肉，唇边连男人惯有的青色都要浅于常人，虽是短发却是垂着刘海，"举手投足之间就像被设置了程序的机器人"。最关键的是身上不但有女人的香水味，还随身携带着镊子，可以用极其熟练的手法精确地帮江百果拔掉多余的眉毛，令人瞠目结舌。如果说池仁的形象略有阴柔之嫌，百果则颇具"娘man"平衡之风，她一米五八的个子，蹬着一双马丁靴盘腿坐在座位上，扭头就走时"橙红色的腰包在臀上一颠一颠的"。这种酷辣爽利的形象在池仁眼里却又是另外一番风景，"英气""羸弱"，还带有一丝俏皮的可爱，俨然穿着大人衣服的未成年少女。江百果并非以容貌出众而出场，但她无疑是美丽的，只是属于那种外表比较娇小而内在气场强大的盐系女友，与池仁因误解而分道扬镳时又呈现出强悍粗粝的表象之下柔弱感伤女性化的一面。外在形象并非仅仅呈现，其变化的曲线其实是和故事情节、人物关系以及性格发展相互吻合、互为印证的。唐欣恬的厉害之处就在于除了主角之外，仅凭纸笔之上的对话和行事，也能让你在掩卷之余去想象每个人的轮廓，一颦一笑甚或一怒之间衣带当风，一个人的性格和行事风格与所呈现出来的外在形象之间的吻合可以做到大体不差。

作为唐欣恬笔下独特的"这一个"男秘形象，池仁虽然在百果前后的感情世界中衔接不够自然，但他的确在感情之余尽显商界精英特质。池仁不但专业技能高强，业务熟悉，还能给对手稳准狠的打击，在生活中对老板也是尽职尽责、十项全能，大至家庭婚姻感情，小至减肥理发修眉，乃至煲汤做甜品这样的日常，也都严丝合缝、熨帖妥善，兼具职场伙伴和生活帮手的职能，再加上颜值和身高能打，绝对是完美男秘书的教科书。但男秘书只是池仁用来掩人耳目的保护色，他真正的身份随着故事情节的深入而抽丝剥茧地显山露水。原来他是致鑫集团董事长曲振文的独生子，父子俩隔绝多年、形同陌路，甚而反目成仇。池仁隐姓埋名、十年磨一剑，颇有些基督山伯爵复仇的意味，故事由此一波三折，峰峦起伏，由幽默诙谐兼具轻甜风格逐渐转向略带悬疑色彩。唐欣恬又并不忽然一下子把幕布拉开，让读者以全能视角洞察原委，而是时而将镜头拉远回到十四年前甚至更久远的时候——曲振文和池仁母亲姚曼安、宋君鑫三角纷争之时，时而又将眼光调转回到现实，正是在这种快速、反复的抽离现实和回旋当中，两代人之间的恩怨情仇逐渐水落石出。池仁的凌厉和隐忍、钟情与孤绝、追求和舍弃，他的貌似无害和苦心孤诣、铤而走险和删繁就简，如此种种，都在环环相扣中逐渐丰满起来，组合成一个多面的、复杂的形象。从一出场温和中还带一点尖刻的阳光大男孩到海纳百川而冲淡平和的成熟男性，池仁的成长是有曲线的，是逐渐推向深层的内心，比较有说服力，可以赢得读者的同理心。

江百果的变化幅度则没有那么大，从出场到结局，她始终是一个乐天、果敢、善良而透明的形象，娇小的身躯里拥有的是一副泼墨山水画一般大开大阖、应对自如的洒脱脾性，也并不妨碍她在作为一个首席发型师时候的精益求精和元气满满，亦有古灵精怪和一唱三叹的哀愁之处。和池仁相似的是，他们都是善于掩盖自己伤痕的人，池仁是戴着面具行走江湖，百果则是将伤痕深深地藏在潜意识里，只有午夜梦回之时仓皇面对，那大概是她全副武装的盾甲之外唯一的弱点。她虽瘦弱却内蕴着巨大的能量，即使是人高马大、咋咋呼呼的师傅张什，也对她又敬又惧，紧要关头颇能有几分爆发的胆魄镇得住场子：新年晚会上为了护住他人一头迎上张什那一记酒瓶炸裂，血流如注她却仍气定神闲指挥若定，直到池仁赶来才眼前一黑晕倒过去，这是那个看起来仿佛营养不良的江百果；池仁多次弃她于不顾，甚而摆明了是想利用她，可是她不但甘之如饴、主动接近吴煜不说，还丢下昔日爱之如命的无误沙龙，以身试险千里迢迢奔赴西雅图一个帐篷一个帐篷地寻找池仁、差点葬身冰川，这是那个以理智著称、杀伐果断的江百果；她恢复记忆以后断然与池仁决裂，携手吴煜远赴济州岛，把一张一张照片分享给张什，可是就是对池仁的呼唤无动于衷，即使遭遇吴煜的背叛也意欲和盘吞下，多少次形单影只踯躅彷徨于街头，落寞清幽之时明知池仁守护在身后却也绝不回头，这是那个与人为善、真挚热烈的江百果。

除男女主角外，张什也是一个比较有存在感的人物。他为人粗放豪爽，经常会在一些不合时宜的场合开些不合时宜的玩笑，但也因此常常起到调节气氛、制造笑点的作用。他与前妻孟浣溪堪称欢喜冤家，分分合合、打打闹闹，甚至为了保住与孟浣溪的感情答应做无误沙龙的卧底，伺机帮孟叔一雪前耻。与孟浣溪决裂的时候，混世魔王如他也黯然神伤。这样的男人，粗线条中又有细致的一面，流俗当中亦有所坚持，他自然不如池仁那么完美，但恰恰可能是平凡生活中的你我，会犯错，但也知错，如同一片原生态的沙滩，虽则粗粝时硌得人生疼，却是干净、简单、一览无余的。此外，曲振文的老奸巨猾、冷血自私、巧言令色也是小说后半段刻画得较为成功的一幅调和了比例的人物速写。唐茹在书中所占比重不小，但有流于蛇蝎美人的俗套之嫌，前半段装无辜小白兔，后半段真面目暴露，基本可以猜得八九不离十。而赵大允的标签是一心护主的忠仆形象，在人物着笔上原可以说无功无过，只可惜后半段对唐茹的感情转变稍显突兀，除了虐恋大概很难解释这种爱的盲目性。

值得注意的是，《恩将求抱》中的江百果虽然有其飒爽利落的一面，却并不像很多职场小说的女主角一般因为工作中性化而丧失女性特质。唐欣恬并无意于建构一个大女主的事业向空间，在她的都市言情小说序列里，男女主角是在现实生活中相对平衡的两性，他们的焦虑指向同一个消费文化场域下的各种现实困境，而并非性别差异。从《裸婚》对于来自现实世界物质困境和挑战的呈现，男女主体情感对等、共同面对，到《恩将求抱》中人物仿佛生活在一个已超脱物质束缚的真空之中，可以说是唐欣恬在叙事策略上以构建真爱文本乌托邦来置换真实经验的尝试。这种从现实语境退回到真空中"造梦"的转变在某种意义上而言其实是作家对于情感与物质冲突等现实阻碍的规避，是对于网络文学读者本位的协商，体现了作家建构性别主体平衡意识的后撤，恰恰折射了当下都市文化的情爱伦理和价值取向。

四 语言之妙：一碗爱情的麻辣烫

风格即人，唐欣恬的语言有着非常鲜明的特色，简约明快、活泼幽默，又时时可见提炼于大众生活之中朴实的智慧。小说多以对话式的语体推进情节发展，而少有外貌、环境或者心理描写，即使有也分外爱惜篇幅，辅助说明故事进展。短章短句的形式既是网络小说以其娱乐性和消遣性固着读者黏性的必然要求，也符合都市生活本身快节奏的特点。但唐欣恬依然在这寸金寸土的空间里尽量发挥自己在语言上的感觉优势，在这方面堪与亦舒一比，不过亦舒的语言犹有一种愤世嫉俗的尖刻凌厉与入木三分的世事洞明相伴。如果将亦舒比作一块丝络筋脉缠连、辛辣无处入口的老姜，唐欣恬大概只能算得上一株香茅草，在风中散发出某种薄荷一般令人醒脑的味道，闻之清新愉悦，其中的俏皮、活泼与刺激心领神会，但不至于深刻或者锋利到可以割肉剔骨、戳到你心尖尖上。

唐欣恬常常用一些口语化的文字简练而朴素地表达出一些充满人生箴言意味的感慨，跳跃性很强，貌似毫不相关却又让人在毫无防备的情况下引以为然。有时以小喻大，"微言大义"，比如从一枚平凡的镊子上升到"有的没的"这种并不是很确定也不是特别可靠的东西，以此窥探到江百果那貌似坚强、无所谓的内心中一点点缺乏安全感的角落。又如将江百果对她和池仁不可言喻的关系比作手指上的倒刺、舌尖上的溃疡，虽然疼痛却表征活着的感觉，其实是为了表现江百果对池仁那种欲拒还休、欲罢不能的隐秘情感。有些是自然过渡，却忽有"曲径通幽"之感，看似平平无奇，却是精妙恰当的类比，独辟蹊径、九曲回环，让读者顺势跟随、深以为然。比如池仁初识唐茹时,将她比作一株兵荒马乱中弱不禁风的海棠树,由此可以发现池仁内心对唐茹的怜爱无以复加,除了唐茹外表柔弱之外,更附加了池仁将自己十四年来的歉疚一股脑地落实到了唐茹或者说他自己对唐茹的感情之上。而百果是形状奇怪的树杈,干枯而硬朗,唐茹有多么需要人呵护,江百果就有多么可以不管不顾,唐茹是温室里的花朵,而江百果则是旁逸斜出支棱着的一根树枝。但那一个"无处安放"恰巧是池仁懵懂未知的感情状态。前面的对比和反差越强烈,后面的反转也就越刺激,带给读者的"爽"感也就越深刻。还有一些妙趣横生的类比,既可以来一招阳春白雪温润你那颗文学青年的心灵,又可以搞怪调侃弄得你啼笑皆非,但是过后心里留下的都是雨后初阳般的微温。比如说她写池仁的深情,"他把她十四年间的苦难一股脑儿地包揽,便也将她的欢喜当作千金不换"。这样强势而又荣宠的爱,强烈得让人读来动容。而当她写到冉娜对张什的单恋时又是换了一幅笔墨,以梅菜扣肉和挂炉烤鸭、酸汤肥牛作比,再一想到冉娜那肉乎可爱的憨态和张什鲁莽粗糙的直男劲儿,更是忍俊不禁。可是那后一句"我却把你接触过的一切都当作是你"真有力挽狂澜之效,一股酸楚霎时便击中了那颗本来早经磨砺的心。我们对人物的所有感知,几乎都来自那鲜活的大刺刺地充满了毛刺的语言。张什身上既有着出身市井的那种粗俗油滑,又还深谙怼人的回旋之技,从另一个侧面来说,也就立住了张什这样一个粗线条而又不缺心眼、重情义而又古道热肠的直男形象。

文中多处词语都是我们平时耳熟能详的,并无奇崛之处,就因为唐欣恬不按常理出牌的组合,偏偏令这些普通的符码生发出一种奇特的张力来,让你不但不觉得违和,还觉得正是这样的错位才能表现出这光怪陆离的感情世界中人们那无处安放的情感的魔力来。比如说脚印、二氧化碳,比如说阑尾、心肝,比如说由俭入奢和由奢入俭、海纳百川和承上启下,又比如说撤去我们常用的"笑话"的惯性理解,而用一个更加不值一提的"餐巾纸"来揭示张什对冉娜的不屑一顾,实在是入木三分。形容赵大允不管不顾抛开主仆身份的顾忌,非要一吐为快的时候,是用了一个像"一瓶被摇晃了整晚的碳酸饮料",这个比喻的妙处并不在于碳酸饮料的蓄势待发,而是要压也压得住，可一旦有可乘之机便喷薄而出。个个在句子里都有自己的一份担当，就好像唐欣恬是随意地泼洒出去一盘颜料，却星星点点地散落在正好的那个位置。你以为唐欣恬是不是把语句错用了场合，但其实，看似漫不经心的背后都是盘桓许久的有意经营。就好像前一分钟你还在为主人公的虐恋心碎担忧，下一分钟又不得不在她的古灵精怪里破涕为笑。平静的伤感也好，热烈的牺牲也好，支离破碎的呓语也好，俨然高深的人生哲理也好，都是唐欣恬的语言游戏，也是她在岁月的淘洗之下沙海拾贝的真切感悟，都放在爱情这一极具包容性的话题之下，与你我细细品鉴。她如同一位拥有着丰富经验和挑剔眼光的美食爱好者，稳稳当当地把这一碗如同现实生活一般五味杂陈的爱情麻辣烫从微温烹制到沸腾，确保各种类型的食材融入进来都可以入味入心，让读者欢笑也好，感动也好，哪怕涕泪齐流，也还是忍不住大呼"过瘾"。

五　都市爱情+职场风云：裸婚时代的"80后"情感地图

就言情小说而言，香港和台湾是两类不同风格的源头。香港这边有亦舒的世情书写、岑凯伦的豪门恩怨、梁凤仪的财经故事等，虽然各种门类有所区别，但总体来说相对严肃、节奏紧张、现代性较强。虽然故事以言情为主要旨归，但亦描绘香港大都会时代风云和行业发展、社会阶层的结构状况、城市空间等状况，相对而言倾向于有所承担和深化。台湾一脉略有不同分野，琼瑶的言情小说较多受到中国古典文化的影响，无论是故事氛围还是语体风格都较为传统，讲究感情的浓度和优美，但是琼瑶偏向于让主人公深陷于爱而不得或相爱相杀甚至因爱生恨、永失所爱之类的感情旋涡，悲情色彩非常浓重，这些情节设置上的偏好和情绪的极致表达与今天网络言情小说中"虐文"一派的行文风格有着莫大的渊源。而另一个路数则是以席绢、于晴等为鼻祖的甜宠文为代表，当年风靡一时的《交错时光的爱恋》《上错花轿嫁对郎》《嗨！偷心俏佳人》《乞儿弄蝶》等故事情节活泼轻松，幽默风趣，经常有一些无厘头的情节或者语言能让读者爆笑，可以说是开启了穿越、古言、霸道总裁文等轻叙事纯爱小说的先河。网络都市言情小说不仅受到来自以上两类潮流的影响,也同时接受了 20 世纪 90 年代新写实小说、21 世纪以来的日本动漫、韩剧、综艺节目以及网络亚文化的种种影响。正是在这些合力的冲击和渗透之下,逐渐塑造出今天我们见到的网络都市言情小说的样貌。

网络言情小说按照行文风格有甜宠文和虐恋文之分,尤其是甜宠文在某种程度上和总裁文有所重合,这种类型的流行源于普通女性在平凡生活中对于浪漫爱情的超现实期待和情感代入。而虐文虽然看起来故事的走向和机理都朝着另一个极端方向发展,但是通过种种情节反转和感情折磨,欲望想象得以在这种极致的表达中释放。两类文风看似迥异却殊途同归,以强烈的冲突求得情感治愈。这种纯爱或者真爱文本的流行,恰恰反映的是现实生活中爱情的缺位。现代都市青年追求的是在乌托邦式的情感世界里借他人酒杯浇自己的块垒,在虚幻的世界里体验不同的人生,弥补裂痕、发掘温暖。都市小说中常见消费空间以其与生俱来的现代性散发出混乱和迷失的特殊气质,承载着人们无处释放的婚恋压力和情感渴求。而女作者们在此基础上又更向前迈进一步,一方面将“霸道总裁爱上我”的模式放置到历史空间,让平凡的现代女性们回到古代封建社会邂逅王公贵族谈一场基于现代女性主体意识之上的恋爱。这一题材上的开拓表现出女性网络文学用户从“his story”向“her story”迈进、建构一种“女性向”历史言说的尝试。以择良木而栖的“丛林法则”对抗“一生一世一双人”的经典爱情模式,乃是言情叙事在“纯爱”的外衣之下进行的“一种神圣话语转向合理化视野中的权力机制”①。这种对于传统爱情启蒙意识的反叛,既可以看成是当前真爱阙如的现实困境的投射,也是女性在主体意识觉醒的道路上以架空现实抗争父权社会的写作实践,这种女性乌托邦想象是由写作向现实世界延伸、赢得女性自我成长空间的努力,其实质是“以跨越(社会)层级的方式实现对于日常生活的超越”②。正是在这种有意识的甚至是激进的实验中不断试错和纠错,在传统

---

① 高翔:《女性主体性建构的文化悖论——当代文化场域中的“大女主剧”》,《探索与争鸣》,2021 年第 5 期,第 152-159 页。

② 高翔:《女性主体性建构的文化悖论——当代文化场域中的“大女主剧”》,《探索与争鸣》,2021 年第 5 期,第 152-159 页。

的都市言情写作之外又分发出穿越文、重生文、总裁文、宫斗宅斗文、女强女尊文等多种类型的女性向写作模式。从"总裁爱我"到"我即总裁",这是一种以"破"求"立"的努力。但这种以"女尊"代替"男权"的倒转是否真正意义上的性别平等,答案可能是令人沮丧的,这种对既有模式的戏仿的实质仍然是某种意义的性别霸权,其先锋和实验意义消解在夸张的情感宣泄和报复性的反转书写当中。

女性主义高歌猛进的繁华盛景并不能掩盖性别转场的局限,随着宫斗女尊文的回落,女性创作逐渐向现实题材回归。都市言情小说试图挣脱对于宏大话语的言说而退回到个体意识表达,她们以个人视角进入对职场和家庭琐碎生活的书写,致力于挖掘日常叙事中的丰富含义,传达个体对生命和爱情的感受与渴求,从普通人可能面临的各类矛盾与困境中发掘普适性的生存体验,达到情感共鸣。不再承担某种意义或追求深度,是网络都市言情小说民间立场的体现,也是都市青年精神面貌和时代状况的折射。唐欣恬的都市言情小说正是随着这一波潮流浮出海面,她的一系列作品都携带着都市言情小说发展脉络中的各种基因,既有亦舒对于女性独立生存的追求,亦有幽默诙谐、轻松甜蜜如席绢、于晴冰激凌式的风格。

作为香港本土都市生活的范本,亦舒写出了普通人尤其是女性在日常生活中经历时代更迭和商业文明转型的精神疼痛,对两性关系、婚姻情感以及生命都有着自己犀利深切的看法,深蕴着一种对人生清冽入骨的悲哀和绝望。因此,亦舒的小说里没有"霸道总裁爱上我"的模式,她绝"不会把包养变身为真爱,她不会让势利的人类变成老好人,她不会无视日常生活中的暗藏杀机,她不会把辛苦求生的两种女孩变成大杀四方的玛丽苏"①。她们对于来自男性世界的凝视有着清醒的自知,对于女性命运的那种向内审视和彼此的守望,始终都有一种不卑不亢、"靠自己赚前程"的清醒。命运只能紧紧把握在自己手里,唯有女性崛起的力量才能对抗那呼啸而来的宿命。这样的

---

① 微信公众号"蓝小姐和黄小姐":《亦舒笔下的朱锁锁和蒋南孙究竟是什么人?》,2021-01-13,https://mp.weixin.qq.com/s/dDprPDITOFGDJ1AfGsqw1Q.

人生如同悬在天上的冷月，苍凉却奇崛。也许你会想起《金锁记》中的曹七巧、《半生缘》里的顾曼桢，又或者联想到《沉香屑·第一炉香》里走在港岛崎岖山径中的葛薇龙，那种残缺生活里慢慢榨出来的狠绝凄厉，延续到香港都市霓虹灯闪烁的半世浮华，女性的境遇或许有所改善，又或许本质上并无差别，成就了亦舒笔下流金岁月里的喜宝、朱锁锁、蒋南孙们，她们一如铿锵玫瑰倔强，却又寂寞堪比烟花。

唐欣恬的小说角色大都为快意恩仇、简练明快之人，鲜见性格柔弱、梨花带雨者，可以说举凡女性角色都不同程度地渗透了唐欣恬对于都市职业女性的理解，与亦舒女郎多有相近之处，但又有着显著的差别。最大的一点不同就在于，唐欣恬的小说世界里是充满暖意的有光的人生。女主角身上具有自强、独立的特质，但倒并非不相信感情的真实存在，只是她们一样懂得包括男性在内的他人并不可靠，命运须得自己牢牢把握，一样敢爱敢恨、泼辣犀利，却又在相似的机智简练之外多出几分体贴和圆融来，也因此往往收获完美的爱情而以大团圆收束全文。这种情节组织的选择，自然是源于作者个人的偏好以及知识结构和积累，但也完全可以视作更为快餐化的网络言情小说对于受众以及市场的某种妥协和中庸改良之策。因此，唐欣恬式的网络都市言情小说可以不必承担过于沉重的社会负担，也不必追求多么深刻的思想内涵，能够为大众读者建构一个超越现实的情感乌托邦，容许他们哪怕是暂时拥有一个可以流放现实压力的空间，就可以是网络言情小说的全部追求。所以，亦舒面向的是批判的自我、凌厉的内省和惨淡的现实，而唐欣恬面向的则是喧嚣的人间、沸腾的生活以及对欢实自我的拥抱，如同一碗活色生香的麻辣烫，以爱情为佐料，酸甜苦辣都活跃在那层咕嘟咕嘟冒着泡、蒸腾的表面，痛快淋漓地呈现给你看这都市里红男绿女的快意恩仇或是细水长流，唏嘘感叹都在转瞬间，琐碎有时，绵长有时，爽利有时，回甘有时，但也大多止于在水面上荡起一圈一圈或深或浅的涟漪，渐次归于平静无痕。所以，我们会看到《裸婚》里的童佳倩作为出生于市井具有普遍性的"80后"一代，身上既有着第一代独生子女所谓"天之骄子"的骄矜和娇宠，也有着改革开放以后新生代青年的开放性和多元性，在为人子女和父母的重叠处承受各种尴尬、伤痛和不得已，同时也体味人生的责任和义务，最终在成长的淬炼中接受彼此、拥抱那个不完美的自我。这是一个关于成长的话题，也是关于如何与时代与自己相处的话题。所谓充满暖意的人生，不是没有挫折和变故，只是无论现实如何，都会努力去生活，这大概就是"80 后"一代的信条。大龄女性如何平衡事业和家庭、理想与现实，这大概是唐欣恬从自己的感触出发有所选择，也是众多当代女性得以产生共鸣的一个触发点。唐欣恬比较有战略眼光又或许是颇具情怀地将自己对于现代都市女性生存状况的思考观照到了相当广阔而多元的领域，各行各业的职场女性都在属于自己的战场上始终勤勉地努力冲锋。她的最新作品《稳住吧，女王》又更进一步，将视角放置到30 来岁的离异母亲这个群体身上。唐欣恬说"我始终坚持和坚信的只有现实二字"，那么面对现实大约也是中年职场女性唯一可以拯救自己于困境的不二法门。触底的婚姻也可以是全新的开始，要当自己生活的女王，也要幸福。其实理智与情感的角力并最终情感战胜理智是唐欣恬一以贯之的追求，依从本心，回应真情的呼唤，或许才是现代都市女性最理智的选择。这大概是唐欣恬从自我的角度出发，以作品来印证自己对于中国女性主义理解的一种乌托邦式的实践和呈现。

网络文学产生至今二十余年的发展时间里，言情小说始终相伴相生，也产生了诸多以甜宠文或虐恋文等风格较为突出的各种类型，这些类型之间也不必然地能有某种绝对的分野，很多时候小说的各种形态和类型彼此交错、相互融合，如何归属还得看具体的比重和偏向。唐欣恬的都市言情小说可以说是介于两者之间比较中和的一种类型，相对而言更偏于现实流风格，以职场风云为背景，以都市爱情为本色，再佐以恰到好处的甜，掌握分寸的虐，欢脱而有所节制，内蕴深情而又不动声色，是她多年来一以贯之的创作风格。如果说亦舒的都市爱情小说像一服熬制经年的中药汤剂，入口辛辣、吞吐沧桑，世态人情入味、甘苦沉入肺腑，那么唐欣恬的都市言情则恰似一碗爱情麻辣烫，热气腾腾，充满了世俗人生的酸甜苦辣，吃的时候热火朝天，一杯酸梅汤亦可生津止渴，散席之后毛孔舒张、通体舒畅，是言情小说里有"爽感"的一类。唐欣恬的女主角都是坚强独立的大女人，但是又并不矫枉过正追求那种绝对的"女尊"或者"女强"。可以说,唐欣恬的作品体现了她个人对于理想爱情的理解和完美两性关系的"示范",男女主人公相互尊重、平等独立而又彼此充满着丰富的情感,懂得现实可也相信人间自有温暖。行文有甜有虐,回旋有度、分寸自如,坚强而不激进,自我也懂得牺牲,是两性情感模式自然而正常的呈现,这正是唐欣恬身处都市言情写作的潮头有所修正的选择。从《裸婚》到《恩将求抱》,不少情节的埋伏与陡转草蛇灰线一般隐藏在字里行间,也是尽力铺设网络都市言情小说中并不多见的曲折多变而波澜起伏,她的言情世界向大众描绘的正是一幅从自身成长经验出发的裸婚时代"80后"情感地图。她从不拒绝套路,但从不为套路所限,是偏要在寻常巷陌里蹚出一些哪怕是分叉小径来制造一些陌生感、新鲜感来的。唐欣恬精心绘制一幅幅疑雾重重的情感地图,用她时而清朗时而混淆的笔触引领着我们在这迷宫一般的路线图里崎岖转折,真真假假、虚虚实实,都值得我们和剧中人一起时而回首前尘,时而展望未来,时而涕泪交零、心魂碎裂,时而雨过天晴、欢欣交集。结尾处,背负着池仁血泪深仇的曲振文负人亦负己,一代枭雄晚景凄凉落寞归天。池仁在江百果的感召下前去见其最后一面,这里并没有我们惯常见到的生死为大、一笑泯恩仇,也没有俗语中所谓的"人之将死其言也善",曲振文至死骨子里仍然是那个自私刻薄的灵魂,而池仁,无所谓原不原谅他,他迎来的是放下恩怨,与过去和解,也与自己和解,而门外等候着他的,是孕育着新生命的他的挚爱江百果。就这一点而言,唐欣恬和《恩将求抱》实现了这一类型小说中的某种超越。作为网络文学中与现实距离最近、与人们真实生活相关性最强的网络都市言情小说,寄寓着作者和读者对于现代都市生活中两性关系的理想追求和婚恋模式的探索,在娱乐消遣中亦传达了最普遍的民间情爱想象和伦理建构。我们有理由期待更加成熟圆融的"唐欣恬们",和一个有着无限可能的网络都市言情小说的未来,以富有个性的、动人心弦的故事感染人们希冀温暖的心灵。

网络文学"新文类"的结构形态及数据库美学

韩模永

南京林业大学 人文社会科学学院

当下网络文学主要包括两种形态,即"类型文"和"新文类"①,前者主要是指目前中国大陆主流的网络原创文学;后者则是指利用多媒体和网络技术,包含"非平面印刷"成分的数字文学,如西方学者所说的"电子文学"或"数字文学"、中国台湾学者所说的"数位文学"等。其形态亦多种多样,主要包括超文本、多媒体文本、互动文本和机器文本等。超文本以超文本小说、多向诗等为代表,多媒体文本以文字造景型、语图互文型和多媒体文学等为代表,互动文本以互动小说、接龙小说和文字游戏作品等为代表,而机器文本则包括生成艺术、定位叙事和人工智能作品等。不同于传统文学的线性结构,数据库是网络文学"新文类"的典型结构模式,数据库在技术上是指"对于转化为数据的大量信息以一定结构汇集起来,其组织和储存的目的是方便快速地通过检索而获得必要的信息。数据库不仅仅是经过采集、分类的个项集合,它还能够依据给定的算法程序不断地自动添加和更新自己。数据库内部结构随其类型(树状、网状等)而异,但被调用的数据通常是根据一定的需要临时组合的。"②如此,将这种数据库技术和思维方式融入网络文学创作之中,便形成了"新文类"创作的独特类型。那么,这种数据库模式在"新文类"

---

① 韩模永:《论网络文学的两副面孔及内在会通》,《扬子江评论》,2018年第2期,第100-104页。

② 王柯月:《跨界、融合和多重叙述:数据库思维下的新媒体艺术作品》,《北京电影学院学报》,2017年第1期,第63-69页。

中又有哪些具体的表现形态呢？大体看来，主要有三种，即以树状结构为特征的层次性文本、以网状结构为特征的网状文本以及兼具以上两种特征的综合立体结构。但无论其形态和面貌如何，前提都是文本为大量数据的汇集，呈现可检索、可组合、可更新的动态的"库"的模式，这与传统文学静态、单一的文本呈现有着根本的不同。与此同时，当数据库融入文学创作之中时，就已不仅是技术上的概念和意义，还是生成了一种独特的数据库美学。

一　结构形态：层次性文本、网状文本和综合立体结构

从结构形态来划分，我们发现在具体的"新文类"中，包括三种典型的文本结构。其一是层次性文本。所谓层次性，包括两种情况，一是文本是分层呈现的，具体表现为文本是由文字、影像、声音等多层结构共同组成的立体文本，文字与其他视听符号往往呈现为层次叠加的面貌，这与传统文学的单一结构有较大差别；二是文本也可能设置了多种走向，但在这些走向中，包含一个处于中心地位的"树干"，其他的走向则属于这一"树干"上的"枝干"，"枝干"围绕"树干"这一中心结构，通常通过链接将两者连接起来，但"枝干"之间并未设置链接、建立联系，这与网状结构中"枝干"之间纵横交错的关系是有所不同的。总体上看，层次性文本虽然也是一种数据库的共时结构，但还是保留了传统文本的线性秩序，大体还存在传统义本中的"中心"和"主体"，但文本已呈现出数据库的集合状态。层次性数据库结构在"新文类"诸多多媒体文本和多向诗中均有鲜明的体现，如中国台湾地区数位诗中的《镜中之镜》《生命余光》《烟花告别》《凌迟》《行者》等。如《生命余光》："我是消逝的光，从围墙的背后/从教堂的背后，从车站的背后/消逝的铁轨延伸至黑暗的远方/时间不断地涌来，不断地消逝/我张开的双手挡不住时间/我被时间覆盖，淹没。"诗歌中的文字动态出现、渐次消失，其背后展现的是一个与诗歌情境相匹配的空间图像：一个若隐若现的室内夜景，尤其是书桌上蜡烛的余光正是生命余光的隐喻，文字与图像相互触发，生成更为丰富生动的意蕴。在结构上，诗歌中的文字与图像、文字与文字之间都是分层叠

加、交错出现的，呈现为一种立体的、包含多种文本信息汇集的数据库形式，虽然这种数据库文本的面貌是通过自动链接实现的，并不需要读者的操作和组合，但显然已不同于传统文本线性的固定结构。在"新文类"中还有一些多向诗也体现了这种层次性结构，如台湾诗人苏绍连在"美丽新文字"网站上发表的《门的情结》，就使用了这一结构，诗歌包含文字、图像和动画等多层文本，并设置了打开诗歌的"六扇门"，进入不同的门中，便出现不同的诗句。

其二是网状文本。网状文本不同于层次性文本，如果说层次性文本还是一种树状结构的话，那么网状文本就是一种块茎结构，树状结构还保留着线性的特征，网状文本则完全是一种非线性的结构模式。文本节点之间的联系是开放的，甚至对于一些自动生成的拼贴之作，其链接是随意的、自由的，其中的语义逻辑也是松散的，多为缺乏意义的游戏之作。"网状超文本结构超出了传统的文本框架，具有充分的开放性。其报道的深度、广度、多视角、多元性、多维度以及接受者的可选择、可对比、可溯源寻根等个性化特点，都是传统媒体手段和层阶结构无法比拟的。"①层次性文本正是一种层阶结构，与网状文本迥然不同。当然，在网状文本中，也有很多作品保持了语义的连贯性，但与传统文本的意义生成主要依赖作者建构有所不同，在网状结构的"新文类"中，这种意义生成除作者建构之外，更多时还需要读者的选择、互动、联想和连接，从而实现文本意义的相对完整性和逻辑性。因此，网状文本最终呈现在每个读者面前时并不相同，这也正体现了数据库结构的组合和更新功能。这种网状结构尤其体现在超文本小说中，互动文本和机器文本在本质上也是一种网状文本结构。在超文本小说中，其丰富的节点文本通过复杂的链接设置，形成了纵横交错的网状结构，成为一种典型的数据库结构形态。如摩斯洛坡的《胜利花园》，它正是由 993 个节点，通过设置 2804 个链接而结构的网状模式，其结构是完全开放的，这种开放一方面开创了叙事的无限可能，读者接受具有巨大的创造性，是罗兰·巴特所言的"可写文本"；但另一方面，由于其过于开放，叙事分散甚至断裂，又往往让读者产生

---

① 毕强等：《超文本信息组织技术》，科学技术文献出版社，2004 年版，第 73 页。

一种无所适从的"迷失"之感，这种"迷失"则依赖读者的建构来解决。因此评论家米勒(Laura Miller)曾点名批评《下午，一个故事》和《胜利花园》，指"阅读这些作品像是漫无目标地游荡，因为相互连接的各网页辞片(Lexia)并没有重要性的差别，彼此之间的超链接也没多大意义"[1]，并进而质疑这类新型文学的前景。但从整体上看，《胜利花园》的主题意义并未完全消失，通过节点链接所形成的网状文本，也可以大体找寻清晰的主题线索，"《胜利花园》这部小说以海湾战争为背景，大量取材于新闻时事报道，将战争场景同一所名为塔拉大学的虚构学校中发生的各种奇闻轶事交织并行，形成了一部战争场景同大后方两个世界相互对话的多声部小说，探讨了诸如媒体的真实性、多元文化与一元文化之争和在混乱的后现代信息社会寻求意义等主题"[2]。但因为其节点和链接众多，交错互文，文本的"树干"或者说"中心"消失了，只剩下一系列处于平等地位的"枝干"，最终形成迷宫般的"故事网络"，其优势在于每次阅读都呈现出不同的故事面貌，充满着开放性和新奇感。除了超文本小说，互动文本和机器文本事实上也是一种网状数据库结构，如在互动小说中，这些文本均提供故事走向的不同选择或互动设置，读者可根据自己的兴趣和判断点击链接、参与互动，从而建构不同的故事，其背后是庞大的网状数据库文本支持，否则就难以实现，这在本质上与超文本小说一脉相承。而就人工智能作品而言，虽然其最终呈现的文本与传统文学有相似之处，但其生产的过程也是数据库化的。这种数据库更是庞大的网络，如"微软小冰"创作的诗集《阳光失了玻璃窗》正是建立在数万首诗的样本库的基础之上的，只不过，其创作和组合不再是人的行为，而变成了人工智能的智能化过程，是一种"类人"创作，其前提也是数据库的支撑。

其三是综合立体结构，这种结构兼具层次性文本和网状文本的双重特征。这在诸多既有多媒体参与又是多线性或非线性结构的文本中有充分体现，典型作品如多媒体超文本小说和文字游戏作品。后期的超文本小说多有

① 詹为琳：《流动空间：建构一个超文本的叙事空间》，"台北艺术大学"硕士论文，2007年。
② 蔡春露：《〈胜利花园〉：一座赛博迷宫》，《当代外国文学》，2010年第3期，第97-105页。

多媒体的融入,作为超文本,其非线性的情节走向正形成了复杂的网状结构;作为多媒体,则使文本由单层的文字结构变成图、文、声构成的立体的多层结构,从这个意义上说,文本既是层次性的,又是网状的。多媒体超文本小说《里根图书馆》《加利费亚》《葫芦-X》等均是这种综合立体结构,尤其是《里根图书馆》,其作品首先是层次性的,作品的节点是由图案和文字共同构成的,形成了图文的强烈互文,甚至文本的有些图案是360度的立体环景图,读者可交互移动,如点击节点"obelisk"。我们可以看到,文中的图案层次感很强,加上360度的全景可移动图像,动态立体;同时,这一节点内部也设置了若干链接,文本呈现为一种网状结构,而且这种链接多为随机的,并无必然的顺序和关联,文本正如一个自由的网络空间,阅读作品即为一种"空间探索"。正如该作品在概说中所言:"《里根图书馆》是个怪胎,混合了故事与图像、声音与场所、罪与罚、接合与断裂、讯号出现、噪声消除、记忆丧失与重建。这部作品涵盖某些不属于'书写'的范围。我将它视为一种空间探索,至于你会怎么想,我不知道。"①当然,这种"空间探索"也并非无止境的,其随机的网络结构在经过四次反复之后,便会形成一个"最终的形式",文本的面貌得以确定,读者至此可领略到作品的意义。当然,每个读者链接的选择不同,文本四次反复的过程也不同,因此,文本"最终的形式"在每个读者面前也不相同,这也正是数据库文本不同于传统文本的独特性所在。这种综合立体结构在文字游戏作品中也多有体现,如橙光文字游戏作品《重生之逆袭学霸》,其中一个节点②,其情节是女主角正在酒吧里狂欢,游戏的画面是在一个酒吧之中,女主角突然接到父亲秘书的电话,屏幕上出现了"接"或"不接",此时,读者的不同选择将使其进入不同的故事情节之中。在这一节点中,首先,其文本的叙事呈现显然已不同于传统抽象的文字叙事,作品具有丰富动态的层次感,多媒体化和艺术化色彩很浓,甚至可以说这种文字游戏作品正是介于文学与艺术之间的综合艺术,但它又不同于影像

---

① 斯图尔特·莫尔斯罗普:《网络文本》,2021-02-20,http://www.smoulthrop.com/lit/rl/.
② 橙光:《重生之逆袭学霸》,2021-02-20,https://www.66rpg.com/game/1375061.

作品，因为其中的文字叙事是处于独立和主导的地位，离开文字，作品将无法建构。在影像作品中，虽然语言文字的地位也很重要，但是影像的功能是处于主导地位的。其次，文本的叙事也是非线性的，"接"或"不接"的选择完全交由读者，这正是一种非线性的网状数据库结构设置。在这个故事中，同时还设置了四个男主，其性格各不相同，读者选择不同男主角将会看到不同剧情，拥有不同的体验。在这一点上，其与超文本小说又有类似之处。当然，整体来看，这部作品的非线性互动设计还不算繁复多样，但显然也是一种综合立体的数据库结构。

二　数据库美学：反叙述、可重组的"新文艺"

"新文类"的这种数据库结构不仅仅是一种技术上的变革，而且更改了传统文学的诸多特征，携带着"机器诗意"，生成了新型的数据库美学。与传统美学相比，数据库美学具有典型的面貌和特征，就"新文类"而言，反叙述、可重组、"新文艺"是与其紧密相联的几个重要的关键词。

（一）反叙述："集合"而非"故事"

俄国新媒体、数字文化研究的著名学者列夫·马诺维奇对数据库有过精彩的理论阐释，在他看来，"小说和随后出现的电影都强调叙述，并且都把叙述作为现代文化表达的主要形式。而计算机时代带来一个与计算机密切相关的概念——数据库"①。数据库不同于叙述的主要表现在于数据库没有叙述常见的开端和结局，没有将一系列故事元素连缀成序列的叙述形式，数据库是诸多元素、项目的集合，而且每个元素、项目不分主次，都享有同等重要的地位。因此，从这个意义上说，数据库美学的重要特征就是反叙述，网络中的开放性网页和链接结构"进一步推进了网络的反叙述逻辑。随着时间的推移不断添加新元素，数据库得到的将是一个集合，而不是一个故事。事

---

① 列夫·马诺维奇：《新媒体的语言》，车琳，译，贵州人民出版社，2020年版，第222页。

实上,随着材料的不断变化,我们很难维持一个连贯的叙述或一条发展轨迹"①。在这里,马诺维奇非常精确地区分了"集合"和"故事"两个概念,叙述的对象是"故事",而数据库的对象则是"集合"。"故事"是传统文学、纸质文学的主要面貌,而"集合"则是网络数据库时代的文学形式,"集合"的本质正是反叙述。马诺维奇甚至还将数据库和叙述看作两种不同的文化形式,它们之间的对立事实上是一种文化形式的争夺,"作为一种文化形式,数据库将世界呈现为一个项目列表,并拒绝为这个列表排序。与此相反,叙述是在一系列看似无序的项目(事件)中创作出一个因果轨迹。因此,数据库和叙述是天敌,它们争夺人类文化的同一领域,每一方都声称拥有在世界上创造意义的专属权利"②。显然,作为一种文化,数据库理念自然会渗透到生活的方方面面,并成为一种思维方式和逻辑形式,以数据库为结构模式的"新文类"更是如此。

具体来看,对于网络文学"新文类"而言,这种反叙述的数据库特征相当明显。作为与叙述相关的文体,叙事性文本是其中的代表,如超文本小说、互动小说、接龙小说、文字游戏作品等。在这些作品中,其反叙述性突出地表现在两个方面,其一是数据库只提供"集合",即便有读者的主动建构和参与,也难以形成完整的"故事",节点之间通常跳跃性极大,难以形成逻辑关联和故事序列。台湾数位文学研究学者李顺兴曾提到超文本小说中"嬉玩点"的设置问题,所谓"嬉玩"事实上指的正是文本的娱乐和游戏功能,其潜在的逻辑是反叙述的,"嬉玩成分在超文本作品中则随处可见,例子像《里根图书馆》的随机联结、《梦魇、流浪、父亲、歌》让读者在黑暗画面中寻找出口、吊诡的滑鼠设计、拼贴机器等都属嬉玩类"③,这种"嬉玩"是随机的、拼贴的、反叙述的,超文本小说中存在诸多这样的文本。甚至在一些非叙事性的文本中,如诗歌中也存在这种反叙述的作品,这里的反叙述并不是指反故

---

① 列夫·马诺维奇:《新媒体的语言》,车琳,译,贵州人民出版社,2020 年版,第 225 页。
② 列夫·马诺维奇:《新媒体的语言》,车琳,译,贵州人民出版社,2020 年版,第 229 页。
③ 李顺兴:《文学游戏:再现与模拟的形式融合》,2021-03-15,http://benz.nchu.edu.tw/~intergrams/intergrams/042-051/042-051-lee.htm

事,而是指反序列、反逻辑,如自动生成艺术代表作品安楚斯的《爆炒系列》之一:《文字温泉》。该作品是一个包含有五层文本的数据库结构,用鼠标滑动文本,便随机拼贴出新文本,但这些新文本的内部结构未必有逻辑关联,词语之间也未必能形成意义链条,这种拼贴是"低水平自动化"的。即便是"高水平自动化",如人工智能创造出来的作品也未必能形成逻辑意义,诸多作品也仅是形式上的诗意,而本质上则是反叙述、支离破碎、缺乏语义联系的,这也是人工智能作品为许多人所诟病的主要原因。其二,反叙述还表现为反对单一的叙述。事实上,数据库也是包括叙述功能的,只不过,它提供了诸多可潜在形成叙事的元素,而这种潜在叙述如果要转化为现实叙述还依赖于读者的选择和组合。在这个意义上说,数据库叙述可以看作是交互式叙述、超叙述,即数据库最终形成叙述需要读者参与,且超越传统叙述,其叙述内容丰富多向。"交互式叙述可以看成是浏览数据库的多个轨迹的总和。传统的线性叙述是许多轨迹中的一种,也就是说,是在一个超叙述中做出的特定选择。传统的文化对象现在可以看作是新媒体作品的一个特例,传统的线性叙述可以看作超叙述的一个特例。"①也就是说,传统叙述事实上可以简化地看作是从数据库可能形成的多条叙述序列中选择一条而已,传统作家对这一条序列进行精心设计、打磨,物化成文学作品,而数据库则把这些序列都平等地呈现在系统之中,如何组合则交由读者。因此,数据库的反叙述在"新文类"中更常见的形式是反对单一叙述,而并非不要叙述,作家在创作中也努力追求叙述功能和文本意义的实现,但多向叙述、多元序列确实容易给文本带来叙述的"迷宫",甚至"迷失"现象。

(二)可重组:"聚合"而非"组合"

与反叙述一脉相承,数据库美学的另一突出特征是可重组,带有强烈的不确定性和去中心化色彩,颇有后现代美学的特点。数据库提供了丰富多元、相对独立的元素和项目,对于文学而言,则是提供了超越传统作品的大

---

① 列夫·马诺维奇:《新媒体的语言》,车琳,译,贵州人民出版社,2020年版,第231页。

量的叙述单元或抒情单元，然后在这些单元之间设置链接，其联接的方式形成了多样的排列组合，重组的可能性和自由度都很强。数据库犹如人的大脑，意识流则是其中的链接，虽有混乱和混沌，但意识流也易于打破固有成规，出奇制胜，富于开放性。因此，数据库的可重组性本质上正是一种开放性，它创造了一切可能，既包括问题又预示突破。

从语言学的层面来看待数据库的可重组性，马诺维奇认为数据库类似于聚合关系，传统文学/叙述则相当于组合关系，而这种聚合则是数据库实现重组的前提条件。现代语言学的重要奠基者索绪尔在《普通语言学教程》中分析了四种关系：语言与言语、共时语言学和历时语言学、能指与所指、语言的横组合关系和纵聚合关系。在这里，索绪尔所言的横组合关系指的是语言的句段关系，指构成句子的每一个语词符号按照顺序先后展现所形成的相互间的联系；而纵聚合关系则指的是联想关系，指特定句段中的词与"现在"没有出现的许多有某种共同点的词，在联想作用下构成的一种集合关系。在马诺维奇看来，数据库正是这种聚合关系，只是它把聚合关系中的"联想"变成了现实呈现出来，这是数据库的技术优势，而传统文本则难以做到。在传统文本中，组合是一个接一个地按照线性顺序加以表达，"在组合维度，元素与'在场'相关联；而在聚合维度，元素与'缺席'相关。例如，在一个写好的句子中，构成句子的词语真实地存在于一张纸上，而在聚合中，这些词语仅仅存在于作者和读者的脑中……因此，组合是显性的，而聚合是隐性的；组合是真实的，而聚合是想象的"①。到了数据库时代，情况却与此截然不同，"数据库（聚合）具有了物质存在，而叙述（组合）开始去物质化。聚合被突出强调，而组合被淡化处理。聚合是真实的，而组合是虚拟的"②。数据库把一系列元素"聚合"在一起呈现给读者，而后读者再重新选择，加以"组合"。"聚合"变成了显性的存在，而"组合"则是隐性的，有待于读者的创建和组织。可见，数据库中如果没有一系列实际的"聚合"元素，其可重组性也只能

---

① 列夫·马诺维奇：《新媒体的语言》，车琳，译，贵州人民出版社，2020年版，第231页。
② 列夫·马诺维奇：《新媒体的语言》，车琳，译，贵州人民出版社，2020年版，第235页。

是联想中的重组，而无法得到现实的实现，因此，数据库文本的可重组性本质上正是一种"聚合"而非"组合"关系，任何组合都是可能序列中的一种，读者阅读是一种过程体验，文本的存在面貌则是一系列元素的"聚合"。当然，虽然数据库是一个庞大的超文本，但相对于人类的联想，其"聚合"的元素仍然是有限的，也不可能穷尽所有索绪尔所言的"联想关系"。

这种建立在"聚合"基础之上的可重组性在"新文类"中有充分的表现，在超文本和互动文本中更是如此。先举一个简单的多向诗，如苏绍连的《心在变》①，这首诗的文本一共23行，看上去是一首诗的整体形式，但事实上它隐含了六段诗，是六段诗的"聚合"。读者要读到这六段诗，就需要在诗中找到一个旋转的"心"字，然后点击链接即可。当然，这里的"组合"作者进行了固定的设计，只有六种可能，读者重组的自由度较小，但已然不同于传统诗歌。再如复杂的超文本小说，其文本正是若干节点和链接元素的"聚合"，这些节点和链接可以形成数量巨大的重组可能。某种意义上说，节点越多，链接越复杂，文本的可重组性就越高。对于人工智能作品虽然其最终呈现的是一个个固定的智能化"组合"作品，但这些"组合"也正是数据库"聚合"关系中一个个重组的具体特例。从技术上说，人工智能通过数据算法，对文字符号进行智能化的排列组合便"创作"了一系列作品。就其实质而言，"人工智能写作是一种基于庞大数据库和海量范式样本，依据人所给定的主题词汇或图片信息，进行文字重新拼接组合的寄生性繁衍和组装型生产"②。其背后仍然是数据库的"聚合"，无论是"小冰"创作的现代诗还是"偶得"创作的古体诗，都是这种"聚合"中的特殊"组合"，而这种"组合"是可以不断更新的，表现为突出的可重组性。并且随着数据库样本的更新和补充，其"组合"的文本形式和风格也会发生一定的变化。但这种创作毕竟是一种重组，这种重组也多为批评家所质疑："人工智能的运行机理是数据算法，这就决定了其只能凭借数据最优解的选取进行所谓的文学创作，这也就在客观上决定了

---

① http://benz.nchu.edu.tw/~garden/milo/heart/heart1.htm, 2021-04-05.
② 钱念孙：《文学的浅涉与深耕：对人工智能写作的认识》，《群言》，2020年第7期，第32页。

人工智能的创作只是文字符号的筛选与排列组合,而非像真正意义上人类创作那样将个体性经验与普遍性情感投射到语词概念之中。"①也就是说,人工智能创作的技术性超过了其诗性、情感的一面,在很大程度上还携带"机器诗意"。这也可能是这种"新文类"的最大问题所在。

(三)"新文艺":"文艺"而非艺术

"新文类"的数据库结构使其变成了一种有别于传统,甚至不同于"类型文"的"新文艺"。这里所说的"新文艺"主要强调两点,首先是文学变成了"文艺";其次,这种"文艺"不同于一般文艺,是一种"新文艺"。我们先看第一点,用"文艺"来指称"新文类"的类型可能更加合适。在这里"文艺"指的并非我们通常所说的文学艺术的总称,而是指既有文学特征,又有艺术特征的"文艺","文"在前,"艺"在后,表明其文学性更强,其归属于文学而非艺术之中,"新文类"正是这样一种"文艺"。正如有学者在谈到新媒介文艺时也表达类似看法,新媒介文艺"打通了传统观念中'文'与'艺'的界限,作为语言艺术的网文与其他非语言表意符号的艺术文本之间形成了紧密互动,出现了语言文本和其他艺术文本的进一步交融。'次元破壁'现象也日益突出,即打破了不同网络部落之间壁垒、不同艺术形态壁垒、不同符号表意壁垒,而成为一种跨主体、跨符号、跨艺类的数字化'新媒介文艺'生产形态"②。这里所言的新媒介文艺包括 IP 开发颇为繁盛的网络文学"类型文",但事实上,网络文学"新文类"更是这种新媒介文艺的典型形态,"文""艺"的界限被打破,"文""艺"融为一体。"新文类"的多媒体特征、表现媒介的视觉化与直观性、"新文类"的空间转向、数据库结构等都可以印证"新文类"与"艺"/艺术的融合,艺术的多媒体性、空间性等特征在"新文类"中有充分表现。但"新文类"又不完全是艺术,语言文字在其中仍占据主导地位,因此,

---

① 赵耀:《论人工智能写作的可能与限度》,《福建论坛》(人文社会科学版),2020 年第 7 期,第 110-117 页。

② 单小曦:《网络文学"内部研究":现实依据、问题域与实践探索》,《学术研究》,2020 年第 12 期,第 142-155, 178 页。

用"新文艺"来指称"新文类"可能更为恰当,也类似于米勒所言的"第二种意义上的文学",体现了文学与艺术的融合,或者说"新文类"也是文学与艺术的中间状态,是一种艺术化但又不是完全意义上的艺术文本。

其次,说"新文类"是"新文艺"还要强调其"新",不同于一般文艺。上文已述,"新文类"的数据库结构具有反叙述、可重组的特征,这与传统文学迥然不同。"新文类"的阅读也变成了一种空间探索,读者在数据库系统中漫游、探索,最终组合文本面貌,当然,这种"组合"也是在数据库已有"聚合"的基础之上展开的,而传统文学却只有"组合","聚合"是完全想象的。这导致"新文类"变成了数据库的空间结构,读者阅读成为一种探索,其中需要读者的交互行动,这也是新媒体和数据库的普遍特征。应该说,新媒体区分于传统媒体的最大特征在于交互性,数据库为实现这种交互提供了支撑和条件。在传统媒体中,由于其固定的线性顺序,交互变得极其困难。而在新媒体中,用户的交互却成了推动文本进展、生成作品的必要环节,用户成为参与文本创作的主体。"新文类"也是如此,不同于传统文学,"新文类"的读者变成了作者之一,且每一读者组合的作品并不相同,都是"独一无二"的。这种新的文学形式,挪威学者艾斯本·亚瑟斯称其为"遍历文学"。所谓"遍历文学"指的是"那种在文本的物理层需要读者做出并非毫无意义的思想外操作的文学作品"①。也就是说,"遍历文学"中的物理行为和媒介行为会对文本的呈现面貌产生决定性影响,并非毫无意义。而传统文学则是"非遍历文学",其物理行为较为单一,包括眼睛的移动和翻页等,而这些物理操作不会对文本产生影响,读者阅读过程主要发生在思想和脑海之中。与此相应,亚瑟斯认为"非遍历文学"的读者接受主要是"解释功能",即对文本进行思想层面的理解,不改变文本的物理结构。而"遍历文本"则除解释之外,还包括"探索功能""构型功能"和"文本单元功能",即"读者需要在文本的物理层面

---

① 聂春华:《从文本语义学到文本媒介学:论艾斯本·亚瑟斯的遍历文学理论》,《文学评论》,2019年第2期,第40页。

做出思想外的操作,且该操作会对读者的欣赏过程和结果产生决定性的影响"①。可见,"新文类"正是这种"遍历文学"的典型代表,这也是其"新"之所在。

三 余论:"新文类"的理念溯源及未来反思

本质上说,"新文类"的这种数据库结构正是一种网络结构,互联网也是一个庞大的超文本、数据库。虽然在纸媒时代没有出现真正的网络和数据库,但相关的网络理念却被不同的理论家提及,尤其在后结构主义者那里更是常见。这一点美国著名学者马克·波斯特早就指出,"与后结构主义观点的长处相对应的,并不是书写压倒言说的力量,而是电子媒介语言对日常生活世界的渗透。后结构主义的理论价值在于,它非常适合于分析被电子媒介的独特语言特质所浸透的文化"②。当然,这也并不意味着网络理念就一定是后现代的,把两者完全等同起来是一种误解。事实上,网络是一个复杂的构成,"新文类"也是如此。客观而言,"新文类"既有后现代的游戏文本,也有传统的严肃之作。但从总体上看,数据库网络和"新文类"确实在形式和内容上,尤其在形式上更加暗合后结构主义的相关理念,不过也存在诸多现代和传统之作,这也充分印证了后现代与传统之间存在关联,而非绝对的断裂。从文本的层面来看,"新文类"的结构网络与罗兰·巴特所言的"理想之文"、尼葛洛庞帝所言的"没有页码的书"、俄国形式主义所言的"陌生化"等理论都有着高度的会通之处。与此相应,"新文类"虽发生了诸多新变,但并不意味着其一改传统、与传统文学截然不同。"新文类"数据库美学虽突出反叙述、可重组,但数据库与叙述也并非绝对对立,两者之间仍有紧密的联系。正如马诺维奇所言,"数据库与叙述竞相从世界中创造意义,并产生了无尽

---

① 聂春华:《从文本语义学到文本媒介学:论艾斯木·亚瑟斯的遍历文学理论》,《文学评论》,2019年第2期,第41页。

② 马克·波斯特:《信息方式:后结构主义与社会语境》,范静哗,译,商务印书馆,2000年版,第113页。

的混合体。我们很难找到一本纯粹的、没有任何叙述痕迹的百科全书……同样，在很多叙述作品中，如塞万提斯和乔纳森·斯威夫特的小说，甚至荷马史诗等这些西方传统的奠基叙述之作中，都包含着一部虚构的百科全书"[1]，百科全书正是纸质时代的数据库。"遍历文学"与"非遍历文学"之间也是如此，只不过，传统文学中的"遍历文学"多作为少数的"反例"和"特例"被忽视，而在新媒体时代，这种"反例"和"特例"则被凸显出来，"新文类"正是诸多网络理念在当下文学中的现实实现和凸显。

但需要指出的是，这种凸显并不意味着"新文类"创作已成为当下网络文学创作的主流。相较网络文学"类型文"，作为网络媒介技术和文学观念的实验，"新文类"则始终处于边缘位置。其突出的新变表现在媒介技术形式的创新之上，这也需要我们清醒地认识到：如果"新文类"在思想内容和审美艺术的维度上没有较大突破和进展的话，当其新鲜度被耗尽之时，就是其被读者遗忘之日。不过有一点可以肯定，即便文学样式会发生种种更迭和变化，但在网络时代，"新文类"所呈现的数据库美学则必然会影响到文学的创作。当下"类型文"背后基于数据库的文学软件辅助写作、大数据算法的网站运营以及文学兴趣精准投放等均是数据库美学的鲜明体现。因此，我们面对"新文类"的正确姿态是：一方面要注意到其与传统的关联，"新文类"并非凭空出现，其产生有着深厚的理念渊源，是理念与技术融合的结果；另一方面，也不能片面、静止地看待"新文类"的未来。未来"新文类"的类型也许会发生种种变化，出现更多新型的"新文类"，甚至现有的"新文类"也将会消亡，但"新文类"及其数据库美学理念将会长久地影响网络时代的文学创作，而技术性与"文学性"、审美性的完美融合也仍然是"新文类"创造经典的必由之路。

---

① 列夫·马诺维奇：《新媒体的语言》，车琳，译，贵州人民出版社，2020年版，第237-238页。

网络文学的别现代审美特征[*]

禹建湘　谢　姣

中南大学文学与新闻传播学院

当前的中国社会形态很复杂，同时处在前现代、现代、后现代的杂糅状态中。面对这种"复杂的现代性"或曰"混合的现代性"，有人称为"别现代性"，所谓别现代，"是现代性、前现代性、后现代性等几种元素的杂糅，表现为时间的空间化特征，即共时形态，无法进行前现代、现代、后现代的断代分类"①。中国别现代的现实语境，给网络文学异军突起提供了最佳土壤，这种特殊的、复杂的现代性社会景观，与网络文学的知识学维度、价值学维度和本体论维度高度契合，"即知识学意义的现代性不发达，价值学意义的现代性却很急需，甚至本体论意义的现代性被过度重视"②，使"审美功利主义"成为网络文学的制胜法宝。网络文学借助媒体与资本的力量，以印证中国别现代社会现实的姿态，以全新的审美特性迅速迎合网友，成为中国当代文学乃至世界文学的重要组成部分。

＊　国家社科基金项目"网络文学现实观照的审美转向研究"（项目编号：21B2W059）。

①　王建疆：《别现代往哪里别？——兼回应谢金良先生》，《内蒙古社会科学》，2020 年第 1 期，第 118-124 页。

②　肖明华：《重回现代性的发生期与建设"别现代性"的中国文论》，《内蒙古社会科学》，2020 年第 1 期，第 125-131 页。

一　别现代社会语境与网络文学的审美契合

当前，我国脱贫攻坚战取得了全面胜利，正在走向全面小康社会，开启了全面建设社会主义现代化强国的新征程。但中国各地区发展不平衡、传统文化与西方文化同时深刻地影响着人民的思想，中国社会实际处于一种前现代、现代、后现代的杂糅状态中，在这种社会语境中生长起来的网络文学，尽管其表面上是现代化的产物，这一点在其对媒介的依赖、对商业的诉求上表现得非常明显，但实际上，网络文学与中国别现代社会现实密切相关。正如王建疆所指出的，任何问题都是特定社会形态中的问题，因此中国美学的问题不是现代性的问题，而是别现代的问题。别现代是对同时具有前现代、现代和后现代属性和特征的历史时期与发展阶段的概括，是从中国美学的问题出发，对中国当下社会形态或社会发展阶段的思考。但与历史学以标志性历史事件划分历史阶段、研究历史问题不同的是，别现代对于社会历史阶段的判定在时间域上是模糊的，在视角上以思想文化为着眼点，在空间上以中国为主要区域，但不拒斥对于其他地域也处于别现代或存在别现代现象的设想和考察。别现代虽然是对社会形态和社会发展阶段的定义，但它的提出却是为了给理论、话语、主义创新构建框架和提供容器。别现代理论的现实吁求、思想主张、价值判断、主义建构、理论原创，实现了复杂的、本土的、原创的、有中国特色的、与西方中心论离散悖谬的思想和理论的创新①。

别现代理论是基于社会形态和审美形态的紧密相关性，而从社会形态研究进入审美形态研究的美学创新性视域和路径。也就是说，之所以提出别现代，就是希望从别现代的社会形态出发去探究具有时代性和本土性的独特的审美形态，从而构建具有普遍性和民族性的美学理论。"审美形态是形态学（morphology）意义上而非意识形态（ideology）意义上的关于体裁、风格、趣

① 王建疆：《别现代：主义的诉求与建构》，《探索与争鸣》，2014年第12期，第72–76页。

味、境界、人生样态的聚合体。"①谢金良指出: "别现代当代中国的文学审美,已然呈现出许多'别现代'时期的审美形态及其特征。面对'别现代'时期纷繁多样的审美价值观以及不断涌现的有违传统的文学审美形态,学术界在美学理论和文学批评理论等方面理当建构更为宽容和开放的评判标准,以便引导创作者们和读者们选择更为合情合理的方式来进行创作和鉴赏。"②而网络文学正是适应中国别现代社会的历史产物,是社会现实与文学内发展规律合力作用下的时代印证。

网络文学的产生和发展是别现代时期社会形态变化的产物。网络文学产生的直接诱因和最大推力是媒介技术的发展。数字媒介的全面渗透,使得文学的创作媒介、文本的存在方式、文学的类型,文本的阅读和传播方式等发生了颠覆性的改变,从而促成了文学范式的必然转变。从这个角度来说,网络文学是现代性的产物。但在"网络"与"文学"的双重表征中,"网络"是存在场域,"文学"才是价值旨归。在各种类型的网络文艺形式中,网络文学为何能独占鳌头?经过短暂的超文本、多媒体文学等前卫探索后,中国网络文学为什么走向与西方网络文学先锋性迥然不同的通俗化道路?答案是中国社会并没有真正进入现代或者后现代,而处于前现代、现代和后现代杂糅的别现代时期。因此,片段性、游戏性、不确定性、随意性的超文本形式并没有得到广泛的接受和认同。相反,接续中国古代文学传统,从中国古典小说叙事模式中脱胎,采取讲故事的方式创作的充满前现代意味的网络文学,却得到了大众的喜爱,并迅速地发展壮大。文学是"人类对世界的理解、反映和阐释"③,网络文学也不例外。网络文学所反映和阐释的,就是杂糅复合的别现代世界。穿越、重生、玄幻、都市、科幻、历史等热门题材下,既有勤勉向上的现实图景,也有一飞升天的白日梦想;既有对独立民主精神的推崇,又有对等级观念和权谋算计的默认;既有对高尚人格的讴歌,也有对金

---

① 王建疆:《别现代:从社会形态到审美形态》,《甘肃社会科学》,2019 年第 1 期,第 16-22 页。
② 谢金良:《"别现代"时期文学审美形态存在问题探析》,《湖北社会科学》,2021 年第 2 期,第 100-105 页。
③ 童庆炳:《文学理论教程》,高等教育出版社,2015 年版,第 168 页。

钱、权力、美色的热切……网络文学所构筑的驳杂的世界,传递的多元价值观,是当下中国社会现实和大众精神的真实投射。网络文学是社会形态变化引起的审美形态变化在文学上的直接体现,这种社会形态变化包括媒介变革与技术进步,社会文化思潮变革,以及别现代背景下个体独特的生存状态、生活经验与精神困境。网络文学能在 20 多年里得以蓬勃发展,并受到广大网民的喜爱,得益于技术支持下写作话语权解放、读者参与的互动式写作模式、粉丝经济和创新型商业模式的外部推动,但更为重要的却是其在审美特质和内在精神上对时代症候的呼应。

网络文学的创作与接受是别现代文学审美形态的典型反映。网络文学的产生,带来了文学颠覆性的改变,包括创作主体的平民化、创作的自由化、发表平台的开放化,也包括作品的类型化,情节故事的模式化,价值导向上的娱乐化等。这些改变一度受到质疑,网络文学具不具备文学性,网络文学是否存在区别于传统文学的独特的审美价值等问题,都展开过激烈的讨论。网络文学为什么会受到质疑和批评呢?自然是因为其与正统的主流的文学形态之间的差异,因为其"别"样的特点,因为它作为当下社会形态发展下审美形态演变的产物,给传统创作观念、文学范式、批评理念带来的冲击。但纵观中国文学的演变史,从最初劳动时的号子,到民间传唱的歌谣,再到赋、诗、词、曲、戏剧、小说的更迭,每种文学样式在兴起之初,无不是对前一种传统样式的反叛和挑战,也体现出迥异于主流的"别样"特性。而网络文学 20 多年的发展,从不被接收到"另类""边缘"地位,再到逐步走向主流,正好说明了"对文学审美形态演变起决定作用的是人性在时代与社会交织演化过程中必须要加以某种体现的生活需要"①。突破传统主流审美的规制,用更符合历史现实的美学理论来对网络文学审美形态进行阐释,以更客观的态度来探究其独特审美形态背后的原因,才能引导作者的创作和读者的鉴赏。

① 谢金良:《"别现代"时期文学审美形态存在问题探析》,《湖北社会科学》,2021 年第 2 期,第 100–105 页。

二　时间空间化处置融合别现代审美形态

网络文学以大胆的想象、新颖的叙事，在文本中构建了一个前现代、现代和后现代同时并存、显性可感的时空，体现出时间空间化的杂糅型审美形态。时间空间化是别现代的八大理论之一，时间空间化哲学认为：中国的社会发展并没有复制西方前现代、现代、后现代交替出现的模式，而是呈现出时空的复合性，前现代、现代、后现代同时并存，并收摄于同一空间之内。在时间的空间化中，现代、前现代、后现代的对立、隔膜、矛盾构成了别现代多元并存、和谐共谋、内在张力、对立冲突、难以预测以及多变量等属性。简单来说，时间空间化，就是人们看起来处在同一个物理时间，但文明却处于不同的时代。正因为如此，就产生了前现代、现代、后现代各种相互矛盾的思想、观念、审美、伦理在同一空间出现，相互冲突杂糅，彼此妥协而达成媾和的奇异现象。

热拉尔·热奈特在他的叙事学理论中提出了故事时间和叙事时间的对立，叙事时间指叙事文本中出现的时间，故事时间则是故事发生的自然时间①。在以玄幻为主体的网络文学中，叙事时间和故事时间以及真正的历史时间通常不具有同一性。《庆余年》中，构建了三个不同的时空。一是"过去"——庆国所处的封建时代，这是故事时间，但它对应的并非"过去"的时间，而是"过去"的文明。故事中，"庆国"被设定为人类文明中断重启之后的时代，时间上这是"后人类文明"时代，却是文明的"前现代"时期，这一设定为过去、现在、未来的时空叠加与差序并入提供了可能。二是"现在"——范慎所生活的现代时空。虽然小说一开始，范慎就已经穿越到了庆国成为"范闲"，故事的主要发生场域在庆国，但主角范闲仍旧保留了对现代文明的记忆，小说站在范闲的"现代"文明视角立场进行叙述。三是"未来"——以神

---

① 热拉尔·热奈特：《叙事话语、新叙事话语》，王文融，译，中国社会科学出版社，1990 年版，第 11 页。

庙为代表的未来时空。神庙是史前人类文明所留下的一个军事博物馆,这里有一台存储了此前所有人类文明的中央集成电脑和一批机器人使者。神庙以阻止人类文明发展,试图控制其始终停留在冷兵器时代而避免文明的再次消亡为己任,这/其可视为基于人工智能发展对未来人类生存空间的一种想象。过去、现实和未来三个时空交叉错置,穿越者范闲带着现代属性生活于封建时代,又受到代表着未来智慧的神庙的掌控与操纵。《史上第一混乱》中,不同朝代的历史人物如荆轲、秦始皇、刘邦、项羽、李师师、花木兰等来到了同一时空,演绎了许多啼笑皆非的故事。"当前与过去和将来一起构成了时间的特征。存在通过时间而被规定为在场状态。"①多种时空混合而成为一种新的存在,在这一混合时空中,不同的价值取向、生活习俗、文化逻辑等缠绕对抗,形成激烈的冲突。它们既因为不同立场而相互排斥,又因为充满陌生感而相互吸引,从而使作品呈现出一种时空流动,前现代、现代、后现代交织纠葛的状态,推动了情节的戏剧性和富有张力的审美形态。

在这种多维时空环境中,现代精神与前现代环境的格格不入,后现代文明与现代文明的对立冲突,使得不同时空文明之间在矛盾和博弈之中彼此渗透、相互影响,"和谐共谋"与"对立冲突"交替出现。"和谐共谋"一方面表现为现代对于前现代的渗入,包括改造原有环境,改变历史的进程和人物的命运,化解或者促成了重大的危机,也体现在主角的现代精神对前现代环境和人物的强大影响与感召。《回到明朝当王爷》中,主角杨凌穿越至晚明,就开始思考如何改变国家积弱、血流成河的悲惨情境。在第四卷到第十一卷中,写到了铲除贪官、发展海外贸易、打击倭寇、降服海盗、平定蜀乱、开发辽东等重大历史事件,通过回到历史生发点来推进系列现代改革,改写了明清历史,实现了大国崛起。《庆余年》中的叶轻眉协助庆帝登基改写了庆国的历史,其现代精神烛照下的人格魅力也感染和影响了身处封建时代的陈萍萍、范建等人,使他们成为民主、独立精神的追随者。另一方面表现为前现代对现代的反向影响。没有充分现代化所产生的腐败横生、等级观念、尊卑

---

① 海德格尔:《海德格尔选集(上)》,孙周兴,译,上海三联书店,1996年版,第662-663页。

有别等这些前现代意识随处可见，争权夺利、钩心斗角，腹黑权谋、残暴虐杀，以及三妻四妾、男尊女卑等观念也比比皆是。在《寻秦记》《回到明朝当王爷》《庆余年》《赘婿》等作品中，男主角对众多女性的占有、在权谋争斗中的腹黑与算计、身份地位的快速逆袭和财富的迅速积累都是作品的核心爽点。

"假如文化商品或文本不包含人们可从中创造出关于其社会关系和社会认同的他们自己的意义的资源的话，它们就会被拒绝，从而在市场上失败，它们也就不会被广为接受。"①网络文学中构建的这个前现代、现代和后现代交织纠葛的虚拟空间，虽然超出了传统文学的边界，但同样是对现实的感知和观照。在这个虚拟空间中，人物和故事可以突破现实约束的藩篱，更好地体现出别现代时期大众复杂的欲望与心理诉求，这从网络文学的许多情节设定中可见端倪。在情感设定上，主角明明是从现代穿越到异时空，受到一夫一妻制度的约束，但男主角来到异时空之后，经常会匹配多个异性配偶，而女性主角仍会加入多个女性对男性的争夺之中，体现了现实世界残留的男尊女卑、男女在情感中不平等地位的前现代思想。在升级模式中，主角从弱小一步一步变得强大，勤勉、自律、进取，拥有平等思想、科学精神的同时，却享受着各种地位、背景带来的特权，凭借各类"金手指"获得超能力，映射出生活中规则和潜规则同时并存并被接受的别现代现象。而"复仇打脸""扮猪吃虎"等情节模式，表面上是对正义与公平的追求，实际上是将恩怨诉诸个人的裁决和暴力的审判以引起群体的狂欢，仍旧是前现代和现代思想的杂糅。

三 英雄叙事戏谑多元体现别现代价值取向

网络文学的时间空间化，形成了杂糅的别现代审美形态，也影响了其人物塑造与英雄叙事。英雄是对拥有超出凡人的能力、智力、神力的杰出人物的一种统称。英雄是民族文化和精神的重要部分，每一个时代每一个民族都需要英雄。但不同民族和时代的英雄经常表现出不同的属性。在同一文明

---

① 约翰·菲斯克：《解读大众文化》，杨全强，译，南京大学出版社，2001年版，第2页。

体系中,英雄形象经常呈现出与时间一致的线性传承关系,比如在中国传统文化中,"包拯"这一英雄形象就曾经历了宋、元、明、清到现当代的传承和演变。但在别现代时期,前现代、现代、后现代同时并存,时间空间化甚至网格化,那种从上古到古代、现代、当代的英雄线性传承和延伸空间就消失了,而成为一个充满随机性和可塑性的三维体。同时,人们对于英雄形象与英雄精神的期待也在发生变化,"爱国主义的、民族主义的、民粹主义的、人道主义的、普世主义的、救世主义的、神秘主义的英雄观多元并置导致了多种英雄谱系的并存"①,英雄被创造和接受的空间得到了扩大。因此,这些失去了时间效应的英雄,通过解构、戏谑、赋形、嘲弄等,而得到重新改造,成为被消费和娱乐的对象。网络文学消解了传统文学对英雄的固有表达,穿越重生、天赋异能、神灵附体、随身空间等"金手指"情节模式,使得英雄的随意赋形得以轻易实现,扩大了英雄空间;同时,网络所营造的反中心化的虚拟世界,使英雄叙事由崇高庄重转为戏谑多元,英雄的使命进一步由崇拜和模仿走向消费和娱乐,体现出别现代价值取向。

网络文学扩展了英雄的空间。英雄空间是指对于英雄的想象和塑造空间。别现代的多元价值取向导向了英雄观的多元化,每个人根据自己的审美和价值观对英雄有着迥然不同的想象,形成了一个包括经典英雄、职业英雄、道德英雄、平凡英雄、游戏英雄、恶魔英雄等在内的英雄谱系。在网络文学中,对英雄的塑造在时间上可突破前现代、现代与后现代的桎梏;在类型上融入西方魔幻,东方武侠、修真,古代历史等中西古今文化中的各类英雄资源,显示出共时性的多元并存。比如《星辰变》中由先天不足的孩童成长为天尊的神魔英雄秦羽;《悟空传》中对经典英雄孙悟空形象进行解构后形成了对抗权威、为自由与爱而战的反抗英雄孙悟空;《回到明朝当王爷》中改变历史进程、扭转明清时期积贫积弱状况,实现大国崛起梦想的时代英雄杨凌;《庆余年》中有自私、虚荣的一面,却又在保护亲人朋友的初心下逐步肩负起除暴安良责任的平凡英雄范闲;《大国重工》中用汗水和智慧实现工业强

---

① 王建疆:《"消费日本"与英雄空间的解构》,《中国文学评论》,2017年第2期,第39-47页。

国梦想的职业英雄冯啸辰；等等。随着社会发展与读者接受的变化，英雄形象已经逐步从闪耀神性光辉的"完人"过渡到了有血有肉的"人"，在网络文学中又进一步转化为拥有世俗欲望和人性缺点的"普通人"。借助时空的变化和"金手指"，普通人就可以成为"英雄"，担负起家国使命，也获得权力与财富，英雄空间进一步扩大，也使读者的感官从对英雄的"仰视"转变为"代入"；同时，人物通过随机化方式就能获得人生成功和价值实现，阴差阳错间就可以改变历史进程和他人命运，这种随机性使得故事情节波澜起伏、引人入胜，也契合了读者"快意恩仇"的渴望，增强了故事带来的"爽感"。《庆余年》中的范闲前世只是一个重症肌无力患者，穿越之后成为庆帝的私生子，有一个同为穿越者的妈妈(叶轻眉)，拥有一名武功高强的保护者(五竹)，被司南伯爵收养，经皇帝的奶妈(奶奶)养大，与郡主结亲，与北齐的女皇帝有情并生下一个孩子。从小偶然修炼而成的强大真气，各方势力的支持和帮助，让他逐步成为一个功夫高深、权倾朝野、人脉通天的强者，但他也从不掩饰自己作为普通人想要保护好身边的人，谋取权力和财富，获得幸福安乐生活的愿望。角色的人生仿佛是网络游戏中的升级打怪，由弱变强、逆风翻盘、扮猪吃虎、打脸复仇等情节模式，都增强了读者的认同感和代入感，满足了普通人实现英雄梦想的想象。

网络文学对英雄的叙事是多元化的，大众的"英雄情结"给英雄复魅留下了空间。但对于在别现代时期去政治化环境成长起来的读者，一本正经的英雄复魅容易遭到反感和厌弃，引发"宏大叙事尴尬症"。因此，去崇高化、重娱乐性成为网络文学英雄叙事的重要策略。在英雄之所以成为英雄的动机上，不再立意于无条件的爱与牺牲精神、伟大而无私的品德，而常从人的本性，从差序格局的伦理关系出发，主人公因保护亲人、朋友的朴素念头发端，随着跟随者、依附者的增加而不断向外围拓展，继而承担起对国家、国民甚至人类的责任。在"老吾老以及人之老，幼吾幼以及人之幼"的朴素情感逻辑下，主角由一个普通人被动成为英雄或者偶然成为英雄，更能得到大众的相信、接受和认同；"英雄"的世俗性、庸常性得以保留，英雄也胆小、怯懦、贪财、好色，追求地位与财富。《诡秘之主》中的周明瑞、《择天记》中的陈长生、《武动乾坤》中的林动、《庆余年》中范闲等,都是从底层逐步逆袭,也都有着各自的缺点、私心,从明哲保身到因羁绊而战,因依附自己的人越多而承担起对世界的责任,逐渐成长为与敌人对抗的英雄。在表述方式上,网络文学摒弃了庄重、深情的传统英雄叙事,而更多地采用了玩梗、吐槽等戏谑、自嘲的喜剧式语言,来消解主题的厚重感。《冒牌大英雄》中,经历过21场战斗的主角孙行健一出场就在开始他的第21次逃跑,如同一只受惊的蜥蜴头扎进了丛林深处,又像一只被打慌的狗飞快地奔跑,并指出他当兵的唯一理由是为了减肥(第一章《逃命的机修兵》)。这类吐槽式的描写让读者感到亲切和愉悦,英雄成为被消费的对象。

远古的图腾崇拜时期,人类就开始了对英雄的崇拜和渴望。这种文化积淀和心理情结,使得英雄成为人们精神上挥不去的渴求。"我们坚定地渴望英雄,是因为只有英雄能给我们力量去克服自我的短处,如果得不到这种力量,我们都得遗憾的死去。"[1]英雄的塑造是文艺作品的重要使命,是文艺发挥其教化作用的重要媒介。网络文学使英雄空间进一步扩大,英雄形象世俗化与平庸化,使得读者有更强的代入感;英雄叙事的多元,带来了更轻松的愉悦感和阅读快感。但也应该看到,英雄的消费带来剥离了意义的娱乐化和审美化。英雄设定的随意,可以无视历史逻辑和现实限制;对代入感的过分强调和后现代手法的运用,使英雄成为被解构和戏谑的对象,或者宣泄现实压力、释放情绪的工具。这也折射出在消费主义的刺激之下,别现代社会人们精神的浅薄化、庸俗化,以及"娱乐至上"的价值导向。"一个国家、一个民族、一种文化不能没有灵魂,无论网络文学还是传统文学,它们在带给大众娱乐精神的同时,还需要担负启迪思想、陶冶情操、温润心灵的重要职责,承担以文化人、以文育人、以文培元的使命"[2],在挣脱了叙事束缚之后,如何让人物承载更多的意义和情怀,带来更好的示范和启示,是网络文学作者以及批评者们需要思考的问题。

---

① Ray B. Browne, ed. , "Contemporary heroes and Heroines", Gale Research Inc. , 1990, 19.
② 欧阳友权:《网络文学虚拟审美的娱乐边界》,《社会科学辑刊》,2021年第1期,第159-166页。

四　"爽"点制造体现别现代精神内核

不管是情节设置还是人物塑造，网络文学都不遗余力地追求"爽"感。网络文学中"爽"这一审美内涵有着明显的前现代、现代、后现代烙印，体现出别现代审美的多元共谋和内在紧张属性。"爽"是一个在中国古典美学中就已经存在的审美范畴。《说文解字》中对"爽"的释意是："爽，明也。"①在古典美学中，"爽"可以用于评价人物的品格和个性，说明人物之豪爽、干脆、畅快，如《世说新语》中评价身长七尺的嵇康，"萧萧肃肃，爽朗清举"②；评价卫玠的舅舅王武子，"俊爽有风姿"③。"爽"可以用于品评诗画，意指书画之清新雄健，如萧衍评价蔡邕的书法"书骨气洞达，爽爽如有神力"④。"爽"也可以品评诗文，如刘勰评价曹操父子的诗文"气爽才丽"⑤。"爽"还可以用于对自然环境的描摹，如王维之"若见西山爽，应知黄绮心"。孙玮志指出在中国古典美学中，"爽"具有力度、色调、形态等方面的审美质素，形成了一个庞大的"爽"范畴家族，"其审美内核始终坚守了超越阻滞和有限、追求自由和无限、追求郁勃生命力的精神向度""是一个兼有传统积淀和现代活力的审美范畴"⑥。网络文学批评体系中的"爽"最早来源于读者评价，崔宰溶从网络文学现场捕获了这个词，把它作为网络文学"土著理论"纳入网络文学批评体系，并提出了一种主动拒斥"深刻性"而追求即时、单纯快感的"爽"的文学观⑦。"爽感"分为占有感、畅快感、优越感、成就感，为了制造"爽感"，写手经常运用先抑后扬、金手指、升级、扮猪吃虎等叙事策略⑧。

---

① 许慎：《说文解字》，中华书局，1987年版，第70页。
② 刘义庆、张为之译注：《世说新语译注》，上海古籍出版社，2007年版，第288页
③ 刘义庆、张为之译注：《世说新语译注》，上海古籍出版社，2007年版，第299页。
④ 黄简：《历代书法论文选》，上海书画出版社，1979年版，第81页。
⑤ 刘勰、詹锳义证：《文心雕龙义证》，上海古籍出版社，1989年版，第243页。
⑥ 孙玮志：《中国古典美学"爽"范畴探微》，《学术交流》，2015第6期，第186-190页。
⑦ 崔宰溶：《中国网络文学研究的困境与突破》，北京大学博士论文，2011年。
⑧ 黎杨全、李璐：《网络小说的快感生产："爽点""代入感"与文学的新变》，《海南大学学报》（人文社会科学版），2016年第5期，第81-88页。

　　因媒介时代与网民表达需要的契合，"爽"成了一个流行的网络词汇，随之被纳入网络文学批评体系。评价网络文学时使用的"爽"，与"X一时爽，一直X一直爽"等网络流行构式并无根本不同，与中国古典美学中的"爽"范畴同样存在承继关系，尤其在"超越阻滞、追求自由"的精神向度上具有同一性。"爽"不止是一种文学创作观，也是一种属于网络文学的审美形态，是对当下文化内蕴、人生境界、审美情趣的展现，它以根植于前现代中国文化土壤的"乐感"文化为根基，借用前现代文化母题，采取后现代的表现手法，展现出别现代的精神内核。

　　网络文学体现了中国传统的"乐感"文化根基，李泽厚曾经指出，西方文化是"罪感文化"，每个人都带着"原罪"，要征服自己、改造自己，通过奋勇斗争赎罪才能再次回到上帝的怀抱。与此相对，中国文化则是一种实用理性支配下的"乐感文化"。中国哲学不管儒墨老庄和佛教禅宗都非常重视感性心理和自然生命，都要求为生命、生存、生活而积极活动。中国人也不追求精神的"天国"，"从幻想成仙到求神拜佛，都只是为了现实的保持或者追求世间的幸福和快乐"①。因此，中国有着源远流长的俗乐文学基础，从《诗经》"国风"到南北朝民歌，从唐传奇、宋代话本到元代杂剧、明清章回小说，又从新鸳鸯蝴蝶派到金庸的武侠、琼瑶的言情。网络文学对"爽"的追求传承了"乐感"文化的本性，"爽"感的实现则脱胎于前现代时期的俗文学形式。首先在文化母题上，网络文学主题中的争夺权力、建功立业，打怪升级、得道修炼，多金多情、左拥右抱（男性视角）\一见钟情、忠贞不二（女性视角）等在传统俗文学中都可以找到踪迹，比如《庆余年》中的建功立业模式与《三国演义》中的桃园结义、逐鹿天下异曲同工，而其中主角范闲有妻（林婉儿）有妾（柳思思）又有红颜知己（海棠朵朵），有红袖添香（司理理）还有"一夜情缘"（战豆豆），这一情感模式则与金庸小说中的韦小宝、张无忌等类似，也与蒲松龄《聊斋志异》中被各类美貌妖精青睐的书生相仿。其次在叙事策略上，"爽"感的实现有其固定模式，主角虽然会遇到不少的困难和挫折，但最

---

① 李泽厚：《中国古代思想史论》，人民出版社，1985年版，第306-316页。

后都会取得胜利，坏人则会遭到报应。最后，主角每次遇到困难，都能在较短的时间内得到解决，没有解决不了的困难和长时间无法解决的难题。这种叙事策略与《西游记》中"九九八十一难"的设置如出一辙。主题的夺权建功、寻宝升级和白头偕老，过程的苦难有偿、逢凶化吉，结局的皆大欢喜、团圆美满，读者对"爽"的感知仍旧是基于前现代的文化、思想、审美基础，"爽"体现出一种前现代的审美情趣。

网络文学的"爽"感实现，在叙事母题上是前现代的回归，在表达上却采取了很多后现代手法，如戏仿、拼贴、解构等。"戏仿是一种独具特色的文学艺术创作方法，它通过对前文本的带幽默滑稽意味的模仿和转换以实现对该文本的形式和主题的致敬、玩味、批评等等复杂矛盾的意图。"①戏仿在西方历史悠久，古希腊时期就已经非常繁荣。网络文学的戏仿主要体现在对历史人物、经典文本以及当下社会文化的戏仿。《步步惊心》中，四爷雍正胤禛和八爷胤禩等人物，颠覆了其原有的历史形象而变得深情专一。《悟空传》延续了经典文学作品《西游记》的人物和故事主题，但大量调侃、反讽、幽默，以及古今诗词、歌词、名言警句等的运用，人物之间强烈的自我意识和平等甚至有些粗鄙的对话风格，完全颠覆了原著中的师徒从属关系。拼贴是"一种即兴或改编的文化过程，客体、符号或行为由此被移植到不同的意义系统与文化背景之中，从而获得新的意味"②。网络文学中的时间空间化，使不同时代人物之间可以实现身份拼贴与语言、场景、文化、价值观的拼贴，消解了文本深度，增强了游戏感和娱乐性。《庆余年》中有一段范闲偶遇贩卖《红楼梦》妇人的描写："正此时，一个穿着普通的中年妇女抱着婴儿，像做贼一样地磨蹭了过来，压低了声音问道：'要书吗？都是八处没有审核通过的。'这个场景让范闲觉得很熟悉、很温暖、很感动，很有家的感觉。他抬起头来，柔情无限问道：'是日本的还是西片？'"（《庆余年》第一卷第四十六章）这

---

① 程军：《西方文艺批评领域"戏仿"概念的界定》，《南通大学学报》（社会科学版），2013 年第 6 期，第 45—53 页。
② 约翰·费斯克等：《关键概念：传播与文化研究辞典》，李彬，译注，新华出版社，2014 年版，第 1 页。

段描写是现代出版审核、非法出版物地下交易等的镜像反应，也是现代场景的异时空迁移，诙谐搞笑又别有意味。拼贴手法的运用使得古今、中外、雅俗等不同风格和语境的语言杂糅交错，趣味盎然，让人捧腹；场景的迁移和价值观的碰撞也使得文本变得滑稽搞笑，形成了一种表达的狂欢。

在网络文学中，生活场景是前现代、现代与超现代多元并存的，故事内容的意旨是前现代与现代杂糅的，在前现代与现代的冲突与矛盾中，后现代的戏仿、拼贴、英雄解构等手法起到了中和作用，使得整个故事变得娱乐化、戏剧化。网络文学没有回避前现代、现代、后现代交织的别现代性，而是采用具有不同时代特质的艺术手法实现了前现代、现代、后现代的混搭，表现出别现代审美形态，极大限度地让读者产生"代入感"，满足"YY"需要，得到释放和快乐。而读者在网络小说中获得的"爽"感，这种时空转换后的美梦成真，受尽屈辱之后的扬眉吐气，与读者在别现代时期多元思想涌动、内在对立紧张的社会精神结构下的需求相应和。为什么"爽"这一审美形态会得到读者的喜爱？正是因为现实的沉重和迟滞：前现代的宗族观念、男权文化阴影未散，现代的激烈竞争和内卷压力，后现代的冷漠和疏离，而"爽"的畅快、自由与舒展则能使读者暂时挣脱开这一切。网络文学作家猫腻认为：情怀与爽文并不对立，它们分别满足读者不同层次的需要。[1] "'以爽为本'对'文以载道'（或'寓教于乐'）最根本的抵抗在于，'爽文'不是不可以载道，但也可以不载道。"[2]可见"爽"并非不能承载或者搭载意义，"载道"或者"不载道"是"爽"之外的另外一个维度。在以娱乐化和审美化的方式化解身处别现代时期的人们的焦虑和欲望，实现"心理疗愈"的同时，把"情怀""意义"等代表的正能量价值观移植到快感机制之中，做到既"以爽为文"又"文以载道"，应该成为网络文学健康发展的追求。

---

[1] 猫腻、邵燕君：《以"爽文"写"情怀"——专访著名网络文学作家猫腻》，《南方文坛》，2015年第5期，第92—97页。

[2] 邵燕君：《以媒介变革为契机的"爱欲生产力"的解放——对中国网络文学发展动因的再认识》，《文艺研究》，2020年第10期，第63—76页。

网络赘婿体小说研究

聂庆璞

中南大学文学与新闻传播学院

2011 年 5 月 23 日，湖南作家愤怒的香蕉（曾登科）在起点中文网连载他的架空历史小说《赘婿》。很快，该书在起点得到众多读者肯定。其后，在网文界和社会都得到了广泛好评，作品及作者收获众多荣誉：2017 年 2 月，作者凭此书在第二届网文之王评选中位列百强人神；同年 7 月 2 日当选湖南省网络作家协会副主席；该年 11 月，该书获第二届"中华文学基金会茅盾文学网络文学新人奖"。2018 年 5 月，在第三届"橙瓜网络文学奖"评选中，该书荣获年度百强作品奖，作者入选第三届"橙瓜网络文学奖"百强大神。2019 年 4 月，作者入选阅文集团"2019 原创文学白金作家"名单。

就在作者获得众多荣誉的 2017 年前后，赘婿题材迅速成为网络小说的流行文体——"赘婿体"，它几乎占了网络小说的小半江山，有人谓之"赘婿"当道。赘婿玄幻、赘婿都市、赘婿战神类小说作品众多。

一　网络赘婿体小说的文体套路

就赘婿体而言，入赘是第一个必备噱头，入赘的理由一般有：一是由某一长辈（一般是家族中的权威爷爷）受到某种暗示或者直接就是早年指腹为婚，然后做主，招某人入赘。如岁月无声的《第一狂婿》，萧家是江南市一中等规模的家族，但莫名其妙的生意一年不如一年，萧老太受一神秘人指点，让依附自己家的女婿（沈）家招一赘婿，三年内可解除其坏运，穷小子叶凌锋为救其相依为命的重病风伯，自愿入赘沈家。又如金佛的《傻婿》，主人公陈旭被称为佛医鬼手陈仙人，在美国建立战神天堂，打遍天下无敌手，但后来被出卖，身中数枪，没死，却变成了"傻子"，被送回国后，原来指腹为婚的白家老爷子信守承诺，招他入赘，将貌美如花的孙女白亦清许配给他。愤怒的香蕉的《赘婿》也是苏老爷子为完成自己与宁家指腹为婚的承诺，令自己的孙女招宁毅为婿。二是为报恩，小伙小时候受过女家恩惠，自愿入赘。伙夫的《女总裁的上门龙婿》中，出身京城豪门的刘风，被同父异母的弟弟追杀受伤，被江城周家收留养伤，伤好后为报恩当了周家上门女婿。青山微雨的同名作品《女总裁的上门龙婿》也是隐世大家族龙家的三公子龙渊（招婚后改名为龙隐）在修炼突破时被人袭击并追杀，逃跑时油尽灯枯被余锦秋的车撞了，为了掩盖自己撞人的恶行，余锦秋只好将其带回家养伤，没想到龙渊记忆尽失，傻不拉几，经常头疼发病，余锦秋为进一步掩盖自己撞人的事实，只好将其招为女婿，但龙渊记忆恢复后认为是余锦秋家救了自己，心存感激，誓言守护宁家（余锦秋夫家姓宁）。三是小伙暂时落难，或是经济上或功夫上受到限制，需要女方家照料，然后入赘。如一起成功的《超级上门女婿》，叶凡养父失踪，养母病重，家徒四壁，为给养母治病，主动入赘当地小有名气家族唐家，为唐家冲喜。四是女方家曾受过男家恩惠，或曾是男家仆人，女方家为报恩，收留男方入赘。如叶公子的《上门龙婿》，叶辰出身叶氏大家族，父母被害，流落金陵，叶家为保护他，隐瞒了他所有身份信息，并建立了一所孤儿院，将他与其他孤儿一起送至该孤儿院收养，虽暗中关注，但从不联系。叶辰长大后在工地搬砖，一个曾在他家当过仆人，现为一个当地小家族的家主觉得他似曾相识（像其爷爷），为报以前主家之恩，将其招纳入赘，许之以"金陵第一美女"的孙女萧初然为妻。

在人设上，赘婿体的女主总是貌美如花、气质冷艳的小家族总裁或者修炼天才。而男主一般是长相平常或只是小帅，被冠为"废物"。其原因，一是能力上的废物，无所作为：都市赘婿无职无业，在家洗衣做饭；修真者，功夫低微，数年无寸进。等等。二是因为入赘而被人鄙视，赘婿在中国文化中是一个特殊的男人群体，是男人却被认为嫁给了女人，是男人无能(卖身)，甚至是整个男方家族无能的表现，所以，被视为低贱人类。男主的崛起一般有四个金手指：一是附体重生，二是能力解锁，三是经济上解封，四是突得某种传承。当然也可以是上面几种的结合。老丈人大多为窝囊型人物，在家中没有什么权威，而丈母娘则是势利小人，总在不断踩贬上门女婿。招婚家族中的其他人物也大多是势利小人，各种看不起被招的女婿，一有机会就嘲讽责骂，并且不断内斗，坑害招婚的女主。一般还有一个出色人物是女主的永恒追求者，可能是青梅竹马的世交家公子，也可能是仰慕女主的小时候同学，还可能是窥视女主美色和财力的朋友或见色起意者。这些人明知女主已经结婚，但毫不计较，矢志不渝地追求女主，等待女主离婚。而男主与女主的婚姻都是有名无实，三年甚至更长时间内都是分床而睡，即使男主觉醒崛起后，很长一段时间也是如此，男主对着貌美如花的妻子可望而不可即。另外，男主在崛起后，虽然在家不受待见，暂时不被妻子接受，但在外面因为其过人的能力早已是彩旗飘飘，结识了各种不同的优秀女性，她们都矢志不渝地等待着男主，但男主仍然念念不忘招婚的女主。

情节设计上，赘婿体与一般的网络爽点小说没有区别，并有些种田文的特质。都市类的赘婿小说，一般是主人公获得超强武功或超高医术，以武功征服当地地下社会头领，收为马仔；以超高医术结交当地高官，成为朋友；以诡术或医术结识当地富商，获取房产或财富；以深厚功力获得军队或国家神秘组织青睐，获得神秘身份；然后左右逢源、迅速成长，打脸各类人物。玄幻类赘婿小说，主人公开始肯定也是废材，受尽各种欺辱，但突然会在某一天受害致死被超强者借体重生，或获得超强功法，得到奇遇，迅速修炼，几天或一个月内就赶超家族天才，但是短时间内会隐藏自己的实力，在某种比试场合才显露，成为家族极力拉拢的对象。然后，就会离开入赘家族，开始各种冒险与成长，基本与入赘家族脱离关系。

网络赘婿体小说的起点一般在入赘一年或三年后，招婚小家族碰到麻烦，如资金短缺、资金回收困难、内部争斗坑女主等。丈母娘恼羞成怒大发雷霆责骂赘婿无能，不能为家里做一点贡献，责成他马上解决这些问题，否则让他立马离婚驱逐出家流落街头。而赘婿正好此时觉醒金手指,轻易地解决这些问题,但丈母娘认为这些都是巧合,赘婿始终是无能的。

二 赘婿体小说的爽感点

网络小说吸引人的主要原因就在于其"爽",让读者心里舒坦、心情愉悦。它主要来自欲望的满足、期望的实现,由此带来的心理快感和自豪感、优越感等爽感。就赘婿体而言,爽感主要来自两个方面:一是低位者的逆袭,二是打脸上位者的快感。

先看低位者的逆袭。赘婿体的基点设置是男主的赘婿身份,这是中国文化中最没地位的一个群体、最被人瞧不起的一个群体,当然也是最没社会地位的一个群体、最易被嘲笑的一个群体。不仅如此,网络赘婿体中的赘婿开始时都是低能者,他们无正当职业,无收入来源,靠入赘的家庭养活,他们往往就在家煮茶弄饭搞卫生,即使在外面有职业也无非是保安或清洁工,收入低微,毫无地位可言。

但是,所有的网络赘婿小说在作品开始后,地位低微的赘婿开始逆天崛起,他们开始在所在的城市呼风唤雨。他们是这个城市地下世界的老大,是这个城市最强的武者,是这个城市贵族阶层的崇拜者、仰慕者,是这个城市官府的交好者、利用者。慢慢地,这种局面扩展到省级或州郡,然后扩展到京城全国、全地球,甚至更遥远的星球,赘婿成为至强者,圆满完成低位者的逆袭。

再看打脸上位者的快感。猪吃老虎打脸上位者一直是网络小说的经典性惯用桥段,赘婿体小说尤其如此。赘婿的整个成长崛起过程就是不断吃掉各种老虎、打脸上位者的过程。各种层次的上位者(老虎)总是各种骄傲自满、自以为是、眼界狭隘、能力一般、瞧不起人,但在与赘婿的争斗中,总是一败涂地,毫无还手之力,不但被打脸,还往往被打残,甚至肉体消灭。这种情节随着上位者的身份越来越高在作品中不断重复,直至赘婿成长为大英雄,不再以赘婿论身份,才会有所改变。

就网络赘婿小说而言，入赘属于交代性情节，没有具体细节与过程，作品一开始，赘婿就开始觉醒，各种超能力开始显现，但入赘家族的人并不知道，还是将其当废物看待，以往的欺辱还在继续。这时打脸的情节就开始了。都市类赘婿小说的最初超能力大多为医术，突遇急疾急症，医院无能为力，赘婿手到病除，然后被某路过的中医泰斗看重，介绍其去豪门富商中去治疗久治不愈的疑难杂症。中间的套路是同时去的还有一个名闻遐迩的医生或团队，但牛皮吹上天，还是解决不了。最后赘婿出手，解除病患，并获得财富、人脉及倚重。初步人脉建立后，打脸开始了。

打脸经典情节一：打脸亲人。入赘家族或亲戚家族因某事去一高级饭店吃饭，为显摆，一般会订最好的包厢，显示自己的富有或能干，以贬低赘婿，席中不停羞辱赘婿，但赘婿始终不予理睬。但吃饭到一半时，他们这群人会被权贵人物驱赶，说要招待某重要人物，需要他们这包厢，要求他们换到差一等的包厢，入赘家族自是不肯，但在大人物压迫之下，最后不得不屈服。最后时刻，赘婿出面，利用自己的人脉或武力摆平这事，不但不换包厢，免受羞辱，甚至还能免单，将家族中那些看不起赘婿的人脸打得啪啪响。

打脸经典情节二：打脸同学。赘婿一帮朋友或同学举行聚会，许多人不断夸耀显摆，充大佬，同时不忘各种踩贬赘婿。赘婿置之不理，与个别以前要好的朋友同学喝酒闲聊。这时其中某个同学会因为小事得罪某公子少爷，或某女同学被厉害流氓看中而不从，同学中的头面人物试图消弭这事。但不但消弭不了，反而会越闹越大，聚会同学群无法善了脱身。赘婿开始总是冷眼旁观，最后聚会同学实在摆脱不了，只得出面或武力征服对方，叫来以前收服的黑社会大佬轻松摆平这事，这样又打了这帮看不起赘婿的同学或朋友的脸。

接下来一般是打脸赘婿老婆的矢志追求者、当地地下大佬、当地瞧不起赘婿的贵族、官府中赘婿的敌对势力们……

在赘婿体小说中，打脸的情节不断发生。赘婿因为自己的金手指，已经成长得非常强大，在社会上混得风牛水起。但是，他的家人或朋友总是不相信，他们总是把赘婿的每次成功看成偶然，看成某种运气，或者看成是依赖某个人的帮助，而不是赘婿自己真正的能做成什么事。所以，赘婿不断成长，而他的家人们表现得非常不聪明，不断被打脸。

赘婿体小说就是在这种主角的不断成长并最终完成低位逆袭以及不断打脸上位者的进展中给读者带来持续重复的爽感，使读者以代入的状况沉溺于这种幻想之中。

所有的赘婿体小说在逻辑上都有一个巨大的裂缝，这个裂缝就是赘婿觉醒金手指以后非常强大，在外头受不得一点气，谁对他不敬，就会遭他无情反击；但回到家后不断受到丈母娘的嘲讽甚至打骂，天天威胁离婚，要他滚出家门，他又毫不在意。这是典型的人格分裂。但作者又不得不将这种分裂的人格维持下去，因为他要使作品的文本结构能够继续下去就必须维持住赘婿这个身份，即使他人格分裂也在所不惜。当然为了不使文本结构遽然断裂、内在逻辑完全崩塌，作者往往会采取一些措施补救。这些措施大多是夫妻之间的少许"温情"。如一个同情的眼神，或一句"妈你过分了！"类似这样不痛不痒的关心话，甚至是非常久远了的某一个有点温暖的回忆。当然也有的设置为某种承诺，如青橙的《超级姑爷》，维持这种屈辱而不离去的是赘婿萧权对被暗杀的爷爷临终时要求他守护秦府的承诺。所以，尽管岳母一家子甚至妻子对他没有任何尊重，甚至欺压他骗他，他虽然没有好脸色应对他们，但一直没有离去，因为他要信守承诺。①

三　网络赘婿体小说评析

赘婿是父权社会婚姻的一种变体，父权社会正常的婚姻形式是男娶女嫁，而赘婿婚则是男嫁女娶。赘婿婚古今中外都广泛存在，不是什么稀奇事物，很多名人就是赘婿。如我国战国时期齐国的政治家、思想家淳于髡就是赘婿，诗仙李白二次入赘，朱元璋的老爸也是赘婿，等等。国外也不新鲜，日本铃木株式会社的前董事长铃木修是赘婿，英国伊丽莎白女王的丈夫阿尔

---

① 谭天、蔡翔宇：《假升级，真打脸：逃离不了家庭的赘婿》，《文艺理论与批评》，2021 年第 4 期，第 85–95 页。

伯特以及现今伊丽莎白二世的丈夫菲利普亲王也都是赘婿。[①] 赘婿在中国存在的原因主要有二：一是男方无法筹集婚姻所需的彩礼，只能入赘；二是女方家境优渥，无人继承家业，需要男方放弃自己的血脉命名权，入赘女方家生儿育女(21世纪初浙江舟山大量招婿即为此，古代把这种情况叫"补代"，因而赘婿也叫"布袋")。

但我国上古时期赘婿的地位确实比较低，被人瞧不起很正常。秦时期，赘婿被列为"五大害"，经常被抓去服劳役；汉武帝时期又实行秦的"七科谪"，将赘婿与罪犯、商贾同列，见到就强制抓住发配边疆守边，据说飞将军李广利征伐西域时，所率领的军队中就有大量被抓来的赘婿。[②] 唐宋以后，赘婿的社会地位有所提高，如李白两次入赘，但才华横溢，也没人笑话他。但地位的提高仅限于政治与人身安全方面，在财产继承权上面，赘婿还是有很多限制。即使在今天，虽然法律明确规定男女平等，享有法律规定的所有权利，但入赘的男人还是会受到许多约定的限制，如子女的姓氏，财产的继承权、处置权等都会在入赘时进行约定。这些约定多是限制赘婿的权利。

按理说，赘婿体小说，应该反映赘婿的生活，反映赘婿的酸甜苦辣。但目前的网络赘婿体小说，赘婿只是一个噱头，一个打脸入赘家族(家庭)及周边人的噱头。赘婿总是被人瞧不起，被认为是废物，人人得而踩之。不排除现实中的赘婿并不个个出色，被人瞧不起。但是，赘婿体小说中的赘婿个个都是厉害角色，他们心智成熟、定力十足、武功深厚、医术超绝，他们是各群体的核心人物，本无须入赘，只是作者需要他们入赘，就安排他们入赘。入赘成为这种爽文的一个点，一个反复使用的噱头，一个制造打脸爽点的依凭。所以，网络赘婿体小说仅是网络类型小说中的一个构建类型，与真正的赘婿生活没有任何联系，也不能为我们带来任何关于赘婿生活的社会认知。这其实就是类型小说与真正文学的差距。它既不能带来思想上的新认知与新思考，也不能带来我们对社会生活的真正认知与认识，仅是一种心智幼稚

---

① 姜浩峰：《古今中外都有赘婿》，《新民周刊》，2021年第12期，第67-70页。
② 陈辉：《古代赘婿地位有多低》，《公民与法》(综合版)，2021年第3期，第42-44页。

的安慰剂，一个巨婴的奶嘴。

不仅如此，网络赘婿体小说金手指虽然披着中国文化的外衣，却是将中国文化玄幻化，它不仅不能为中国文化复兴带来有利的助益，还会使中国文化成为一种脱离现代文明体系的玄幻梦语，将中国文化扫入历史虚无中。网络赘婿体中的文化表现主要为以下方面。

网络赘婿体中的中国医术。都市类赘婿体中的所有赘婿都擅长医术，这是他们的金手指之一。但他们的医术不是学来的，而是莫名的继承而来。某个远古大能隔时空将自己的医术传承给赘婿。他们也不需要练习，自然就会。这些医术的核心一般是一套诡异的针法，有一个特别的名字，如鬼医十三针、天玄九针、诸葛七十二针、黄帝七针、素女十一针等。这些针法能白骨生肉、起死回生；急症能治、慢症也能治；中毒能治、内出血也能治；女人病能治，男人病也能治；无所不能，没有什么不能治。比神医还要神。这是典型的中医针灸臆想症，与江湖中医无所不能、无所不治异曲同工。它既谈不上文化自信，也不是对中医的合理宣扬，而是十足的神棍模样。这样的医术能让理智的世人相信？这样的医术能够走向世界？

网络赘婿体中的武功。赘婿体中的赘婿除医术超绝外，武功也非常深厚，这是他们的另一个金手指。他们的武功也是来自天外，一开始就超越寻常武功，能够轻易制服地痞恶霸，轻松打倒几十上百人。他们的武功还可以进化提升，随着他们活动的范围越来越宽，接触的人越来越多，遇到的刈手武功越来越强，他们的武功也会变强。只有遇到非常特别的高手（如隐居多年的古武高人，日本的某流派高手），才有与他们差不多的武功，对他们有一定威胁，但不久，随着他们武功的进化，又会把他们远远抛到后面。他们的武功不属于现代武术，也不属于隐藏的古武，一般属于修真，修的是灵气，所以，好像自然就比别的武功高级，战斗力超强。这样的武功存不存在呢？当然是不存在的，这种武功在中国传统的义化中也是没有的，是从现代修真小说中借用幻想而来的，是一种意淫武功。

网络赘婿体中的玄学。玄学是中国特有特色文化，这几年在网络小说中大量存在，赘婿体小说中自然不会少。赘婿小说多在都市之中，玄学中的寻龙探穴这类大风水比较少，主要是家居布置、解煞化灾比较多，与此类似的还有蛊虫、古玩、赌石等玄妙的东西。赘婿小说中，通常会有某个大佬(或高官)家中有些不畅，或家人生怪病，各种治疗或施法都无法解决问题，赘婿一看就判断是风水被人做了手脚，或中了煞，或者被人下了蛊。然后手到灾祛。赘婿被人拜服，奉为大师。而在古玩鉴定中，不管是国手还是大师，几十年的经验，也赛不过赘婿一眼，因为他有灵气，能直接感知古玩字画的真假或其中暗藏的玄机。赌石也是如此。通常，赘婿在这些领域中是无所不能的，大师在他面前如同小学生。他们凭此备受这些大师的尊敬，甚至被拜为师，当然也就更为其他社会人士所敬重。玄学存不存在？谁都说不清，在中国社会中有大量信仰者。但这些玄之又玄的技艺应该是不存在的，什么平安符、解煞符、家中物品摆放的风水等，如果说对人有影响也只能是一种心理暗示，一种祈求平安的愿望。但这些网络小说中都将之实质化、应用化，难免带来迷信思想的回潮与愚昧行为的兴盛，它与现代社会也是格格不入的。

赘婿体小说中的男主一般会越来越强大，与成长小说有些类似。但我认为它不能看作一种成长小说。其理由有二：一是成长小说一般从童年开始，而赘婿小说直接从成年开始。二是成长小说关注的是成长的过程，一般要经历许多磨难，主人公在经历这些磨难后慢慢成长强大起来。而赘婿小说中的赘婿都是苏醒或继承强大的金手指，这些金手指让主人公无往不利、无所不能，它没有过程只有结果，它的过程只有运用这些金手指不断打人脸扮猪吃老虎的过程，而不是不断磨砺成长的过程。所以，赘婿小说不能看作成长小说。它在结构上有点类似种田文，从某一个小家族开始崛起，慢慢控制整个城市，然后向周边城市、全国、全球扩展，最后向外星球扩展。这个其实也是修真玄幻的套路。

赘婿小说大多将背景放在都市(有极少量的异时空心智、修真赘婿小说)，因此是都市小说中的一类，其中大多在后面走向了修真，如《校花的贴身高手》，就走向了异世界；也有部分后面走向发展财团，男主最终建立起庞大的财富集团；还有两者结合的，即既发展出巨大的财团，也修成逆天高手，走向异世界。

四川网络小说的发展研究[*]

黄群英　唐晋先

西南科技大学

四川网络小说近年来发展快速，"在四川省作协八大上，省作协党组书记侯志明在工作报告中，用了相当长的篇幅提及四川网络文学的异军突起。他的报告显示，四川省网络文学综合实力跃升至全国第三。在四川，活跃着至少300多名网络作家，读者群也相当庞大"[①]。尽管活跃的网络作家是动态的，每年情况有所不同，但通过近几年的发展，四川网络文学综合实力始终名列前茅，海宴、天蚕土豆、夜神翼、月斜影清、缪热、梁七少、何马、奥尔良烤鲥鱼堡、唐七公子、刘采采、一言、爱潜水的乌贼、心梦无痕、七十二编、美味罗宋汤、一世风流、庄毕凡、五志、雁门关外、唐箫、卷土等一大批作家创作出口碑不错的文学作品，点击率高，思想内涵丰富，审美呈现多样化的态势，他们的创作极大地带动了四川网络文学的发展。四川网络文学发展与成都的休闲与时尚紧密相关，因为休闲，作家便有更多时间进行思考和

* 基金项目：2020 年四川省哲学社会科学重点研究基地四川网络文学发展研究中心项目重点项目："四川网络小说发展嬗变研究"的阶段性成果（课题编号：WLWX-2020002）。2016 年四川省教育厅人文社科重点研究基地四川网络文化研究中心　般项目"网络小说的人文精神研究"的相关成果（项目编号：WLWH16-28）。2014 年教育部人文社会科学研究规划基金项目"四川'康巴作家群'研究"的相关成果（项目编号：14YJA751007）。2021 年教育部人文社会科学研究规划基金项目"四川藏羌彝文学中的家园意识研究"的相关成果（项目编号：21YJA751010）。
① 《四川省网络文学异军突起　综合实力列全国第三》，2020-09-07，http：//www.chinawriter.com.cn/n1/2016/1230/c403994-28988037.html.

创作。因为时尚，他们更有敏锐的眼光，作品在充分吸引人的同时，还发掘出更多的时代特色，蕴含着成都的城市气质。四川网络文学发展与四川省作协对网络文学的重视有关，2015 年四川成立了网络作家协会，2017 年开始，成都定期举办"金熊猫"网络文学奖评比，旨在鼓励川籍网络作家的创作，激励网络作家书写巴蜀文化、弘扬天府文化，为打造四川文化创意之城而努力。四川网络小说相对于传统的四川小说创作，作家更注重对巴蜀文化的神秘化书写，文学的思想内涵及审美更加多样化。网络小说的成功改编、网络小说及改编作品的对外传播又在一定程度提高了四川网络小说的影响力，激发了作家的创作热情，对网络小说的发展起到了很好的推动作用。四川网络小说以新的面貌呈现，获得了读者的认可，产生了良好的社会效益和经济效益。

一 对巴蜀文化的继承与变革

四川网络知名作家因成都的休闲大都聚居于此，他们将对四川的爱融入网络小说，他们创作的基础是结合当下流行的现代文化，同时对巴蜀文化有所继承，正是深厚的巴蜀文化影响了四川网络作家的创作，他们的作品流露出对古老巴蜀文明的向往和对当下巴蜀文化的热爱，他们在继承巴蜀文化的基础上，又进行了一定变革，让巴蜀文化绽放出奇异的色彩，增添了作品的文化底蕴。

巴蜀文化底蕴深厚，以浪漫多思为特征之一，文人皆留下了他们对巴蜀山水自然和人文的热爱，如果以浪漫为特征的话，唐朝的李白有不少描述巴蜀山水的，对巴蜀山水充满了奇思幻想。现代诗人郭沫若也以浪漫的诗歌著称于世。"蜀地土地肥沃，水源充足，物产丰饶，交通便利，人民不需要为了起码的生存而奔波，就具备了追求形而上的条件，因此蜀人的特点是神思邈远，浪漫奸仙。浪漫奸仙的气质爱好赋予了蜀人卓越的艺术想象能力。"[1]四

---

[1] 李怡，肖伟胜主编：《中国现代文学的巴蜀视野》，巴蜀书社，2006 年版，第 241 页。

川得天独厚的资源优势，浓郁的巴蜀文化氛围，使四川作家的创作热衷于书写巴蜀文化。以书写藏族风情为主的四川康巴作家，他们的汉语写作依然浸润着巴蜀文化。四川羌族作家的创作，受巴蜀文化影响的痕迹依然明显。四川凉山彝族作家的汉语写作，巴蜀文化的特色也十分显著。相比于过去的四川文学创作和当下的四川少数民族作家的创作，四川网络作家把巴蜀文化表现得更神秘，有些作家的创作更具时尚感，对巴蜀文化的书写在继承前人的浪漫多思后，又融入了当下的创作方法，从而把传统的巴蜀文化书写得更神奇，令人神往。

月斜影清的网络小说《古蜀国密码》获得首届"金熊猫"金奖，从多方面展示古蜀文明。作者认为："古蜀文明有着独具魅力的神话体系，也有金沙古国的厚重历史。我在写作过程中查阅了大量史料，还多次去金沙遗址等地考察。那些沉淀着历史的文物给我带来了许多灵感。我准备将古蜀文明的题材做一个系列，希望读者可以更深入地了解古蜀文明。"①这部小说最大的特色在于，巴蜀地域特色明显，作品融入了古蜀国元素，如金沙王城、芙蓉花道、蜀锦、恐龙战队等，故事中的许多情节和事物都是曾经在蜀国发生过的传说和神物。这部历史科幻小说充满了天马行空的想象，在神话传说的基础上进行建构，使小说具有深厚的巴蜀文化底蕴，神秘的古蜀文明成了本部作品的亮点。

刘采采既书写当下的巴蜀文化，也书写古老神奇的巴蜀文化，她在描写巴蜀文化上得心应手，显示了她创作中对巴蜀文化的情有独钟。她的小说成都爱情故事》获得第三届"金熊猫"网络文学天府文化魅力奖，小说以现实的成都为背景，描写的是夏青等几个外地青年扎根成都的故事，她们收获了事业、爱情、友情，见证了成都的发展历史，时尚、风情、民俗、美食、美女等众多元素杂糅在一起。作者对巴蜀文化的书写有些变化，她不再执着于表现古老的神秘的巴蜀文化，而是描写巴蜀文化在现代化进程中融入了时尚等元

---

① 李雪艳:《首届"金熊猫"网络文学奖〈古蜀国密码〉获金奖》. 2020-09-15, http://www.sc. chinanews.com/whty/2017-05-17/69283.html.

素，作品具有现代都市的特征。

　　刘采采的小说《蜀帝传奇》充分发挥想象，描写古蜀国辉煌的历史，以古蜀国第五代政权交替为背景，讲述古蜀国的民族风情和历史传说。作者是从三星堆文物中获得的创作灵感和启发，也是从三星堆的历史文物选取素材想象遥远的古蜀国发生的故事。三星堆文化研究院院长肖先进在该书序言中说："作家创作古蜀文明题材的小说，既充分抒发了热爱家乡、弘扬文明精华的积极情感，给人以美的享受，又弘扬了古蜀文明、宣传了三星堆与金沙，这是双美并举的好事，有力助推了三星堆、金沙品牌的深度打造。"①刘采采所著的《蜀山云无月》对古蜀国展开丰富的想象，她描写古蜀国人的喜怒哀乐、爱恨情仇，表现流落异乡的陈国公子为蜀之神女甘愿付出，为她生、为她死、为她复生，为她可以置一切于不顾。这荡气回肠的爱情背后，作者融入五代蜀王政权交替、祭祀娱神等元素，对古蜀部族蚕丛、柏灌、鱼凫、杜宇等进行了描写，故事趣味性浓厚，有深厚的巴蜀文化底蕴。刘采采作为三星堆文化推广大使，她一直致力于有关古蜀国的创作，极力推介三星堆文化。

　　温秀利的《锦绣河图》获得第二届"金熊猫"网络文学最具天府文化魅力奖。作者认为："天府文化底蕴深厚，瑰宝众多，把它们融入小说中去是一种相互成全，既让小说有了更深刻的意义，也将传统文化传播到了读者中。"②她把蜀绣元素融入小说，以一幅《锦绣河图》作为小说的线索，讲述一个扑朔迷离的故事，整个故事跌宕起伏。温秀利受《锦绣河图》的启发，创作了《后起之绣》，展示了蜀绣之美，讲述了蜀绣百年发展的曲折历史。温秀利将展示巴蜀文化作为一种责任，企图引导更多人关注传统文化。

　　四川网络作家致力于描写巴蜀文化，他们在对传统巴蜀文化的书写上，倾向于巴蜀文化的古老与神秘，在表现巴蜀文化的神奇上展开奇思妙想，丰富的神话传说和历史故事，使他们的创作内涵得到拓展。也有部分网络作家书写当下巴蜀文化的时尚感，使巴蜀文化呈现出新的特点，令人耳目一新。

---

①　肖先进：《序言》，载刘采采：《蜀帝传奇》，江苏凤凰文艺出版社，2018 年版，第 5 页。
②　但唐文：《"金熊猫"网络文学获奖作家：把文化融入作品 表达城市时代印痕》，2020-09-07. http://news.chengdu.cn/2018/1123/2016230.shtml

二　四川网络小说的多样类型丰富了文学的内涵及审美

四川网络小说在玄幻、科幻、历史、言情、穿越、都市题材等方面皆取得了历史性的突破，小说的内涵极为丰富，因为网络小说杂糅的元素多，审美更加多样，作者充满了奇异的想象，把网络小说写得好看又耐读，成为人们的精神食粮。

网络小说作者倾向于题材的多样性创作，注重作品审美的丰富性，密切关注读者的阅读兴趣，非常讲究作品的娱乐功能，讲故事讲得非常有技巧，有巨大的吸引力。学者欧阳友权认为，网络文学对传统文学进行了多方面的挑战，"这种挑战的价值在于突破了传统的陈规戒律，更新了循规蹈矩的文学范式，为文学的新变探索了新的可能，为文学的发展提供了新的空间，也为文学的历史转型创造了新的机遇"①。网络文学的价值取向的变化，在一定程度上为网络文学审美的丰富提供了条件，也为网络文学类型的多样化提供了可能。作者可以进行多方面的创作，天蚕土豆的玄幻小说《斗破苍穹》，夜神翼的言情小说《在最美的时光遇见你》，月斜影清的《宅女恋人》，海宴的历史小说《琅琊榜》，何马的悬疑小说《藏地密码》，林海听涛的竞技小说《我们是冠军》，还产生了如都市、科幻、魔法、校园题材等小说，小说类型多样，往往一个类型小说中又融入了其他类型的特点，满足了读者的多方面需求。吸引读者关注的作品，无不在作品的审美上下足工夫，做到好看又耐看，激发读者的阅读兴趣。

与传统的巴蜀文学相比，何马的《藏地密码》、唐七的《华胥引》、月斜影清的《画中王》、夜神翼的《一爱倾城》《如果转身还能遇见你》等呈现出新的变化，更加关注个人情感的表达，四川网络文学的内涵呈现新变化，更注重作品的虚空叙事，把奇思妙想发挥到极致。何马的《藏地密码》渗透神秘的叙事，使整个故事充满悬念，融入了探险、猎奇等元素，展示西藏的人文地理，

---

① 欧阳友权:《网络文学概论》，北京大学出版社，2008 年版，第 210 页。

真假叙事结合，描写奇特的人、景、物，故事呈现新的审美范式，别开生面地展示西藏的神秘文化。四川康巴作家格绒追美在《隐蔽的脸——藏地神子秘踪》同样书写藏地，作品以神子的视角展示发生在村庄的传奇故事，颇具神秘性，但其在神性的书写上渗透了沉重的话题——关于村庄人的苦难书写使作品具有深刻的思想内涵。两篇作品各具特色：何马的作品因为是网络小说，更注重故事的吸引力；格绒追美曾是甘孜文联常务副主席，他更关注故乡的社会发展，所以同样是表现神秘的藏地文化，因为立足点不同，审美和思想内涵也存在巨大差异。

活跃于当今文坛的四川网络作家，有些作家创作的作品的审美与传统巴蜀文人大相径庭，他们的作品注重神秘化、后现代化、魔幻等叙事，使作品更接近当下人的审美观。这样的变化，无疑是网络作家对传统巴蜀作家创作审美的更新。

三 四川网络小说的影视改编提升了四川文化的竞争力

四川网络小说的发展离不开对优秀作品的改编，这些改编的作品获得了更大关注。在传播文化方面，影视剧有着得天独厚的优势，改编影视剧能够促进人们更多地关注原创小说，一批被改编成影视剧的小说获得了赞誉，从而提升了四川文化的竞争力。

四川网络小说的改编较为成功的是海宴的《琅琊榜》，因为作家亲自担任编剧，电视剧忠实于小说原作。小说以梅长苏为死去的冤魂伸张正义为线索，演绎了复杂多变的政治斗争，故事紧张刺激，环环相扣。演员的精彩演绎，故事悬念的设置，人文精神的诠释，皆受到观众的喜欢，因为对电视作品的喜爱，人们又争相阅读小说，关注四川网络作家海宴的作品，从而引发对四川网络文学关注的热情。

四川网络作家唐七的《三生三世十里桃花》改编成电视剧后，影响颇大，受到众多年轻人的喜欢，由此带动了相关原著的阅读热潮和讨论，引发了持久的关注。尤其是小说中三生三世的爱恋吸引了大批年轻女性。作者充分利用神话传说，把故事讲述得荡气回肠，感动了无数人。一言的小说《小娘惹》改编成电视剧后，掀起一股东南亚风潮，同时引发回忆。电视剧的成功，使同名小说获得更多的关注，一言的知名度也随之攀升。改编自一言作品的《一起深呼吸》用独特的表达方式，讲述中国援外医疗跌宕起伏的故事，同时讲述危机中的甜蜜爱情。小说细节描写真实，感人肺腑。小说改编成电视剧后，在爱奇艺、腾讯视频首播，获得认可。月下蝶影同名小说《我就是这般女子》讲述古代一个名叫班婳的富贵千金，颇具个性，具有超凡的能力，世家公子容瑕在探寻自己身世的过程中与班婳相遇并相爱。作者将现代人的生活方式和婚恋观融入作品，容易使读者产生心灵的共鸣。该作品改编成网剧后，在腾讯视频开播，播放量惊人，大获好评。作者为网络小说贡献了鲜活的女性形象，形象塑造立体饱满。

四川网络小说作家作品的改编，推动了四川网络文学的巨大发展，因为影视剧的传播效应，更多的观众了解了作品内容，掀起了对原著小说阅读的热潮，这对小说作者也有很大的激励作用，能够鼓励他们继续从事网络文学创作，写出更多高品质的文学作品。近年来，四川网络文学的 IP 收入超过12 亿元，带动了相关文化产业的发展。

四 四川网络小说和改编的影视作品的对外传播提升了四川文学的知名度

四川网络小说的对外传播影响甚深，目前有《斗破苍穹》等 50 余部作品上线海外传播平台，夜神翼、月斜影清、一世风流等 30 余位言情作家的作品在越南、泰国、韩国等被翻译出版。爱潜水的乌贼的小说《诡秘之主》海外阅读量破 2500 万次。四川网络小说对外影响的扩大无疑提升了国外观众对中国网络小说的认识，也在不同程度上提升了四川的知名度，因为一些作品深深打上了四川地域的特色标签。

2018 年，四川网络作家夜神翼的作品《枕边敌人》被翻译成韩文，在韩国网络小说网站正式亮相，这是夜神翼第一部走进韩国的作品，受到了韩国读者的广泛喜欢,很好地传播了中国故事、塑造了中国形象。《三生三世十里桃花》改编的电视剧在海外热播,也引起了国外观众的兴趣。《斗破苍穹》的海外传播也获得了空前的成功。

四川网络小说和改编的影视作品深深影响了世界各地的人,传播了中国文化,提升了四川的知名度;还推动了四川网络小说的创作,为四川网络小说的发展提供了平台。

五　结语

四川网络文学的兴盛已是不争的事实,四川网络文学在全国的地位是显而易见的。因时代的变革和作家创作环境的改变,四川网络文学的特色、创新、文化底蕴、开拓意识皆取得了历史性的突破。

四川网络文学在发展过程中也存在一定的问题,如虚空的作品偏多,关注现实的作品远远不够。作家关注市场化、世俗化可以理解,但作家一定要坚守理想,遵守创作底线,传播优秀文化。作家要对现实进行深度挖掘,使表现现实的作品具有开拓意识和鲜明的个性特色,真正反映时代的发展变化。作品则可以在思想内涵和审美方面向更高层次挺进,以使四川网络文学与文化能更好地持续发展。同时,相关部门要加大对网络文学人才扶持的力度和强度,营造更加宽松的创作氛围并提供应有的支持。

中国网络文学在俄罗斯的发展现状

马林娜

俄罗斯留学生

在过去的几年里，外国人阅读中文网络小说似乎变得越来越普遍。与此同时，中国网络文学也在走向国外。2014 年 12 月，一位网名为 RWX 的华裔美国人赖京平建立了一个网络文学平台，名为"武侠世界"，反映了中国网络文学已进入全球化的重要阶段。2014 年 12 月以来，该网站迅速跃升为 Alexa 全球排名 1428 位的网站（Alexa 统计于 2019 年 12 月 3 日）①。Alexa 排名是一个基于页面总浏览量和特定资源访问率的网站评级系统，是根据三个月的数据，按资源的访问量与其他门户网站的访问量的比率计算的，Alexa 排名越前，资源就越受欢迎。"武侠世界"每日平均独立访客 131200 人次，每日页面浏览量 629000 次，全球综合排名已远远超过建立约 20 年的起点中文网。该网站大约三分之一的访客来自美国，其他用户来自菲律宾、印度尼西亚、印度、加拿大、巴西、德国、英国、澳大利亚、法国、新加坡、马来西亚、泰国、俄罗斯等百余个国家。

---

① 杨宇：《中国网络文学海外传播的思考——以 wuxiaworld 为例》，《传播与版权》，2020 年第 2 期，第 8-10 页。

一 中国网络小说在俄罗斯的基本情况

（一）翻译与传播平台

中国网络小说的传播从亚洲开始，逐渐打入英语世界，目前总计有上百个规模不等的民间英译组。通过检索得知，俄罗斯目前大致有8个网络小说翻译与传播平台，分别为：tl. rulate. ru、ranobehub. org、ranobes. com、ifreedom. su、ranobe. me、ranobelib. ru、ranobebook. com、ранобэ. рф（表1-1）。从表1-1可知，大部分平台包含 ranobe 这个单词。实际上，Ranobe（日语）也就是轻小说（light novel）的意思。网站皆为翻译与传播中的日、韩等多国网络小说，没有仅翻译中国网络小说的俄语平台。这些网站设计多样，与中国网络小说网站大体一致。

表1-1　中国网络小说在俄罗斯的翻译与传播平台（资料来源：笔者整理）

序号	平台	建立年份	Alexa 排名/位	变化趋势
1	tl. rulate. ru	2012	44688	−12.5 K
2	ranobehub. org	2017	176941	−208 K
3	ranobes. com	2018	188137	−138 K
4	ifreedom. su	2016	365821	+97.6 K
5	ranobe. me	2016	564846	−275 K
6	ranobelib. ru	2016	941913	−645 K
7	ranobebook. com	2016	1573091	+377 K
8	ранобэ. рф	2016	——	——

中国网络小说在俄罗斯传播的重要平台为 Rulate 网站。借助 Alexa 网站排名查询，得知 Rulate 网站目前全球综合排名为第44688位，每日平均独立访客41600人次，每日页面浏览量341000次，访客主要来自俄罗斯、乌兹别

克斯坦、乌克兰、白俄罗斯。Rulate 网站在八个网站中排名最优。俄翻网站 Rulate 自 2012 年建立之后便始终带有译者强烈的个人趣味。由网络文学迷根据自己的喜好选择中、日、韩等国的流行文学作品加以翻译，主题含括仙侠、穿越、言情、科幻等。这批网络文学迷因对网络小说的热爱而聚集起来，成立翻译小组，进行集体阅读式的翻译。另外，Rulate 所实行的"社群自助式"运营模式，也渗透着海外粉丝群体对中国网络文学强烈的个人偏向。因对网络文学共同的兴趣而形成的译文组、交流论坛、虚拟社群等，把一大批网文爱好者汇聚在一起，实现作者—译者—读者的三方交流互动。这种"社群自助式"运营模式具体表现在以下四个方面：第一，译者可自发组成译文小组，并对一部网络文学作品进行翻译；第二，译者可作为组员加入其他小组进行集体翻译；第三，读者和译者可在翻译文本中添加标记、评价打分，Rulate 后台系统会结合评分情况对译者的翻译文本进行排名；第四，每一位网文读者都可成为译者，将翻译的作品上传至 Rulate 网上平台，供大家交流讨论。网站以章节为单位收取费用，一般每章 10 卢布（约合人民币 1 元），同时也提供免费章节吸引读者。截至 2021 年 9 月 10 日，Rulate 上发布的中国网络小说 4531 部（不包括 AI 翻译），数量名列第一，超过源自英文（3923部）、日文（2210 部）和韩文（1435 部）的小说。

ranobehub. org 和 ranobes. com 在俄罗斯的翻译与传播平台排第二位和第三位，每日平均独立访客 7680 人次和 8320 人次，每日页面浏览量 99000 次和 62000 次，访客主要来自俄罗斯、乌克兰、白俄罗斯。两个平台在功能方面模仿 Rulate 网站。除了以章节为单位收取这费用之外，还可以办免广告的会员卡，为一个月 125 卢布（约合人民币 12 元）。

（二）题材类别及"俄罗斯用户画像"

中国网络小说在俄罗斯网站上的类别有四十几种，如爱情、仙侠、武侠、悲剧、喜剧、奇幻、科幻、游戏、历史等。可见，中国网络小说在俄罗斯的传播具有多元化特点。一部作品可同时属于多个类别，如作品 *Сутра Смерти*《死人经》所属类别有 боевик（动作）、боевые искусства（武打）、драма（戏剧

120

性)、фэнтези(奇幻)Rulate 网站中国网络小说题材类别(见表 1-2)。

表 1-2　**Rulate** 网站中国网络小说题材类别(资料来源:笔者整理)

序号	类别	出现频次	
		英文翻译俄文	中文翻译俄文
1	романтика(爱情)	2201	537
2	приключения(冒险)	1096	349
3	фэнтези(奇幻)	1067	294
4	комедия(喜剧)	961	344
5	боевые искусства(武打)	761	257
6	драма(戏剧性)	712	265
7	боевик(动作)	706	171
8	яой(耽美)	477	297
9	гарем(姜室)	385	95
10	дзёсэй(18~30 岁成年女性文学)	388	62
11	сянься(仙侠)	370	136
12	история(历史)	317	125
13	сенэн-ай(少年爱)	304	256
14	мистика(神秘)	178	93
15	психология(心理学)	171	80
16	сёдзё(12~18 岁小女孩文学)	130	20
17	ужасы(恐怖)	98	66
18	сёнэн(12~18 岁小男孩文学)	84	28
19	триллер(惊悚)	33	29
20	сэйнэн(18~30 成年男人文学)	31	11

　　从表 1-2 可知,译者偏爱选择爱情类的网络小说进行翻译,其次是冒险、奇幻、武打等类以男性受众为主的题材,针对女性受众的耽美、少年爱

等类题材的作品数量也不在少数。在欧美,中国网络小说受欢迎的类别主要为仙侠、玄幻、魔幻;在东南亚,为言情和都市;而在俄罗斯,冒险、奇幻、武打、动作、仙侠等类以男性受众为主的中国网络小说占据了这20种类别的一半。可见,中国网络小说在俄罗斯的传播以男性向(即以男性受众为主)作品为主,这与欧美世界偏爱男性向作品的情况相似,与东南亚主打言情的状况则有所不同。

(三) 评分和浏览量最高的中国网络小说

目前 Ranobehub 网络上评分最高的 10 部小说中,中文小说占了 8 席,如《超神机械师》《修罗武神》《全职法师》《重生之最强剑神》等。

在该网站的 276 部作品中,评分为 7 分及以上的作品且评价人数超过 180 人的作品有 12 部(Ranobehub 网站的评分机制为 10 分制,很多作品获得 10 分,但对这些作品做出评价的人数多为 30 人以下,缺乏客观性,因此取评价人数超过 100 人且评分为 7 分及以上的作品为分析样本),如表 1-3 Ranobehub 网站中国网络小说评分排名。

表1-3 Ranobehub 网站中国网络小说评分排名(资料来源:笔者整理)

排名	俄语书名	中文原书名	评分/分
1	Воинственный бог асура	修罗武神	7.23
2	Реинкарнация сильнейшего бога меча	重生之最强剑神	7.82
3	Супер ген бога	超级神基因	7.82
4	Расколотая битвой синева небес	斗破苍穹	8.1
5	Рай монстров	惊悚乐园	8.3
6	Мир боевых искусств	武极天下	8.35
7	Чернокнижник в мире магов	巫界术士	8 .47
8	Маг на полную ставку	全职法师	8.53
9	Освободите эту ведьму	放开那个女巫	8.53
10	Легендарный механик	超神机械师	8.9

Ranobes 上浏览量最高的 10 部小说中有 5 部是中文小说《我欲封天》《修罗武神》《最强屠龙系统》《武极天下》《逆天邪神》等(见表 1-4)。Ranobes 网站中国网络小说浏览量排名《我欲封天》的浏览量接近 700 万次。八月飞鹰、蚕茧里的牛、耳根、凤临天下成为俄罗斯网文读者熟悉的中国作家。Ranobehubs 网站的评分机制为 5 分制,有很多作品获得 5 分。

表 1-4　Ranobes 网站中国网络小说浏览量排名(资料来源:笔者整理)

排名	俄语书名	中文原书名	浏览量/次	评分/分	人数/人
1	ЯЗапечатаю небеса	我欲封天	6741607	4.7	1362
2	Воинственный бог асура	修罗武神	2776372	4.4	2081
3	Сильнейшая система убийства драконов	最强屠龙系统	1711684	4.6	901
4	Мир боевых искусств	武极天下	1377488	4.6	1739
5	Восставший против неба	逆天邪神	1320788	4.8	2929
6	Маг на полную ставку	全职法师	1292049	4.4	2658
7	Бесподобный воинственный бог	绝世武神	1228886	4.4	1643
8	Библиотека небесного пути	天道图书馆	1158547	4.6	568
9	Пространственная ферма в ином мире	带着农场混异界	1063819	4.4	750
10	Бог резни	杀神	961116	4.6	933

据表 1-3、表 1-4 显示的作品全部为男性向作品,涉及的类别有玄幻、仙侠、科幻、游戏等,再一次验证了中国网络小说在俄罗斯的传播以男性向作品为主。除此之外,这些作品及作者在国内的受欢迎程度也颇高,部分作品已出版实体书籍,如《我欲封天》《惊悚乐园》等。由此可见,俄罗斯读者与中国读者对中国网络小说的阅读兴趣具有一定的相似性①。

① 温青青:《从译介内容看中国网络小说在俄罗斯的翻译与传播》,《牡丹江大学学报》,2020 年第 11 期,第 68-71 页。

俄罗斯图书市场上的中国网络文学作品，更多从商业角度出发，注重作品的文学性与可读性，其题材多为科幻、侦探、悬疑、言情等。值得一提的是，在图书市场运作过程中，英语世界对中国文学作品的接受程度逐渐成为重要的风向标。换言之，对俄罗斯出版方来说，一部作品英文版的热度已然成为评判其是否值得出版的重要参数。中国文学作品的英文版也是重要的译介文本来源。譬如，刘慈欣的《三体》自出版以来，先后获得了雨果奖、克拉克奖等国际文学奖。2016年，《三体》三部曲的英文版问世并引发了阅读高潮，俄罗斯译者格卢什科娃将其翻译并在中国网络上与读者分享，后来该书由俄罗斯埃克斯莫旗下的凡宗(Fanzon)出版社出版发行①。这部小说在俄罗斯被广泛地阅读，获得了大量的好评，成为各大书店的畅销书。"刘慈欣作品在俄罗斯的阅读、评论量和受欢迎程度还一度超过莫言作品，是中国文学'走进'俄罗斯名副其实的典范，也成为转译文学最成功的代表之一。"②

2020年底，"伊斯塔里漫画"出版社首次以纸质形式出版了俄罗斯网上最受欢迎的网络小说《魔道祖师》。俄罗斯的粉丝网(FANDOM)有一篇关于网络小说《魔道祖师》的报道，题为《传奇世界，或曰江湖等等等》③。对于俄罗斯青少年读者来说，《魔道祖师》所勾画的传奇世界与他们所理解的江湖类似，具有相同的叙事功能。

中国网络文学深受俄罗斯读者喜爱，在小说排行榜前15名中，有14部是中国作品。此外，俄罗斯粉丝还自发制作了20多部中国网络小说的有声版，这在中国通俗文学的国际传播过程中应属首次。目前，在俄罗斯的小说阅读网(red-novels.ru)可以收听《星辰变》《盘龙》《妖神记》等有声中国网络文学读物。

---

① 宋胤男：《中国文学在俄青年群体中的跨文化传播及策略》，《俄罗斯学刊》，第2021年第4期，第94–108页。
② 祝晶：《中国文学"走进"俄罗斯的转译之路——以刘慈欣作品俄传为例》，《出版发行研究》，2020年第6期，第70–75页。
③ 许华：《中国当代文学作品在俄罗斯的传播：脉络与演进》.《国外社会科学》，2021年第4期，第49–54页。

二　中国网络小说在俄罗斯遇到的问题

中国网络文学海外传播的兴起和发展，离不开网络文学翻译网站的搭建以及对"俄罗斯用户画像"的精准分析，但使网络文学翻译网站得以长足发展的重点，仍在于译者对网络文学原本的高质量呈现。因此，厘清网络文学的组织形式、分析网络文学翻译中存在的重难点问题，对促进中国网络文学的海外传播大有裨益。

（一）翻译问题

1. 网络文学翻译组织形态问题

网络文学的译者有较大的自主权来决定翻译的题材、内容，以及采取何种方式进行翻译。译者可以突破时间和地点的束缚选择任一"原本"，完全基于兴趣爱好。俄罗斯各翻译网站构建的"翻译小组"，基于网络文学迷的偏好，选取其感兴趣的网络小说进行翻译。每一位译者都带有浓厚的个人风格、独特的思考维度、不同的阐释视角。由此，因译者主体性差异带来的问题可能有译文方式不同、译文质量参差不齐、译文风格前后不一致等。不同的译者，选择的译文方式和翻译工具均不相同，分析文本的思维逻辑也存在偏差，因而翻译的文本质量也相距甚远。

2. 翻译的两个极端问题

俄罗斯各翻译网站的"翻译小组"一般采取"社群翻译"或"接力翻译"的模式，在工作进度快、翻译强度大的情况下，译文的质量堪忧。一般而言，大部分网络小说采取的是"口水体"叙述形式，重在情节发展，缺乏严肃文学的艺术性和严谨性。劣等翻译的两个极端，一是不注重原文内在、本质的内容，二是完全违背原文而随意进行"创作"，即添附一些原文中没有的内容。

3. 从中文翻译成英语再翻译成俄文

Rulate 上发布的原创语言为中文的小说有 4531 部（不包括 AI 翻译），但是在网站以"Из раздела каталог（类别）– Китайские（中国的），Язык оригинала(原来语音)–Китайский（中文）　Язык перевода（目的语）–Русский(俄语)"为条件进行检索只可以得出 1275 条结果，还是因为大部分中国网络小说先翻译成英文，然后才翻译成俄文。

4. AI 翻译问题

随着科学技术和多媒体信息技术的发展，翻译主体逐渐被机器取代，AI翻译技术日益成熟，从某种程度上来讲，译者的主体性差异逐渐被抽离出来，前文提及的翻译难题或将不再是网文翻译的阻碍。但在翻译文本的过程中，AI 翻译虽有强大的数据支撑，但也缺少对人类的内心情感和语言的理解能力。

5. 网络文学翻译的语言文化问题

在网络小说中，对中国专有名词、古诗词、古人称谓、俚语等的翻译也是一大难题。此外，海外翻译专业人才的缺失、翻译质量无人监管、翻译效率难以把控等均成为网文"出海"的阻碍因素，影响其在不同的国家及文化间传播。而无论是以兴趣和爱好为导向的社群"翻译组"，还是专业翻译团队，在面对网络文学文本时，都须解决三个难题：一是对语言内部逻辑的转换；二是对网络文学文本内部逻辑的熟悉；三是对中西方间文化差异的转换。译者在翻译网络文学作品的过程中，既需要扎实的语言功底，了解不同语言间的逻辑，也需要熟悉网络文学文本的结构，同时，更需要充分了解中西方的文化差异。

(二)版权问题

1. 创作者权

作品的创作者对自己的作品拥有翻译权。翻译者想要翻译原作品，必须经过版权者的同意。作者通过协议将版权让渡给网站或者出版社的，必须经网络文学原创平台或出版社同意。得到授权的译者应忠实于原文，创作出最能真实反映原作者及作品思想的译文。未经中国网络小说原著作权人的许可而进行翻译是侵犯翻译权的行为(见《俄罗斯联邦民法典》第 1260 条、1270

条、1286 条和 1323 条)①。

2. 译者权

除机器翻译外，所有翻译都是版权主体。翻译的专有权(即复制、分发、加工的权利)属于创建翻译的翻译人员(见《俄罗斯联邦民法典》第 1228 条、1229 条、1259 条和 1260 条)②。在创作翻译作品时，译者自动获得其作品的所有知识产权(即译者无须特别注册翻译版权)。对中国(国外)小说做配音在法律上属于派生作品，需要得到合法的译者的授权。即使译者同意免费将书交给配音员，配音员也必须获得书面同意。译者将翻译后的作品公开发布在不同网上或者做配音，属于侵犯译者权的行为。

3. 全球版权分歧

全球化进程下，版权问题更加复杂，当前世界主流的两大版权公约《伯尔尼公约》和《世界版权公约》本身对某些问题的规定就存在分歧，不同国家和地区还有本国本地区的版权法，这使得中国网络文学在海外传播的过程中面临着更加复杂的版权问题困扰。

三 结语

随着数字媒介技术的发展，俄罗斯网络文学用户的需求激增，各大翻译网站需不断提高对译文质量的把关及对译文主题内容的甄选。由此，翻译网站也逐渐成为俄罗斯读者学习中国文化的重要阵地。

俄罗斯翻译与传播平台的发展，为我们考量中国网络文学的发展和传播提供了新的视角，是影响我国产业格局和文化政策的重要因素。海外传播是中国原创网络文学发展的重要方向，但它并不仅仅是国内某些网络文学企业的业务，还与国家政策、国家影响相关联。随着国家对文化自信重视程度的

---

① Абакумова Т. И. О,"проблемах сетевого права и законодательства". Правовое государство：теория и практика，2012，98-102.

② Абакумова Т. И. О,"проблемах сетевого права и законодательства". Правовое государство：теория и практика，2012，98-102.

不断提高,网络文学市场变得愈加开放与包容,为其占领俄罗斯市场奠定了良好的基础。中国网络文学的俄罗斯传播大有可为,能够为国内原创内容产业提供新的生机与广阔的市场,但如何处理和协调实际传播活动中出现的各种问题,仍然需要我们进行深入思考与探索。

新文科背景下传媒院校网络视听内容
生产的实验室探索

叶　炜

浙江传媒学院创意写作中心

当前，新文科建设开展得如火如荼。新文科不仅影响文科本身、影响理工农医教育，更影响高等教育发展全局。新文科是在现有传统文科基础再进行学科中各专业课程重组，形成文理交叉，从而为学生提供综合性的跨学科学习，最终达到知识扩展和创新思维培养的目的。那么，新文科究竟"新"在哪里？在笔者看来，新文科的"新"是指在面对以人工智能为代表的"新技术"崛起，以网络传播为代表的"新媒介"变革，以数字人文为代表的"新方法"渐变等"新情况"，为了解决未来的"新问题"，而进行的一种"新一轮"的学科交叉和融合，它所带来的影响必然是新理念、新思维指导下的新行动。

正是在这样的大背景下，综合考虑新时代新文科的发展方向和人才培养趋势，以及"90后""00后"等对视听内容生产的需求，浙江传媒学院浙江网络文学院组织建设了网络文学影视化创意与制作实验室（一期），并成功获得中央财政专项立项支持。这是全国首家网络文学影视化创意与制作方面的文科实验室，它为适应传统学科转型和新文科建设的迫切需要，实现网络文学工坊教学和影视化创意与制作文科实验室的结合，探索出一条崭新的传媒类高校网络视听内容生产的实验室路径做出了有益的尝试。

一 回应新文科:传媒院校网络视听人才培养的未来面向

新文科建设背景下,传统学科面临着及时转型的压力。对于中国语言文学学科来讲,一方面毕业生所面临的就业压力逐年加大,另一方面网络文学和建立在网络文学基础上的网络视听内容生产的大发展又为传统中文学科注入了新的活力。尤其是网络文学的创作、研究和教学以及影视化转化引入创意写作、人工智能等新兴学科发展理念之后,释放了中文与影视学科融合的巨大活力,也适应了新文科建设的现实需要。

创意写作是面向创意文化产业发展的新兴交叉学科,自20世纪30年代在美国形成以来,其影响力越来越大,从英美国家迅即波及了世界各地,如加拿大、澳大利亚、新西兰、以色列、墨西哥、韩国以及中国台湾、中国香港地区等都开设了这个专业。经过80多年的不断积累,逐渐形成了一种传承,培养出了一批诺贝尔文学奖、普利策文学奖的获得者,以及著名作家、影视编剧。创意写作不仅培养作家,还更多地着力于为整个文化产业发展培养具有创造能力的核心从业人才,为文化创意、影视制作、出版发行、印刷复制、广告、演艺娱乐、文化会展、数字内容和动漫等所有文化产业提供具有原创力的创造性人才。未来包括网络视听内容创作与生产人才在内的高校文学艺术教育,应该以创造性写作(创意写作)为主要方向。

作为创意写作中国化最为成功的实践,中国网络文学经过20年的成长,已形成迅猛发展之势,成为继美国好莱坞电影、韩国电视剧和日本动漫之后的又一个世界级的文化现象与奇观。作为在网络文学大省浙江办学的传媒院校不可不重视网络文学等新学科形态,抢抓先机。浙江传媒学院专门成立了网络文学与创意写作中心等专门进行网络文学与创意写作的教学与研究机构,并于2019年年底联合浙江省作家协会共同发起成立了全国首家由公办高校主导的网络文学院,共建浙江网络文学创作与研究基地,依托文学院每年面向全国招收30名网络文学与创意写作本科生。网络文学影视化创意与制作实验室获批建设后将更好地服务相关学科的发展与融合,顺应了网络创意写作中国化和网络视听事业大发展的新形势。

近年来，行业发展的一个新趋向是人工智能写作日益成为创意写作发展和网络视听内容生产的前沿和新的生长点。网络视听内容生产和创意写作规律研究，目前正向人工智能写作全面延伸和深度融合。人工智能技术的发展为网络视听商业模式带来无限可能，互动式视频、沉浸式视频、虚拟现实视频、云服务等高新视频新业态不断拓展节目形态、创新节目模式，网络视听产业也将随着新技术的发展朝着更高水平的方向迈进。与此同时，无论是网络视听内容生产的前端网络文学创作，还是下游的影视化创意与开发，都存在一定的类型规律，而类型规律又能导出一种叙事语法规律，这些都是基于人类的理性、情感、情绪的规律。如果这三个规律都能得到深入的研究，是可以研发出网络文学智能写作与影视化制作的机器人的。目前，国内已有小黑屋、吉吉写作、大作家等写作软件，也有部分机构用自己研发的玄幻小说写作软件等来指导写作，这些都得到了较大的认可。

人工智能写作的时代已经到来，这是一个不可避免的趋势。从早期的活字印刷术，到后来人工设定模板、机器打印，再到深度学习改良机器大脑模拟人类，人工智能写作本身就在不断地变化。人工智能写作运用前景广阔。对于传媒院校文学、影视和新闻传播教育而言，人工智能写作的引入和研发，可以带动多学科教学尤其是网络视听内容生产向科学化方向发展。首先，人工智能写作可以为娱乐性文学创作、网络文学创作、类型创作、视听内容创作等提供启示与帮助；其次，对培养网络视听类型写作者、服务创意文化产业发展亦有很大帮助；再次，人工智能写作可以为其他专业比如传媒艺术、影视编剧、视听内容制作等提供借鉴。

当前，网络视听是中国网民最重要的互联网应用之一，已然成为网络生活中不可或缺的一部分。遗憾的是，纵观当下的网络视频内容的生产，数量巨大但质量不高。目前的网络视听产品在质量上同质化比较严重，低水平内容重复并不鲜见。在这个以秒计算的快节奏时代，一方面是网络视频受众对更好的内容产品和更快的更新速度的需求，另一方面却是高质量内容供给的不足。与网络视听社会生产存在的困境一样，传媒院校的学生写作、创意与编剧能力并不是在逐年提升，反而是在逐年下降。这一点突出表现在爱好写作尤其是网络编剧的学生数量在逐渐减少，以及所生产作品质量在逐渐下降。写作尤其是创意能力和制作实践能力的下降直接影响了传媒院校学生综合素养的提高，也拉低了传媒院校教育的总体质量。

面对日新月异的新媒介时代，传媒院校网络视听内容生产应面向未来。2010年以来，中国服务业人口占比已经超过农业和工业，标志着中国正式进入后工业社会，必然会越来越强调创造性人才的培养。联合国教科文组织的经典教育报告《教育：财富蕴藏其中》明确指出了教育和经济目的之间的密切联系。以往教育的发展都是在经济增长后产生的，今天则出现教育发展先于经济发展的现象。人们对教育提出重大课题，即要求教育为一个尚未存在（到来）的社会培养人才。现代的复杂世界中，科学技术的发展进步越来越快，预测新的专业和技能越来越难，社会不愿使用制度化教育培养的制式人才，转向要求人才具有更强的适应能力和学习能力。对我国高等教育而言，走出单一文理知识结构的"半人时代"，倡导文理贯通、注重创造、具有较高媒介素养的"全人"教育，已经成为新媒介时代的必然选择。在媒介化时代，以体现创意创新能力为核心的媒介素养当然是"全人"教育的重中之重。

正如一句广告语所说，面对"去中心化"的网络新媒介时代，"每个人都是生活的导演"，每个人都有权利表达，每个人都是创意的起点。今天及未来一段时期，正是传媒院校释放创意潜能的黄金时代。在这个时代环境中，基于网络创意写作及网络视听内容生产的特点，网络文学创作和网络视听内容生产的能力均可以在文科实验室环境下借助科学的培训系统来实现，在此方面，网络文学影视化创意与制作实验室可以为强化这一特色进行有益的探索。培养面向未来的网络视听人才，传媒院校应该也能够走在全国高校的前列。

二 文科实验室：探索高校网络视听内容生产的新路径

如前所述，当下人们对数字娱乐及内容的需求远远超出想象。当前网络文化产业发展中最大的软肋就是优质内容缺失，我们最缺乏的正是上游产业的自主原创产品。而网络文学及影视剧创意正处于网络视听内容生产的最前端，也是最为核心的模块，融合了网络文学、创意学、影视学、广播电视编导等多种学科资源。其所采用的教学与训练方式也不同于传统中文教学，多从类型写作与创意转化入手，寻找写作的客观规律和可操作的创意转化与制作技能。这一特点为创办网络视听内容生产文科实验室奠定了理论基础。

作为由高校建设的网络视听内容生产的文科实验室，浙江传媒学院网络文学影视化创意与制作实验室的建设，无疑具有很好的示范效应和典型价值。该实验室立足于网络影视剧的内容生产和创意转化的实验实训实践，具体包括网络影视剧的创意策划、剧本写作、短剧制作、VR 虚拟语境的体验式写作、机器人写作、剧本重复度与优质度检测、在线评论的大数据分析、优秀剧本数据库、剧本 IP 预测等。

为此，该实验室将建设四个中心，即网络文学与网络视听内容生产的VR 虚拟体验中心，网络文学与网络视听内容生产的文献和数据中心，网络文学与网络视听内容生产视听体验和教学中心，网络文学与网络视听内容生产成果孵化中心。

其中，VR 虚拟体验中心包括：

①人工智能写作引入和研发：如前所述，目前国内外已有不少相关实验成果，对人工智能写作进行了一些探索。实验室引入人工智能写作，将大大提升网络文学与网络视听内容生产的科学化发展，同时提升创意写作尤其是网络文学影视化教学的科学化水平。

②VR 虚拟创意体验：实验室引进 VR 虚拟体验设施，利用虚拟现实与交互应用技术让学习网络文学与网络视听内容生产的学生在虚拟现实中获得更加广泛、更加真实的体验，为网络文学与网络视听内容生产提供源源不断

的灵感与素材,从而探索出更加广泛而实用的网络视听作品创意与制作技能。

文献和数据中心包括:

①网络文学与网络视听内容生产的文献集成:引进各类网络文学与网络视听内容生产文献(包括纸质档和电子档),做好本土网络文学与网络视听内容生产的文献与教材研发,为中国化网络文学与网络视听内容生产的学科创律与专业发展做好学术资料方面的积累。

②网络文学与网络视听内容生产的数据库建设:在文献集成的基础上,构建网络资源平台,做好网络文学与网络视听内容生产的数据库建设,建设全球首个网络文学与网络视听内容生产的大数据中心,营造良好的教学与研究环境,为全球网络文学与网络视听内容生产资料查阅和数据检索提供支持。

视听体验和教学中心包括:

①网络文学与网络视听内容生产的视听体验与观摩:网络创意写作尤其是网络影视剧创意与制作的训练和教学不是枯燥乏味的教堂传统教学,而是互动式的体验教学与实训,观摩教学、影像教学、剧本编创与表演制作等是其中重要的一环,因此网络文学与网络视听内容生产的训练过程中需要观摩大量的创意影像资料和戏剧编写表演训练。为此,实验室将建设影像放映厅(拉片室)和戏剧编排厅,主要用于网络影视创意剧本等各类创意节目的排练,培养学生的影视化创意与制作能力。

②网络文学与网络视听内容生产的教学工坊:网络创意写作尤其是网络文学影视化创意与制作的教学与实训不同于一般课堂教学,需要相对封闭独立的小班化工坊式教学,由具备创作经验的作家、艺术家带领学生在相对独立的工坊中完成创意转化与制作。

成果孵化中心包括:

①网络文学与网络视听内容生产的作品发布与制作:网络文学与创意写作教学的直接目的是培养学生发表作品,学生需要定期组织讨论经过虚拟或切身体验创作或创意转化而来的作品,并以此展开创意头脑风暴,促进教学

相长，使作品达到发表产出水平。实验室倡导学生自己动手设计制作创意写作作品尤其是网络影视剧创意作品。

②网络文学与网络视听内容生产的产业化：网络创意写作尤其是网络文学影视化创意与制作面向的是蓬勃发展的创意文化产业。实验室成果将直接和文化产业相关联，尤其在网络文学创作、剧本开发、传记写作、故事创意等方面将实现影视化、产业化发展。

通过以上四个中心的建设，网络文学与网络视听内容生产的教学的实验室路径更为明确，也给实验室确立的中期目标和长期目标提供了重要保证。网络文学影视化创意与制作实验室将实现人工智能写作的引入和研发，并在网络创意写作与网络视听内容生产的教学中运用相关成果；实现网络文学与网络视听内容生产的教学文献和数据库收集和整理；促进网络文学与网络视听内容生产的工坊教学取得显著成果，出版相关作品集；培养一批具有网络文学与网络视听内容生产能力的高素质学生。

相信在不久的将来，聚焦网络文学与网络视听内容生产教学的实验室探索必将为培养一批网络创意写作与网络视听内容生产的行家里手提供先行经验，在此基础上形成具有自身特色并可复制的推广模式。

三　培根铸魂：书写"网络视听+教育"的传媒新篇章

《2021 中国网络视听发展研究报告》显示，截至 2020 年 12 月，我国网络视听用户规模达 9.44 亿人，较 2020 年 6 月增长 4321 万人，网民使用率为 95.4%。2020 年网络视听产业规模破 6000 亿元。2020 年 6—12 月，我国新增网民 4915 万人。其中，25.2% 的新网民因使用网络视听类应用而接触互联网，短视频对网民的吸引力最大，20.4% 的人第一次上网时使用的就是短视频应用，仅次于即时通信，排在第二位。

短视频功能已不止于娱乐，而是深入生活的方方面面，承担着传播新闻、教育民众等多元角色，越来越多人看好"网络视听+教育"。和一般社会机构不一样，在网络视听内容生产方面，传媒院校有着自己的特点。高校的核心任务是育人，因此，高校网络视听内容生产更应着眼于培根铸魂。当下，传媒院校网络视听内容生产肩负着引导"新新人类"的理想信念和价值观念的重任。正如欧阳友权教授所说，互联网在当代文化发展中的地位，不仅是一种外部催化剂，更是渗透进了人类文化的"生殖-再生"机制，成为人类文化生活本体性构成要素，影响着社会生活的方方面面。可以说，我们已经处于网络社会和现实社会的同构互文之中，二者互相影响互相嵌入，有时候甚至已经融为一体，难以分解。如今，我们每个人几乎都在同时过着网络虚拟生活和现实真实生活，两种生活已经没有了明显界限。对于年轻的"90后""00后"等"新新人类"来说更是如此。他们在虚拟网络中所接收的网络视听内容对他们价值观念的影响甚至比现实教育要来得更深刻。在网络视听作品的生产和传播中，用户身兼数种角色，编剧、导演、摄制、剪辑、发行，同时还作为受众接受他人的作品。因此，最理想的教育格局便是让他们实现网络视听内容的自我生产、自我传播基础上的自我教育。

众所周知，当下的知识接受主体越来越年轻化。做好网络视听内容生产的培根铸魂工作，一定要把握好他们的特点。对于生长于互联网时代的"90后""00后"年轻用户来说，更容易吸引他们的是快节奏、强情节、高浓度的内容冲击。同时，他们更具独立意识，这会让更有思想价值的、更有共鸣的视听内容在他们心里真正留下印记，从而影响他们的价值观。只有价值观正确了，才能生产出好的网络视听内容；反之，只有好的网络视听内容，才能引导他们的价值观。这就要求新型内容提供者充分考虑这种需求，不断提高讲故事的能力，在作品吸引力和心智影响力上实现双重提升。此外，伴随着网络等新媒介成长起来的新一代"网络原住民"已经习惯了从新媒介而不是印刷品接收信息，他们更加看重私营化接收环境。与传统媒介相比，他们更愿意使用笔记本电脑、手机等可移动电子媒介。移动媒介在使用时观看距离大幅缩短，更加私营化，受众心理空间会相应缩小，"在受众心理上形成一个环绕而相对密闭的空间范围，仿佛置身于一个专属包厢之中，这让网络视频在传播心理上也出现了私营化和排他性的特征"①。与此同时，媒介的大变革改变了整个社会知识传递和更新的时态，从单纯的过去时到如今的现在时甚至到未来的将来时，知识信息的更迭越来越呈现出爆炸的形态。由此，作为生活在新媒介环境里的"新新人类"，接受知识和信息会越来越注重"感官化"。

根据上述特点，首先，要在网络视听内容方面贯穿培根铸魂的理念，要求以内容为中心，侧重媒体属性，强调人与内容的关系，内容主题清晰，主流价值观凸显。在网络视听内容生产中贯穿培根铸魂理念，选题的确定和脚本的撰写是极为关键和核心的方面，也是最能体现创意能力的部分，是创造性的环节，决定着视听内容的整体质量。实验室的老师以及编导、摄像、剪辑人员在选题和脚本撰写时，就要参与进来，在产品生产源头做好网络视听内容的培根铸魂工作。和任何创作一样，网络视听内容创作尤其是前期脚本或剧本的生产更多是一个感性过程。在这种情况下，更需注意先进思想和价值观念的理性引领。否则，长期的高质量创作往往难以为继。根据视听内容的生产需要和视听人才培养的实际情况，传媒高校网络视听文科实验室的内容生产环节可以分为多组进行，由多个编导定期产出固定数量的脚本稿，以此形成一个源源不断的循环生产模式。由此，建立一个相对完善的内容生产机制，做到实验室生产流程工业化、生产资源共享化、生产理念的先进化。实验室视听内容的生产，目前主要有两种模式。一是原创类，从脚本的撰写到视频的拍摄再到后期制作，皆出自实验室。二是在已有的素材上进行二次加工。内容生产涉及广泛，维度丰富。

其次，网络视听内容生产做好培根铸魂的工作，在吸引年轻受众的传播环节，可以充分利用算法和"肥尾效应"②。算法作为新的核心竞争力，已经列入国家保护，为限制出口技术。所谓"肥尾效应"，是指用户观看了感兴趣的内容，会点击对应视频生产者的用户 ID，以观看其他短视频内容。基于

---

① 蒋宁平：《媒介融合背景下的网络视频发展趋势》，西南交通大学出版社，2020 年版，第 17 页。
② 郝志运，黄迪：《预先承诺、肥尾效应和监管范式》，《金融监管研究》，2014 年第 8 期，第 30-42 页。

此，此视频内容生产者所发布过的内容就不会被海量视频淹没。网络视听文科实验室在内容生产方面有着独特的工坊特点和集体优势。所谓工坊特点，是指实验室在某种意义上就是一个共同体，在这个共同体里面，大家可以互相讨论、互相帮助，降低试错的概率，同时保障所生产的产品质量。所谓集体优势，是指实验室可以充分发挥专业人力资源，在创意之前的头脑风暴、创意之中的合作撰稿、创意之后的剪辑制作等环节，聚合集体智慧。这一方面为实验室所生产的内容灌注先进价值观念提供了方便，另一方面在平台上统一发布时具有了相对的"肥尾效应"优势。

再次，网络视听内容生产做好培根铸魂的工作，可以充分利用和发挥现代媒介的优势。比如"后麦克卢汉主义"研究者保罗·莱文森所提出的"补偿性媒介"理论认为，任何一种新兴媒介都是对过去某一种未被满足的需求、某一种媒介先天不足的补偿和补救。按照这个理论，网络视听的跨越式发展就补救了电视不可存储、稍纵即逝的线性传播的"先天不足"，同时满足了受众参与视频制作、传播的分享愿望，及对互动性的更高要求。网络视频是一种典型的富媒体式的超文本，它以文字、声音、图像相结合的形式表达内容，以超文本的模式将信息组建为一个网状的非线性文本。一方面，用户在观看网络视频时，执行的是一种超文本的阅读方式。另一方面，互联网的"去中心化"和"权威消解"的特点为个人价值的张扬提供了理想的渠道。这就为网络视频内容生产的先进思想传达和高尚价值传递提供了润物无声的可能。

当下，中国正在掀起一个网民自我表达的热潮。在心理学上，这种自我表达就是"自我表露"，指与别人分享自己的信息或内心的想法、感情，由此建立一种特殊的人际关系。在网络上更新状态，发微博、微信、图像、视频等是最常见的网民自我表达的方式。按照马斯洛的需求层级理论，这是一种寻求认同、获得尊重的行为。据此，传媒高校网络视听内容的生产可以充分利用这种"自我表达"的需要，进一步做好"新新人类"的培根铸魂工作。

网络文学受众"生产型消费"行为的 特征及影响

王婉波

河南工业大学新闻与传播学院

2017 年，我国网络文学读者数首次破 4 亿；2018 年网络文学读者总计 4.3 亿人，增长率为 14.4%，创近五年来新高；2019 年人数高达 4.55 亿人。在网文读者规模持续增加的基调下，读者群体也逐渐呈现出年轻化趋势，"网生代"已成为网络文学接受主体和消费主力。当前，网文读者"90 后"的总量超 70%，付费意愿强的以"00 后"为主力，订阅收入占主营收入比重的 85.10%。[①] 年轻化趋势影响下读者呈现出参与意愿强、消费意愿高、互动频率强、热衷衍生创作等新面貌，这既激发了受众群体接受活动的能动性，丰富其多样性，也为网络文学整体发展带来新的生机。

一 从读者到受众：双重身份的际遇与挑战

在互联网技术与新型媒介发展背景下崛起的网络文学以新的文学样式打破并革新了以往文学文本创作、接受、传播的传统模式，在新世纪文学发展历程中引起人们关注。美国学者艾布拉姆斯在论著《镜与灯——浪漫主义文论及批评传统》中提出文学活动由作家、作品、世界与读者四要素构成，而

---

① 前瞻网：《我国网络文学读者整体呈现年轻化低收入等特征》，2021 – 03 – 09，https：//www. qianzhan. com/analyst/detail/220/200306 – 84e3bf51. html.

其中之一的"读者"在网络文学时代越来越受到重视,接受美学理论创始人姚斯为"读者"的地位与作用提供了学理性支持,罗兰·巴特也在论文《S/Z》中强调读者在作品生成、创作与阅读中的能动性与作用力,并对多年来学者过分关注"作者"忽视"读者"的现象表示质疑与不满。在对文学作品的长久研究中,学者力求确立作者"所意谓者",却少有顾及读者"所理解者"。20世纪60年代接受美学理论出现之后,读者在整个文学活动中的价值与意义才逐渐被重视,由作者创作与读者参与共同构成的文学活动的本质才被真正认识,作者创作与读者阅读的关系模式也从传统的"创作—接受"模式转变为"创作—再创作"模式,读者从被动接受者变为具有能动性、主动性的创造主体,尤其在网络空间中,接受群体可以在开放、狂欢式的虚拟社区中自由表达,在生活体验、个人欲求基础上运用想象对作品中不甚满意或意犹未尽的部分重写,以此参与到作品创作中来。除此之外,他们还在网络平台、媒介变革的发展中拥有新的权利,不断提升自身在网文生产、传播与接受过程中的作用与价值。

网络文学是一种集体智慧凝聚的产物,其庞大的创作群体与接受群体为其发展奠定基础,故而对它的研究与分析不能仅停留在"结果式"研究中,也应侧重"过程式"的发现与探析,我们不能忽视网络文学的"连载性""边写边贴性",同样也不能忽视受众介入之后的"作品再创作性""参与创作性"等。在资本市场与消费时代,庞大受众群体的"话语介入""消费行为"会对网文生产、接受与传播机制带来深远影响。"受众"的影响力与作用力被提到一定高度。它在"作者与读者"两者间身份立场的自由转换为其自我表达、意识彰显与经验表现提供了新的渠道与方式,这是新时代媒介技术与网络空间发展中个体寻求自我发展与获得话语权利的尝试与革新,同时也催生了数字媒体时代新的文化现象。

网络文学读者主要在文学网站展开文本接受活动,但也会在网文衍生关联的贴吧、书吧、角色吧等地活动。而除直接参与阅读活动之外,他们也会在网文IP产业链助力下跨媒介、跨场域的重组、聚集起来,以非在场或非阅读的方式参与其他形式的活动,故而选以"受众"一词形容这一群体更为恰当。同时，网络文学向产业经营方向发展的趋势使网文自身的市场话语及商品化特征凸显，随着资本入场、流量红利等现实情况的发展，这一群体被视为市场、视为消费者的观念也日益发达。在这种观念影响下，网络文学的受众除了具备传统文学接受层面的"读者"身份之外，也逐渐成为媒介资本和产业集团的"打工仔"，成为网文产业发展链条中的重要一环。

在文学研究领域内，鲜少从传播学角度出发对文本接受者的接受与消费行为进行研究，大多是从文本阅读及阐释角度展开，忽略了受众在传播环节的功用性，也没有正视受众在资本市场的产销作用与经济价值。本论文除从文学研究视角下分析受众的接受行为之外，也兼顾了传播学视角下受众的消费特征，在此基础上展开该群体的"生产型消费"行为研究。

麦克卢汉在探讨冷媒介、热媒介等媒介观时就对"受众"展开关注，指出媒介形式的变化改变了受众的民主参与程度，不同媒介提供给受众的信息不同，故而受众参与程度也不相同。麦奎尔进一步分析了受众在商业媒介体制下成为商业活动基础的必然性，提出"视听率"这一能直接表明受众现实价值的术语。费斯克反对受众是没有批判性的大众的观念，形成了自己独特的生产性受众观。他认为大众文本是开放的，是生产性文本，既具有可读文本的易懂特点，也有可写文本的开放特点。生产性文本是生产性受众观的基础，两者相辅相成。在此过程中，受众呈现游牧式的主体性特征，以主动的行动者身份在大众传媒资源中按自己的意愿解读文本，创建自己的文化，避免被意识形态"俘虏"，展现出自身的"生产力"。另外，他又从"受众"到"粉丝"，以更具象化的群体为研究对象，进一步探讨了受众群体在工业时代的生产力。以布尔迪厄经济/文化/象征/社会资本观为切入点，分析粉丝用自己的生产与发行系统创造出的独特文化现象。而詹金斯又从布尔迪厄消费社会学中吸取灵感，将粉丝定义为建构自己文化的游猎式的文本盗猎者，深入探讨大众媒体、消费主义与粉丝能动性、生产力之间的关系。虽然粉丝文化及粉丝经济学研究为受众行为研究提供了相关学理性支撑，但过于具体化和窄化的"粉丝"研究并不能囊括本论文中"受众"这一群体多样的行为特征。

本论文的研究对象网文"受众"，即网络文学传播的接受者，既可为某个个体，也可以是某个社群组织。宏观来看，它是一个巨大的集合体。他们最直接地体现为网文读者与消费者，但也可以在自身能动性与创造性作用下成为文本生产者、创作者，也能因媒介不同而成为网文"盗猎"的音视频产消者。他们是解读者、参与者、创造者，也是接受活动的主导者。受众在生产与创造活动中的任何讯息符号与内容，如视觉内容、文字内容、音乐内容、数字内容等，都是本论文研究与关注的对象。这些符号信息与内容主要体现在生产的文本中，但也反映在传播与接受的行为中。受众在网站内最基本的活动形式，也即产消产物是评论，如"本章说""精评"及社区内部的互动交流；最有特色的是颇具数字化特征的投票、点击、灌水、订阅等，最有创造性的是线上音视频的再创作、线下多样的"情景"体验，最有亚文化色彩的是集聚性创作、舆论事件等。他们的行为活动构成了一种伴随网文而生的文化现象，从网络空间到现实世界都有一定影响力。媒介环境下文学的阅读范式与阅读场域得到拓展与创新。受众发展了看书、听书、演书的阅读范式，并在荐书、领书的阅读方式下组队共读。受众从"读"网页发展到"写"网页，共同建设，从被动地接收网文向主动创造网文与网页迈进。受众参与到文本与内容的制作，参与到文化工业对自身的控制体系中。在此过程中，他们显示出鲜明的受众本位意识。

二 以"打赏"为基础的数据化消费

受众因年龄、阅读趣味与审美追求的不同，在文本接受过程中的需求、选择与行为也不尽相同。通过对文学网站的日均访问量、月榜、年榜等数据的进一步把握，可以了解到受众阅读的偏好与变化。各大阅读网站、媒介终端会有受众在网站的平均停留时间、跳出率、页面偏好、搜索访问次数占比、订阅量、订购频率、订阅内容等情况的统计，部分情况受众自身也可关注到。如有相关数据显示，2019年"现代言情"类网文位列各阶段受众阅读偏好的TOP1，其中主要以"00后"为主，29%的"00后"更偏爱"现代言情"类网文，其次为"85后"（19.4%）、"90后"（18.3%）、"95后"（18.8%）。另外，在

"科幻空间"类作品中,受众占比从低到高依次为"85后"(1.9%)、"90后"(2.3%)、"95后"(3.9%)、"00后"(9.0%)①。不同年龄段受众的阅读喜好不同。通过这些数据,我们可以了解受众的阅读与购买情况,从而准确地捕捉到受众对网站、小说的黏合度及喜好情况,而网站也可针对受众的阅读习惯、偏好、风格等提出针对性优化措施,使自身在作品内容的推送、营销方面更加精准、有效,从而提升受众的消费与产出。

网络文学受众行为的发生与发展自带"数据系统",如各大榜单、订阅量、积分数、收藏数、打榜票、灌水票等数字化体现,这些数值既反映了受众行为产生的具体结果与形态,又展现了受众行为与接受活动的具体过程;既是他们在网站内的消费行为,也是一种生产性行为,反向作用和刺激作者创作与网站发展。一部小说的"阅读指数"是一个综合了受众阅读、评论、互动、订阅、打赏、投票等多种行为的综合指数,它能全面反映作品的受欢迎程度。而受众对这一结果的形成起着关键作用。如积分榜单是读者反馈机制的一种具体体现,也是网站运营和社群文化建构的基础。各大阅读网站采用不同的积分计算规则或算法来激发受众在文本接受过程中的主体能动性。如晋江文学城的积分计算公式:全文点击数/章节数 * Ln(全文字数) * 平均打分+(Ln(书评字数) * 书评打分)之和+精华书评特别加分,这一算法将受众对作品的浏览、评价行为进行量化与赋值,以此凸显受众的权利与作用。17K网文联赛使用粉丝数 * 30+收藏 * 10+(顶+踩) * 1+字数/100的积分计算方式,起点的新人、新书榜潜力值计算公式为:当周会员点击 * 5+当周推荐 * 10+总收藏/2,红袖添香网的积分是按照推荐+点击+收藏+鲜花 * 100-鸡蛋 * 500的方式计算的。又如,起点作者的工资与受众行为息息相关。起点作者的工资若按主站分成的算法,就是订阅获得的60%利润+全勤,而高级VIP每订阅千字得2分钱,订阅1000就是20元以上(其中会有初级vip订阅要3分钱),而起点分成的方式是1分/千字/订阅人次,剩余为作者收入。

---

① 前瞻网:《我国网络文学读者整体呈现年轻化低收入等特征》,2021-03-09,https://www.qianzhan.com/analyst/detail/220/200306-84e3bf51.html.

从以上不同网站作者、作品的积分算法可以发现受众在其中的重要性。"订阅""收藏""评论""推荐"等行为是受众主导和推进的,并深刻影响网站中作者、作品的活跃度、名次与收成。"踩""差评"等行为也会给作品、作者甚至网站的发展带来相应的负面影响。当下,随着受众的年轻化,其愿意为优质作品付费、用真金白银为"真爱""打 CALL"的行为越发显著。《全职高手》当年火爆时期曾有 1000 多个盟主,《超级散户》后期每天盟主增加十几个,最终也拿到了"千盟徽章""盟主"打榜将作品推向热榜,并为作者增加收入和提升知名度。

2020 年中国网络文学发展报告统计,2019 年阅文全站仅单日打赏超 10 万元的作品就有 16 本,并有 19 位作家在一年内收获超 100 位"盟主"。[①] 5 月完结的《诡秘之主》,获得亿万订阅、千万推荐、百万打赏,打破了网文二十年的纪录。老鹰吃小鸡的《万族之劫》除凭借超 41 万的单月月票成绩创造了网络文学新纪录外,还是 2020 年读者打赏数额最高的作品,也是起点读书 2020 年"盟主"数量最多的作品,拥有 827 位"盟主"。言归正传的《我师兄实在太稳健了》最高单日获得月票超 10 万张,在 2020 年内增加了 165 个"盟主"。2020 年 10 月 31 日,书友"壶中日月,袖里乾坤"通过打赏贡献月票99666 张。受众行为具有双面性,既是自身在阅读接受中的消费行为,同时也是一种"生产"行为,作用于网站发展、作者收入、作品火热曝光度等,彰显受众消费能力与行动力。受众的生产型消费行为引导作品类型发展与网站的管理,受众需求所形成的动力和压力,也将倒逼网络文学生产作出相应的调整和改变。

另外,受众一系列行为还影响到受众自身的等级程度。两者互相渗透与作用。受众对作品进行打榜或投票时,网站也会采用"粉丝积分"方式反向激励受众行为。"粉丝积分"即受众在某一本书上消费(如订阅 VIP 小说章节,使用小说评价票、催更票,给小说投月票等付费或支持性行为)的越多,便会

---

① 搜狐网:《2020 年度中国网络文学发展报告》,2021 - 03 - 29,https://www.sohu.com/a/457663460_152615

获得对应于该小说的粉丝值,随之等级就会越高,等级高则该受众在书评区里的话就更受重视一些,话语权相应提升,若进一步发展成"宗师"或者"盟主",还有机会和作者交流。如在起点网站,若是订阅 VIP 小说章节或打赏作者,每消费 1 个起点币将转化为 1 个粉丝积分,若投小说评价票,每票值100 粉丝积分(但赠送的评价票使用后无法转换成粉丝积分),若投月票,每票值 100 粉丝积分。粉丝积分"1"的称号和等级标志为"见习",积分"500"的等级为"学徒",随着粉丝积分越积越多,2000、5000、10000、20000、50000、70000、100000,等级依次为弟子、执事、舵主、堂主、掌门、宗师、盟主等。受众通过点评可获得网站或作者奖励,进而再次用在文本接受活动中,晋江文学城等网站也是采用如此方式来激励受众,并以此为基点对受众的身份按不同等级进行划分。网络文学受众的等级模式多样,不同网站有不同的划分方式,等级模式展现受众的成长与变化,继而影响他们的消费与接受行为。受众享受的权利是与自身的付费模式、消费行为相关的。同时,这种等级也体现在对网站或平台的内部管理上,如"斗破苍穹吧"初级受众被称为"斗气之旋",进阶到第十五级被称为"斗帝之境",这种等级划分体系在吧内的对话交流及活动管理中贯穿始终,影响着受众在群体中的权利及行为分布,也强化着群体归属感与情感认同。受众在为网站、资本服务与利用的同时,也创造着自己的价值。受众多样的生产性行为一方面体现了受众自身情感劳动的社会价值与意义,一方面也辩证地彰显了当下网文行业将受众的产消行为商品化、利用受众劳动成果来实现资本积累的目的。

受众的生产型消费行为并不单一。这一群体既可以首先是网文受众,随着网文 IP 产业发展再转化为衍生、同人或其他音视频作品的受众群体,同时也可以是从其他媒介场域或内容市场中转化过来的文本阅读受众。如《超级散户》作为目前全网两本拿到"千盟徽章"的作品之一,在 70 万字时也只有50 多个盟主。因作者买股票赚钱了,一批"股民"读者想要进群咨询作者股票事宜,故而产生打榜效应,这本书由此开始每天增加十几个盟主,随后这本书的成绩直接"吊打"同时期其他榜首作品,作者也因此获得知名度和收入。最终获得 1 万多收藏、近 2000 人打赏盟主的成绩。《超级散户》这一现象还引起网文市场跟风模仿，很多写手甚至读者开始转型写炒股文，开书便引起一堆受众打赏盟主，小说也逐渐脱离文本本身的意义，成为受众群体炒股交流的工具。受众打赏盟主进群的行为，逐渐演变为想要得到股票分析或股票推荐的一种变相消费行为。又如2021年4月14日青瓜堂zz在飞卢小说网上更新的《捧红女友后，对方分手去订婚？我直接摊牌!》，上网不到12小时，在仅仅只更新六千多字的情况下便已有两千多阅读数，获得近三百支鲜花，一百多条评论。受众能够在浩如烟海的网文中挑选出这一本新书，其根本原因取决于受众群体的共享与转场特质。这本小说的很大部分受众是从其他内容频道和媒介场域转场过来的。4月13日"网红女与杭州CEO、富二代"的新闻事件在网上开始流传和热烈讨论，随后14日晚便有了这本小说，故而受众的转场与共享及后续的接受行为对这本小说热度的提升有很大的推广和作用。

三 跨媒介多形式的消费与体验

当下，随着受众逐渐年轻化，其活跃性也逐步增强。他们在跨媒介语境下探索多样的"生产型消费与体验"模式，如线上声视频创作、AI智能伴读、虚拟角色养成、线下同人展与跨年之约等多样活动。

用计算机记录和传播的信息媒体的一个共同的重要特点就是信息的最小单元是比特(bit)"0"或"1"。在当下数字媒体时代，我们以比特的形式来表现文字、图像、动画、影视、语音、音乐等信息，通过计算机将它们存储、处理和传播。文本是计算机中最常见的一种数字媒体。图形、图像、数字声音、视频等都是不同媒介形式下的产物。而网络文学的受众在接受、阅读与传播文本的过程中充分将它们连接起来，在"生产型消费"模式下将文本接受活动进行跨媒介延伸，探索出多形式的体验行为。

近几年，随着直播行业的快速发展，网文行业也出现了网文作者直播写作、受众在线催更改剧情的线上事件。2020年4月23日的世界读书日，番茄小说举办了一场"小说大神催更大会"，邀请杨十六、洛城东、京祺等大神进入直播间，作者在线更文，读者在线"催更"，"云监工"成为受众的新代名词。"直播更文"行为不仅打通了阅读与直播之间的次元壁，挖掘了作者的明星潜质与网文 IP 孵化潜力，同时也丰富了受众文本接受与消费的在线体验。在杨十六不足一小时的直播中，有将近 1400 位受众发布近三万条评论，催更行为从文字留言发展为面对面监督。而直播中"投票决定情节走向"的环节将受众在文本接受过程中的生产性行为及能动性体现得淋漓尽致。如京祺在直播中发起了一次关于《我于深渊时见你》中反派男二魏俊屹结局的投票，让受众决定人物结局走向，最终"好结局"以压倒性优势"取胜"。番茄小说的这次实验体现了受众在文本接受与消费时对作者创作与作品生产的影响力。这一行为既满足了受众对作者在线更文的好奇心理、对创作过程的解密兴趣，同时也缓解了受众对介入与影响剧情走向的欲求。这与游戏玩家想要通过互动类型游戏满足他们的互动欲望一样。与此同时，作品也获得了新的形式与可能。而受众直播催更及互动过程中的想法也会丰富或刺激作者创作，进而影响文本最终呈现。由此，受众行为不仅满足自身消费与接受需求，对作者、作品及平台也是一种多赢的劳动。

　　网络文学受众中不乏存在大批"角色粉"，他们不同于"书粉""作者粉"，这一群体的连接与互动是以作品角色为中心的。受众因喜爱某部作品中的某个角色会在网站内部、微博、贴吧、豆瓣等社交平台上创建"角色"社区或小组，在此相互讨论和交流，在网上形成以"角色"为中心的圈层化态势。针对受众的这一喜好与需求趋向，很多网站在内部页面设置了"角色"应援社区或排行榜，增添相关功能，以进一步催生读者的消费行为。如起点中文网在平台内设置角色应援功能，受众可围绕喜欢的角色"比心""点赞"。受众在文本接受过程中因自我喜爱与兴趣催生出这一行为，网站进行合理化利用与转换反之又再次激发了受众的消费潜能。如《全职高手》中的叶修、《AWM[绝地求生]》中的祁醉、《魔道祖师》中的魏无羡等都是网上评选出来的受众最为欢迎的作品角色。2020 年起点读书 App 内角色应援和点赞量破亿，其中《万族之劫》男主人公"苏宇"、《诡秘之主》男主人公"克莱恩"、《我师兄实在太稳健了》女主人公"蓝灵娥"、《我真没想重生啊》女主人公"沈幼楚"、

《大奉打更人》配角"小母马"、《欢想世界》配角"风君子"因出色的人物形象设计，被评为受众最喜欢的角色。① 除此之外，受众对角色的喜爱，从网站文本层面延伸到其他 IP 创作方面。如众多受众以粉丝聚集效应为基础对《诡秘之主》进行同人图画创作，精心绘制的各式图片以书中角色为主，在 LOFTER（乐乎）平台上发布，获得近两千万浏览量。又如《探虚陵》受众在作者带动下也展开图画创作，以视觉化形式将脑海中的角色勾勒出来。受众的这一生产性行为区别于网文的 IP 产业开发，它是基于个体的个性化趣味、爱欲追求的非营利性行为。近几年，基于绘画发展起来的同人创作从线上延伸到线下，一些同人展不断推出，粉丝受众由作品衍生出同人手办、漫画、角色扮演等，它们持续激发着粉丝受众的热情，这也凸显着受众的爱欲生产力。

而随着 AI 智能技术的发展，受众对作品角色的消费需求又促进资方平台进一步开发，将受众的接受行为从文本层面的跨媒介发展转向交互式玩法，在为书粉提供沉浸式体验同时也激发了受众的消费能力，带动网文 IP 市场在人工智能方面的应用前景。如 2018 年《全职高手》的智能开发在知识图谱、角色对话、全职竞猜等方面设置互动玩法。受众也可进行"角色养成"，在作品之外获得更多内容上的延展及情感联结。又如 2019 年，阅文集团和微软小冰启动"IP 唤醒计划"，通过人工智能对虚拟人物的处理，受众可以与书中喜爱角色展开在线互动与对话。100 位男主被划分为精英、校草、电竞大神、仙君四种人格设定。受众可以在阅读间隙与专属 IP 进入特定剧情，以此体验私人订制版的全天候"智能陪伴"。这一具有社交属性的交互式体验丰富了受众的接受行为，同时也因男性角色对女性受众群体的吸引力，这一行为还特别地激发了女性市场活力。另外，针对受众的精准需求，阅文集团表示，未来此类 IP 开发将从文字群聊升级为语音对话，甚至拓展到三维形

---

① 搜狐网：《2020 年度中国网络文学发展报告》，2021-03-29，https://www.sohu.com/a/457663460_152615.

象，利用 AR、VR、全息投影等技术开启更生动的互动①，不断丰富受众的接受体验，满足受众的多样需求。在受众自身及激发的其他"角色"衍生行为中，通过"角色"的再生与"活化"，受众消费的交互行为会呈指数级增长，进而带来更大的市场与开发机遇，以此循环往复。网站、资方、作者、作品与受众之间保持着互相作用的拉力与张力，文本的"再生产"以受众为基点展开。

网站为受众提供接受渠道，不断激发其消费潜能，受众在接受过程中培养新的需求与乐趣，为资方贡献开发灵感与方向，彼此互相促进，助力网文行业更系统、全面、多方位发展。当前，起点中文网还进行了业务创新，启动"创作人计划"，整合现有资源，将在作者、核心用户、平台运营等层面提升平台内容活力，从短视频、声音、图文等内容制作与分发入手扶持下游行业，让更多创作者在起点创造营收。针对用户，起点计划推出"起点 UP 主"，对发现页信息流进行改版，打造网文社区，孵化网文社区 KOL；针对悬疑、破案、探险、科幻等类型内容的中短篇精品，增加精品标识和分区展示，激励受众或用户创作。②

在媒介变革与互联网技术推动下，网络文学中还出现了对话体小说。受美国对话小说 App Hooked 影响，我国的对话体小说也相继得到发展。如迷说 App、快点阅读等平台的建立，而后者此前也加入了全音频对话小说和短视频连载等功能。受众在此以更低的阅读门槛获得"沉浸式体验"，拥有更大的想象空间，满足了自我表达与自我代入需求。产品内设置有相应付费点，如付费解锁新章节和对话分支，受众是为新内容和体验而付费。相关数据也表明对话体小说平台中的受众将近 11%③转化为该平台的作者，身份的转换与权力的加持使受众在当下文学阅读与接受中更加具有主动权。受众在游

---

① 搜狐网：《书中人"活了"！网文 IP 的交互式新玩法》，2021-03-29，https://www.sohu.com/a/345847486_247520.

② 搜狐网：《成立 19 周年，起点中文网发布全新创作人计划》，2021-05-20，文旅中国，https://www.sohu.com/a/466573102_120006290

③ 中国对话体小说：站上了互动赛道，但还缺好的商业模式.本文为东西 ACGN 研究组根据外媒报道和自身研究梳理，豆瓣转载.2021-05-20.https://www.douban.com/note/728164574/

戏和娱乐中接受作品。又如，以科幻架空世界为主题的网络共笔文学小说集网站 scp 基金会也多采用对话体小说形式，这一平台上的小说创作不仅存在多人共笔、作者读者身份转换等现象，同时也杂糅了图片、对话等多样媒介形态，丰富了受众的阅读体验，也为受众提供了多样参与方式。近些年，不断发展的文字冒险游戏、剧本杀等将文学与游戏结合得更为紧密，为文学创作与接受带来了新的冲击与挑战，它们是否属于当代文学的范畴，受众或用户的参与行为是如何影响文本创作的等一系列问题，都值得我们进一步思考与研究。

另外，受众也会自发地在网上进行音视频创作，自行设计或从网上选取热门图画对喜爱的作品进行音视频剪辑，以 3~5 分钟时长对作品的主要内容进行讲解。也有不少受众以非营利目的发布"有声"形式的再生产文本。同时，网文受众在文本接受方面的体验还延伸到了线下。如因《盗墓笔记》有一个"2015，长白山下。青铜门开，静候灵归""十年之约"的结尾，导致该书粉丝"稻米"们几近"疯狂"，组团赴长白山之约，致使该景区游客量飙升50%，甚至导致景区不堪重负。随着网文产业布局的逐步扩大、受众群体活跃度增强、媒介融合的多样发展，受众在文本接受过程中的生产型消费行为也不断丰富，助力网文产业建构。

四　多样"破壁"的网生文学批评

网络文学在发展初期出现过沿袭 20 世纪末美国超链接技术下产生的"超文本小说"，这些作品将互联网上的超文本和超链接概念应用于小说创作，读者可自由选择路径进入文本，在这一接受活动中读者的能动性被很好地激发出来。而随着互联网技术的不断发展、网站等平台页面设计的不断丰富、网络空间私人性与公共性的逐渐融合、受众群体的多元构成与发展，网文受众的文本接受行为更加多样。

"网生文学批评"是指在互联网上由网友就网络文学作品或现象所做的随机性、感悟式、点评式批评和议论，是网文受众对网络作品、作家心有所感而做出的解读与评价。① 这种批评主要包括网友原创批评文、书评区中的评论与讨论、推贴文中的推荐介绍、超级话题中的喜好表达等四种形式。它们不同于传统的文学批评形式，是能够在网上传播的以文字性方式表达的最能代表网文受众审美趋向、主观喜好、价值倾向的批评形态。

原创批评文一般是某一作家或作品的粉丝级受众在网上发表的对该作品的评论性文章，相对而言字数会多些，像一篇小论文。如知乎"adol"网友2020年10月28日在知乎平台上发布的《关于〈临高启明〉故事和人物的一些统计与分析——从元老院的政治版图谈起》一文，全文约一万五百字，并配有十多张原创性图表。作者使用了ROST CM6等技术对小说全文及各卷进行了分词和词频分析，并做了一些文本统计和计算图式。作者使用文献计量法对小说作者的笔墨在各领域上的分配比例，各业务领域的元老人数及比例，元老总体中各业务领域、各政治和业务派别以及男女人数的区间等方面进行了详细统计和数据计算，并以图表形式对元老性别、年龄、行政级别的分布进行可视化展示。另外，他还使用Cytoscape技术对443对元老关系进行了拓扑关系网的可视化呈现，综合人物章节数和登场跨度，自行推演出一个角色权重计算方法，以此计算出书中"角色权重"。这篇文章最后还附录了"公式计算"原则、参考文献、登场元老的注释与统计信息表等，以补充正文内容。这篇文章从数字人文研究方向入手，使用计算机技术分析《临高启明》这部小说，展现了大量的可视化成果，在研究方法和受众接受方面都产生了积极影响。又如，网友"关尔棋"较为全面、系统地从人物、设定、三观等角度分析《全职高手》，全文一万多字，该文在知乎平台获得了四百多条评论和五千多个赞。

网文受众热衷自我表达，在此特质影响下网站书评区的书评量持续提升。大部分网站和小说的书评部分分为一般、长评和精评三种形式，主要是受众对作品中的人物形象、故事背景、情节设置以及细节描写的感想。如对

---

① 程海威，欧阳友权：《"网生文学批评"的话语权生成及其功能承载》，《中州学刊》，2020年第4期，第146-152页。

历史细节的补充、帮助作者收集历史材料等，受众充当着有节制的"批评家"的角色，也起到作者"智囊团"的作用；而作者有权利从受众的评论中选出"精品"，"加精"的评论者可以免费获得阅读该作者作品的 VIP 积分，从而实现受众和作者之间的良好互动，整个评论区呈现出"一团和气"的景象。如晋江文学城中受众关于作品中一些背景知识讨论的回复，如"关于庶子庶女地位，大家讨论得十分充分，我这里要说的是，古代中国是个很大的国家，三教九流，各个等级都有，有像《红楼梦》里把庶女（三个春）娇贵教养的公府大家，也有中国讲究的是中庸之道，总是有少数例外的，大家不要较真啊"。或者作者与受众鲜明的交流与沟通，"最近重新翻看明代的话本小说和《红楼梦》，发现一个问题大约如此，请勿深究，如要深究，务请淡定"。整部小说的评论区与"作者有话说"呈现出受众与作者相互交流与对话的互动状态，受众的意见与讨论被作者重视，作者进行解释或在文本创作中更详细地描述这一特征，以此来促进受众更好地理解文本，实现两者的有效互动。又如，微信读书《长安十二时辰》这本书中很多章节、句子甚至是某个名词后面都有受众点评与讨论，而这些随处可见的评论以虚线符号标注在作品中，以提示其他前来阅读的受众，这使得这部小说获得更多志同道合者的点赞与交流。如小说第二章"巳正（2）"部分，其中"宣纸"二字下方有虚线，点开后便能看到网友评论，"这条更错了，宣纸是在清中期才有的，唐朝人写字是藤纸、麻纸或硬黄纸"。此条评论下方还获得 19 条评论性互动和 62 个点赞。有网友前来交流——"这里的'宣纸'作者想说的可能就是宣城郡制造的纸张，这时天宝年间的宣城已经开始做自己的纸、笔，所以不算错误"。受众们的留言与评论是放置在一个开放、自由、对话性的平台上，无意中增加了作品阅读的氛围，三言两语的点评与对话式的交流，甚至只是简单的一个"好"字构成的一次跟帖，都会起到督促与鼓励作者创作的作用。2020 年，阅文全平台"本章说"数量近亿，累计评论量超 100 万的作品超百部。《诡秘之主》累计评论数超 1200 万条，斩获榜首。《超神机械师》《第一序列》《大奉打更人》《临渊行》和《大道朝天》等作品"本章说"评论数也超百万。受众对作品的高频互动可以产生更强的黏性和付费意愿。据阅文集团数据，"本章说"对受众人均阅读时长的提升贡献超过 32%，对受众付费率的提升也有超 10% 的贡献。

同时，在豆瓣、知乎、书吧、百度贴吧、微信公众号等网页出现大量的"推贴文"。所谓"推贴文"主要是网友自发性发表的，真实情感表达的对某部网络小说的总结与介绍，强调类型特色与风格，语言通俗，口语化强，主要目的是向未读过这部小说的网友进行推荐。如网友"赤戟"在知乎上获得"网络小说话题下的优秀答主"名号，在知乎上多次回答或自行发表网络小说年度盘点的文章，如"年终盘点：2017 年有哪些网络小说值得一看？"对 2017 年网络小说进行整体性论述，引用 IMDB 评分榜使用的贝叶斯平均算法对"受众评分"进行处理，进而推选出优书网男频 TOP100、女频 TOP30。又如网友"推书小毛人"在百度上创办个人网页，首页自我介绍"10 年老书虫，专注网文推书，给你所想"，间断性发表推贴文，目前已发布 689 条内容，有 8000 多粉丝，5000 多点赞和 26 个关注，发布有《四本不套路不烂尾的良品小说，本本经典笑料不断，书荒时再刷一遍》《玄幻小说又爆新款，这本小说完结一天超越〈十方武圣〉问鼎榜首》《四本口碑评分 9.9 的小说，皆是火极一时的神作，看完都不舍得删除》等文章，从小说的字数、人物设置、类型风格、故事线索等方面展开介绍，使网友能够直观、迅速地了解作品。如简书网上有一"网络小说推文"主页，共推出 41 篇文章，有《推文〈全球高考〉》《书摘——〈不当学霸真的好难〉》《原耽推文〈听说我很穷〉》等；又如豆瓣有"推文扫文互助小组""小说打分器"等，里面推荐的作品基本全部是网络小说，有网友主动"求文"的，也有热心网友积极推荐自己看过的作品。推文者将人物特征、故事情节、作品类型进行简要概括，甚至会附上链接，网友们会在推贴文下面交流互动，这既促进了网文作品的宣传，也提升了作品的点击率和浏览量。

另外，网文受众还热衷开辟"超级话题"。如《镇魂》的微博"超话"共发布了 6.9 万帖子，有 28.6 万特调员，21.4 亿阅读量，导语部分还标注"晋江作者 priest 作品。本超话是书超，剧版请去隔壁哈"。因《镇魂》在 2018 年有剧版 IP 开发，故而"超话"部分也分了原著和剧版两类。"超话"内的网友都是原著的忠实粉丝，他们互相分享书中的经典片段，各自发布与作品相关的手办、周边、漫画等同人衍生品,分享购买繁体书等不同版本原著书籍的经验和感受,其他网友在评论区留言,相互交流。又如《魔道祖师》的微博超话,当前共有22.1万贴,149.1万忘羡兔叽想,125.3亿阅读量,导语部分标注"小说《魔道祖师》",以区别于"魔道祖师漫画""魔道祖师同人"等其他微博超话。其中也是分享关于《魔道祖师》小说相关的漫画、同人文、周边等,部分周边甚至走向资金流通领域,网友们互相交换或购买。有的网友会分发福利,送原著相关的物品。这既提升了原作品的影响力,促进了原著及其相关周边的市场流通,增强了其商业价值,又带动了受众的能动性,激发其接受与消费过程中的生产性行为。又如《国民影帝暗恋我》一书,该书作者十里酒香,以及男女主CP"历尽千帆"在微博上都有超话。其中男女主CP"历尽千帆"的超话在微博小说超话中排名第82,共有416.1万阅读量,而关于该书的微信粉丝群、QQ群不下30个。进群需要通过审核,即回答一个与书紧密相关的问题,以证实确实看过此书。群中活跃用户的名称都是"沉浸栗少菀帝温柔乡""躺在栗锦的床上""在栗宝怀里撒泼"等。书粉群中有大量网友自发制作的画报,也出现彼此互相督促攒钱买实体书等行为。

五 参与式文本创作与文本"盗猎"

参与式义本创作方面,既有接龙小说的创作,也有在论坛或社区内部发展的"临高启明"式集体性创作、scp基金会多人共笔写作等。所谓"接龙小说",是指由多人接力参与,并在网上及时性创作与更新的文学作品。其主要有两种形式,一种是由作者发起,在网上由作者与读者互动完成的文学作品;一种是由读者、网站等发起的作者间或读者间互动的文学作品。在成功的接龙小说创作中,作者与读者或者说众多创作者间通过大纲与文本文字进行着沟通、对话、融合与转化,从而达成一种和谐的合作。互联网所带来的连载式、即时性、双向互动性的写作方式与阅读方式为作者与读者的"合作"创造了可行性,更重要的是为"'交往理性'这种民主化的交往思想的实践提供了技术上的可能性"①，网络小说的接龙使广大阅读群体获得了"话语权"，读者参与到创作活动中，在此过程中传递着彼此的思想与情感，并试图互相融合，如被誉为"我国第一部仿 BBS 读本小说"的《风中玫瑰》的创作便是如此。最初《风中玫瑰》是笔名为"风中玫瑰"的作者以一段段"公告"的形式张贴在 BBS 公告板上的，原名叫做《玫瑰在风中颤抖》，取自流行歌曲中的一句歌词，作者最初只是在倾诉一段情感故事，但在张贴后吸引了众多网友的关注，因而在"风中玫瑰"的讲述与创作中穿插着网友们的跟帖，在这个过程中呈现出作者与读者现场参与互动的效果，读者在这个过程中不再充当等待读一部完整作品的被动角色，而是参与其中与作者一起完成了一个个"贴子"的写作过程，他们在虚拟的网络空间中交流着真实的情感，经过 9 个多月的"合作"，这部作品最终完整地呈现出来，并在之后由"汉青文化公司"出版纸质书籍，这部网络原创作品在出版时以独创的"内文板式"极有创意和真诚地保留了 BBS 公告板中作者与读者互动的形式，由此清晰地将网络文学的"网络原味"成功地移植到传统的出版物上。

盛大文学"双城记——京沪小说接龙"在起点中文网、榕树下以及云中书城连载；由"JJ 网同群"创作的《网王天下接龙——雪舞樱飞》，作为一部衍生与接龙共具的小说，整部作品呈现出恶搞的风格；《江湖预备班》是一本由女频签约群中的女性作者开的坑，以"起点江湖学院"为活动中心，讲述在其中发生的无厘头故事，类似于《武林外传》的叙事模式，每一个作者创作的部分都可以看作是一个独立的小故事。另外，受众在晋江网站内开设的页面"杭外 08 级 11 班小小说接龙"中的《不问》篇共更新 18 章内容，且参与创作的作者们在留言区评论、交流和相互鼓励；又如晋江文学城中的接龙文《九龙嬉》，内容标签设置为"幻想空间、灵异神怪、边缘恋歌、重生"，对接龙顺序的安排是"1 康熙、2 胤禛、3 弘晢、4 保成、5 胤祺、6 胤祥"，此小说从 2011 年 5 月 24 日开始更新，至 2011 年 7 月 3 日共更新 26 章。在小说更新过程中，参与者们在"作者有话说"中留言以起到沟通、交流以及提供给后面接龙

① 关云波：《论读者介入对网络文学创作的影响》，云南大学硕士学位论文，2012 年。

作者必要提示的作用。晋江文学城曾在 2010 年发出一个关于接龙文的公告——2010 年小受节群内部活动——萌文接龙，公告内容为"本次活动是我群（菠萝会官方超级群）内部于 2010 年 8 月 8 号小受节举办，活动目的：调动群内成员积极性。活动方案：举办萌文接龙，并制定详细的游戏规则。活动结果：没有奖品。活动人员：为群内部人员，自由参加，但是需要遵循接龙规则。"①。由此可见，在接龙小说的创作过程中，人人都有成为作者的可能性，受众群体的话语权得到彰显与扩大，参与合作者从中获得的愉悦和共鸣是传统写作所无法获得的，这种合作与写作使受众群体拥有更广大的话语活动空间，网文世界不再存在单纯的"读者"与"作者"，每个参与者既是读者也是作者，在共情环境中致力于文本的创作与完成。读者在文本接受过程中，通过社区活动使自己也成为文本生产链条中的一员，即作者。

与接龙小说有着异曲同工但又有细微差异的《临高启明》，是在跑团众的角色扮演与互动、社区各行业成员的技术提供与支持、创作者面面俱到的体验与经历的助力下发展而来，给受众营造了一个身临其境的世界观与全程参与式的接受过程。作为集体式同人创作的独创性实验，《临高启明》里很多角色并不出自同一人之手，但主流剧情因有吹牛者的挑选和整理，所以呈现出系统性和整体性。同时，因吹牛者的统筹，马前卒、文德嗣等主创者们的参与，论坛众多受众的讨论等模式的推进，使得整部小说的故事主线、观念架构等能被大家所接纳。作者在作品中的自我定位是"办公厅主任"。创作者、论坛参与者等人的集体性思想的融合促成了这部作品的问世与发展。相反，作为"临高三屠"之一的《迷失在一六二九》，因作者创作理念与论坛坛友三观相冲突，使其招致"SC 跑团众"集体抛弃，论坛坛友大量转移，最终以"烂尾"和流失受众收场。而作为临高三屠的第二屠《临高启明》，它的出现是建立在第一屠《迷失在一六二九》被全体摒弃基础上的。这也凸显出受众在文本接受中的能动性与作用力。

---

① 晋江文学城：《2010 年小受节群内部活动——萌文接龙》，2021-05-20，http：//www.jjwxc.net/onebook.php? novelid＝821071.

罗兰·巴特在《S/Z》中打破了传统认知中作者与读者紧张的二元对立关系，并提出了"理想文本"与"可书写文本"的概念，他认为文学文本的目的与形式不仅仅在于创造完整的故事，同时也为读者提供表达与创作的机会，一改读者作为"消费者"与"接受者"的被动地位，将读者视为可以改写文本的积极生产者，而这一形式的改变在网络文学创作中的体现最为鲜明，"可书写文本"与今天的同人衍生小说等有着惊人的相似。同时，同人小说的创作也体现与彰显了费斯克提出的粉丝三大生产力——"符号生产力""声明生产力"与"文本生产力"的特征。同人小说是在对原作阅读与理解基础上，在对粉丝群体与社群文化的阅读喜好、审美趣味和评价标准了解基础上，在与其他受众讨论并获得反馈意见与评价基础上创作出来的具有一定艺术水准与可阐释性、可读性的文本，因而同人小说涵盖了以上三种生产力，它从文化商品的符号资源中选取素材进行创作，并将其以可见的、公共的状态表达出来。

在同人小说的创作中，受众与作者间往往借助文本创作展开积极与即时的思想、情感交流，这形成了作者与受众之间的平等关系。以女性阅读网站晋江文学城为例进行分析，在晋江文学城有一个专门的频道"衍生/轻小说"，并具体分为"衍生纯爱"与"衍生言情"。在这个独立的女性网站中，女性受众逐渐投入到狂热的写作中，或是模仿原著或是改编原著，以此转换角色从受众变成为作者。在网文"盗猎"生产方面，受众多是由角色粉、书粉发展而来，他们开展多线并发的、群集性的同人小说创作模式。

网络文学受众群体还具有鲜明的性别化特征，男性向受众群体与女性向受众群体各自为营，形成独具特色的社区文化。如女性向受众群体，她们在"小粉红""耽美区""AO3"等领域聚集，占领社区与论坛，形成"她江湖"的亲密关系场，在此形成情感连接。同时也在数据库助力下进行多样类型的同人创作，如"拉郎配"写作、反琼瑶小说、红楼梦同人文等，展现女性的多样想象。如"反琼瑶小说"，改写作品主要集中在《新月格格》《梅花烙》《还珠格格》三部。受众对现实生活中"另一个女人"和"家庭破坏者"的愤怒、对自己认为糊涂和软弱的女主人公的厌恶、对琼瑶戏剧化叙事风格的不满，以及对年轻时期迷恋琼瑶爱情的强烈自我批评①等，促使她们参与到改编与衍生创作中。女性倾向于自己参与并积极促成由叙述引发的对话，通过改写以男性为中心的叙述以更好地满足自我心理需求与阅读喜好，并重新获得女性角色的经验，而不再是被动地接受男性导向的叙事话语，且在这个过程中，与志同道合者一起阅读、评论与创作同人小说本身就是一种社交过程，以此寻求性别认同与情感认同。网络文学使受众和作者有可能通过共同的情感参与和类似的想象体验形成马特·希尔所说的"想象共同体"，这一共同体构成了她们自己。

受众的"偷盗"行为不仅改变了网络文学的创作形式，同时也显示出了网络受众及文学接受群体对社会活动参与的变化趋势。通过对同人衍生文的研究，可以探索受众群体如何通过阅读与再创作重新定义和想象"文本的接受与消费"，分析受众在创作中表现出来的创造力与话语表达热情，并在此基础上揭示互联网技术与网络环境在受众群体文化生产、社会活动参与和个体创造力激发等方面的作用。

网络文学受众群体的行为、特征催生了当下网络空间独特的文化现象与多样的文化内容，其背后也蕴藏着深刻的文化价值。它促使网文空间中形成了一种非学院派的网生文学批评，激活了网络空间中颇具网文特色、二次元特征的新型词汇的使用，为学院派研究架起了"破壁"桥梁。受众行为模式的背后都有着某种真切的精神旨归，受众在此实现自我表达、获得群体认同。虚拟社区或现实"情景"体验助力受众"异托邦"的建构。这一行为机制的发生、发展，也从根本上扭转了受众的能动性、创造性与作用力。

① Jin Feng, *Romancing the internet: Producing and Consuming Chinese Web Romance*, Boston: Brill, 2013, 43.

六 结语

随着资本入场，网络文学网站及网络作家从 20 世纪末 21 世纪初主要依靠线上聚集人气、线下出版的盈利方式转变为 VIP 收费阅读这样大规模商业化的生产—消费式盈利模式，作者也逐渐享受到了流量红利，在此背景下，受众成为网络文学商业化过程中资本、平台、作者最关注的因素。故而，对受众行为的考察与思考是有必要的，及时了解当下网络文学的受众行为，并对其背后的深层文化意蕴深入探究，有助于我们宏观把握网络文学发展的整体运行机制，调整网文创作类型与网站发展策略，寻求网络文学长久发展路径。对于受众自身而言，挖掘受众行为及背后的动因有助于社会、网站、资方平台等更好地开展相关信息服务，如个性化推送、网站设计、作品创作、功能设置、IP 转向与定位、跨媒介发展等，设置各种激励机制或能动机制提升受众的满足感和体验感。对于多方阅读平台或组织而言，如何吸引更多的受众参与并自主生成内容，有助于其社会化媒体的长期运营和可持续发展，从而拉动更多的风险投资与广告投入，并优化其商业模式和市场定位。而从社会角度来看，了解并相应地激励受众创作、共享丰富多样、品质优良、多元异彩的内容，有助于建构和谐、包容、健康的网络环境，并可以帮助政府部门及时了解当前社会的文化思潮，捕捉与民生问题有关的重要事件与社会舆论，有利于相关部门迅速做出反应，跟随时代步伐，确保社会的健康稳定发展。

从受众行为动机的产生、心理图式的建构与行为达成的效果三个节点出发，可以看出受众行为产生的深层原因。受众群体的网生性与自我发展性、新民间立场的去边缘化、日常生活经验的释放与异托邦建构、"互动仪式链"下受众在虚拟社区的自我表达与群体认同等，都是促使受众这些行为产生的原因。但同时，我们也应注意到受众在文本接受与消费过程中所处"非主流"境遇的局限性，关注受众在个人主动选择性接触、"意见领袖"的信息过滤、"群体极化"行为的影响下走向"信息茧房"境地的可能性，以免受众的消费与生产行为变为"孤芳自赏"。另外,网文受众的行为方式与产物是受众、媒介、资本、作者共同形塑的结果。场域与媒介的变化,资本的收购、融合和介入等都会影响受众行为。在"免费阅读"与"短视频"等冲击下,网文受众量被分化,由此引起网站与背后资本集团的焦虑,它们开始寻求新的发展方向与突破点,以此重新获得受众青睐。在这一博弈过程中,受众的接受、传播与再生产会发生怎样的变化,还有待我们的观察与研究。而过度追求消费黏性、关注受众消费数据、点击订阅等数值会致使网文丢失发展初心与根基,并催生打赏行业,致使数据与创作走向造假。故而,过度地关注受众行为、迎合受众取向,以此获取受众关注度,并不利于网文的长远发展。另外,受众这类行为为当下文学生产与创作也带来了积极影响,对这一现象的研究有助于建构与推进网络文学及当代文学发展的长效机制、路径方法。

中国网络文学在法国的翻译发展状况 与译介平台

李亦梅

法国马赛大学

首先，在法国，当我们谈到网络文学，最早使用的是 novel(小说)这个词或者 light novel 这个词，因为阅读中国网络小说的读者群通常是日本动漫和轻小说的爱好者，所以当网络上出现中国网络小说的时候他们就自然而然地借用了这个词，并不会加以区分。直到 2017 年，起点国际网站的创立和推广，让法国的读者和翻译者开始使用 webnovel 这个词来称呼中国网络文学作品。翻译者 Balstaf 还专门在自己的网站上对轻小说和网络小说进行了区分。对 Balstaf 来说，网络文学是文学爱好者在网络上写的小说，在网络上创作的小说出版变成纸质书后就是轻小说。虽然这种区分并不准确，只是基于个人的理解，但我们可从中看出法国读者对于中国网络文学的一些认知。

在法国，阅读网络文学的读者大部分介于 15 岁到 30 岁，多为中学生或者大学生，由于他们很多是西方玄幻小说和 ACGN 的爱好者，所以当他们开始接触中国网络文学的时候，并没有感到什么阅读上的障碍。法国里尔大学的 Drizzt 在访谈中就说过，他很小的时候就喜欢看魔幻类小说，比如萨尔多瓦的 Drizzt 传奇、托尔金的指环王，所以当他接触到中国网络玄幻文学的时候，并没有什么太多的陌生感，让他很快就进入了阅读状态。

对于为什么喜爱看中国网络小说，Drizzt 称，中国的网络小说让他沉迷其中无法自拔，特别是中国作者的想象力令他感到震撼。除此之外，小说涉及很多中国古代文化，比如仙侠小说中的道教和神话故事，以及小说中会带有西方的文化。在仙侠小说中,他看到了自己喜爱的西方人物修罗,这两点也是他爱上中国网络小说的原因。他非常自豪地在采访中提到,自 2016 年 10 月开始在武侠世界阅读,到 2017 年 10 月,他已经阅读了 11480 章节,相当于 1800 小时的阅读,他笑称这等于在一年当中,有两个半月是在不吃不喝不睡阅读中国的网络小说中度过的。

另一位读者 Admira 自称是看电视长大的一代,会看大量的电影、电视剧,但是并不看书,因为偶然在电视上看到动画片《魔道祖师》,为了尽快知道结局,所以找到了网络小说来阅读。此后便一发不可收拾爱上了中国的网络小说,并最终成为一名粉丝翻译者。

与中国网络小说的读者和作者之间的转换关系一样,翻译者通常都是从阅读爱好者转换来的,所以他们并不是专业的翻译,他们自称粉丝翻译者(fans traducteurs),借此确立自己的身份认同。

至于为什么要翻译中国的网络小说,从访谈中,我们可以了解到主要是因为爱而想要分享,还有一个原因就是想要提升英语水平。

翻译经常以小组形式,根据每个人的能力进行分工,主要包括翻译、编辑和审阅三大类。翻译者还成立了自己的交流群,分享喜爱的网络小说,以及交流翻译经验等。

在成千上万的网络小说中,翻译者们如何选择翻译作品?根据我们的调查,所有的翻译作品都来自英文网站,武侠世界是最大的阅读基地。由于武侠世界的小说多是武侠、仙侠和玄幻类,所以早期的翻译作品大多也是这些类型,随着女性翻译者的加入,爱情类和都市类开始越来越多地进入了法国读者的视野。这主要是由于起点国际网站的出现,小说的类型不再仅仅限制于武侠玄幻修仙类。土耳其留法学生 Admira 在 2019 年成立自己的翻译网站,专门翻译女性网络小说和 BL 耽美小说,她同时翻译 14 部小说,其中个人翻译 12 部,与他人合作翻译 2 部,这些小说中有尹琊的《大地主》,月夜京华的《花花游龙》,风流书呆的《打脸狂魔》,泥洗的《瞎娘娘》,等。

法国对中国网络文学的翻译可以追溯到 2016 年,这和中国网络文学英语翻译网站武侠世界有着密不可分的关系。到 2019 年繁盛期,翻译中国网络文学的法语网站有大大小小 60 多家。

关于英语翻译网站，邵老师和她的团队有大量的研究成果。如果说英文界有三大翻译网站，Wuxia world, Gravity tales 和 Volare novels，那么法国也有三家比较大的相对活跃的法语翻译网站，分别是 Xiao Novels（小小说），Empires des Novels（小说帝国）和 Xianxiafr（仙侠法国）。小说帝国从它的名字就知道是最大也是最有名的网站，小小说排行第二，虽然名气不如小说帝国，但它是最早建立的翻译网站。仙侠法国排行第三，相比前两家，其规模和名气相对小一些。

小说帝国（Empire des novels）是 Zareik 和 Kayorko 两位网友创建的，其宗旨是翻译中国的网络小说，大部分是玄幻、仙侠类小说，网站 2018 年时有 28 个活跃成员，包含 18 个翻译者、10 个审阅者和 14 个编辑，这些数字没毛病，因为有些成员身兼多职，当时网站有 26 部翻译作品，都是在国内很有名气的小说。比如我吃西红柿的《吞噬星空》，陈词懒调的《星级猎人》，唐家三少的《天火大道》等。小说帝国与其他网站的一个不同之处是单独开设了一栏词汇解释，帮助读者熟悉翻译作品中出现的和中国文化有关的词汇，比如对于四大神兽青龙、白虎、朱雀、玄武是什么，网站进行了详细的说明。翻译作品都是在英文版的基础上翻译成法语，免费阅读，并在脸书上进行推广。网站也接受捐赠，大约 30 欧到 50 欧就可以提前看一个新的章节。2020 年 9 月，小说帝国更新了骷髅精灵的《武装风暴》，之后再无更新，网站也从此销声匿迹。

小小说（Xiao Novel）于 2016 年 2 月 12 日正式上线，第一部翻译作品是发飙的蜗牛的《妖神记》。网站由 Wazouille 建立，最初叫 Xiao Waz，Wanouille 解释说是因为喜欢龙珠 Z 的一个叫小小心的人物，所以用了这个名称。2016 年，翻译轻小说的网站已经屡见不鲜，Wazouille 之所以创建小小说，是想在同类网站中率先制定一个新的翻译标准，提升轻小说的翻译水平。2017 年，小小说有 4 名译者、5 位校正和 1 个全职编辑。2019 年，网站又增加了一个编辑。小小说有 12 部翻译作品，其中 6 部韩国小说，6 部中国网络小说。这 6 部中国网络中小说 5 部为玄幻小说，包括天蚕土豆的《斗破苍穹》，风凌天下的《傲世九重天》，还有一部是天下归元的《扶摇皇后》。小小说设有原创栏目，每日浏览量为 5000 则阅读免费，但也接受捐赠。

仙侠法国（Xianxiafr）从其名称就能看出来是翻译中国仙侠类网络小说，但也翻译一些轻小说，网站由 Lestat 创建于 2016 年 4 月 16 日，后因工作繁忙，2017 年由中学生 Sehri 接管了网站。2017 年，仙侠法国与小小说、小说帝国同为法语翻译三大网站。仙侠法国其时拥有 24 部作品，其中 21 部中文网络小说，1 部韩国小说，1 部日本小说和 1 部原创小说。在 Sehri 的介绍中，我们得知网站有 12 位成员，平均年龄 27 岁，最小 16 岁，最大 54 岁，一半成员为学生。2017 年是仙侠法国的鼎盛时期，此后日渐衰落，目前，网站唯一的活跃成员就是 Sehri，她是管理员、译者、审阅三体合一。她非常喜欢唐家三少的《神印王座》，以一个星期更新两章的速度持续更新。除了《神印王座》，她还完成了两部短篇网络小说《拖了稿兮你要还》和《我家二爷》的翻译。仙侠法国是三家翻译网站唯一没有设置捐赠系统的，虽然有一些微薄的广告收入，但是均用于更新域名了。

白色小说网站创建于 2016 年 1 月 5 日，创建者 Blastaf 是特殊教育专业的大学生，也是业余翻译者，在他翻译的 11 部作品中，只有 1 部是中国网络小说，即心星逍遥的《混沌剑神》，其余均为日本轻小说。他本人除了喜欢仙侠类小说，还非常喜欢女频小说，比如萧七爷的《鬼王妖妃》，一世风流的《凤临天下》。

在访谈中，他介绍网站的 White 是由 Web 和 light 组合而成的，因为网站同时翻译网络小说和轻小说，所以如此命名。白色小说的创建灵感来源于英文网站 Novel updates，因此它实际上是个网络小说的索引网站。最初，白色小说需要自己去发掘翻译博客或者网站，并没有多少链接，随着其名气的增加，越来越多的个人翻译博客和翻译网站都主动将自己的链接发送给白色小说，2018 年网站汇总了 50 多家翻译小组的链接。如今，白色小说成了读者寻找法文版亚洲网络小说的最佳之地。但由于网站人员不足，只有一些最简单最基本的功能，并不像 novel updats 那么完善。

最后要介绍的是一家后起之秀 Chireads。Chireads 前身是一个由法国人创办的介绍中国文化的网站，2019 年与阅文集团合作，全面改版为中国网络小说翻译网站 Chireads，也成为法国唯一一个拥有中国网络小说版权的网站。2020 年，网站拥有 9 位译者，其中 8 位是法国人，1 位是中国留学生。他们均为业余译者，翻译《斗破苍穹》的 Yoda 曾经是编剧和制片人，Bard 是网站设计师，他的妻子是《放开那个女巫》的译者，身兼编剧、作家等数职。而两人 17 岁的女儿是网站最年轻的译者。其他的译者有的是喜爱玄幻文学的教授，有的是从事国际贸易的商人。

　　最初，网站的板块架构很简单，分类标准也比较混乱，甚至带有和网络小说无关的内容，比如古典小说《聊斋志异》和中国邮票故事。早期只有 5 位翻译者，网站对这 5 位翻译者也没有介绍。网站当时拥有 14 部国内非常有名的网络小说，包括猫腻的《择天记》，横扫天涯的《天道图书馆》，耳根的《一念永恒》，二目的《放开那女巫》，唐家三少的《斗罗大陆》和《光之子》，我吃西红柿的《盘龙》，耳根的《我欲封天》以及天蚕土豆的《斗破苍穹》。2019 年到 2020 年，网站整体开始按照起点国际的模式几经改版，首先推出了翻译者介绍，随后推出人工智能翻译 Babel AI，以提高翻译效率，最近又推出了人工校正 Babel checker，将人工智能翻译后的小说交给母语为法语的校正人员进行修改，以保证翻译的质量。如今，Chireads 几乎是国际起点的法语版，虽然没有国际起点那么大的规模和极其丰富的内容，但是 Chireads 在有版权、有速度、有质量的保证下，已经成为中国网文最大的法语译介平台。

论网络文学的性别文本和身体叙事

王金芝

广东省作家协会

网络文学经过近 30 年的发展，蔚为大观。经过媒介、资本和产业的塑形，在市场、平台和受众的角力下，网络文学的题材类型化、标签化特征愈来愈明显，故事消费促进类型创新，类型创新刺激故事消费，形成了新的文本类型和叙事方式。本文主要论述网络文学的性别文本和身体叙事特征。

一 性别文本

尼尔·波兹曼在《娱乐至死》中提到："某个文化中交流的媒介对这个文化精神重心和物质重心的形成有着决定性的影响。"①网络文学就是这样一种深受计算机和网络媒介影响的文学，它本身的特性除了文学性，还兼具网络传播媒介的特性。诞生于商品消费和视觉文化时代中的网络文学，能够和美国好莱坞、韩国电视剧、日本动漫成为世界四大文化奇观，其他三者都属于视觉（图像）文化商品，为什么作为文字产品的网络文学在视觉文化盛行的今天，还能够拥有数以亿计的读者呢？网络文学具有的网络媒介特征是重要原因之一。20 世纪中叶以来，电视机代替印刷机，成为影响大众文化最重要的媒介，人们越来越依赖于视觉和影像，消费观念和娱乐精神深入人心，并成

---

① 波兹曼：《娱乐至死》，章艳，译，广西师范大学出版社，2004 年版，第 11 页。

为大众文化的重要内容。电视机中所播放的节目、广告，也使人们关注的中心从图书、期刊和报纸的文字符号转向了图像和身体。身体受到了前所未有的关注，身体的自然特征（五官、姿态）及附属物（服饰、首饰），举手投足、一颦一笑，以身体本身来引导人们的七情六欲和消费冲动，身体成为娱乐大众的一种商品形式。20 世纪末计算机的使用和网络的兴起，又延续并加剧了这种现象。2017 年 6 月，有人在微博上发起话题，引发"好看的皮囊千篇一律，有趣的灵魂万里挑一。所以，我选择吴彦祖"的讨论。这个话题曾经一度引发社交媒体狂欢，这只是后现代消费时代肉体战胜灵魂大潮中的一朵小浪花而已。

由于网络文学的发表机制不同于期刊的发表机制，相对简单，作者只要抓住网络文学读者的胃口，就能被接受，作品就能大卖，从而获得安身立命甚至致富成名的机会。因此，庞大的网络文学作者群体以网络文学为职业，拥有对大众流行文化最敏感的神经，深谙网络文学读者的需求和所好，在文学网站商业机制的推波助澜下，更是将网络文学的商业性发挥得淋漓尽致。在商业性的推动下，网络文学类型很快进行了分化和细分，实际上就是对读者群体的阅读兴趣进行细分，每一个小众群体的喜好都得到重视，比如盗墓、侦探、穿越、二次元、纯爱等，但是由于网络文学的受众十分庞大，每个所谓的小众群体其实都拥有庞大数量的人群，在产业和商业的推动下，网络文学越来越类型化，网络类型小说成为网络文学的主流。由于网络文学对大众文化市场及读者趣味的敏感和敏锐，网络文学中充斥着大众文化中最流行的内容，并通过类型小说体现出来，形成网络文学类型的爆款，并反过来对大众流行文化产生深远的影响。2004 年"大陆新武侠"概念诞生，2006 年被称为"盗墓年"，2007 年被称为"穿越年"，此后的后宫、职场、游戏、修真等类型你方唱罢我登场，2015 年由于网络文学影视剧改编火爆，被称为"IP 元年"。在文化产业链中，网络文学处在链条的上游，并以网络文学 IP 的方式反哺游戏、漫画、影视、音乐及其周边。

马歇尔·麦克卢汉曾经断言："媒介即信息只不过是说：任何媒介（即人的任何延伸）对个人和社会的任何影响，都是由于新的尺度产生的；我们的

任何一种延伸（或曰任何一种新的技术），都要在我们的事务中引进一种新的
尺度。"①新媒介这一新尺度塑造了网络文学文本的新形态，根据市场和大众
的需求，小说类型化达到了极致，文本呈现出了性别区分的显著特征，即男
频（男生频道的简称，男频类别的网络类型小说主要阅读群体为男性，而男
生则从侧面体现了受众读者低龄化的特点）和女频（女生频道的简称，女频类
别的网络类型小说的主要阅读群体为女性）两个大的分类，两个分类又细分
出诸多类型。男频和女频分别映射和对应男性、女性的文学趣味、社会心理
和情感欲望，形成了网络文学男频文和女频文的基本格局。虽然新文学以来
的通俗文学也形成了男武侠女言情的基本态势，但是从来没有像网络文学这
样类型细化、性向明确及受众认可。② 网络文学不仅继承延续通俗文学的这
一传统，还在自身商业性的推动下形成了明确的男频和女频，使得网络类型
小说的文本具有了明显的性别特征。本文将这种现象称为网络文学的性别
文本。

根据站长之家③（chinaz. com）2018 年 9 月 16 日的统计，中国境内 PC
（personal computer，个人电脑）端中文文学网站共 1137 家，移动端中文文学
网站共 309 家。根据中文文学网站的内容经营区分，现在的中文文学网站内
容运营垂直细化，分类繁多，根据网络文学的题材区分，和传统文学相比，
甚至于和网络文学初期相比，中文文学网站和网络文学文本出现了一个十分
显著的特点：中文文学网站除了大量的综合性网站（即男频和女频兼具），还
细分出了专门的针对男性读者和女性读者的网站。比如起点中文网分别由
起点男生网和起点女生网组成，分别对应男性读者和女性读者。晋江文学
城、潇湘书院、红袖添香、云起书院、小说阅读网、蔷薇书院等几大网站则都
为女性文学网站。中文文学网站的垂直细分是和网络文学文本类型的性别

---

① 麦克卢汉：《理解媒介——论人的延伸》，何道宽，译，译林出版社，2011 年版，第 18 页。
② 这种分类也不是绝对的，不管作者和读者，都存在男性写女频文或女性写男频文，男性读女频文
或女性读男频文的现象。不管蝴蝶蓝同不同意，《全职高手》都拥有大量女性读者，并将《全职高
手》认定为女性向网文。男频作品《盗墓笔记》女性读者的接受也存在类似情况。
③ 站长之家：《小说网站排行榜》，2021 - 02 - 17，http：//top. chinaz. com/hangye/index _ yule _
xiaoshuo. html.

取向细分分不开的。

本文选取了以提供网络小说为主的 PC 端中文文学网站 60 家(数据统计截至 2018 年 9 月 27 日,在站长之家排名前百的 PC 端中文文学网站中选取)、移动端中文文学网站 30 家(数据统计截至 2018 年 9 月 27 日,在站长之家排名前 50 的移动端中文文学网站中选取)及移动端中文文学阅读 App 18 家(在手机应用商店下载)考察网络文学的类型细分和性别文本现象,而不将主要提供纸质出版电子书(例如恒言中文网、文章阅读网)或者网络文学社区交流(例如龙的天空、派派小说后花园),网络散文、诗歌类(例如美文网)PC 端、移动端中文文学网站和移动端中文文学 App 列入考察范围。

在网络文学由 PC 端向移动端发展的进程中,网络文学的题材分类的性别特征越来越明显,且在男频和女频大的分类下,小说类型标签越来越细致具体,越来越便于读者挑选适合自己阅读习惯和口味的题材类型。2021 年 2 月,CNNIC(中国互联网络信息中心)发布《第 47 次中国互联网络发展状况统计报告》,报告指出,截至 2020 年 12 月,我国网络文学用户规模达 4.60 亿,网民使用率达 46.5%。手机网络文学用户规模达 4.59 亿,网民使用率达 45.6%。[①] 手机网络文学用户占总体网络文学用户比例的 99.78%。网络文学用户已经基本向移动端迁移完毕,一方面反映了使用移动端网络用户持续增多,另一方面也反映了移动端中文文学网站及 App 的内容运营及分类契合了用户的需要和选择。综合考察 60 家 PC 端中文文学网站,其中综合(男频和女频皆有)网站 35 家,综合网站中以男性为主的网站 16 家,男性向网站 15 家,女性向网站 8 家,单独提供某一类型小说的网站 2 家。值得注意的是,这 60 家网站中只有 4 家网站没有明确男频和女频,而只是以小说类型分类。综合考察 30 家移动端中文文学网站,其中既有男频又有女频的网站 21 家,男性向网站 2 家,女性向网站 2 家,未明确男频女频的网站 5 家,这 5 家网站虽然没有明确男频女频,但以题材类型分类。综合考察 18 家移动端

---

① 中国互联网络信息中心:《第 47 次中国互联网络发展状况统计报告》,2021-02-17,http://www.cnnic.net.cn/hlwfzyj/hlwxzbg/.

App，全部以男频女频分类，一般在男频女频下面又分若干类型，每个类型下面都有更加具体细致的标签。以起点手机网为例，在女生的分类下有古代言情这个类型，古代言情这个类型下面又有"女尊王朝""古典架空""古代情缘""穿越奇情""宫闱宅斗""经商种田""西方时空""清穿民国""上古蛮荒""热血江湖"等标签，对该类型小说做出进一步的说明和界定，方便读者选择自己喜欢的类型。

通过以上分析，我们能够直观清晰地知道：首先，网络类型小说的类型多样，并且已经形成了固定的几大类型，比如男频中的玄幻、奇幻、武侠、仙侠、历史、军事、都市、修真、灵异、恐怖、网游、穿越、同人、二次元等；女频言情具体又分为古代、现代、穿越、宫斗、宅斗、纯爱、百合、种田等。虽然男频和女频中的类型名称可能是一样的，比如都是穿越，但是小说的主角、爽点和叙事动力完全不同，在这一点上，文本的性别特征尤其明显。其次，一些网络文学网站不仅提供类型小说文本，有的还增加了图片（视觉）、有声小说（听觉）、漫画和游戏，增加了文本的多重体验，加大了文本和读者之间的互动性，增强了读者的沉浸感。尽管网络类型小说的文本具有鲜明的性别取向，但是这种性别之分区别于传统小说里的女性小说对于男权中心主义的对抗和反叛，它摒弃了社会历史叙事和宏大政治叙事，放弃了历史和诗意，以敏锐的嗅觉和触感捕捉男女身体深处不同的爽点，让不同性别的读者在一个个乌托邦里切身体认饮食男女的世俗成功，从而获得最大程度的商业价值和人文关怀。

二　身体叙事

要论述身体叙事，首先要辨析"身体"一词。自从西方哲学上的"身体"被尼采发现，"我全是肉体，其他什么也不是；灵魂不过是指肉体方面的某物

而言罢了"①，此后的身体在哲学、美学、社会、文化、文学、艺术等学科领域
均被大量深入研究和提及，并且取得了丰硕的成果，以至于伊格尔顿说："当
代批评中的身体比滑铁卢战场上的尸体还要多。"②然而，中西方的身体观念
并不尽相同。在西方哲学史上，不管是柏拉图、笛卡尔的重灵魂轻身体，还
是尼采的重身体轻灵魂，再到康德、黑格尔、马克思、福柯，一直存在着身体
和灵魂的相互独立、对立、二分和辩证。而"身体"在中国传统思想中，儒家
身体观的特征是四种体的综摄体，它综摄了意识的主体、形气的主体、自然
的主体与文化的主体，这四体绵密地编织于身体主体之上。儒家理解的身体
主体只要一展现，它即含有意识的、形气的、自然的与文化的向度。这四体
互摄互入，形成一有机的共同体。可见，东方的身体和灵魂是有机统一的，
而西方的身体和灵魂一直处在二分状态，尽管黑格尔等人企图将二者辩证地
统一起来。中国以"形""神"对应西方的"肉""灵"。但此"形"和彼"肉"大
相径庭，在中国古代哲学和文学中，对"身体"的描述重传神而轻细致入微的
写实绘形，而西方哲学和文学则普遍偏重具体细致入微的写实。尽管20世
纪的身体研究如此繁盛，但是身体叙事的提出和兴起，却是20世纪后期的事
情。20世纪70年代中期，埃莱娜·西苏在《美杜莎的笑声》中提出了身体叙
事理论，但带有浓烈的女性主义色彩。2000年丹尼尔·潘戴发表《身体叙事
学》，并于2003年出版专著《叙事身体：建构叙事身体学》，才真正建构起了
身体叙事学。随着20世纪初的西学东渐，以及新文学运动以来文学和文学
批评的全面深入，中国现代文学中的身体叙事明显对西方的"身体"有了更深
的体悟和借鉴。以发端于20世纪的身体叙事去观望中国传统小说，由于中
西方身体文化差异，如果在理论上生硬套用，难免会有削足适履之感。

　　随着20世纪90年代以来的消费社会和身体娱乐的流行，身体成为消费
的重要内容，整形、美容、健身、化妆等产业的兴起，明星崇拜、选美、选秀、

---

① 尼采：《查拉图斯特拉如是说(详注本)》，钱春绮，译，生活·读书·新知三联书店，2007年版，
第31页。
② 特里·伊格尔顿：《历史中的政治、哲学、爱欲》，马海良，译，中国社会科学出版社，1999年版，
第199页。

时装秀等大众文化的蓬勃，也带来了小鲜肉、小花、颜值等概念的泛滥，身体及其周边消费在社会生活中所占的份额越来越多，人们在消费的浪潮中，只能在商家制造的"双十一"之类购物狂欢中过节。这种身体消费文化对文学产生了极其重要的影响。在主流文学方面，林白的《一个人的战争》、陈染的《私人生活》、卫慧的《上海宝贝》、绵绵的《糖》等相继问世，在文坛上掀起了身体题材之风，以女性之视角，发挥肉体描述之能事，这种肉体狂欢甚至达到了令人侧目的程度。在诗歌领域兴起了"下半身写作"，贴着肉感写作，笔触之大胆露骨，令人咋舌。主流文学的这种身体叙事，更多的是集中于肉体的袒露和陈列，张扬女性身体或者肉欲的狂欢，以肉体之偏代替身体之全，甚至极端地将肉体和灵魂不自觉地对立起来，这是其鲜明的特点。

彼得·布鲁克斯认为身体是现代小说、绘画等艺术形式推动叙事展开的动力，叙事就是身体的符号化过程，而身体是通往满足、力量和意义的钥匙。[①] 米歇尔·福柯则认为身体是乌托邦的身体，"它奔跑，它行动，它活着，它欲望"[②]，巨大而无节制，可以吞噬空间并主宰世界，可以和一种秘密权力和不可见之力量交流。身体是世界的零点和中心。考察网络类型小说里的身体，则恰恰是如福柯所言的乌托邦身体，也如布鲁克斯所言，是推动叙事展开的动力。

(一)欲望身体：女频类型小说的欲望城堡

女频言情中有一种类型文叫"霸道文"，即"霸道总裁爱上我"的套路文。"霸道文"的套路和精髓在于，不管女主角是什么出身、职业或者长相，男主角必须是"霸道总裁"，并且不管霸道总裁做什么行业，标配必须是多金、帅气，深情且只对女主深情。网络作家叶非夜曾经创下单日销售15.6万元纪录，人气超高，被称为"言情天后"，曾经有人戏言，她创作了10部作品，迄今共计887万字，每部作品看起来都一样，似乎每部作品之间最大的区别就

---

① 彼得·布鲁克斯：《身体活 现代叙述中的欲望对象》，朱生坚，译，新星出版社，2005年版，第9-10页。

② 米歇尔·福柯：《声名狼藉者的生活》，汪民安，编，北京大学出版社，2016年版，第191页。

是男女主角名字的不同。既然如此，女性读者为什么还沉迷其中不能自拔呢？叶非夜所有作品类型都是现代言情，除了《小镇情缘》，其他9部作品（《时光和你都很美》《亿万星辰不及你》《那时喜欢你》《傲娇男神住我家：99次说爱你》《国民老公带回家》《致我最爱的你》《亿万逐爱》《亿万继承者的独家妻：爱住不放》《爱你，是我的地老天荒》）的标签都是"豪门"，都是顶配的"霸道文"。在这类言情里，光从小说名就可以看出来，男主是金钱和权力的化身，而女主则是集万千宠爱于一身。叶非夜们用金钱和男色建筑了一座爱情之城，这座城里面只有一种信仰，那就是拥有万千身价，既有钱又有颜，坐拥亿万身家总裁只对女主一个人用情至深、至死不渝，这是一座关乎爱情的欲望城堡。而十分有意味的是，"霸道文"的开篇通常从一场"性爱"开始。男主和女主阴差阳错，或被人算计、或醉酒、或遭出卖，林林总总，最后的结果就是女主和男主滚了床单，男主便认定了女主的身体，因为只有这一具身体能够和他匹配，让他获得幸福。此后男主就开展了对女主"虐几章甜几章"的追求情节（有时表现为女追男）。这里的身体显然是欲望肉体，是关乎性别、性爱及性心理的身体。弗洛伊德的精神分析曾经指出，身体的欲望和快感是艺术生产的动力。但是仅仅把"霸道文"看成欲望肉体也难免以偏概全。如果仅仅存在感官的性爱的肉体，那么女频只会陷入"小黄文"这条死胡同里。在这个关乎爱情的乌托邦里，所有的肉体都会升华为一个寻爱的精神之旅。也就是说，现代言情里面的灵和肉是同构的，所有的"盛世美颜""权力滔天""富可敌国"，都只是对于"富贵不能淫""坚定永不移"之爱情的陪衬。或者说，女性读者在"霸道文"里享受的就是一种"万千宠爱集于一身"的感情之旅。

女频"宫斗""宅斗""商战""重生""穿越"类型小说看似充满着计谋和政治的硝烟，但是女主角们的争斗总是被这样设置：她只是一个单纯善良聪明的少女，在风声鹤唳的后宫、内宅、商场，或是迫于自保，或是为了保护家人，或是为了挽救家族企业，或是为了复仇，或是前世姻缘，不得不参与到这些阴险狡诈的斗争旋涡中来，并在争斗过程中收获一段真情，这分别是《后宫·甄嬛传》（流潋紫）、《知否，知否，应是绿肥红瘦》（关心则乱）、《裂锦》(匪我思存)、《庶女有毒》(秦简)和《步步惊心》(桐华)等作品的叙事线索。而修真、玄幻、科幻、悬疑、侦探、灵异、娱乐、种田等女频类型网文在背景设置上别开生面,但是所有的类型背景都只是为"言情"提供新鲜的背景板,《花千骨》(fresh 果果)里花千骨不管得道或是堕魔,心心念念的只不过是师傅白子画,推动故事情节发展的并不是"打怪升级",而是花千骨的感情线;《散落星河的记忆》(桐华)在科幻的背景下,不断呈现星际大战、人种毁灭、生命追问,而这些关乎浩瀚星际和物种毁灭的大命题只不过是洛寻和千旭爱情的小陪衬;丁墨的探案系列言情小说,比如《他来了,请闭眼》《美人为馅》《如果蜗牛有爱情》《他来了请闭眼》等,在紧张悬疑的探案氛围中,着意刻画的也是女主角和男主角的爱情线……

在女频作者的笔下,不管小说的人物形象拥有怎样的背景,怎样超强的能力,抑或怎样纤弱不堪,内心最缺乏最渴望的都是一段爱情。甚至在很多小说里,为了刻画描绘爱情,其他感情甚至逻辑都经不起推敲,比如《何以笙箫默》(顾漫)里的赵默笙从小得不到妈妈的爱,原因竟然是父母失和,赵默笙父亲自杀后,作者宁肯安排赵默笙出国,托付给友人,而其母离群索居,对只身在国外的赵默笙不闻不问,置之不理。或许这种叙事安排只是为了凸显何以琛对赵默笙的等待和痴情,但这种家庭关系显然不合现实逻辑。女频类型小说总体上言情居多,且将爱情安置于一个精美的城堡里,不管八面来风,"情"自岿然不动,而在这场爱情的角逐里,女主角获胜的最终法宝是她独一无二的身体。这种文本契合了女性读者对于爱情的渴望心理,把在平庸的现实里不可能得到的"倾国倾城之恋",寄托在言情类型小说的身体叙事之中。

(二)权力身体:男频类型小说的权力世界

网络文学在资本的裹挟下,将文学商品化,对男性和女性因为性别不同而客观存在的阅读快感和阅读需求加以细致区分,以一个个具体的类型和标签对应每一个有需求的人群,来获取文学作为一个商品的最大效益。男性读者的阅读爽点自然不同于女性读者的纯粹情感诉求。男频类型小说中的身体叙事与女频类型小说中的身体叙事有着不一样的景观。

1. 物质化身体

在男频类型小说中，身体在叙事中表现出更重要的意义。区分男频和女频最重要的标志有两个，一个是阅读群体的划分，男频的读者绝大部分是男性，而女频的读者绝大部分是女性；另一个是类型小说主角的区分，男频类型小说的主角一定是男主角，通常情况下，故事的发生、开展都是伴随着男主角的经历而组织展开的，而女频的主角则为女主角。

男频类型小说架构恢宏，动辄数百万字，为了叙事的方便，男频类型小说通用且好用的叙事方法是"打怪升级"，男主角一出场注定是一个草根和无名小卒，其自然身体孱弱不堪，这样的开场造成了身体叙事的张力：自然身体的孱弱和所处世界的弱肉强食形成了对抗和张力。随后，故事的线索和推进变得清晰明朗起来，"打怪升级"成为必经之途。"打怪升级"的过程其实就是自然身体物质化的过程。天蚕土豆《斗破苍穹》的开篇就是如此，男主角萧炎身为斗气大陆萧氏家族族长之子，仅处在斗之力三段，受尽家族兄弟姐妹的嘲笑，更受到未婚妻的看低而遭退婚，萧炎想让自身实力提升、不让父亲失望、反击周边的嘲笑，只能开始其自然身体物质化的过程。这个过程身体全程参与其中，承担着推动叙事的重要功能。自然身体的物质化，在男频的修真、玄幻、都市、游戏等类型中被广泛应用，通常表现为男主角借助外物(天材地宝、秘籍、灵药等)加强自身实力，使自然身体物质化。这个叙事的过程是身体和外部世界的交流和冒险，也是身体对外部世界的窥探和认知，更是外部世界对身体自身的滋养、补允、壮大甚至是反噬，这个进程充满着冒险和刺激，使得文本故事充满悬念和趣味。

2. 虚构性身体

男频类型小说里的身体，可以九死一生，可以百折不弯，可以上天入地，可以千变万化，和现实身体形成强烈对比和反差。男频类型小说偏重幻想，需要建构新的"世界观"。架空的新世界是否宏大和自洽，决定着故事的建制和篇幅。和虚构的世界相对应，网络作家也对身体进行了虚构，且这种虚构是一种对身体的宏大想象，恰如福柯所言，"一个巨大而无节制的身体可以吞噬空间并主宰世界"①。男频玄幻类型尤其能体现这一点。《将夜》(猫腻)的世界观是一个由昊天统治的世界,在人间世,存在着四大势力,即唐朝书院、道门、佛宗和魔宗,昊天和人间世既是统治和被统治的关系,又存在着冲突和杀伐。男主角宁缺从一个普通士兵,在机缘巧合和自己的修炼中,敢于与昊天斗,保卫人世间的世俗安乐。最后昊天化成了天上的太阳,而夫子变成了夜晚的月亮。这是一个与天斗其乐无穷的故事,在这样的幻想世界里,猫腻在故事中赋予人以无穷的力量,可以保卫家国,抗击巨大的四大势力,甚至能娶到无情强大的昊天,用人间烟火感化昊天。力量强大的昊天和夫子都拥有巨大的身体,昊天可以变成宁缺的侍女桑桑,也可以遮天蔽日,充塞天地;而夫子既可以是书院的吃货老头,也可以有好几层楼那么高,还可以与昊天相斗,成为月亮。

3.同构性身体

男频类型小说所建构的世界,是通过身体的逐步修炼才能发现的,也就是说,身体是进入这个世界的通行证,身体也是这个世界的一部分,二者具有同构性的关系。身体与所建构世界的同构性体现在,身体的修炼和拓展,可以打通和连接世界,与世界交流和融合。《神偷化身》是蚕茧里的牛的一部游戏类型小说,男主角周健原本只是一个普通的大学新生,成绩普通,酷爱玩《神魔》游戏。他惊异地发现自己的身体拥有游戏世界里的技能和属性,并且能在现实世界里使用,于是开始了他开挂的人生。《神魔》游戏世界有一种药水,周健在现实世界竟然也能使用和救命。在这里,周健的身体和游戏世界是同构的,具有同样的属性和特性。在蚕茧里的牛的另一部作品《武极天下》中,男主角林铭潜心追求武道,引真元淬体,一重练力,二重练肉,三重练脏,四重易筋,五重锻骨,六重凝脉。武道世界的每一重都对应着练武者身体的一重修炼状态,在改造身体的进程中得以窥见对应的武学世界,而叙事的动力就在于更高境界对于武者的吸引。而这种身体和外在世界一一对应的关系,在男频类型小说里比比皆是,不胜枚举。

---

① 米歇尔·福柯:《声名狼藉者的生活》,汪民安,编,北京大学出版社,2016年版,第192页。

男频类型小说以男性幻想世界，以物质化身体、虚构性身体、同构性身体建构一个宏大的权力世界。这个世界是一个想象的空间，它能满足男性尤其社会底层的男性关于成功和获取权力的一切幻想，当凡俗肉胎彷徨不安，处于贫弱可欺的位置，处于这种境地的很多人幻想着反转人生，有机会获得秘密的权力和巨大的力量，而男频网络类型小说就是获取这种权力和力量的金手指。

三　结语

网络类型小说在消费文化的大潮中，在视觉和图像文化的冲击和裹挟下，精细区分各种类型，以性别文本的形态，满足不同性别人群的身体欲望想象和身体权力表达，形成了一道不同寻常的文学景观，这也是网络类型小说的文化根源和文学特质决定的。但是，网络类型小说的身体叙事，一方面塑造了无数的精致欲望城堡和完美权力世界，创造了不容小觑的商业成绩，形成了庞大的故事消费大潮；另一方面，这种屈从于商业和消费的文本性别特征，也造成了网络类型小说对现实的疏离和隔膜，对历史和诗意叙事的规避和缺乏，造成了文学性和美学性不够深入的后果。从属于大众文化和娱乐的网络文学，不仅要提供欲望身体和权力身体，更应该在道德身体和灵魂身体上发力，在商业性的基础上，注入文学之魂之力，成就更多的经典作品。

跨文化传播下网络文艺实现民族自信
与文化突围的优势、问题与路径选择

付慧青

中南大学文学与新闻传播学院

依托于媒介技术优势而生的网络文艺，在诞生之初就比传统文艺具有了更多的"超文化"基因与全球化内质，这使得网络文艺在跨文化语境下比传统文艺具有了更强劲的生命力与生长力。如何将中国价值纳入对超文化的构建之中，在超文化的时代背景下，强化中国价值引领，扩大中国文化的国际影响力。基于这一价值思考，习近平总书记对我国的文艺创作提出了"走出去"的战略要求，"要向世界宣传推介我国优秀文化艺术，让国外民众在审美过程中感受魅力，加深对中华文化的认识和理解"[①]。无论是对于"超文化"概念的理想构建还是对于文艺创作的跨文化传播，都在表明跨文化语境下的文艺的海外传播是我国文艺创作与发展的必然选择。作为当代文艺代表，网络文艺在跨文化背景下实现民族自信与文化突围的优势、问题及路径选择也应成为网络文艺创作与发展的题中之义。

一　网络文艺的媒介优势与"超文化"属性

文化软实力是一个国家基于本民族的文化而具有的凝聚力与生命力的集中体现，是关系到我国在世界文化格局中定位的关键力量。当代中国价值

---

① 习近平：《在文艺工作座谈会上的讲话》，《人民日报》，2015 年 10 月 15 日。

就是中国特色社会主义核心价值观，代表了中国先进文化的前进方向。提高我国文化软实力的一条重要途径就是"讲好中国故事"，这不仅是文艺创作的要求，也是文艺传播的使命。在文艺创作这一维，需要文艺创作者在文艺创作以及内容生产的过程中注重对中国价值进行提炼和阐释，从中华民族的悠久历史与灿烂文明中，从国家发展的伟大成就与中国时代经验中提炼素材、汲取力量，并将其与文艺形式及文艺内容进行有机融合，把当代中国价值贯穿文艺创作与文艺海外传播的方方面面，增强讲好中国故事的底色与底气。要把中国梦的宣传阐释与当代中国价值紧密结合起来，努力使那些承载着中国梦的中国文艺、那些传承着中华优秀文化基因的中国文艺、那些能够展现中华审美风范的中国文艺，成为在跨文化语境下传播当代中国价值的载体。而在文艺海外传播这一维，其使命就在于将这些具有中国价值、继承着中国文化基因、承载着中国梦并展现着中国审美风范的优秀的网络文艺传播到世界的各个地方，让中国文艺走向世界的同时也让世界走进中国文艺，让世界各民族人民了解中国文艺、喜爱中国文艺，并以此构建中国在世界文化格局中的话语权与重要地位。尽管我国的经济实现了突飞猛进的发展，成为世界上第二大经济体，中华文化的国际影响力与话语权也大大提升，但是就目前的国际文化格局与舆论格局来看依旧呈现出明显的西强我弱的局面，我们在很多方面还不具有有效性的话语权，还未建立起一套具有中国特色与世界影响力的对话话语体系，甚至在文化事务等方面还处于一种失语的状态。若想中国文化在海外影响力进一步提高、中国国家话语权进一步提升，则需要构建一套完整的、具有民族特色与人类共通性的对话话语体系，也就是说，要创新对话话语表达的方式。文艺创作无论是在题材的选择上还是主题的表达上，都需要将那些能够唤起人类共情点的原型或是母题作为文艺创作的主要内容，选择那些能够让海外受众看得懂、听得进的文艺形式来阐释中国实践与中国经验，用中国优秀网络文艺来升华中国力量，进而增强我国文艺对话话语的感染力与影响力，传播中华文化，增强文化自信。

"文化的本质是伦理，其最后的成果则是优雅人性和高尚道德人格境界的养成。文化担负着塑造国家形象和国家信仰、接续民族精神血脉等多重重大使命。"①随着文化越来越朝着文化全球化和文化多元化方向发展，"超文化"理念也应运而生，以此来对抗不同民族之间的文化偏见与文化壁垒，消除对不同文化的二元式理解，成为一种在新的历史背景下对文化尊重与文化多元的新的价值思考。习近平总书记提出了"人类命运共同体"这一全球性视角与人文主义情怀的新主张。现在的融媒体语境也为全球各民族提供了一种可以跨越时间与空间的限制、跨越民族与文化的壁垒的媒介平台，让不同文化、不同文明形成了一种跨时空、跨民族的交流、对话、互鉴与融合的"网络命运共同体"。从"人类命运共同体"到"文明命运共同体"再到现在的"网络命运共同体"，人类在不同的时代阶段下理念不断地更新。这是对人类生存际遇的理性认知，也是对未来人类发展的美好憧憬。相较"人类命运共同体"和"文明命运共同体"，"网络命运共同体"的不同就在于它的受众指向主要是以网民为表征的青年群体。"网络命运共同体"不仅是一种新的理念、新的视域，也是一种新的文明交流场域。不同的民族文化、不同的文艺思想在这一场域下，文化与文艺以一种数据的形式、以一种经验的形式，抑或以一种想象共同体的形式，实现着跨文化的流动、融合与发展。就此意义而言，"网络命运共同体"这一时代趋势也为我国网络文艺出海从"海外传播"走向"全球圈粉"，为我国网络文艺的全球化文化战略提供了一种可实施的路径选择与理念支撑。美国学者詹姆斯·罗尔（James Lull）在其著名代表作《媒介、传播、文化：一个全球性的途径》中，将"超文化"放在新的文化背景与时代发展要求下，赋予了"超文化"以新的时代释义。詹姆斯·罗尔认为"超文化"的内涵应该涵盖以下六个方面：广泛的价值观念、国际资源、文明、国家文化、地区文化和日常生活。可以说，詹姆斯·罗尔对超文化的理解也为现在的文艺创作提出了新的要求，即文艺作品要具有跨地域、跨民族、跨文化的内在价值属性，换言之，只有具有超文化特性的文艺作品才有在跨文化语境下实现成功传播的可能。

---

① 袁祖社：《文化本质的"伦理证成"使命与精神生活的道德价值逻辑》，《道德与文明》，2011年第4期，第9-13页。

2018 年，为了让具有中国风格的文艺作品成功"走出去"，我国越来越多的互联网产业专注于内容 IP 的打造与提升上，让我国的数字文化形成广泛出海的局面。与此同时，这些实践也取得了不俗的成绩，我国的网剧网综成功打开海外市场，国漫、网游在原有的粉丝群的基础上也在不断扩大中国文化对于动漫、游戏的渗透，这些努力一方面打破了西方社会对于中国文化以及中国文艺作品的刻板印象与东方想象，另一方面中国文化借助网络文艺的跨文化传播也在很大程度上推动了国际文化的融合与重组。在海外传播的表现上，网络文艺为我们所递交的那一张张傲人成绩单就足以说明，网络文艺不仅成功出海，而且已成为塑造国家海外形象的重要力量。

安东尼·布莱尔（Anthony Blair）认为："相对于语言文字的话语建构效果而言，图像在与受众的心理互动中更具备'意义生产者'的劝服力量"①。在融媒体环境下成长起来的网络文艺在视觉符号的选择与呈现上则更具感染力与说服效果，网络文艺成为跨文化传播下建构国家文化形象的重要载体。加之其得天独厚的网络优势，"中国性"的网络文艺正呈现出它的"世界性"特征，可见，网络文艺在海外国家形象构建力方面发挥了不可替代的作用。2019 年 9 月，在杭州召开的以"网络文艺的中国形象"为主题的"西湖论坛"，其中就分析了网络文艺跨文化传播下对于国家文化形象构建的重要作用以及面临的机遇与挑战。近几年，在融媒体等媒介的驱动下，在国家政策的大力扶持下，我国的网络文艺获得了井喷式发展，网络文艺能指的丰富性促进着网络文化的多样与繁荣。如今的网络文艺作为一种新兴的艺术形态不仅潜移默化地影响着现代社会下人们的生活和思维方式，而且也建构着个体对于国家文化形象的认知，与此同时也关系到国家海外话语权与国家文化形象的传播。"不经意间，中国网络文学的魅力已经散播到全世界，尤其是在没有政府和资本护航的情况下，经由粉丝渠道在网络亚文化空间安营扎寨，进入了国外粉丝的日常生活，这确实是前所未有的。""网络文学在海外

---

① Blair J. A, The rhetoric of visual arguents. Lawrence Erlbaum Associates, Inc, p. 59.

产生的影响，极大提振了我们的文化自信"①，北京大学教授邵燕君在"西湖论坛"上如是说。

国家文化形象是个体在头脑中对国家总体形象的一种文化认知图式，但一个国家的文化形象不是一个抽象的概念，而是立足于本土文化由最具该国民族特色的符号及元素构成，在文艺作品中，一个国家的文化形象则以一种具象化、形象化的形式呈现。文化自信在习近平文艺思想中占据重要地位，习近平总书记曾旗帜鲜明地提出文艺创作应"坚定文化自信，推动社会主义文化繁荣兴盛"，文化自信是一个国家、一个民族发展中更基本、更深沉、更持久的力量。文化自信不只是文艺创作的要求，更是中国文艺海外传播的应有之义。坚定文化自信，将代表中国文化形象的文艺作品真正走出国门。文化自信的力量来源必须从中国本土的优秀民族文化与传统文化中汲取。坚守自己传统文化，要用自信的心态看待本民族的传统文化。于是，对于中华传统文化的理解和把握，也成为网络文艺在跨文化传播语境下构建国家文化形象的重要维度。

对于网络文艺在海外传播中的国家文化建构力，我国学者陆绍阳曾这样评价道："网络文艺的发展前景，远远超出我们的想象。从世界的角度看，当代中国文艺实现弯道超车，很可能会从网络小说、网络文艺开始。"②

第一，中国的网络文艺在跨文化传播中具有强大的青年文化感召力。《白皮书》显示，海外网络文学的受众以学生为主体，比例为 52.9%。对于年轻的"网生代"而言，相比于传统文艺中文化形象符号的政治倾向与说教意味而言，网络文艺则属于"低语境"话语体系的一类。网络文艺诉诸生动鲜活的视觉符号，以当代青年共同的文化想象为基础，以共鸣性话题为切入口，与网络时代世界青年的文化交流的习惯相契合实现与海外青年群体的"经验融合"，如此海外的青年才能够以一种积极阅读式的姿态认可中国网络文艺背

---

① 北京大学教授邵燕君在"西湖论坛"上的讲话，"西湖论坛｜全球媒介革命视野下的中国网络文学"，2020-07-04，https：//zj. zjol. com. cn/news/665511. html.

② 北京大学新闻传播学院院长陆绍阳在"西湖论坛"上的讲话，"西湖论坛｜全球媒介革命视野下的中国网络文学"，2020-07-04，https：//zj. zjol. com. cn/news/665511. html.

后中所蕴含的关于中国文化及国家形象的符号，从而更有利于中国文化与海外青年的群体互动，最终建构起对中国国家文化形象的认知与认同。

第二，我国网络文艺的四个"加快"与主流化转型，有效提高了对于国家文化形象的构建力。我国网络文艺的四个加快分别为："加快了我们走向世界的步伐，加快了它成为支柱型产业的可能性，加快了文艺作品原创的速度，加快了文艺大众化的步伐。"网络文学的海外传播虽然多以玄幻、武侠、仙侠等题材为主，但是在这些以虚拟想象等修辞符号为主的网络小说中，也存在着现实指向也是"用幻想的镜子曲折地反映现实"①，固然也存在大量关乎中国文化形象的"现实想象"。例如，在海外阅读平台 Wuxia World 颇受欢迎的《仙逆》这部网络小说，虽然属于仙侠题材，但是作品所刻画的主人公身上所流露出的心怀天下、乐善好施的优秀品格，彰显出中国古代文人特有的"魏晋风骨"式的人格精神与中华民族不媚权贵、豁达超然的民族精神；又如在 Gravity Tales 收获大批粉丝的玄幻题材作品《斗破苍穹》，将儒家文化与中庸思想揉入故事叙事之中；另一部玄幻小说《择天记》则通过一名少年的成长历程展现出"天行健，君子以自强不息；地势坤，君子以厚德载物"的中华精神；等等。诸如这些渗透着民族形象、民族价值观的内容情节与文化符号都有利于海外受众对中国国家文化形象的感知与认同。除此之外，近几年网络文学、网络游戏、网络动漫在内容生产上开始与传统文化结合并出现了主流化转向。其中最明显的表现就是网络文学开始从个人叙事、情感叙事、游戏叙事转向具有家国情怀的现实主义宏大叙事，有效提高了网络文艺在海外对于国家文化形象的构建力。

第三，跨文化、跨媒体是建构海外国家文化形象的必由之路。随着网络文艺的快速发展与其海外影响力的不断扩大，文化数字化与互联网+国粹已经成为融媒体时代下我国的战略基础设施工程的重要组成部分，同时也是在融媒体时代下我国在海外市场争夺文化话语权的战略性举措。与此同时，我

---

① 陈鲁：《谈谈网络文学的几个问题：写在鲁迅文学院网络作家高级研修班结业之际》，《光明日报》，2015 年 1 月 29 日。

国网络文艺的成功出海也是在新时代、新语境下对中华优秀传统文化的创造性转化和创新性发展的积极探索。在"图像时代"，图像符号、视觉符号较文字而言属于"低语境"话语体系，在直观化、具象化地展示国家文化形象方面具有更大的优势，更易于使不同文化背景的受众达成文化共识。如名为《中国经济真功夫》的短视频，将中国经济与中国功夫类比呈现，展现出我国文明的、负责任的大国形象，其中众多带有中国传统文化元素与民族元素的文化符号也向世界呈现出一个具有悠久历史与灿烂文明的文化国家形象。

第四，网络文艺以连接亿万"小人物"的故事，诉诸"人类命运共同体"式的情感共鸣，展现真实、立体、全面的中国文化形象。网络文艺的出现打破了传统精英—大众、生产者—消费者边界，在中国作家协会网络文学研究院副院长肖惊鸿看来，"没有哪一个时代能像今天的中国一样众人书写中国故事，在这个故事中，我们同呼吸、共命运"①。网络文艺以平民视角，小人物个体叙事，"怀揣中国心，以全人类视野与世界共生互动""将中国式的表达方式与世界性的话语体系进行对接和适度转化，有机融合中国内核与世界表情"。这就要求网文创作者应积极发掘中外受众需求的共振点，诉诸幽默来提高"解码共通性"，以小见大地传播中国国家文化形象。此举不仅有助于提升中国文化在世界范围内的认知度和接纳度，扭转国际传播中的文化逆差，还可进一步消融"锐实力"政治偏见与文化误读，继而有利于在海外展现一个真实、立体、全面的中国国家文化形象。2018 年，腾讯视频与隶属国务院新闻办公室的五洲传播中心联合制作的两部展现中国传统习俗和文化的纪录片《佳节》和《敦煌：沙漠中的奇迹》，分别在国家地理频道和 BBC 等海外频道播出，吸引了众多海外观众来了解中华传统文化。五洲传播中心携手优酷联合策划出品了聚焦手工艺人与文化传承的系列纪录片《了不起的匠人》，通过"中华之美海外传播计划"进行中国国家文化形象的国际传播。2020 年，突如其来的新冠疫情让本来喜庆欢乐的春节被疫情所带来的紧张与恐慌情

---

① 中国作家协会网络文学研究院副院长肖惊鸿在"西湖论坛"上的讲话，"西湖论坛｜全球媒介革命视野下的中国网络文学"，2020-07-04，https：//zj.zjol.com.cn/news/665511.html.

绪所笼罩。有个美国小哥讲脱口秀的视频火了。美国脱口秀演员艾杰西（Jesse Appell）以脱口秀的形式在美国向美国民众展示了在抖音看到的中国人"花样"抗疫神操作——与马路上的车辆合演贪吃蛇，顶着水桶披着床单的"舞狮"，隔离在家也要组团"旅游"……充分体现了中国人宅家抗疫的乐观精神。国家文化形象构建不应只是上层建筑方面，中国精神、中国风格亦是彰显国家文化形象的重要方面。正如艾杰西所说，"这些人身处于难以想象的糟糕境地，却能想办法维持着幽默感，并渡过难关"。我国的短视频以全民传播瓦解话语霸权，诉诸"人类命运共同体"式的情感共鸣，让更多国外受众能够看到文明美丽、和谐包容的中国，也让更多国外受众能够通过转发、点赞等方式参与到我国国家形象的传播中。

第五，网络文艺重构了"意识形态"庞大的新舆论场域。网络文艺通过融媒体等媒介重塑时代语境和场域，颠覆了人们对传统文艺的认知与感受，建构了人们对于网络新的社会场景的全新体验，成为新时代、新语境下的文化传播载体，成为网络内外互动、国内外联动"讲述中国故事、传播中国声音、阐释中国特色"，在跨文化传播中争夺文化话语权与重建国家文化形象的前沿阵地。尤其是网络文艺"在大众文化消费、国民阅读和青少年成长教育中的巨大的作用和影响力，使得网络文艺已经成为重建国民意识形态体系、重构社会主流价值观念、重塑文化软实力，特别是重建中国青少年的自我意识、文化建构和族群/国家与民族认同的重要路径"[①]。无论是好莱坞大片还是日本动漫，作为一种文化产品，都不可避免地将本民族的价值观与文化传统进行艺术包装，与其说是一种文化输出，实则是以隐秘的形式在全世界进行意识形态输出。例如以日本动漫大师宫崎骏的一系列动漫作品，无论是《龙猫》《千与千寻》，还是近期的《哈尔的移动城堡》等作品，宫崎骏在作品中总会贯穿着带有日本民族色彩的文化意象符号，流淌着大和民族式的审美趣味。比如动漫《龙猫》中的"龙猫"，这个体型庞大、憨态可掬的动漫形象就

---

① 庄庸:《中国网络文艺：下一个伟大时代的入口？中国网络文艺词典开篇词》，《网络文艺日报》2017年6月6日。

是经过文化与意识形态编码后的形象符号。因为在日本文化和宗教信仰中，猫被视为灵性之物，日本文化学家直江广治在《日本文化史词典》中就有提到，日本这种"神佛共奉"猫的现象，显示出猫在诸神之间的跨越性特征，它已经成为一种代表"财源"和"情缘"的文化符号。所以动漫《龙猫》中，"龙猫"这个动漫形象就带有日本文化中"猫"的指向性。因此动漫中形象的整体架构是以文化意识和社会意识为填充的符号，更是透过所指而指向更深层意义的意指符号。宫崎骏还曾直言不讳地说，澄清的小河、森林、田地，住在其中的人、鸟、兽、昆虫，夏天的闷热、大雨，突然刮起的劲风，恐怖的黑夜……这些东西全显出日本的美态。"网络动漫是一项综合人文精神、意识形态和工业水平的艺术形式"①，在海外传播的网络动漫应更注意对其进行文化与意识形态的编码，担起实现国家意识形态的柔性传播与扩大国家文化形象影响力的功能。

二　偏离传统美学下的艺术编码与外来文化浸染下的文化误认

　　融媒体语境与消费时代让文艺生存环境发生了巨大改变，文艺形态也发生了显著变化，传统的创作思维、批评范式不仅面临着前所未有的挑战，传统文艺美学也面临着"失语"的危险。作为一种中国文艺、中国文化对外传播、对外交流的文化载体，讲好中国故事、传播中国文化是网络文艺"出海"的内在要求与历史使命。当一种文艺走向海外，文艺的形式、内容就带有了很强的民族色彩，海外受众对于"出海网文"的消费就不仅仅是对文艺本身内容的审美消费，更重要的是对文艺内容所内射出的文化内质的消费。对于跨文化语境下的网络文艺创作来说，一部文艺的"好看"不应只停留在内容本身，而应与本民族的历史文化与民族精神进行有机的嫁接与融合并使其艺术形式具有文化透视的功能。基于网络文化而生长的网络文艺，使得网络文化

① 李海燕：《动漫文化与国家形象建构》，《电影评介》，2006 年第 22 期，第 15—16 页。

成为最初网络文艺创作者找寻创作的"精神原乡"。于是，在我国很多网络文艺作品中从语言、叙事到人物、主题都能管窥到日本二次元文化的影子。在日本二次元文化的浸染下，我国的网络文艺创作也从被动影响、主动模仿逐渐走向了创作上的无意识。可以说，日本的二次元文化就像是生长于网络文艺文本内部的一个幽灵，在此之下的网络文艺创作也从对日本文化的"形仿"走向"习神"。基于此，网络文艺创作者应警惕网文创作从"文化浸染"走向"文化崇拜"的危险。

除了日本二次元文化这一"文化幽灵"，很多的网络文艺作品中都能管窥到日本文化对于我国文艺创作的文化浸染。灯笼作为象征中国传统节日的文化意象，是一种带有强烈民族色彩的文化符号。中国传统的灯笼骨架是斜向或纵向交叉的，而古装网剧《清平乐》和《长安十二时辰》中的灯笼采用的则是横向横纹骨架的日式灯笼；再如古装网剧《今夕何夕》，剧中长襟拖地、飘逸仙气的唐风服饰为本剧的视觉效果呈现增色不少，但实际上却是"唐风"非唐，真正长衣及地的"唐风"服饰是裙子及地而非袍子及地，像剧中服装的飘逸感多半是由多片细方片散开营造，但实际上这种上身侧面开衩的古代服饰是日本的狩衣；再如当前很多动漫在女性服饰的设计中喜欢将一条类似于振袖的方形袖子挂在手上，很多观众将这种服装认定为汉服的特点，而实际上汉服袖性是宽而阔的梯形设计，这种细条状的方形袖子可归于日本和风元素。这种以"传统文化""民族故事"标榜的古装历史剧俨然已成为一种夹带外来文化私货而不自知的文艺创作、一种骗取国人民族情怀而为外来文化"做嫁衣"的文化误认行为。部分网络文艺工作者用"伪传统""伪民族"这样的艺术创作，来掩盖真正的中国本民族的原生文化。文化浸染与文化无知所带来的文艺创作中的文化误认，上演了一出又一出的文化闹剧。近几年，在网络游戏、网络歌曲、网络动漫创作领域都出现了的"国风热"，即将传统文化与流行元素相"嫁接"，由此来实现向传统的回归。但是很多标榜着"国风"元素的网络文艺作品实际上是一种"伪国风"，只是将传统文化、民族元素作为吸引注意力的噱头，"在文艺创作中冠之以'国风''古典'之名，貌似借用了历史典故、经典作品、经典人物形象等元素，实以无可考证的服装造型、无可考证的语言修辞、无可考证的历朝历代进行不知族群的'恶搞''戏说，油滑而不深沉，无视中华民族生生不息的历史智慧，因此这类作品基本没有历史自觉和文化自信"①。而并没有表现出传统文化真正的价值深度，在娱乐中错写了文化的意义，这样的"伪国风"的网络文艺创作亦是一种对传统文化的误读。

　　网络文艺创作除了要避免由文化浸染走向文化崇拜与文化误认的风险，还要警惕后殖民语境所带来的文化"他者想象"。周宁在《天朝遥远》一书中，阐释了西方中国认知的三大来源：一是"对现实中国的某种认识"——事实是最为雄辩的；二是"对中西关系的焦虑与期望"，这是国家关系变化动态的阶段性特征所衍生出的影响；三是"对西方文化自我认同的隐喻"，即西方公众为确认自我身份、构建文化认同会把中国视为一面镜子，来映照自我②。周宁此番言论就是对当今时代后殖民语境的一种阐述，西方对中国的认知必然混杂着虚幻的想象以及出于自身需要的随意裁剪、故意歪曲。这也反衬出我国在后殖民语境下进行文化传播与文化形象建构的所面临的困难与挑战：如何处理好文化认同与阐释焦虑，理顺文化经验与历史记忆之间的关系；如何摆脱被扭曲的"他者"与东方主义式的想象；如何对抗"被看"的命运，摆脱西方审美的无意识压抑。

　　海德格尔(Martin Heidegger)曾经深刻指出，现代社会进入了"世界图像"时代，人们通过图像来把握世界。在后殖民语境下，东方与西方的"图像"之间始终存在着落后与进步、专制与自由、野蛮与文明的清晰对比。如今，随着我国网络文艺出海成功，世界文化版图正在向东转移，我国网络文艺在跨文化传播过程中建构了中国文化新形象，不断彰显文化自信。"让世界更好地了解中国，让中国更好地了解世界，是中国参与世界性话语并破除'文化霸权'话语的基本前提。"③我国网络文艺在后殖民语境下跨文化传播的使命就在于重建本民族文化的主体性与文化自觉，用图像将话语具体化，争夺民

---

① 张金尧：《当前中国网络文艺的三维探析》，《人民论坛》，2021年3月，第7期，第92—95页。
② 周宁：《天朝遥远》，北京大学出版社，2006年版，第3页。
③ 朱立元：《当代西方文艺理论》，华东师范大学出版社，2014年版，第374页。

族话语权，用新的艺术语言书写自己民族的文化身份，在文化输出的同时建立文化认同，增强文化自信。虽然我国的网络文艺的"出海"收获了不错的效果，增强了本民族的文化辐射力，但其所面临的问题与困境依旧存在。后殖民语境带有很强的文化策略性，在此情况下的文化传播很容易陷入"想象中的他者"的境地，对此应谨防将西方国家的审美趣味作为我国文化输出的审美追求。我国的网络文艺相较以前的泛娱乐化，也开始不断地向网络文艺的主流化方向转变发展，经过主流化转向后的网络文艺内容生产也逐渐把具有思想化、价值化、历史化、中国化的文艺理想作为其创作追求。在这种主流化的创作思想的引导下，我国的网络文学市场涌现了一大批文质兼备的现实主义题材的优秀文艺作品。越来越多历史题材的网络文学作品，将精神内核建立在历史真实的基础上，故事发展与矛盾冲突也都立足于现实逻辑之上，人物刻画与形象塑造也都遵循艺术逻辑，并围绕着人性逻辑展开。

如网络文学作品《琅琊榜》将礼和、孝悌、忠义、诚信等中国传统儒家文化与险象环生且紧张刺激的故事情节完美结合，其改编后的同名电视剧不仅在国内获得了口碑与收视的双丰收并且成功"出海"，在东南亚地区受到了热烈追捧，如此思想性与艺术性并存、价值性与娱乐性合一的优秀网络文学作品，不仅扭转了大众对于以往网络文学的刻板印象，而且更重要的是在跨文化传播的过程中有力地传播了儒家文化与中华民族精神，在后殖民语境下书写了亚细亚文化。再如很多的玄幻题材的网络文学创作也逐渐抛弃以往专注于想象修辞与虚拟想象空间的营造，开始在玄幻诡异的故事中添加中国传统文化与民族文化元素，《诛仙》这部玄幻题材的网络小说就以道家思想建构小说中的修行体系，在光怪陆离的玄幻世界中，在道家思想的影响下，展开对人性的思考与对终极意义的追问：何为正？何为邪？天地不仁，以万物为刍狗。此外，我国大量的优秀民族文化与传统文化还停留在国人"自赏"的阶段，并未得到有序的开发与正确讲述，但是像李子柒这样的中国"网红"走红海外，也为我国在后殖民语境下的跨文化传播提供了一种新的思路与启示，即用人物符号来丰富我国民族文化符号矩阵，与图像符号谱系一并作为我国的民族文化谱系的构成，以此实现中华文化禀赋与中国综合国力的相称。正如《人民日报（海外版）》评价李子柒的那段话：李子柒向世界打开美丽中国的一扇窗口，是对外文化传播中值得研究的样本。传统与现代交融、乡村与城市辉映的精彩中国自带"圈粉体质"。相信随着信息技术的发展，未来会有更多人用海外乐于接受、易于理解的方式，从不同角度、不同侧面呈现丰富多样、立体多元的中国形象。

因此，为了更好地在后殖民语境下实现从文化输出向文化认同的转化，彰显我国的文化自信与民族自信，我们不得不面对以及改善的困境就是：如何突破后殖民语境下西方国家对中国文化的形象谱系的刻板印象以及审视中国文化的既定视角，让中国文化的再符码化和文化价值体系在新的时代背景下重新定位，以此实现中国文化符号与网络文艺的嫁接生长，并推进网络文艺的跨文化传播在文化输出向文化认同的转化中完成后殖民语境下文化自信的突围？

三　网络文艺在跨文化传播中的路径选择

跨文化传播不仅仅是通过媒介的手段，将某一种文化进行跨时空、跨民族的流通与交流，也不仅仅是单纯地扩大某一种文化在世界上影响力甚至是巩固其霸权地位。相反，跨文化传播不是让一种文化去影响、取代另一种文化，而是让文化在互动中不断地丰富、完善。无论时代如何变迁，无论传播理念如何更迭，塑造人的精神、净化人的灵魂、承载时代使命依然是一种文艺、一种文化在跨文化语境下传播的根本职责。数字文化消费的蓬勃发展与中国文艺国际影响力的提升都基于网络文艺内容之丰富、精神之昂扬、思想之丰盈，唯有此，创作出的网络文艺作品才可具有振奋人心的力量，才可具有承历史之文化、传民族之精神、载时代之价值的功用，才可抗构建国家文化形象的大任。

针对网络文艺在跨文化传播中的重要性这个问题，我国学者孙佳山将网络文艺形象地比作为"硬盘里的文化大使"，他曾这样总结道，"网络游戏、网络视频、网络文学、网络动漫、网络音乐等网络文艺的具体形态，是当代中国文化的重要组成部分，理应在中华文化走出去的过程中，讲好中国故事，扮演好'硬盘里的文化大使'"。创作无愧于时代的文艺符号，让网络文艺出海由内容输出转向符号输出，增强中华符号的国际影响力，现在，我国网络文艺出海虽取得了巨大成就，扩大了中国的国际影响力，但仍需注意我国现阶段出海的网络文艺作品大多以娱乐为主，因而这些作品缺少一定的历史内涵与文化深度，缺少具有原创性的、民族性的能够体现中国精神与中国风骨的文化符号。这就要求艺术家用艺术为国家打造符合时代发展的超级文艺符号，并将其作为自身的文艺追求与历史使命。增强文化自觉和文化自信，要求我们在创作中既要表现独具魅力的中国"个性"，又要具备与世界共鸣的国际"共性"，着力打造融通中外的文化表达和文化符号，润物无声地推介中华优秀文化，为中国深度融入国际社会发挥积极作用。

首先，后殖民语境下网络文艺的跨文化传播应从文化输出转向文化认同。这关键就在于如何将本国文化融入文化产品中，实现产品的民族性与世界性的合一。文化输出是一种文化传播，而文化认同才是彰显文化自信的有效途径。有着五千年悠久历史的文明古国，如何在后殖民语境下打破西方的"东方想象"，将我国优秀的传统文化植入网络文艺中并实现"自者文化"在"他者文化圈"的尊重与认可，在不同文化之间的博弈中、在文化之间的对话与理解中，实现后殖民语境下文化自信的突围，是建构文化强国的必然选择。在此之前，像美国、日本等发达国家都将电影、动漫等文化产品视为各国文化输出与文化认同的重要途径，争夺文化霸权。美国的好莱坞大片风靡全球，实现了美国文化在全球范围内的文化殖民，迪士尼、漫威电影等文化产品抑或是圣诞节、万圣节等西方节日都是将美国精神与美国价值观进行产品包装，然后向全世界兜售，让世界各地的受众在对这些文化产品的消费中潜移默化地认同了美国文化。日本的动漫无论是在人物的服装造型还是形象造型上都体现出浓厚的日本文化，"樱花""菊""刀""猫"等带有强烈日本民族特色的文化符号也经常出现在日本动漫或电影之中，体现出浓厚的日本民族文化。例如以岩井俊二为首的"新浪漫派"，在人与自然的诗意关系中展开对死亡与时间的思考，传达出日本独有的生死观；又如北野武的"新写实暴力"电影,将日本文化符号元素贯穿影片,将日本民族"菊与刀"式的矛盾性格与武士精神在打斗场面中、在力与美的结合中,展现得淋漓尽致,呈现出极具日本民族风格的"暴力美学";再如新锐导演是枝裕和运用底层视角、反戏剧叙事、空镜头与长镜头等手法,在湿润的镜头语言下细腻地传递出日本独有的物哀之美。这些充满日本文化元素的细节的日本文化产品,很好地助力了日本文化的全球传播。不得不承认美国与日本都将本国文化很好地融进了文化产品中,与各国不同的审美品位相调和以获得各国人民的文化认同,这也为我国网络文艺的自信出海提供了范式。

其次,借助网络文艺跨文化传播来实现"自者"文化在"他者"文化圈的认同。融媒体的发展使得网络文艺可以克服时间与空间的距离,实现扩地域的传播,加快了传播的速度、扩大了传播的范围,可以更好地助力本国文艺作品的跨文化传播。在这方面,我国的短视频展现出了极大的优势。前段时间,抖音上一家四口喊妈妈的团圆视频在中国掀起热潮,与此同时,这段"四世同堂合家欢"话题的短视频在国外社交媒体上也受到了大量网友的欢迎,多家媒体对这段视频更有超高评价,称这是中国人有史以来创造的最可爱、最具正能量的网络流行文化。例如国外的 Mashable 网站的标题为"四世同堂梗是我们在 2019 年期待的正能量",有的外媒还对这个视频作了文化层面的解读,认为该背后所呈现的是中国的传统文化即四世同堂共享天伦的传统。此外,这条视频在国外还掀起了名为"四世同堂"(four generations under one roof)的视频挑战。各个国家的民众纷纷效仿,不少国外网友也表示出对中国文化的喜爱与向往。还有不少外媒大赞"四世同堂"视频挑战传递的积极意义。澳大利亚广播公司(ABC News)认为之前不少风靡网络的视频挑战都比较无厘头,但这次起源于中国"四世同堂"的视频挑战则充满了正能量。这次"四世同堂"短视频的海外传播,很好地向世界展现了中国"家文化"的差序格局与伦理本位。"家文化"不仅深深影响着中国人的自我认知与文化认同,并且通过网络文艺的跨文化传播使得中国的传统文化与价值观念赢得了全世界的认同,实现了在后殖民语境下的文化自信突围。但是像"家文化"这样的文化视频输出带有一定的偶然性,还没有上升为一种文化符号,只有当民族文化作为一种文化符号进行跨文化传播时，才可减少符号释义的解读错位，才会成为一种传播范式，进而实现文化输出向文化认同的转化。作为我国网络文艺中最早"出海"并获得巨大影响力的中国网络文学，由于传播平台的成熟、出口量的激增、粉丝量的巨大，正在潜移默化地影响着海外读者对中国文化的认知，建立与中国文化的情感认同。如目前海外不少网络文学读者为了更好地理解中国仙侠小说，而前往 Wuxia World 设立的"中国道文化板块"，学习中国传统文化知识，甚至有不少外国读者在论坛中放弃了 buddy 或 man(兄弟)的西式称呼，互称"道友"①。

在当前网络文学的海外传播实践中，关于中国文化形象的构建还处于自发、自为的阶段。目前，我国网络文艺的成功"出海"在通过影响海外受众对中国文化的亲和度与接受度，减轻了西方对我国"东方主义式"的东方想象与文化误读，一定程度上较为真实、全面、客观地呈现了中国国家文化新形象。但是目前网络文艺对我国文化形象的呈现与传播，还无法将建构中国国家文化形象作为义化"走出"战略的一种自觉，因为"单纯的海外传播显然不是'网文出海'的最终目的。我们还需要将网络文艺的海外传播，打造成传播中华文化、建构中国国家文化形象的一个独特的窗口"②。

如何实现网络文艺创作在国家文化形象构建上的自觉？首先，从创作者角度，网络文艺创作者应强化自身的内质修炼，强化价值引领，减少网络文学对中国文化形象的错误表达。以我国自主研发的网络游戏《三国演义》为例，该游戏虽以三国历史为游戏背景，但是游戏中所承载的并不是我国传统文化中"仁义礼智信"的儒家文化，更多体现的是日本的武士道精神。因而在建构中国文化形象的网络文艺创作实践中，需首先解决我们自身对本民族历史文化的误读与偏解。由于网络文学创作者自身的文化结构与文化素养良莠不齐，所以在对中国文化、民族形象、国家形象、文化价值观的认知层次上也参差不一，致使在对中国文化与历史精神的艺术化处理与对中国文化形

---

① 马辉，顾慧敏：《金果仁也迷上仙侠网文！催更、吐槽技能已输出，还有外国"道友"写起了中式玄幻》，《南方都市报》，2016 年 12 月 8 日

② 陈定家：《网络文学海外传播的思考》，《中国文化报》，2019 年 06 月 19 日。

象的表述能力上存在巨大差异。其次，在创作过程中应着眼于描写真善美的一面，将"海外圈粉力"转化成中国文化形象的"构建力"。在网络文艺众多形式中，网络文学无论是在出口规模，还是"海外圈粉力"方面都是一枝独秀的，但是目前网络文学"出海"的题材还主要集中于玄幻、武侠、仙侠等架空现实与历史的虚构类作品上。这些网络文学在表现中国文化、本土元素、历史传统、民族特色等文化意象符号上具有很大的局限性，目前亟待解决的问题则是网络文学尽管具有强大的"海外圈粉力"，但是海外的读者们很难通过文字与修辞形成对中国文化形象具象化的想象。此外，在部分的网络文学创作中，一些作者在"注意力经济"的驱使下无视国家尊严与形象、脱离本国的社会现实，对现实社会进行主观臆构、对历史进行随意裁剪，甚至为了迎合西方对中国"东方主义式"的想象而对中国形象进行阴暗性的渲染与丑化。这无疑会对中国国家文化形象的海外构建与传播产生极大的负面影响。这样的历史境遇下，我们应坚持社会主义主流文艺思想，从源头上治理那些严重脱离中国现实实际、偏离民族价值观、违背社会主义核心价值观、扭曲中国人民精神风貌、损害国家形象的网络文学作品，用真善美代替假恶丑，将我国网络文艺"海外圈粉力"的巨大优势转化为构建国家文化形象的驱动力。

当饱含中国传统文化的网络文学在海外成为潮流，当中国文化融入世界语境，最根本的还是要根植于中国故事，毕竟"欲信人者，必先自信"。"中国的网络文学在海外传播，说到底，是中国综合国力强大的体现，越来越多的外国人产生了要了解中国文化的愿望"，肖惊鸿称，"网络文学从出生的那一天起就打上了中华文化的印记"。网络文艺如何通过当代讲述接续中华千年的文脉与文化自信，从而塑造网络文艺的中国形象，关系到网络文艺的国家文化形象构建力。首先是讲好中国故事的 IP 化策略。网络文学作为网络文艺符号生产的原生符号，其他网络文艺再生符号的生产都是建立于网络文学这个原生 IP 的基础之上的。因此，讲好中国故事的 IP 化策略成为建构海外国家文化形象的必然要求。我国学者常江认为，IP 化是全球化和融媒体时代讲好中国故事、塑造国家形象、提升国家软实力的必由之路，原生的网络文艺要转化为具有中国特色的优质 IP，必须要经过概念提炼、形象创意和叙事安排几个重要环节。"以孵化 IP 的方式讲好中国故事不单纯是对孤立作品传播效果的追求，更是对中国文化进行系统性挖掘、反思与重构的过程，是使中国文化的独特性得以彰显、获得尊重的最有效的方式。"①目前的网络文艺创作还存在一种现象，就是在那些依托于中华传统文化而成为超强的 IP 中，不少网络文艺作品披着中华传统文化的外衣，内容却是对传统文化的戏谑恶搞、挪用拼贴，一味地追求解构新奇而放逐了对传统文化的进一步的凝练与创新。以《古剑奇谭》《花千骨》《诛仙》《三生三世十里桃花》为代表的仙侠题材网文 IP 盛行一时，覆盖网络文学、影视、游戏等方方面面。清华大学副教授梁君健直言"大多数这类作品在叙事和价值观方面有些被动，并没有给中国传统的伦理价值观、传统叙事等方面提供新的动力和思考，且与当代社会之间的直接沟通能力也还比较弱"。其次是挖掘、思考与重构激活广博的传统文化资源。对于网络文艺如何运用广博的民族文化资源讲好中国故事这个问题，在我国学者看来，这是对中国文化进行系统性挖掘、思考与重构的过程，也是使中国文化的独特性得以彰显、获得尊重的方式。中国文艺评论家协会网络文艺委员会秘书长庄庸则指出，网络文学在对故事原型、文化母题的重塑过程中与当下的大众心理、集体无意识互鉴融合，以此实现对我国广博的传统文化资源的激活与重构。沿着这种创作路径，网络作家猫腻的《朱雀记》就具有典范性的意义。这部作品无论在叙事抑或是主题的表达上都承载了经典名著《西游记》的精神内核，在新奇的形式下包裹着的是深刻的人生哲思，作者通过幺妙的构思将具有生活性的艺术内容与其主题精神完美融合，《西游记》那对于命运对于人性的古老传说在现代性的叙述方式上重新鲜活，与此同时，作者在这种传统与现代的碰撞中构建了一种关于"我时代"的现代哲学。再次，在优秀传统文化创造性转化和创新性发展中增强文化自信。社会主义核心价值观是对中华优秀传统文化的继承和创新，网络文艺在跨文化传播中对于我国优秀传统文化的传承不应是刻板地说教抑或是直接性地说理，而是将现代与历史相融合，让历史与现代相并置，赋予历

---

① 常江：《讲好中国故事的 IP 化策略》，《中国文艺评论》，2017 年第 8 期，第 8–14 页。

史内容以新的时代价值，让古老的哲学思想与文明在新的时代重新焕发新的生机。

如何让代表中国文化形象的文艺作品真正走出国门，面向世界？在回答这个问题之前，首先要明确以下两个问题：第一，什么样的文艺作品代表中国文化形象？习近平总书记的文艺思想已经对该问题提出了明确的要求："社会主义文艺是人民的文艺，必须坚持以人民为中心的创作导向，在深入生活、扎根人民中进行无愧于时代的文艺创造。要繁荣文艺创作，坚持思想精深、艺术精湛、制作精良相统一，加强现实题材创作，不断推出讴歌党、讴歌祖国、讴歌人民、讴歌英雄的精品力作。"[①]现在我国的网络文艺创作者所面临以及所要解决的问题则是，如何才能创作出这种文艺作品呢？根据社会主义主流文艺思想，想要创作出优秀的、无愧于时代的伟大的文艺作品应做到以下几个方面：一是以人为本，书写人民的文艺；二是立足于现实生活，用现实主义精神与浪漫主义情怀观照现实；三是立足当代生活的底蕴，坚定文化传统的血脉；四是古为今用，洋为中用。

文化符号"李子柒"带给我们的启示就是，需开发更多的文化符号矩阵，增强中国文化的辐射力与自信力。截至 2020 年 6 月，李子柒在 YouTube 的粉丝已突破了 1000 万，成为我国首位在 YouTube 粉丝过千万的中文创作者，鉴于李子柒的海外影响力，她被《中国新闻周刊》评为 2019 年度文化传播人物。"李子柒"俨然已经成为跨文化语境下的中国文化新符号的代表。李子柒所拍摄的视频内容从手工阿胶、桂花酿酒、腊味合蒸到文房四宝、古法胭脂、手工造纸，中华民族上千年的美食文化与传统工艺被子柒完美展现。而正因如此，很多人将"李子柒"视为中国文化输出的代表，其原因就在于她的视频不单单是对中国田园乡村田园牧歌式的展现，而是通过自然之物将中华民族的传统文化精神进行现代时的文化复苏，在缓慢的镜头下感受天人合一的自然和谐。李子柒很多的视频都是以中国古代的传统文化为表现中心，如

---

① 《决胜全面建成小康社会夺取新时代中国特色社会主义伟大胜利——在中国共产党第十九次全国代表大会上的报告》，《人民日报》，2017 年 10 月 27 日。

造纸术、文房四宝、卯榫建筑、蜀绣等非遗文化，以及酿酱油、酿黄豆酱、酿腊肉等中国传统的饮食文化。在她的视频中，我们可以潜移默化地感受到中国传统文化与精神文明的博大精深，更重要的是李子染的视频给当下快节奏的生活带来了一丝精神的慰藉。长发飘飘，身穿汉服的女子，清新淡雅的田园风光，鸡鸣犬叫的乡村生活，和睦亲近的邻里关系，这一切仿佛就是陶渊明笔下怡然自得的桃花源。在李子染的视频中我们看不到工业文明的野蛮，感受到的是人与自然和谐相处，感受到的是中国传统文化的延续。所以，在李子柒有关笔墨纸砚视频的评论中，有外国人曾这样评论道："她在重新向全世界介绍，被我们忘记的那些中国文化、艺术和智慧。"央视也曾这样点赞李子柒"没有一个字夸中国好，但她讲好了中国文化，讲好了中国故事"，这些评论都肯定了李子柒作为文化符号在跨文化传播中的重要地位。李子柒用中国风式的画面风格、质朴的影像语言去讲述中国故事，传播中国文化，不仅打破了西方对于中国带有东方学意味的想象与认知，而且打开了一扇展现中国文化景观的窗口，重塑西方人眼中的中国，让中国优秀文化在跨文化传播中实现文化认同。有学者将李子柒的这种文化输出称为"柔性传播"，即"注重挖掘隐藏在文化下的某些特质的传播边际内容，以轻柔、持久的方式潜入受众头脑，以达到春风化雨的目的"①。于是有学者提出这样的观点："把作为文化符号的李子柒放在西方的中国认知谱系中审视，是很有意味的。在西方被较广泛认定为中华文化传统代表的艺术形象谱系。比如，与菊豆等张艺谋早期国际影展获奖作品中塑造的乡土中国女性形象相比，美食视频中的李子柒显然更为向上，彰显出真、善、美和优雅的一面，彻底摆脱了封建、落后等负面标签，产生了正面吸引力。"②李子柒将中国的非遗文化、饮食文化等中国传统文化作为自己的视频内容，是对中国民族话语的自主书写，从侧面也彰显出新时期下中国民众对本国文化的文化自信。这是作为文化符号的"李子柒"所带来的启示："讲好中国故事，需要壮大中国文化符号体量、

---

① 李建军，刘会强，刘娟：《强势传播与柔性传播：对外传播的新向度》，《东北师大学报（哲学社会科学版）》，2014年第3期，第190-195页。
② 李习文：《李子柒走红海外的国际传播逻辑》，《传媒观察》，2020年第2期，第33-37页。

丰富中华文化符号类型、形成中华文化符号矩阵。"①

　　新时代的网络文艺要想在文艺生态系统发生裂变的媒介社会下重塑文学之风骨，在浅表化的网络语境下发挥文学艺术培根铸魂之功用，在跨文化时代背景下实现文化自信之突围，网络文艺创作就必须在新的时代要求与历史使命下传承、赓续、发展中华优秀文艺传统，必须以中国的传统文化精神为价值本位，充分运用具有民族色彩的艺术符号、艺术话语将本民族的集体深层心理艺术化，挖掘有特色、有普遍性意蕴的"质"形成具有民族色彩符号矩阵，以打破西方国家对中国文化刻板的文化想象，真正担起讲好中国故事，传播中华文化的历史使命与时代职责。

---

① 李习文:《李子柒走红海外的国际传播逻辑》,《传媒观察》,2020 年第 2 期,第 33-37 页。

网文读者的阅读动机与自我肯定

蔡爽爽　孙澳辉

江汉大学

近年来，我国数字内容版权环境持续优化，推动国内网络文学业务蓬勃发展。CNNIC 数据显示，2013 年以来，中国网络文学用户规模呈现上升趋势，截至 2020 年 12 月，中国网络文学用户规模 4.60 亿，使用率高达 46.5%[1]。网络小说的影视化、动漫化、游戏化等，实现了多方面的影响和利益转换，吸引了更多人的关注。网络小说向海外输出亦得到积极的反馈。

区别于传统小说，网络小说以电子符号的软载体形式存在于电子设备中，传输在互联网上。根据欧阳友权对网络小说的定义，"所谓网络文学，是指由网民在电脑上创作，通过互联网发表，供网络用户欣赏或参与的新型文学样式，它是伴随现代计算机特别是数字化网络技术发展而来的一种新的文学形态。"[2]相较传统文学模式，网络小说更加快捷，没有门槛，对自身的文学性要求更低，理论上人人都可以进行创作，因此在文学创作上具有更大的自由性及开放性，在构思行为结构上更加随意，不用刻意为内容而寻找形式，语言更加通俗简约直观，在传播方式上也开辟了"传播者→媒介→接受者→传播者（或其他接收者）"的双向交流特征[3]。这意味着在网络文学产出

---

[1] 中国互联网信息中心：《第 47 次中国互联网络发展状况统计报告》，2021-01-07，http://www.cnnic.net.cn/hlwtzyi/hlwxzbg/.

[2] 欧阳友权：《网络文学概论》，北京大学出版社，2008，第 12 页。

[3] 常楠：《论网络文学与传统文学的关系》，文学教育，2010 年 10B 期，第 130 页。

的过程及后续发展中，有读者无形中用不断的反馈来进行推进影响，读者这一身份也被赋予了更为关键的分量。

网络文学市场上常见小说大多为男强、女强等爽文，网络文学的受众即网文读者，相对于传统读者在阅读需求与动机方面更多的在于兴趣与消遣，没有更多理解与记忆的压力负担。网文区别于传统文学特殊的发表方式，即连载过程中能不断受到读者反馈，读者能在创作中起到关键影响作用。中国社会科学院发布《2020年度中国网络文学发展报告》数据显示，Z世代已成为网络文学受众和消费主力军，网络文学读者也从"80后""90后"逐步更迭为"95后""00后"①。另外，网络小说存在一定成瘾性，能给读者带来强烈快感，又因其区别于其他易成瘾行为如网络游戏等，储存方式多样、易携带且易随时终止，可能对未成年人造成一定影响。

网文读者作为一个新兴的庞大群体，有其特殊的心理特质和行为特点，而既往对网文读者的研究较少，且并不是以网文读者本身出发进行研究的。网文读者相较传统读者，身份更加独特，了解读者在网络文学阅读中的认知过程、思维记忆过程和情绪过程，以及网络文学读者的兴趣、需要、动机等心理因素，有助于网络文学的进一步发展与创新改革，使其更满足多元化需要，"摘掉"刻板印象，也能基于此给予读者更积极的反馈，帮助读者更好地通过阅读提升自我，缓解情绪。

本研究将通过收集网文读者对阅读过程的描述的质性资料，整理、编码和分析网文读者的自我肯定及阅读的动机的相关经验，以期使人们更加了解网文读者身份，从心理学角度对其进行细致的解释及价值研究。

从理论意义上看，本研究能帮助理解网文读者的阅读心理，从质性研究角度出发，为后续量化研究提供参考。现有的读者心理学研究的主要研究对象是图书馆读者，大部分文献集中在20世纪八九十年代。随着阅读方式的转变，读者在阅读过程中的心理过程、心理状态和心理规律发生了极大变

---

① 腾讯网：2020年度中国网络文学发展报告，2021－04－21，http://new. qq. com/rain/a/20210327ADC3BEDD

化，需要形成新的理论体系。同时，本研究有利于为后续探讨网络阅读成瘾对策提供新的参考与理论依据。

从现实意义上看，了解读者阅读动机与自我肯定，可以鼓励读者在进行选择时能更好规避低质量文章，在放松情绪的同时对自我也有所提升，网络阅读作为一种易于发生的行为，读者在现实生活中遇到挫折时能更好地通过阅读网络小说调整自我，避免产生极端行为。对于相关从业者，如网络作家编辑等，本研究更深层地剖析读者需求，有助于激发新的思路，创造多样化网络文学风格，向更有利的心理健康的方向发展。

本研究的中心问题是网文读者如何描述他们的阅读过程和体验。基于这个中心问题有以下 3 个子问题：

（1）网文读者如何描述他们的阅读动机及阅读过程。

（2）网文读者如何描述他们在阅读过程中的自我肯定。

（3）自我肯定与阅读动机的联系与影响方式。

一　研究方法

（一）质性研究设计

本研究旨在弄清研究对象如何理解自己的生活经历，并描述感受这些经验。Creswell & Poth 声称现象学研究"描述了一个概念或现象的几个个体的生活经验的共同意义①，在此通过客观描述呈现网络文学读者的经历而不多加解释，从而描绘网络文学读者的真实生活世界和生活体验，提炼出参与者体验的本质以及网络文学读者共享的经验，所以现象学方法是适合于本研究的。具体研究流程见图1-1。

（二）研究者角色

质性研究是以研究者本人作为研究工具，在自然情景下采用多种资料收

---

① CRESWELL J W, POTH C N. Qualitative inquiry and research design (international student edition): Choosing among five approaches, Vol. 25, NO. 4, 2018, pp. 59.

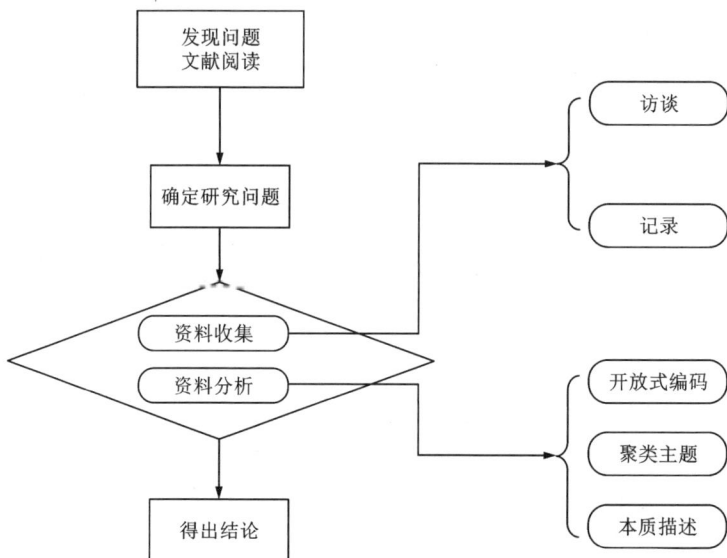

图 1-1 研究流程

集方法对社会现象进行整体性探究，使用归纳法分析资料和形成理论，通过与研究对象互动对其行为和意义进行建构获得解释性理解的一种活动①。然而在实际研究中，研究者本人拥有长达十三年的小说阅读经验，属于更早一批的网文读者，受访者大多阅读经验只在 7 至 10 年左右，阅读初始的网络环境可能存在不同，而现象学认为每个人的经验都是有意义的，所以研究者在整个的研究过程必须"悬置"自己的经验，尽量脱离出来，置身于研究之外，避免先验经验的影响及对被试的刻意误导等。另一方面，为了更好理解他们的经验，参与者被允许提问，在一定程度上发展其他方向。

(三)数据收集

1. 被试抽样

本研究采用目的性滚雪球抽样，即限于目标总体易抽取部分。在量性研

---

① 陈向明:《质的研究方法与社会科学研究》，教育科学出版社，2000 年版，第 9—10 页。

究中更看重样本整体在某些特征上的形似程度以便推论到整体，而在质性研究中，是以个人出发，不同代表现象属性的概念是更为重要的，因而抽取那些能够为本研究提供最大信息量的研究对象①。

本研究的对象为网文读者，使用 QQ 微信短信等发布信息招募被试，在各大社交平台如微博、抖音等接触拥有更多阅读经验的推书博主询问意向，共招募 8 名被试(基本信息如表 1-1 所示)，年龄最小 21 岁，年龄最大 34 岁；其中 4 名男性，4 名女性；最长阅龄 18 年，最短阅龄 8 年。

表 1-1 受访者基本信息

参与者	性别	年龄	阅龄	教育背景	职业
受访者 1	女	22 岁	8 年	本科	会计
受访者 2	女	34 岁	18 年	本科	企业高管
受访者 3	女	21 岁	8 年	本科	大学生
受访者 4	女	21 岁	8 年	本科	大学生
受访者 5	男	23 岁	9 年	专科	客服
受访者 6	男	21 岁	10 年	本科	大学生
受访者 7	男	22 岁	9 年	本科	大学生
受访者 8	男	21 岁	9 年	本科	大学生

2.访谈会话

在受访者签署知情同意书后，访谈开始前会有一系列的访谈导入，目的是和受访者拉近距离，削减不自然感，对一些情况进行补充说明，并对受访者的一些疑问进行解答，在检查设备或网络情况正常后就开始正式的访谈。

本研究共进行 3 次线下面对面会谈，及 5 次线上视频会谈，均选取无干扰的安静场景，会谈时间在 10~25 分钟，平均时长在 17 分钟左右。

---

① Strauss, A. & Corbin, J. Grounded Theory methodology: An overview, In N. K. Denzin, and Y. S. Lincoln, (Eds): Handbook of Qualitative Research. Sage Publications, 1994, 1-18.

本研究采用的是半结构化访谈,总共有五大开放性问题,根据受访者回答思路等实际情况适当调整顺序或增添减少问题,受访者在过程中也被允许随时提出问题。

(四)资料分析

1. 资料收集

访谈结束后,将访谈录音用电脑软件(讯飞)进行录音转文字得到初步的文字资料,人工比对录音将资料优化(如标识出双方身份,纠错,删除"嗯嗯啊啊"等口头语,理顺句子,加进访谈时记录的肢体语言及停顿等)。得到正式访谈总时长共 133 分钟,单个访谈最短 12 分钟,最长 22 分钟;产生最终文本 29999 字,单个文本最多 4228 字,最少 2693 字。

2. 编码过程

本研究采用的工具是 MAXQDA2020 版本,将最终文本导入后反复通读,参照访谈稿导出的词云参考(见图 1-2),进行开发性编码,从基础文字材料及被试言语中提炼出与本研究相关受访者想表达的更精炼的主题思想并命名,被标记的语句即为参考点,所命名的即为代码。在整个编码过程中,所有编码因子由 2 名研究者完成。受访者共提供 211 个参考点,初始提炼出 17 个类别,后对 17 个类别进行分类整理,将相近的进行整合,组织成为主题(见表 1-2)。

图 1-2

表 1-2　初始代码到主题编码过程

初始代码	子类别	类别	主题
主角厉害，剧情很爽，校园文，主角巅峰，金手指，剧情甜蜜，角色代入		代入满足(12)	幻想满足
基因改造，影视角色具象化，猜不透剧情，科幻，反套路，平时遇不到，玄幻，冒险，向往		未知渴望(17)	
澎湃，泪点，情绪波动，配角死亡，一起追星，心情同化，主角分手，爱恨情仇		角色共情(13)	
娱乐工具，放松快乐，不由自主笑，开心，转换心情，解压，平缓坏情绪，调节情绪	情绪调节(18)	情绪影响(35)	情感抒发
不看虐文，完结小说，主角性格缺陷，没有逻辑，三观不正，文笔，故事框架	风险规避(17)		
不想学习，咸鱼，沉浸书中，专注，无瑕烦恼		暂离现实(6)	
小说群管理，短视频，博主推荐，榜单推荐，小说质量		意见领袖(6)	社会认同
同学推荐，热播影视，同伴影响，共同话题，流行话题，从众，评论交流，亲人也看		社会交往(31)	
不如小说，没兴趣，赚流量，统一角色	影视化评价(8)	身份认同(15)	
长辈阻止，没营养，杂书	他人负面评价(7)		
收获知识，增长见识		增长见识(2)	自我进步
思维活跃，生活哲理，自我提升		自我提升(6)	
熟悉操作，不控制时间，看到结尾，前后一致，合理，收藏，代入，更新快		阅读效能(27)	
有哲理，三观正，有底线，大义凛然		价值观(7)	自我肯定
值得学习		积极反馈(1)	
主角正直，勇敢，不能懦弱，不能太傻，主角厉害	自尊投射(6)	自尊(16)	
潇洒，三观正，努力，强大，聪明，果断，有钱	自我期盼(10)		

二 质性研究结果

(一)阅读动机的主题

参与者被要求描述他们阅读时的过程感受及阅读网络小说的原因,参与者介绍了他们阅读网络小说的契机、对时间的管理、自我的情感态度、挑选依据等。

阅读动机是指由与阅读有关的目标所引导、激发和维持的个体阅读活动的内在心理过程和内部动力过程①。

不同学者对阅读动机理解的侧重点不同,Waples、Berelson 与 Frankly 把阅读动机归纳为自发性需要的"内在动机",与受到人际影响的"外在动机"②。国内学者黄葵在心理学动机的含义基础上延展出阅读动机,认为阅读动机是人们在阅读需要的刺激下,直接推动而产生阅读行为的动因,是在阅读期望调控过程中对阅读的认知过程起重要的支配和调节作用的心理因素③。

也有部分学者通过量表将阅读动机进行不同因素的结构划分,其中 Wigfield 和 Guthrie 制定的阅读动机量表被广泛修订和使用,量表包括四个层面:社会交往动机、阅读外在动机、阅读内在动机和阅读自我效能感④。陈晓丽提出大学生阅读动机由 4 个维度构成,分别是社会认同、自我成长、情感抒发、获取信息⑤。

而在网络文学阅读动机相关研究中,蔡朝辉认为青少年在阅读网络文学

---

① ZHANG D-J, ZHOU Z-K, LEI Z-C. Reliability and Validity of the Internet Fiction Reading Motivation Scale for Chinese Adolescence. DEStech Transactions on Social Science, Education and Human Science, 2020.

② WAPLES D, BERELSON B, BRADSHAW F R. What reading does to people[J]. 1940.

③ 黄葵:《论阅读心理过程及各种心理因素》,《图书与情报》,1998 年第 1 期, 第 48-50 页。

④ WIGFIELD A. Reading motivation: A domain-specific approach to motivation. Educational psychologist, Vol. 32, NO. 2, 1997, pp. 59-68.

⑤ 陈晓莉:《大学生阅读动机问卷编制及其相关研究》,暨南大学硕士学位论文,2010 年。

时更多的是对现实的逃避，认为网络小说中所构建的幻想式成功是逃避压抑而带来的放松①。学者曾子涵同样从读者的需求角度出发，认为阅读网络小说是对现实的弥补，在现实中无法满足的愿望可以在小说中得到满足，更多与读者个人的需求和满足有关，与作品本身的学术或艺术意义无关，带来的是与传统小说截然不同的一种新的情感价值②。徐岱也认为网络小说正是把读者难以言说的白日梦通过虚构的人物和故事展现出来，使读者获得白日梦实现的快感③。网络小说因上述的独特特点与性质，结构与传统小说存在一定差异，张东静、周宗奎等人编制的青少年网络小说阅读动机量表将阅读动机划分为情绪放松、自我成长和社会交往3维度④。熊瑾瑜的网络文学阅读动机量表提取四个主要主题，兴趣深入、社群交流、自我修养、心理优越⑤。

结合以上文献中对于阅读动机的研究和描述，本研究将网络读者的阅读动机分为：社会认同、阅读习惯、幻想满足、情感抒发和自我进步5个方面。

1. 社会认同

（1）社会交往。

在问及了解网文契机时，大多受访者的回答都在于来自同伴或身边影响者，要么为同伴推荐，要么为集体内流行而从众，如受访者8提到"同学吹牛都要提到网络小说，所以我也去看了。"受访者6提到是被小时候年纪差不了太多的喜欢看小说的小叔叔带着一起看，受访者5提到："这个得是当时的一个同学推荐，推荐了一两本小说，然后我们当时也比较流行网络小说。"寻求一个集体的潮流，为融入共同话题。

在自身了解到网络小说并进行阅读后，也不是单纯的自己进行阅读，会在阅读网络小说本身之外，参与其他讨论，讨论包括与陌生人的讨论，例如

---

① 蔡朝辉：《网络文学的青年亚文化意义研究》，求索，2007年，第11期，第154-156页。
② 曾子涵：《论网络文学"爽感"特征的生成机制——以猫腻的作品为例》，广西师范学院学报（哲学社会科学版），2018年第39期第6版，第59-64页。
③ 徐岱：《艺术新概念：消费时代的人文关怀》，浙江大学出版社，2006年版，第140页。
④ 张冬静，等：《大学生手机阅读动机对生活满意度的影响：网络使用自我效能感和自尊的中介作用》，第二十届全国心理学学术会议— 心理学与国民心理健康摘要集，2017年。
⑤ 熊瑾瑜：《网络文学用户之生活形态和阅读动机、消费意愿的关联性研究》，厦门大学硕士毕业论文，2014年。

微博知乎,或各小说软件自带评论区及"每章说",及与朋友同好之间相互推荐、相互吐槽。即使不发表意见,也会去了解别人对此的看法并进行对比思考。

另一方面,随着各大热门小说的影视化,经常登上微博娱乐新闻等热搜,引起广泛讨论,部分读者没有看过影视又想融入讨论,或影视没有拍到结局迫切想了解后续发展,都会选择去阅读网络小说。

(2)身份认同。

根据 MA Hogg 提出的社会认同概念,个体知道自己归属于特定社会群体,而且认可群体资格所附带的情感和价值意义,人们通过和其他群体的比较来获得自尊、地位等(比较)①。如果得到的是消极认同或负面情感且满足一定条件时,个体就可能参与为改变现状或争取利益的集群行为②。网文读者面对他人对自己阅读行为的负面的评价时,往往会对比同伴做法,受访者6 说:"以前你在读书的时候,比如说你在初中那个时候,他看这种这些书,他就会觉得你是在看杂书,对学习不好。只是说现在对你影响其实并没有那么大,而且这还只是限于家长老师的观点。因为你的同学们其实更多的还是会倾向于跟你一起看这种这些杂七杂八的书,因为真的比学习要轻松好多。"其他受访者表示阅读网文也多多少少遭到过父母的反对,但依旧坚持阅读,并坚称这是对自己有帮助的。

网文读者对小说影视化多采取消极态度,可能确实与质量参差不齐有关,另一方面,对于作者所输出内容,小说为一个形式,电视剧为一个形式,小说甚至是电视剧的"母体",网文读者易将电视剧与小说分割为两个群体进行比较,通过提出自己的评价来凸显自己的看法。

---

① HOGG M A, VAN KNIPPENBERG D, RAST III D E. The social identity theory of leadership: Theoretical origins, research findings, and conceptual developments. European Review of Social Psychology, Vol. 23, NO. 1, 2012, 258-304.

② STüRMER S, SIMON B. Collective action: Towards a dual-pathway model. European review of social psychology, Vol. 15, NO. 1, 2004, 59-99.

（3）意见领袖。

网文读者在进行阅读选择时，除了来自同伴推荐，所提到最多的即为博主、视频、榜单推荐，认为"因为它作为一些专业的榜单，它是有一定的权威性的，毕竟有那么多人愿意为这小说去投票。然后还有的像一些专门的那些读书博主，他会推一些这些小说"，尤其是推书博主，被广泛认为是阅读经验更多，有更高眼光，能帮助自己更高效挑选心仪小说的群体领袖，网文读者会更愿意去相信这些意见领袖并产生跟随阅读行为。

2. 阅读习惯

（1）娱乐选择。

网文读者在各种契机了解到网络小说并产生阅读行为后，网络小说因随时随地可以进行阅读，十分方便，也没有阅读门槛，思考程度低，经常成为读者在闲暇，无聊，睡前，候车等没有特意规划的碎片时间的消遣，这些不断的重复与积累，使得打发时间这一动机与网络阅读这一行为产生连接，几乎所有被试都提到阅读网络小说是为了打发时间，因而阅读网络小说成为消遣的娱乐热门选择之一。

（2）阅读效能。

网络小说作为作者刻意构建的宇宙，被读者因个人兴趣或他人推荐选择后，给读者带来沉浸式完整体验，尤其是大多受访者均说到自己在看小说时不会控制时间，读者在阅读过程中不断加入自己的认知构建，阅读作为训练的结果，本身也有一定训练作用，提高了读者阅读技巧及阅读水平。如读者会对阅读质量越来越挑剔，对相关工具网站也越来越熟悉，并逐渐形成自己的一套阅读流程，如从最初小说类型的选择到平台选择到阅读中的选择，对这一套流程逐渐产生信任，并为了获得更好的体验开始对小说的完整性、逻辑性有一定要求，基于此重复进行一次又一次的强化，使得读者更加看重整体性，以便自己更好地进行阅读及投入。

3. 幻想满足

（1）未知渴望。

受访者在对喜欢的剧情进行讨论时，多名受访者谈到的均是基因改造、玄幻、地球爆炸、冒险等天马行空的剧情，脱离现实之外，是平时完全不可能遇到的未知的环境与事件，人们通过这种时间空间的狂欢，从日常秩序中挣脱出来，超越社会束缚，可以对新事物进行尽情幻想。

另一方面，在作者写作中，受访者均提到喜欢反套路、猜不透的剧情，受访者3认为"就你看着看着已经懂了后面是什么情节了，也会不想看了，可以说毫无激情。"这种预判不到的剧情，让人在阅读中有猜测想象空间，有更多的互动选择，从而增加更多的趣味性。

（2）代入满足。

网络小说阅读的代入感是阅读主体在欲望驱动下，移情、共情和幻想等心理机制综合作用而产生的阅读心态"。网络小说读者往往对小说主角性格等有高的要求，受访者1提到"我喜欢反正女主得带脑子的那种。然后男主我喜欢温柔的，然后他有钱又长得帅，那种。"并表示自己没有谈过恋爱，能从小说中获得甜甜的恋爱。受访者2也直接说明认为"其实小说最重要的一个功能就是代入，你会代入角色，选择你喜欢的角色去代入，因为我男频也看，女频也看，就是男女都会各种代入。"网文读者通过代入强大的男女主角，从作者所描述的各种反转金手指浪漫情节中获得满足。

（3）角色共情。

受访者在关于小说中有角色死去的情节总是分外愤慨，表示会不太能接受，并且感到难受。受访者3表示"会对书中产生一些共鸣"。小说中的故事会比现实中更加戏剧化更容易突出矛盾，人物间的感情更加鲜明，且会对后续表现进行详尽的描述，使得读者更容易体会到其中的情感，爱恨情仇更加突出，读者很容易从其中受到感染，并为之吸引，随其变化，如受访者4说过"爽文的前面会很压抑，虽然后面会很爽"。读者跟随书中角色共同体会他所经历事件的情感，受访者8认为："自己能被小说的情节去影响情绪，就情绪一直是波动着的。"受访者7也说道："我心情怎么样，最后都会变成看小说的时候那种心情。"

4. 自我进步

（1）增长见识。

网络小说题材多种多样，读者仅通过阅读足不出户便可了解到各大现象及事件，作者作为主体将自己的见识看法发展开，受访者 3 提到"第一个是有些网络小说它确实很有趣，然后也会增长一些见识，然后收获一些知识。然后第二个怎么说？现在网络小说作者也很博学，我觉得有时候阅读网络小说和阅读那种通俗小说也不能分得太开，阅读网络小说也会给人一些思想情感上的启发，还能增加一些人生阅历，你会体会到作者想要描述的那种情境那种感情。"所以对网络作者的水平也存在更高的要求。

（2）自我提升。

网络小说是作者思想阅历等的体现，网文读者通过不断阅读不同作者所写小说，其中传达出的不同人不同年龄的经验与看法，叙事手段、文笔等，在网文读者看来是易接收到，并能对自己产生一定影响的，尤其是主角对某些事情的积极应对，都是能让读者学到东西的。如受访者 6 提到废柴流小说中，主角面对自身条件却不放弃坚持努力，让他深受感染。受访者 5 也反复提到网络小说有时候很有哲理。

5. 情感抒发

（1）暂离现实。

无论是学习还是工作，总会存在一定社会压力，受访者 4 提到自己的阅读网络小说经历时"当时真的是不想学习，找一个能干的事，当时是带着纸质书看的，然后之后觉得还挺有意思的，就是在手机上面看的"。受访者 3 描述自己的阅读体验时也提到"然后你的大脑就会放松，你整个人就会很放松，就会怎么说，会比较专注，不会去想生活中的各种事情。"网络小说的沉浸体验使得网文读者在阅读时全身心投入，从而无暇思及其余困扰，更多地投入小说的情感中。

（2）情绪影响。

情绪影响包括受访者前期选择的一个风险规避，及情绪调节。受访者对于小说情节、设定、人物性格、是否完结等方面均有一定要求，其中大多都提到"不要悲剧""不要虐""有逻辑""三观正"等,此类要求均是规避带来负面情绪的可能,因而在前期选择中便严格将可能影响到自己的因素排除在外,预判到对自己情绪带来坏的影响。另一方面,每一个受访者均表示看网络小说能让自己心情愉快。受访者8:"不开心的时候,看小说可能会缓解负面情绪",受访者7:"我看小说的话,应该是用来转换心情的",受访者1:"如果看到特别好看的小说就会心情特别好。""我觉得看完了小说很好,很解压,平时也遇不到小说里的那种剧情,反正就很爽。"

(二)自我肯定的主题

参与者被要求描述对自己及角色的期盼,参与者介绍了他们自我的角色,受到的积极反馈及价值观等。

石伟、刘杰将人们面对失败事件时的种种反应进行了一个梳理,总结出3种反应,接受威胁信息、心理防御、自我肯定[1],其中自我肯定是 Teele 在1988年提出的概念,他认为人们都有保持自我完整的动机会倾向于认为自己总体上是适应于社会要求的、是优秀的。人们天生有内在动力去保护自尊,自我概念的完整统一,当人们的自尊受到了威胁,会形成防御反应来保护自我。个体通过对其他方面的肯定来恢复自我完整性,缓解威胁信息带来的心理冲击,在这种反应中个体的防御性反应会降低,能积极地应对负面事件,以客观、开放的态度来看待这些负面事件,进而更好地去适应当前环境[2]。自我肯定理论的核心是个体遭受到威胁后做出一系列反应来保护自我的积极形象,而自我系统具有一定的灵活性,人们往往通过强调在其他领域的成功来弥补生活中某一方面的失败,通过在其他领域中确认自我价值去缓冲对另一个价值领域的威胁[3],也就是无须过度着眼于现有的威胁去进行改变,

---

[1] 石伟,刘杰:《自我肯定研究述评》,心理科学进展,2009年第17期第6版,第94页。
[2] STEELE C M. The psychology of self-affirmation: Sustaining the integrity of the self. Advances in experimental social psychology. Elsevier. 1988, pp. 261-302.
[3] ADAMS G, TORMALA T T, O'BRIEN L T. The effect of self-affirmation on perception of racism. Journal of Experimental Social Psychology, Vol. 42, NO. 5, 2006, pp. 616-26.

而是通过其他方面来进行补偿。另一方面，自我肯定能让人更客观地去看待人与事物①，Creswell 等人也提出过自我肯定能在一定程度上调节个人的负面情绪与身心压力②。

杨俊建则从网文读者的特点出发，认为他们都在渴求着成功、渴望个体的发展以及在社会中价值的自我实现，而网络小说中主角的充满英雄主义色彩的常规模式恰恰是读者将一种理想化自我进行投射或将自我代入其中的曲折反映，它其实是一种大众对自身的激励和形塑③。完整的自我系统涵括人的角色、价值观、目标、关系、群体身份、核心信念六个方面，对这个系统任何组成部分的威胁，都会破坏自我整体性，对自我形象产生威胁④，网文作者在塑造主角形象时更多的也是参照此构建出自己小说的设定宇宙，存在个人系统构建问题，网文读者对网络小说主角的崇拜投射也是对自我存在更高的要求，自我肯定作为个体应对威胁的处理方法，通过肯定自身或其他方面来缓解情绪冲击。

另外，在行为层面，当一个人从别人那里得到积极的反馈并反思自己的积极方面时，也可能会引发自我肯定的过程⑤，自我肯定能强化人们的有益行为⑥，至于其内在机制，研究发现状态自尊、自我概念、情绪等变量会在其中起到中介效应⑦，而相关的网络小说研究，王云端从网络小说的特点出发，认为网络小说内容浅显简单、主题单一、思想性较弱，缺乏深刻内涵，更多

---

① PHILLIPS L T, LOWERY B S. I ain't no fortunate one: On the motivated denial of class privilege. Journal of Personality and Social Psychology, 2020.

② CRESWELL J D, WELCH W T, TAYLOR S E, et al. Affirmation of personal values buffers neuroendocrine and psychological stress responses. Psychological science, Vol. 16, NO. 11, 2005, 846-51.

③ 杨俊建：《论网络小说何以如此流行》，太原师范学院学报（社会科学版），2017 年，第 74 页。

④ SHERMAN D K, HARTSON K A. Reconciling self-protection with self-improvement[J]. Handbook of self-enhancement and self-protection, 2011, pp. 128.

⑤ SHERMAN D K, COHEN G L. The psychology of self-defense: Self-affirmation theory[J]. Advances in experimental social psychology, Vol. 38, 2006, pp. 183-242.

⑥ LINDSAY E K, CRESWELL J D. Helping the self help others: Self-affirmation increases self-compassion and pro-social behaviors[J]. Frontiers in Psychology, Vol. 5, NO. 4, 2014, pp. 21.

⑦ SCHMEICHEL B J, VOHS K. Self-affirmation and self-control: affirming core values counteracts ego depletion. Journal of personality and social psychology, Vol. 96, NO. 4, 2009, pp. 770.

是契合人们对世俗的欲求。并且，随时随地的碎片化阅读大大降低了读者在阅读时的思考程度。因此，网络小说产生的快感是感官、情绪、情感层面的①。网络小说带来的强烈情绪和自我肯定的强化行为可能存在一定的联系。

1. 自尊

自尊是个体对自我价值的评价，取决于个体的期望水平②，受访者在描述对角色的希望要求时，常要求主角必须具有勇敢、大局观、聪明等优秀特质，并且对懦弱、无能、不努力等感到厌恶。人天生有内在动力去保护自尊，网络小说人物尤其是主角，作为读者主要代入与共情的对象，读者难以接受其不完美就像无法接受自己不完美一样，现实中的自我很难发生改变，但书中角色可以直接达到目的，于是被读者寄予了更多的期待与要求。

另一方面，读者对自己的自我期盼也是更偏向于自己是符合社会标准的，具有良好的道德值得称赞，并基于自身进行更具体的渴望，例如：单身的受访者1更多的是希望自己是聪明的，可以把一切做好，这样很多男生便会被吸引，最后拥有幸福美满的人生。

2. 价值观

价值观是个体对特定事物、行为或目标的持久性偏好或评价标准，此偏好或标准兼具认识、情感、意向的参考信念，用以引导个体的行为，满足个体需求和达成个体目标。多名受访者在讨论中很明确地指出自己选择的网络小说必须拥有正确的逻辑及三观，受访者8在提及让自己印象深刻的事时提到"他的情节是我平常认知中无法承认的，就可能，大家对一些东西的认知都不一样，这种时候我遇到了我无法接受的事情，自然我就可能难以消化。"因此，小说的价值观与世界观的植入也相当重要，网文读者更偏向更为积极向上的三观及小说作者输出的内容。

3. 积极反馈

当一个人从别人那里得到积极的反馈并反思自己的积极方面会引发自

---

① 王云端：《网络小说的快感问题研究》，山东大学硕士学位论文，2020年。
② 鲍娜：《社交网站中的自我呈现与自尊的关系》，华中师范大学硕士学位论文，2014年。

我肯定。网文读者在对于小说主角提出更高要求的品性后，更期待的是更好的"自我"在面对一些挫折时是什么样的行为，能造成什么样的结果。受访者6提到"从中你其实是可以学到你坚持下来，或者是有些事情你只要认准了，你做下去你就一定能够迎来你这个废柴翻身的那种日子的，对不对？更多的是那种期望你知道吗？这也算，也能够让我们学到一些，比如说你在你的生活中，你不要那么轻易就说放弃，比如说你决定了你就经历就做到底就是这样"，由此，完成从自我期盼到投射认同，再到对自己产生积极影响。

（三）主题间的关系

有关自我肯定对认知任务方面的文献显示，浏览自己的微信朋友圈能起到自我肯定的效果，自我肯定可以使个体产生更高的内在动机，从而有更佳的认知任务表现①。动机一般被分为两大类：内在动机和外在动机。其中内在动机主要与人们的某些内在精神需要相关联②，是个体参与能获得潜在满足感的任务的意愿，有助于增强自我完整性③，其中，自我肯定的重要概念也是保证自我的完整性，存在相关联系。但目前网络小说阅读动机与自我肯定相关研究甚少，本研究将对填补这一空白进行探究。

现有研究中鲜有以网文读者为对象来进行自下而上研究的，也没有对网文读者的心理进行史深入更深刻的研究解释，对呈现出的表面现象仅做出利弊评价与美好展望，而未深入对其进行归因，从而提出解决方案。另外，现有对阅读网络文学带来的情感价值分析只是单纯指出网文能够令人感到满足，而未细化到背后的归因过程，也未与明确的心理机制相联系，本研究由其特点分析得知附加情感大多是与自尊相关的，与自我肯定有一定联系，另一方面普遍认为网络文学中的主角是个人期望的一种投射，这里本文从读者

① 文湘漓：《自我肯定对认知任务表现的影响》，暨南大学硕士毕业论文，2019年。
② KANFER R. Motivation theory and industrial and organizational psychology. Handbook of industrial and organizational psychology, Vol. 1, NO. 2, 1990, pp. 75-130.
③ AMABILE T M, IIILL K G, HENNESSEY B A, et al. The Work Preference Inventory: assessing intrinsic and extrinsic motivational orientations. Journal of personality and social psychology, Vol. 66, NO. 5, 1994, pp. 950.

本身出发，来揭示内在结构，读者本身的自我建构产生了认同，对一般网络小说带来的情感价值归因进行补充。

阅读动机和自我肯定两个主题间有一些参考点存在重合，自我肯定与幻想满足、自我提升存在一定的代码共存（如图2-1）。自我肯定认为自己是优秀的，符合社会标准的，自我是完整的，有提升的需要，受访者在对网络小说人物情节提出意见时，总体认为应该更加优秀，但应该是有条件的。其中，对幻想的度的把控也是十分重要的，对于没有发生过没有经历过的事，如果太过天马行空，带给读者更多的是狂欢的快感，很少有时间空间的约束，反抗了压抑的常规生活，但读者的常规价值观构建会对此产生要求，如受访者7认为最理想的小说是"某一篇文章它的构思十分精巧，就像你明明是在看科幻类的文章，但是它可能在现实中也可能发生。其实意思就是说它仍然是符合目前已知的物理定律的"。也就是说，可以有幻想，但如果有实际支撑就能更加优秀，能让人感到真实。受访者3也对金手指表达了"有条件的无所不能"的看法，表示不能太过脱离现实。

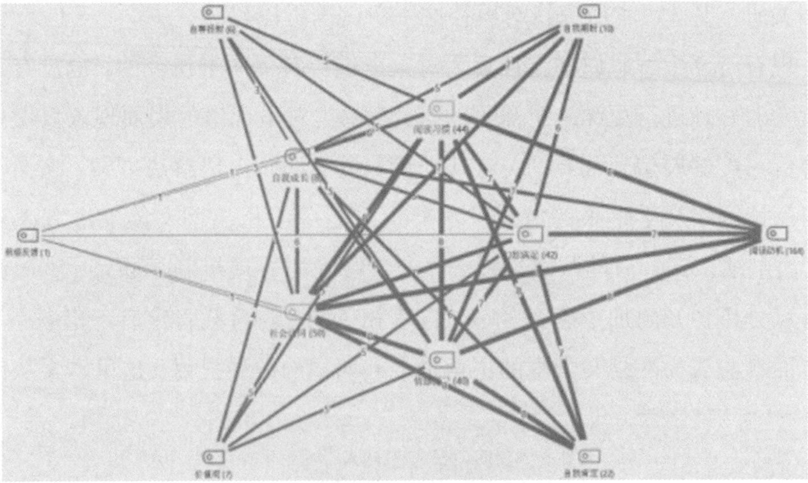

图 2-1　代码共存图

三　质性结果讨论

（一）网文读者的阅读动机与阅读过程

网文读者如何描述他们的阅读动机及阅读过程？网文读者的阅读动机包括社会认同、阅读习惯、幻想满足、自我进步、情感抒发（见表 3-1）。根据代码共现中五个次主题均存在多处交互与重合（见图 2-1），故研究者再次通读访谈稿，整合每个人的经验，还原网文读者完整阅读过程，形成以下阅读过程模型（见图 3-1）。网文读者的阅读过程从阅读契机开始，由身边同伴推荐或跟随潮流的从众心理引起阅读行为，在实施阅读行为后，从阅读中获得自我进步、幻想满足及情感抒发，其中"幻想满足"与"情感抒发"两个次主题存在一定联系，还原到材料中即部分幻想满足后所获得的"爽感"也给读者的情绪带来了积极影响，解释了读者在进行阅读后会感觉自己心情变好。读者在体会到此类积极情绪后又忍不住触发阅读行为，后又获得体验，进行反复强化与循环，并在此基础上完成训练，形成习惯，在闲暇时间或心情沮丧时，下意识通过阅读行为来达到消遣目的。

表 3-1　阅读动机主题总结表

次主题	释义
社会认同	与他人进行交往的需要，及集体的凝聚力，与集体的一致行为
阅读习惯	沉浸阅读获得积极体验后产生的行为强化连接逐渐变成下意识的习惯
幻想满足	代入小说角色，及对未知不确定性的积极想象，与人物产生共鸣，拥有更多体会
自我进步	对自身成长有所帮助，如提高见识、写作能力及其他能力的提升
情感抒发	暂离现实烦恼，实现白日梦，被小说感染，心情变得轻松或被小说心情同化

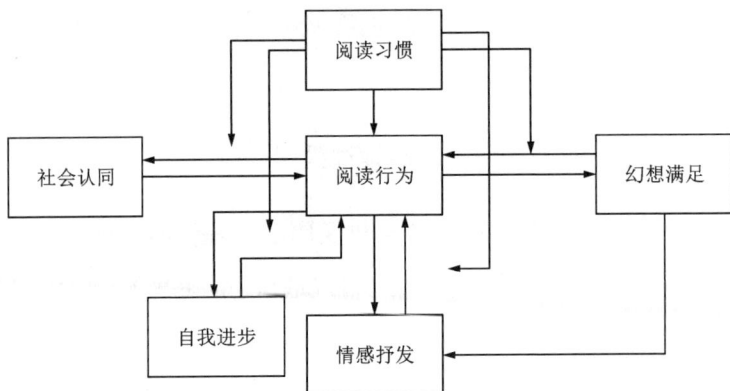

图 3-1 阅读过程模型

(二)网文读者的自我肯定

网文读者如何描述他们的自我肯定？在有关自我肯定方面，自我肯定是个体用来应对威胁的处理方式，在本研究中，读者的自我肯定构建更细分在价值观、积极反馈、自尊等方面(见表3-2)，进一步还原了自我肯定在整个阅读过程中是如何产生并作用的。个体在遭受威胁后，为维持自身完整性构建产生自我期盼，这种期盼同样也是一种弥补，弥补的期盼投射到阅读中，而网络小说中也存在着作者所构建的主角及大的世界观，网文读者在阅读过程中对其中的价值观及自尊进行比对，如不符合自身构建，即未能满足失败的弥补来进行缓冲，便继续产生威胁，进而影响到情绪，变得消极，如满足自我期盼与构建，则受到积极反馈并反思自己的积极方面而产生自我肯定，根据自我肯定理论，关注自我肯定信息后，人们做出诸如逃避或歪曲防御信息等防御过程的倾向将减少或消除(见图3-2)。

表3-2　自我肯定主题总结表

次主题	释义
价值观	更偏向积极向上的三观，对自身行为有一定影响
积极反馈	从别人那里得到积极的反馈并反思自己的积极方面
自尊	期望拥有更好的品质

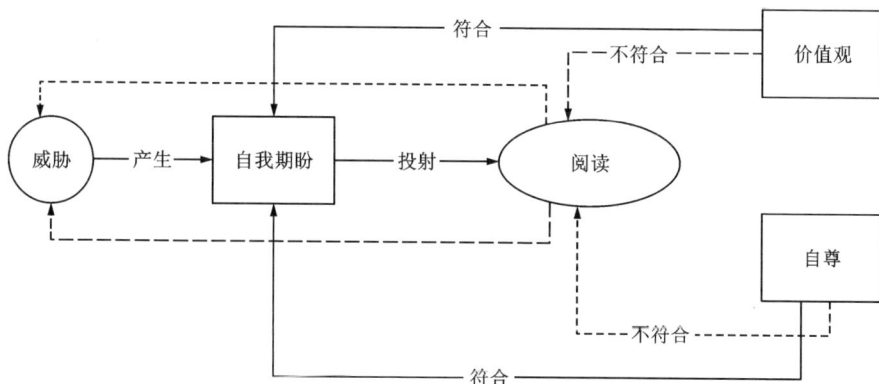

图3-2　自我肯定的影响

（三）自我肯定与阅读动机

在探讨自我肯定与阅读动机两个主题间的关系时，对两个主题代码重叠进行了最小值要求以发现联系最紧密的代码。自我肯定与阅读动机中幻想满足存在一定的代码共存。前人研究中提出的自我肯定能使个体产生更高的阅读动机，而本研究发现自我肯定对阅读不仅仅是促进更有控制的作用，网文读者的自我肯定包括对自己及对角色的肯定，其中包括对角色的代入投射，更多还有从角色身上受到的积极影响然后反馈到自身，尤其是自我肯定强调的价值观与自尊概念，更多的会发生在读者的现实生活中，所以读者总体除了追求更优秀外，自我肯定的存在也会让读者保持一定清醒，幻想满足拥有了度的考量，超出这个度将不符合常理的世界观，现实与小说的撕裂感将更大，并大大影响到阅读时的沉浸与代入感。

(四)本质

本研究着眼于网络小说读者的阅读过程与经验，实质是网文读者因为对现实的逃避，满足社交需求，满足幻想，自尊投射等产生阅读行为。当他们进行阅读后，获得的阅读满足又反过来促使再次产生阅读行为。多名访谈者都多次提到自己读完小说后会产生放松情绪，这一概念进入读者构建后，在之后想获得放松情绪时会下意识进行阅读行为，正如访谈者均提到会在没事做、碎片时间、情绪不好时挑选合适题材的小说进行阅读。

其中，读者的自我肯定对读者进行阅读选择及阅读过程有一定影响，读者期盼看到更天马行空的题材和更无所不能的主角，但又不希望太超出自己的价值观世界观的构建，提出必须是有条件的无所不能，如出现不符合自己认知的情况，就会产生烦躁情绪或直接终止阅读。

四 结论

本研究使用了定性研究，用现象学的方法揭示网文读者阅读体验中隐藏的含义。个体存在包括他们的幻想满足、情感抒发、社会认同、自我成长、阅读习惯及自我肯定。本研究提出，网文读者在进行阅读选择以及进行持续阅读这一行为上，都有一定自尊基础，并进行角色代入或从中获得积极反馈，从而达到一定情感抒发或提升自我、产生社会认同等目的。读者在此过程中形成了阅读习惯，读者的自我肯定对阅读动机中幻想满足存在一定控制。

(一)研究意义

本研究将帮助理解网文读者及网文阅读动机这一主题，为今后对网文读者这一群体或相关网络群体研究提供新的见解与思路，网络文学、心理学、图书馆学等领域的研究者可以从本研究中获得更新颖、更广阔的研究视角，为后续如抑制网络小说成瘾等研究提供可靠的参考模型和重要的理论依据。

读者在进行网文阅读之前往往没有经过动机行为的思考，单纯当作消遣，而网文阅读行为是自我基于现实情况的一个选择与反应，本研究有助于读者更好地了解自身，合理看待网文阅读，并根据自身情况进行更好的选择，有利于调节自我情绪。

于网络作家和编辑而言，本研究从读者本身出发，更深层地剖析读者需求，有助于创造新的思路，网络文学的风格也将更加多样，向更有利更健康的方向发展，不再局限于旧的形制，更加百花齐放，与读者之间相互促进，创造和谐格局。

(二)研究不足

本研究的研究对象为网文读者，本文为获取吸收更多的经验，所选受访者阅读年龄均为 7 年以上，且对象均受过高等教育，未能覆盖到其余低学历群体。另一方面，虽然受访者也描述过自己在青春期时的阅读体验，但随着时代社会发展，目前正值青春期的读者可能又有不同的想法。同时，大部分受访者年龄相近，且大多为理工科学生，信效度上有一些局限。

在资料收集时，虽在访谈前就进行过沟通，答案没有对错之分也不涉及道德评判，受访者在自己回忆不出情况而沉默时还是经常产生懊恼情绪，并且不排除回答不出而进行当场编造的可能。在进行描述时，一些受访者也可能会出于道德评判而隐藏部分真实想法。

编码过程中基于效度的考虑往往会需要 2~3 个人员共同参与编码，互相对照进行编码员一致性检验。而本研究中所有编码均是两名研究者共同完成的，可能存在一些偏差。

质性研究以研究者本身为工具，不应该带有先在的经验，但研究者本人作为资深网文读者，在编码与访谈时，不免会产生价值偏向。

(三)展望

我们应该对网文读者心理层面进行更多的研究，尤其是现在互联网及手机上网的普及，即使是不看网络小说的人群，网络小说的各类衍生如电视剧、广播剧、游戏、周边商品等也会大面积出现在人们的视野中。对网文读者的阅读动机及自我肯定的研究可以聚焦于更广泛的人群，覆盖更多的年龄段，且本文对阅读动机主题的阐述这方面还能给后续量性研究问卷提供参考。

论修真小说与修真游戏之间的融媒介关系及其道教文化输出

邓韵娜

西南科技大学

经过 20 余年的长足发展，中国网络文学不但形成了完整的互联网生态链，而且早已走出国门，开启了海外传播的漫漫征途。其中，创立于 2014 年的翻译网站 Wuxiaworld(武侠世界)在海外影响力最大，尤其能够体现欧美地区受众对于中国网络文学的特殊关注点与阅读偏好，可被视作网络文学海外输出情况的风向标。在既有研究成果当中，Wuxiaworld 最受欢迎的网文类型都被归纳为仙侠小说和玄幻小说，但从严格意义上来讲，Wuxiaworld 上热度最高的中国网络小说如《凡人修仙传》《九星霸体诀》《陆地键仙》等作品，都应该归属于修真小说。

修真小说与仙侠小说在范畴区分上一直存在争议，笔者认为，修真小说与仙侠小说的区别主要在于：第一，在主线情节上，修真小说的核心在于"修炼"，即修仙者通过内力修炼和服食丹药等方式一步步突破各个修炼等级并且最终实现飞升。仙侠小说则侧重于"侠"的精神，重在描述道家子弟在尘缘中的辗转与了悟。第二，在人物塑造上，修真小说主张抵制世俗诱惑，一心关注个人修炼，因此主人公通常心思缜密，工于心计，在男女之情上较为冷静和淡漠。仙侠小说主人公则继承了"侠"的特征，古道热肠，急公好义，在感情上更是轰轰烈烈，历尽几世情劫。第三，在世界观设定上，修真小说会设置完整而复杂的修炼进阶层级与修为境界体系，仙侠小说则倾向于再现传统的门派格局、功法传承与修行方式。因此，仙侠小说通常发生在中国古代，修真小说则可以在确立修炼体系的基础上将故事放置于不受时空限制的广阔想象天地之中，许多修真小说还带有玄幻甚至科幻成分，与传统仙侠小说之间有着明显区别，修真小说经常被视为玄幻小说。

与修真小说在海外强劲输出相呼应的，就是中国修仙题材游戏《了不起的修仙模拟器》在 2019 年发行后立刻荣登全球最大游戏平台 Steam 热销榜榜首，在还没有出英文版的情况下就已经吸引了大量海外玩家。这款游戏英文名称是 Amazing Cultivation Simulator Steam，虽然 cultivation 本意为"耕种"，但 Steam 讨论区的海外玩家都表示他们对于 cultivation 的"修炼"意涵十分熟悉，这显然得益于 Wuxiaworld 对于修真小说的翻译与传播。不少热衷于此的英语玩家通过社交软件 Discord 建立了以该游戏为主题的"修真聊天群"，自发制作英文本地化 MOD，并且分享了大量关于丹道派的基础知识，这些英语玩家与修真小说读者的身份基本重合。可以说，修真小说在海外的风行为该款游戏的全球热度奠定了基础，因为该游戏再现了一个拥有复杂修炼层级与方法体系的修真世界，让修真小说的海外读者能够身临其境地体验修真进阶过程。该款游戏的制作团队也表示，他们在研读古典仙侠小说《蜀山剑侠传》的基础上，还阅读了以《凡人修仙传》为代表的大量网络修真小说，最终在游戏中将神话、道教、武术与修真流程融为一体。网络修真小说特别适合游戏改编的原因及其如何实现游戏机制与传统道教文化的结合就是本文探讨的主题。

一　修真小说中的游戏架构

网络修真小说以及《了不起的修真模拟器》在海内外所掀起的热潮，说明修真小说本身符合互联网时代大众的接受、感知和体验习惯，这集中体现在修真小说在基本架构上的游戏性特征，海外修真小说读者与《了不起的修仙模拟器》玩家之间的重叠也从侧面印证了这一点。修真小说与游戏之间的相通性主要表现在以下几个层面：

第一，灵魂-身体与玩家-账号之间相互关系的对应。修真小说中的一条核心线索就是灵魂与身体分离的可能性，这一可能性在具体情节上体现为三种类型：夺舍、重生和飞升仙界。例如，忘语的《凡人修仙传》中的农家少年韩立被修真门派七玄门的墨大夫收为采药童子，资质平庸的墨大夫发现他拥有"灵根"体质，能够修炼凡人无法修炼的"长春功"，于是打算等韩立修炼到"长春功"第四层时就伺机夺取他带有"灵根"的身体，从此踏上修仙之路。可是当墨大夫的元神通过咒术进入韩立的身体后，反而被韩立功力深厚的元神所吞噬，以夺舍失败告终。六如和尚的《陆地键仙》中男主人公的灵魂穿越到了修真世界楚家赘婿祖安的身体之中，也是另一种形式的夺舍，不同之处在于穿越者的灵魂被动地进入他人身体，事先并没有夺舍的主观意愿或自主选择权。"平凡魔术师"的《九星霸体诀》中，男主人公龙尘在重伤后苏醒，发现自己拥有了丹帝的记忆，因此猜测自己是被丹帝夺舍重生，或者是丹帝与龙尘的灵魂融合，共用龙尘的身体。夺舍与重生之间的区别在于，夺舍者主动放弃了自己尚在人世的身体，重生则发生于身体死亡之后。大部分修真小说的结局则是主人公抛弃世俗躯壳，飞升仙界。总的来说，在修真领域中，灵魂是相对于身体更为持久和坚实的存在，而身体只是灵魂暂时的寄居之所，是修真过程中得鱼忘筌的辅助工具。

修真小说中灵魂与身体的关系正与游戏中玩家与账号的关系相对应。在游戏世界里，账号为玩家提供了虚拟身体，玩家需要借助这一虚拟身体在游戏世界中历练闯关。虽然玩游戏一定要有账号这一虚拟身体，正如修真一定需要具有基本资质的身体，但是玩家相对于账号仍然是更为恒久和基础的存在。没有玩家的账号正如没有了灵魂的身体，不再具备任何实际意义与继续生存的可能。修真小说中的夺舍可对应游戏中的盗号，即一个玩家占据另一个玩家拥有更高等级和装备的虚拟身体；重生则对应账号重申，即玩家的虚拟身体死亡之后，将已有的游戏技能与经验运用于新的虚拟身体；飞升可对应账号满级后，有的玩家会选择停止游戏或出售账号，彻底抛弃这一虚拟身体。《了不起的修仙模拟器》中的小人尤其能够形象体现修真小说中灵魂-身体之间的关系。开局时游戏会提供数款禀赋各异的小人供玩家选择，玩家选定一个小人并借助其身体开始修炼历程，即夺舍；在修炼过程中如果因为错误操作而导致小人死亡,玩家就必须重新选择一个小人,基于既有的经验教训从头开始,即重生;顺利操纵小人逐一突破不同修炼境界以后,就会渡过天劫完成飞升,小人的虚拟身体也会随之消失,玩家则可以再次选择其他小人开始新一轮操作。在这一游戏世界中,玩家如同灵魂一般永恒,历遍虚拟身体的死亡与轮回。

第二,虚拟时空的建构与游戏世界的想象。正如前文所述,仙侠小说通常会立足于历史传统,比如主人公通常在蜀山修道,故事中的门派与功法也承袭自经典武侠小说;而修真小说则倾向于建构一个完全虚拟的修行宇宙。例如《陆地键仙》就呈现了一个现实生活之外的异次元世界,在这个世界中,所有的人都是修行者,并且由修行境界决定社会身份地位,皇帝修为最高,接下来依次是大宗门的掌门、大家族隐世老祖、诸王、三公等,俨然修行者的"理想国"。也只有在这种理想的修真世界中,修行者才能够抛开一切世俗杂念与外在物欲,心无旁骛地专注于内在修为的不断精进。圣骑士的传说的《修真聊天群》的主人公宋书航本来是一个平凡的大学生,通过偶然的机缘进入了未知而神秘的修真世界之后,感慨自己的整个人生已经发生了改变,再也不会像身边的芸芸众生一样在快节奏的现实生活中无目的地奔波劳碌,丢失生命的真谛与欢愉。

非现实虚构也是游戏世界的特征。阿尔比奈认为,"游戏的特点之一就是置身于想象中,通过叙述把现实世界里的问题、欲望、幻想转移到虚构世界,并将这些元素表达出来,重新面对"①。游戏同样要求玩家抛开严肃的现实生活,专心致志地沉浸于游戏天地之中,通过游戏中的获得感忘却日常烦恼,甚至在一定程度上改变自己的人生态度以及与外在环境之间的关系。正如伽达默尔所说:"人的游戏有自己的特殊之处,作为人的最固有标志的理性可以确定自己的目的,并且有意识地努力去实现这种目的"②。在竭力追

---

① 马克·阿尔比奈:《游戏设计信条:从创意到制作的设计原则》,路遥,译,人民邮电出版社,2018年版,第10页。
② 伽达默尔:《美的现实性——艺术作为游戏、节庆和象征》,郑湧,译,人民大学出版社,2018年版,第22页。

逐游戏所设定的目标的同时，玩家能够通过虚拟身体的展示对自我产生全新的省思，在物欲横流的西方文明社会中获取内心的平静，《了不起的修仙模拟器》令海外玩家沉迷的魅力也正在于此。

第三，修真的层级进阶与游戏通关系统。修真小说的基本结构就是修行者在设定好的修为境界体系中逐一进行层级突破的过程，每突破一层境界，修行者在身体和修为、心境方面就会获得相应的提升，这也吸引着读者追随修行者一同感受挑战自身极限的振奋与成就感。同时，修真主人公在刚出场时通常都是平平无奇的小人物，因为偶然的机缘才开始漫长而艰险的修真之途，通过一次次的挑战获得由内到外的蜕变，最终站上了修真世界的顶端，这样的设定也方便读者自我代入，欲罢不能。例如《九星霸体诀》所建构的修真世界中，武道分为先天境界、后天境界和仙道境界，这三层境界本身又自成体系，比如先天境界分为先天境、辟海境、铸台境等十三个大境界，每个大境界又包括九个小境界。丹修包括从丹童、丹徒到丹帝的十个境界。除此之外，丹药、战技和兵器也各有品级。男主人公龙尘因为被盗走灵根、灵血和灵骨，成为无法修行的废物。某次被人打伤后，他突然拥有了丹修境界最高的丹帝灵魂记忆，由此获取适合自身修行的武学秘技"九星霸体诀"。这一秘技分为九层，层层突破的同时，龙尘也开始了武道、丹修、战技与兵器的逐级进阶。

游戏的基本架构是一个从零开始的通关系统，其中游戏关卡的布置与修真小说中的修行境界之间形成了对应。游戏中的每一道关卡各自形成一个完整的游戏环节，"根据三个连续的阶段——目标、挑战和最终奖赏，环节构成了玩家需要完成的整套动作"①。正是游戏挑战成果的即时奖赏与反馈让玩家不断获得激励，从而被游戏深深吸引。游戏中的激励分为外在和内在两个层面。外在激励包括闯关成功所赢取的账号生命值、经验值和新武器、新技能；内在激励主要指玩家在游戏挑战中所产生的情绪化反应以及自我实现

---

① 马克·阿尔比奈:《游戏设计信条: 从创意到制作的设计原则》，路遥，译，人民邮电出版社，2018 年版，第 71 页。

的满足感。《了不起的修真模拟器》中，玩家所选中的小人也都是从落魄凡人的零基础开始，逐一挑战筑基、练气、结丹、化神、天劫等境界/关卡，最终褪下肉身，飞升仙界。每突破一层境界/关卡，小人的灵气值、参悟值、道行和修炼速度都会得到相应提升，并获得法宝、秘籍、丹药等奖励。

在修真小说的漫长修炼过程中，突破境界的奖励主要体现在外在容貌、感官和内在能量与心境。修真小说中的主人公刚出场时通常相貌平平，开始修行后就皮肤日渐光滑细腻，实现了容貌上从零突破的进阶。《修真聊天群》中，修真的第一步是筑基，将打开心窍作为第一道关卡，由凡人上升为修行者，进入一品跃凡境界，通关奖励是能够将气血化为气血之力，拥有超乎常人的体能；进入二品真师境界以后，则能实现眼、耳、口、鼻四窍齐开，大大提升感官能力，并将气血化为更高一阶的真气；到了五品金丹灵皇境界，就能够凝聚金丹，将真气化为具有压倒性优势的灵力。在修行中，宋书航会使用"气血值"这种类似于游戏中"经验值"的量化方式对自身状态进行评估，修习了"金刚基础拳法"以后，他发现欺负学生的不良青年对战能够实践拳法、提升身体气血值，因此把这样实战行为称为游戏中的"刷副本打怪"，并认为自己应该像游戏高手那样投入足够的时间和精力进行修炼，完全将修真过程纳入了游戏机制。另外，通过冥想的修炼，宋书航能够在脑海中幻化出"真我"，对自我进行观照与反省。对于"真我"的观照不但让宋书航在心境上日益平稳，而且让他愈发坚定了通过修行掌握自身命运的决心。《凡人修仙传》中"长春功"的修习也让十来岁的韩立心思极为缜密，对于墨大夫的威逼利诱与花言巧语决不肯轻信，而是不露声色地冷静周旋，并且刻意隐瞒了自己的练功进展，当墨大夫的元神进入体内，他的"长春功"已经炼至第六层，因此能够在神志大战中取胜，将命运牢牢把握在自己手中。

第四，丹药、法器的辅助与游戏装备。修真小说中常常出现辅助修行的丹药与提升战斗力的法器，其效用类似于游戏中的加强道具。《修真聊天群》中，韩立在挑战筑基到一品之间的关卡时，需要三百缕气血值。每修炼一次"金刚基础拳法"和"真我冥想经"就能积累一缕气血值。按照他本身的体力，一天最多积累三缕；但如果服下丹药"气血丹"，就能够在十七分钟内迅速恢复精气神状态，一天之内能够修炼十八次，把百日筑基缩短为半个月，提早开启心窍。"气血丹"的作用类似于游戏中的回血药，让代表能量值的血条从下降状态迅速恢复至满格。《了不起的修仙模拟器》中不同品种的丹药各自拥有不同辅助效果，例如延长寿命、提高灵气上限、迅速恢复灵气值等。《修真聊天群》中的其他法器也能在游戏装备中找到对应。比如能够降低体温的封魂冰珠类似于《了不起的修仙模拟器》中具有降温功能的"玄牝珠"；小说和游戏中的秘籍能够帮助主人公提升内在修为与战斗力，各类武器和符咒则能够发挥抵御、攻击等辅助功能，进一步增强和拓展主人公的战斗力范围，也让对战过程更为出其不意和精彩纷呈。同时，小说中秘籍、丹药、法器与符咒的获得也可以成为闯关环节的不同奖励，丰富故事体系，增加传奇与神话色彩。

二　游戏逻辑与道教文化的融合

对于海外读者来说，网络修真小说神秘而独特的魅力与其所承袭的中华传统道教文化密不可分。可以说，修真小说对于修真过程的描述基于游戏架构生动再现了道家文化的世界观、生死观以及对于修道最高境界的展望。这一再现能够大获成功的根本原因就在于，道教文化本身与游戏逻辑之间存在着契合之处与彼此沟通的可能。修真小说中游戏逻辑与道家文化的融合主要体现在以下几个方面：

第一，道教生死观与游戏中的玩家－账号关系。道教生死观基本围绕身体与灵魂的关系展开。《淮南子·原道》称："夫形者，生之舍也"，认为身体是生命所寄居的住宅，这里的"生"接近于灵魂的意义，是比身体更为恒久和基础的存在；《庄子·大宗师》也把躯体比作"旦宅"，与修真小说中"夺舍"的说法形成了呼应。永恒灵魂在身体中的暂时栖居使得道教思想对于身体死亡抱有十分豁达的态度，甚至将死亡视作身体与灵魂的各自归位。《庄子·齐物论》深入探讨了身体与灵魂之间的关系，"百骸、九窍、六藏、赅而存焉……如是皆有为臣妾乎？……其有真君存焉？"《齐物论》认为，包括骨节、孔道和内脏在内的身体,是被"真君"所主宰的"臣妾",就像"旦宅"一样处于较为被动的地位,这一说法为"夺舍"行为提供了理论基础。《庄子·养生主》中庖丁解牛时"依乎天理","以神遇而不以目视,官知止而神欲行",如果说身体感官是"臣妾",那么"神"就是主宰身体"真君"。篇尾进一步总结:"指穷于为薪,火传也,不知其尽也。"身体被比喻为薪,"神"则是火,薪有烧尽之时,火却可以通过不同的薪无穷尽地传递下去,就像灵魂可以在身体死亡之后在新的身体内重生,这与游戏中同一玩家通过不同的账号(即虚拟身体)持续在游戏中生存下去的过程形成了对应。

《庄子·大宗师》中讲述了铁匠打铁的故事,熔炉中的铁块只能被动地被铸造,无法选择自身的属性与宿命,这同样是关于处于"臣妾"地位的身体的寓言。《了不起的修仙模拟器》中的小人与寓言中的铁块如出一辙,一开始小人的自身禀赋与特性就被游戏设定,而小人是顺利成仙还是半途死亡全由玩家的操作所决定。小人这一游戏中的虚拟身体与其背后的玩家之间同样是"臣妾"与"真君"的关系。

第二,道教文化对于精神世界的追索与虚拟游戏世界。萧天石指出,西方文化偏重物质,"东方文化,在其精神文明、道德文明上,确远非西方文化所可企及……这也就是人在本质上的成就,心性上的成就"[1]。修真所追求的"真人境界"就是"天人合一",即灵魂褪去肉身,超脱生死,获得精神上的大自在与大逍遥。"在修炼过程中,其内心世界,别有天地,别有宇宙,绝非世俗人之眼孔,只看到一个外在世界,有形天地有形宇宙。"[2]《庄子·逍遥游》中,无比庞大的鲲及其所化身的鹏都是超越了有形世界的存在,可以视作"神"与"真君"的象征,鹏飞上九万里高空,背负青天,乘风前往南冥的逍遥远游,则营造了一个远离物质现实的美好精神世界,即"无何有之乡,广漠之野"。《齐物论》中庄生梦蝶的故事更为这一精神世界增添了恍惚迷离的虚幻之感。这与游戏中令人忘却严肃现实生活、让玩家美梦成真的虚拟世界之

---

① 萧天石:《道家养生学概要》,中州古籍出版社,1988年版,第1页。
② 萧天石:《道家养生学概要》,中州古籍出版社,1988年版,第10页。

间存在着相通之处。

《庄子·人间世》提出"乘物以游心"，《德充符》则以后羿射箭比喻个人的经历与宿命。断足的申徒嘉面对肢体健全者的奚落时表示，一个人身体健全，就好比后羿射箭射中了靶心，肢体残缺的人则是后羿不慎没有射中，都不过是命运偶然的安排。这则寓言中，后羿的射箭行为明显带有偶然性的游戏意味，从这个意义上讲，每个人一生都由造化所玩的游戏来决定，正如《了不起的修仙模拟器》中每个小人都由玩家的游戏操作来决定道路与结果。

第三，道教修真境界与游戏通关系统。传统道教将修真境界分为炼精化气、炼气化神、炼神还虚以及炼虚合道。孙思邈《存神炼气铭》将炼气养生的过程分为五时七候，即修炼初级阶段心的五个阶次与形的七阶次。在道教世界观的想象当中，超脱生死的三界之上还有种民天、圣弟子天、三清天、大罗天等境界划分。道教修炼阶次与修真境界的完整体系都与游戏通关系统之间形成了潜在的对应关系，不但为修真小说的世界观建构提供了参考与启发，也为修真小说与游戏之间的相互改编奠定了基础。

《庄子·齐物论》中瞿鹊子向长梧子探讨"妙道之行"，长梧子指责瞿鹊子是"见卵而求时夜"，暗示修道需要一个像从鸡蛋中孵出小鸡再成长为公鸡的漫长过程，这一过程也必然包含不同的生长阶段。《庄子》中对于"真人"特征的描述则可以对应游戏闯关成功之后的奖励系统。例如《逍遥游》中藐姑射山的神人"肌肤若冰雪，淖约如处子"，《大宗师》中女偊年长却"色若孺子"，并自称是"闻道"的结果，都涉及修道对于外在容貌的提升，也与修真小说中修行者的外貌变化相吻合。《人间世》中的"气听"指出耳朵的听觉只能止于物质世界，"气听"则能通过"听之气""循耳目内通而外于心知"，将感官范围从有形的物质世界延展到无形的精神世界，感受并顺应天地阴阳的变化。"心斋"则强调内心摒弃一切尘俗杂念的虚静状态。《了不起的修仙模拟器》里，修炼时的心境值成为重要指标，过高或过低都有入魔的危险。在心境值低于95的阶段，修炼过程中需要时刻关注小人的情绪并调适心境值，当心境值突破95的关卡，小人不再轻易起情绪，修炼中不必再调适，这一方面是闯关成功的奖励，一方面也生动呈现了《庄子》中"真人"的心境状态。

三 游戏机制与科幻元素的结合

电子游戏是在计算机技术的基础上发展起来的，因此与科幻想象之间存在着天然的联系。许多科幻题材的游戏都立足于科幻元素，借助新媒体技术让玩家进入了庞大的未来世界，VR 游戏更是运用全息投影技术让玩家的感官直接沉浸于虚拟现实空间之中。游戏与科幻之间的亲缘关系有助于修真小说以自身的游戏架构为媒介，将传统道教文化与科幻情节结合起来，为读者呈现出光怪陆离的科幻神话图景。修真小说中游戏机制与科幻元素的结合主要通过以下几种方式实现。

第一，虚拟时空与科幻世界的交融。修真小说所建构的远离物质现实的虚拟世界为科幻元素的进入开辟了空间。《修真聊天群》中，许多修行者在修炼过程中获得了不死之身，在闭关数百年后来到了科技发达的现代文明社会，因此在出关后建立了效果类似于道教千里传音术的网络聊天群。宋书航误入聊天群之后，发现群里的成员都以"道友"相称，还会向新成员询问道号、洞府和修为，日常聊天则以讨论炼药丹方和修行境界为主。一次偶然的机会，宋书航与群里的"灵蝶岛羽柔子"在现实中碰面，发现对方果然是颇有道行的修士，并且居住于神秘的"灵蝶岛"，虚拟的修真世界以科幻的形式将现代技术容纳了进去，并且围绕传统道教修行与现代科技生活之间的碰撞展开了自由而浪漫的想象。《陆地键仙》中的男主人公在逛网络论坛时被球形闪电击中，穿越到修真异世界的同时，还与键盘直接绑定，成为键盘的宿主。在穿越发生时，男主人公想到了刘慈欣的长篇科幻小说《球状闪电》，多少带有点致敬意味。

第二，游戏模式对于修炼方法的渗透。《陆地键仙》中，祖安想要解锁自己与键盘之间的绑定，就需要搜集该世界中的 12 部秘典，依次嵌入键盘的 F1 到 F12 卡槽，相当于游戏中的十二道关卡。而每获得一部秘典，就能随机抽奖一次，作为闯关奖励。祖安得到第一部秘典之后，激活了键盘怒气值系统，按照系统设定，每当祖安激怒一个人，就能获得相应的怒气值，而怒气值则可以用来兑换商品、使用技能和进行抽奖。为了提高自身实力，祖安一直通过激怒对方来获取怒气值，从而抽取各种药品与辅助装备。系统事先设定的积分模式、将情绪与感受直接转化为数值的修炼方式，以及数值积累与货币的绑定，通通承袭自游戏模式。《修真聊天群》中，宋书航在修习"金刚基础拳法"秘籍时，脑海中会自动浮现3D投影拳法展示，让他产生沉浸式体验；修炼"真我冥想经"时则会向内观照到"真我"，并感觉到"真我"出尘脱俗的超逸气质，明显是高清晰效果，道家修行体验与虚拟现实技术就此糅合。

第三，现代技术对于强化道具的改造。《修真聊天群》中传统修真世界与现代生活的结合，使得修行者所使用的法器也得到了现代化改造。宋书航刚入修真聊天群时，对于群里所分享的一张丹方感到好奇，但其中部分成分是游戏里才有的物品与装备，从羽柔子那里获得稀缺药材之后，宋书航直接用火锅盆和电磁炉进行试炼，因为电磁炉的温度设置十分精准，反而解决了传统修士难以控制温度的问题，阴错阳差地成功练出淬体液。这一颇具解构与荒诞意味的情节因为药材成分与游戏中药品的重合而带有游戏化、漫画化的非现实特征。另外，通过手机定位实现的飞剑传书、需要充电的法器、存储在U盘中的秘籍等，也都具有类似的游戏与科幻色彩。

四 Wuxiaworld 道教术语翻译与文化输出

Wuxiaworld 主页 Resourse 栏有专门的 General Glossary of Term 和 "Cores" in Chinese Cultivation Novels 版块，分别对仙侠、玄幻小说中的术语和修真小说中的"丹"进行翻译说明和详细解释。Wuxiaworld 对于修真术语的翻译与解说一方面为《了不起的修真模拟器》顺利出海提供了基础参考知识，一方面也体现了海外粉丝通过修真小说对中国传统道教文化所获得的理解，彰显了修真小说的文化传播能力与独特魅力。Wuxiaworld 主要从以下几个角度对修真相关的道教文化进行理解与阐释。

第一，对于身体-灵魂关系的解释。在修真术语部分，"元婴"被翻译为

Nascent Soul(新生的灵魂),有时也被直接音译为 Yuanying,但 Nascent Soul 更能体现得出道教文化中灵魂对于身体的主宰关系。术语解释指出,在有的修真小说中,元婴可以离开身体并成为修行者的第二个生命,如果修行者的身体(main body)死亡,他们的意识会继续存在于元婴当中。"结丹"则被翻译为 Core Formation(丹的形成),术语解释称,在结丹过程中,丹田就像炉鼎一样将体内的真气凝结成金丹,并与欧洲炼金术士的"贤者之石"(Philosophyer's Stone)进行了类比。因为海外读者大多对中国道教炼丹术并不了解,炼金术士对贤者之石的提炼则能够提供更为形象和直观的画面。

在《了不起的修仙模拟器》中,结丹是修真的重要阶段,小人在修炼时盘坐,全身呈暗褐色,只有丹田处闪着一团金光,整体上极似正在炼制金丹的炉鼎,腿部触到地面之处显出较暗的金光,如同炉鼎底部的火焰,通过游戏画面十分生动地呈现出结丹过程,也极易激起修真文的海外读者的兴趣。"成仙"则被翻译为 Immortal Ascension(永恒的升天),术语解释强调金丹或者元婴在修行者进入永恒生命的过程中发挥着关键作用。这一系列的术语解释与道教文化中把身体比喻为"舍"和"旦宅"、把"神"比喻为真君的表述异曲同工。

第二,对于"道"与"天"的理解。术语解释中"道"被直译为 Dao,并将其描述为万物的根本与来源。道的基本原则就是与自然秩序的和谐。在修真小说中,修行者总是企图明晰道的真谛,因为道能够给予他们超自然的力量甚至控制整个自然界。阴阳(Yin&Yang)也是道的内在原则,被解释为整个宇宙方方面面的双重存在状态(duality present)。阴与阳是独立于自然界的两股力量,彼此之间相互对抗又相互弥补和联系,并且能够产生相互促进的作用。这样的描述很容易让人想到太极八卦图中阳鱼与阴鱼之间的交错关系。对阴阳的理解在道教文化的海外输出中至关重要,因为阴阳之间的相反相成与西方的二元对立思维框架截然不同。霍克海默认为,主体-客体之间是统治与被统治、支配与服从的二元对立关系,这一二元对立尤其体现在人与自然的关系之中。人类主体通过理性认知将自然对象抽象为概念,再把自然万物归类、整理为井然有序的知识体系,从而实现主体对客体的统治。总的来说，人与自然的关系不是命令就是服从，不可能平等共生。① 相对于主体-客体关系中人类对于自然的把控与主宰，道教文化则强调"无为"和"在宥天下"，任由自然万物按照其天性自由发展，实现人与自然之间的和谐。

Wuxiaworld 将"天"翻译为 Heavens，使用复数形式是因为被玉帝所统治的"天"分为九重，即"九天"。尤其值得注意的是，术语解释中强调，修真小说中的主人公通常都会对"天"进行反抗，从而挑战自己的命运或者报复不公平待遇。追求长生的修行本身就可被视为对抗天意(the Will of Heaven)。《凡人修仙传》与《修真聊天群》中的男主人公都体现出了掌握自身命运的强烈意识。Wuxiaworld 热门修真小说《逆天邪神》《无敌天下》《帝霸》等作品，仅从标题上就体现出了"我命由我不由天"的自主意识与逆天精神。综合看来，修真小说中与自然和谐的"顺天"与反抗命运的"逆天"之间、个人与命运之间皆非二元对立关系，而是相反相成的阴阳关系。因此，以《冰与火之歌》为代表的西幻作品中，个人在强大的命运面前显得十分无助和渺小，再优秀的个体都会出其不意地被命运碾得粉碎，毫无反抗能力。相比之下，中国修真小说中主人公一步步地成长与逆天的豪情则展现了独特的文化底蕴与精神魅力。

第三，对于"丹"的翻译。Wuxiaworld 开辟了专门版面对修真小说中的"丹"进行系统解释。在"丹"的英文翻译问题上产生过很多争议，比如 cinnabar/pill/pellet/elixir/medicine 等，但 Wuxiaworld 翻译者对这些翻译都不太满意，因为这些词汇的含义都指向"药丸、药物、长生不老药"等，即道教外丹。而中文的"丹"则同时包括了内丹和外丹。内丹的修炼即前文所述以身体为炉鼎，在丹田炼气。因此"丹"不能仅仅翻译为外丹意义上的"锅炉里药丸"(a Pill in a Cauldron)，而应当选择一个能够同时包含外丹与内丹意涵的词汇，即 Core。选择这一词汇的灵感似乎来源于动漫、游戏中魔兽的魔核(Magical Cores)。魔兽体内的魔核凝聚着其自身的魔法能量(magical energy)与精华(essence)。游戏中获得魔核之后可以提升生命值、制作魔法装备或高

---

① 汪民安，陈永国，张云鹏：《现代性基本读本》，河南大学出版社，2005 年版，第 175 页。

价出售。修真小说受到游戏的影响，其中的魔核也有类似的效用。通过游戏中的魔核，海外译者与读者对中国丹道有了更为形象和深入的认识。

  总的来说，修真小说与仙侠小说之间存在着较大差别，并且在海外读者中尤其受到青睐。修真小说所承袭的中国道教文化在世界观、生死观与修行境界划分上与游戏系统之间存在着相通之处，这使得修真小说能够将游戏逻辑与道教文化结合起来，并借助主人公的修行过程与逐步成长来体现道教文化中的哲理与智慧，成功实现文化输出与小说、游戏之间的媒介融合。

作为玩家的专家："系统医疗文"的媒介与现实

王　鑫

北京大学

一　系统医疗文的双重现实

2018 年，志鸟村的《大医凌然》掀起了医疗文的热潮，随后产生了《手术直播间》（真熊初墨，2018）、《我能看见状态栏》（罗三观.CS，2018）等一批同题材流行作品。2020 年，疫情让这个题材进一步进入大众视野。

与此前的医疗作品专注于表现医生的工作生活不同，这批医疗文不约而同地使用了"系统"外挂。"系统"最初源自 RPG 游戏的升级体系，在网文里演变为一种开挂方式——即在主人公与他面对的世界之间，设定一个类似于电子游戏的中介。游戏中，主人公通过完成任务积累经验、提升等级和战力，变得更加强大；现实中，人们仿照游戏的玩法处理现实情境：将终极目标区分为不同阶段，每达到一个阶段，就获得相应的奖励，并得知下一个阶段的目标。"系统"并非医疗文的特有元素，而是普遍地出现在各种题材的作品中，诸如科研（《重生之神级学霸》，志鸟村，2014）、做饭（《美食供应商》，会做菜的猫，2016）、刷题（《我考哭了百万学生》，音音有点甜，2019）等题材，都可以借用系统架构，让主人公如游戏一般在特定领域取得成功。

这批医疗文也不例外，大部分系统都设置了关于医术的目标和奖励，医生们在完成任务的过程中，技能不断强化（《大医凌然》《医路坦途》《我真是

237

实习生》等）；小部分系统则选用不同玩法，比如代替身体检查、辅助医生做出诊断等（《我能看见状态栏》，罗三观.CS，2018），其余部分由医生自行完成。因此，我将这批"医疗文"称作"系统医疗文"。"医疗"指题材，"系统"指开挂方式作为文本结构：它们都处在现实医疗与媒介经验的交界线上。

以最具人气的《大医凌然》为例。它的故事非常简单。主人公凌然是一名外科医生，某天突然在脑内获得了医术系统。它向凌然发布各种类型的手术任务，任务完成后奖励新的手术术式、操作经验、精力药剂等。在系统的加持下，凌然的技术不断进步，手术范围不断扩展，他逐渐变成医术高超、远近闻名的"大医"。

但这个故事，可以同时被解读为医生凌然的职业之路和玩家凌然的游戏之旅。在普通人眼中，凌然是一位医术精湛、有点"工作狂"的医生。而对凌然来说，行医不仅仅是"工作"，更是"任务"。比如，当实习期的凌然习得缝合术后，他面对着远超正常医生的工作量：连续完成50多例急诊缝合……这不光是出于工作需要，更是因为系统承诺"每完成10次治疗，奖励初级宝箱一只"①。此外，他还会在不同手术领域间流转，身兼好几个领域的顶级专家称号，断肢再植、跟腱修补，甚至到肝切除……看似全能，实际上也是因为系统不断奖励新的术式。而一旦系统发布新的任务，凌然就会积极地投身于新领域。就这样，凌然完成上一个任务，接到下一个任务；从一个手术领域，转到另一个手术领域，永无止境。

这种结构方式在"系统医疗文"中具有典型性：以"任务-奖励"来推动人物行动、扩展小说空间。"任务-奖励"构成了文本的时间性，而手术领域的变换，则构成医生手术对象（空间）的变化。但这种变化，几乎很少出于主人公自身的意志，而是出于系统设定。另一部高人气作品《手术直播间》也以同样的方法组织情节——外科医生郑仁借助"系统"，拓展手术范围、更新医疗器械。甚至，郑仁无法拒绝系统提供的技能。比如，当他完成一台紧急子宫

---

① 志鸟村：《大医凌然》，2021-01-25，https://read.qidian.com/chapter/Y8j5WWawoqd1C4AOuV6yl ga/fx3CVsyDawPM5j8_3RRvhwz/

动脉介入栓塞术后,系统即时给出反馈:

【急诊任务:拯救一位未来的母亲已经完成,完成度100%。宿主获得奖励:100点技能点,经验值1000点,银质宝箱一个。用时23分15秒,结余时间折合经验9405点。】

叮咚~

【特殊任务:孤立无援完成,完成度100%。任务奖励,辐射射线能量转化铅衣一套,介入手术技能提升至大师级。结余时间折合经验9405点。】

可以看到,手术的完成度,医生的经验值都被量化为数值、换算为奖励了,这是典型的游戏结构。而奖励的"辐射射线能量转化铅衣"和"大师级介入手术",也指向后文的内容:更多的介入手术(介入手术有辐射,所以需要铅衣)。对此,郑仁也大为震惊:

郑仁再一次被系统的天马行空震惊了。

从之前系统的某些诱惑开始,郑仁就知道系统似乎希望自己去做介入手术。

但他毕竟出身于普外科,也不是很明白介入手术能做什么,所以每次都选择放弃。

遇到这次突发事件,系统大爷顺道给郑仁塞了一个特殊任务,并且之后给出了大师级介入手术技能的奖励。

这是要把自己往介入手术的不归路上引的节奏?[1]

虽然郑仁不懂介入,并一度拒绝系统,但系统却帮他直接解决了"懂"的难题,直接塞给他"大师级介入手术技能"。系统代替了千百次训练和日积月累的经验,保证了郑仁一出手就是高水平操作。这种不"劳"而获,非常像游戏中的"释放技能"或"使用道具"。如果人们操控的角色在电子游戏中习得了一个技能,或要使用某个游戏道具,那他只需按下键盘就能发动;可对系统而言,这不过是调用了某段程序。换句话说,在系统看来,"技能"具体是什么并不重要,主人公出招、使出技能、产生华丽的视觉效果等,都不过是

① 真熊初没:《手术直播间》,2021-01-25, https://www.ddyueshu.com/10_10586/

盖在程序上的一层符号外皮,让相应程序顺畅运行才是当务之急。而当小说中的医生使用某种技术时,系统不光做了医生与他操作对象间的现实的中介,还做了医生与学科系统间的现实的中介,把后者变成道具库、技能库。而真正推动文本延续的,就是那个不断生成"任务–奖励"的系统本身。

到这一步,主人公的成长已经无法被"现实地"理解为自我成长或自我实现了。毋宁说,主人公的能动性就像游戏玩家,努力探索游戏空间(进入介入领域)、摸索系统设定(比如郑仁观察系统是多么"天马行空");而主人公的专业性像游戏角色一样,只要身为玩家的主人公发动技能,就会直接让系统调用相应的程序,直接实现它。而读者也会跟随主人公的视角,完成这场游戏。

因此,正如"系统医疗文"这个名称,这批文本至少浮现出了两重现实:一重是关于医疗的现实,可以用人们熟知的"医术""医德"等评价标准去解释,这也是小说中的配角们看到的现实;另一重则是关于媒介的现实,它以系统的面目出现,是主人公与医疗体系和现实操作的中介,这是读者、作者和主人公看到的现实。后者非常"像"游戏,它既不严肃,也游离在既有的价值体系之外,无法被纳入医术或道德评价,却是快感的来源。

为了更好地考察这点,我们接下来将先考察此前的医疗作品,观察系统医疗文哪些地方发生了变化。

二　专家系统与分工神话

传统"医疗"类作品往往存在一个创作难点,那就是如何把专业内容呈现给非专业的观众?一种常见的做法,是把专业与一些调用宏大叙事的手段结合起来。普通人难以理解艰深的医学术语、手术操作,但若将它们以刑侦、悬疑、热血等方式讲述出来,人们便会通过熟悉的叙事路径理解情节。

一个典型的文本是美剧《豪斯医生》(2004—2011,共 8 季)。这部剧享誉世界,是医疗类作品中"硬核推理"的代表。故事的主人公豪斯是诊断科医生,需要对一些常规检查无法确认的疑难杂症做出诊断。而寻找病灶的过程，被编剧精心设计为像《福尔摩斯》那样的推理过程：疾病像狡猾的凶手，四处作恶；而医生则像侦探，紧紧跟着凶手的步伐，不放过任何一点痕迹，最终查明病因。剧中，有关疾病的知识复杂交错，充满大量极小概率发生的病症和各种出人意料的致病原因。这部分有专业的医疗团队支持，非专业的观众可能看不懂。但观众都看懂了推理，并从推理中得知主人公在哪里陷入困境，又如何突破表征、逼近真相。

另一个典型文本是日剧《医龙》，它是从漫画(永井明，2002—2011)改编而来的电视剧(2007—2014，共4季)，是日本医疗影视作品中最受欢迎的系列之一。它讲述了天才外科医生朝田龙太郎从国际救援组织归来、寻找同伴、组建顶级外科团队的故事。随着剧情的推进，手术难度越来越高，龙太郎不断挑战外科极限(比如为患者替换心脏主动脉)。它没有《豪斯医生》在知识上翔实，但突出龙太郎“治病救人”的英雄感，突出团队“齐心协力”的默契感。当手术室灯光点亮，主角团队闪亮登场，主刀医生、一助二助、麻醉师、器械护士有条不紊地配合，攻克手术时遇到的种种突发情况……此时，主治医生额角流汗、眼神专注的特写镜头，加上宏大的、具有史诗感的配乐，手术过程就像好莱坞大片一样波澜壮阔。即使观众完全看不懂操作，也能直接感受到医生的精神，被其深深打动。

相较之下，国产医疗剧更强调“医德”，不展示大才医生的形象，而是强调普通医疗工作者的责任感。以《心术》(2012)为例，它组织剧情的方式是日常化的，呈现了医生的工作生活、职业家庭、友谊爱情等方方面面。剧中的医生们并非天才，而是一群有责任有信仰的普通人。剧中有不少动人的理念，如“我是干医生的，知道这个职业有多主观……我们在用专业知识扮演上帝，你要保证自己别有魔鬼之手。”“心术不正的人很难成为好医生”等。都在强调“心术”相对于“技术”的重要性。如果说“技术”是上限，那么“心术”就是保证人们恪守职业规范、认真做好工作的底线。而近期上映的《中国医生》(2021)，则是表现出在紧急状态下普通医生的担当和奉献，添加了纪录片和新闻报道的笔法，突出真实感和紧迫感。

综上，即使缺乏专业知识，人们仍然可以把握一些基本的叙事手段、共享一些情感唤起的方式。当这些调用宏大叙事的手段与医疗等行业剧结合在一起时，这些高度分化的职业，便重新抵达了普罗大众：观众无须理解疑难杂症，只要理解困境，再跟主人公一起抵达成功就够了。

这对现代社会非常重要。现代社会是一个高度分裂的社会。普通人在庞大的知识体系中非常渺小，没有能力把握自己的完整生存。日常生活之下，是看不见的、巨大的专业"黑箱"。好比人们即使不知道手机的原理，也仍然会使用它，但如果手机坏了，就不得不找售后机构维修。现代生活不得不依赖分工与专家系统。这时，专家便是职业精神的化身，他身上凝聚着职业的神性，这种神性保证：尽管各行各业的知识域差别如此巨大，它们仍会以自己的方式支撑、维系着整个社会的运转。它弥补了分裂，发挥着宏大叙事的功能，并通过高度分裂触碰世界的整体性。尽管这种整体性很大程度上依赖于"分工"的不可理解性。

英国社会学家安东尼·吉登斯将这种不可理解的分工状况称为"脱域"。所谓脱域，是指某个抽象系统超越了具体的社会情境（当下的时空）和自身源流（学科的历史），有自己独立的运作逻辑。专家系统就是"脱域"（disembeding）的系统。而专家则是处于现实与抽象系统之间的、具有二重性的人：他既是系统的化身，又是一个有血有肉、会犯错的常人。现代社会的独特之处在于，人们对专家的信任，建立在"信赖（那些个人并不知晓的）原则的正确性基础之上，而不是建立在对他人的'道德品质'（良好动机）的信赖之上"[①]。也就是说，他们并不信任眼前的人，而是因为信任抽象的系统，才去选择信任眼前的人。

但抽象系统总是要落回具体情境中发挥效用，专家不管掌握了多么抽象的知识，也总是要和具体的人打交道。吉登斯称之为"再嵌入（reembedding）"。职业的"道德伦理"就发生在这个阶段。它要求医生克服自身"常人"的一面，努力不犯错误。在以往的医疗类作品中，无论是"热血""推理"还是对"心术""责任"的强调，都是在巩固"再嵌入"过程中医患间的

---

① 安东尼·吉登斯：《现代性的后果》，田禾，译，译林出版社，2000年版，第30页。

信任关系，只是有的突出专业性，有的突出职业伦理道德。

在这种视角下，凌然、郑仁等似乎无法称之为"专家"。从专业性上讲，他们已然相当于"专家系统"。小说的作者和读者都知道，文中的患者无须冒着风险去信任他们，只要"医疗系统"还在发挥作用，治疗就一定会成功。因此"信任"的问题也被消解了。这不是说主人公们没有责任感，而是治疗时没有风险，文中的患者与医生也就不会结成任何共赴风险的主体间关系，就更谈不上信任了。

不论现实中是否存在这种完美的系统，这种设定的登场，恰恰意味着再域化之"域"——社会的退场。专家系统与游戏系统发生矛盾冲突，关于分工的宏大叙事被取消了，通过分工再造的现代社会整体性情感基础也被取消了。

三　透明化的主体：在工具人与玩家之间

这里首先要说的是欲望问题。20 世纪人们讨论现代社会的欲望时有一个基本共识："欲望他者的欲望"。任何欲望都有想象性，但它也是结构现代社会的动力。比如，现代人为了获得他人的认可，会在内心内置一道"他人的视线"，并以这一虚构的"他人的视线"为前提展开自己的行动。同时，我们也可以认为，"欲望他者的欲望"本质上是一种以（想象中的）他者为中心的自我建构，这种自我建构不断寻找外在标准，远离自身，去接近他者。这需要统一的价值体系、稳定的意识形态，否则，人们可能会不知道该欲望什么或欲望过度，从而陷入混乱。

但当系统包裹了一切，那个深渊般的"他者"结构就被系统替代了。人们无须在心中内置他者的视线，只需内置系统的任务；人们更无须以他者为中心去自我建构，只需"忘我"甚至"无我"地执行系统的要求。此时，主体在系统面前显现出彻底的肯定性（服从性）。即每当主体回到现实中，进行专业操作时，他面对着真实的对象，并且存在着被真实的对象赋予价值的可能性。但是，他与真实对象的关系，开始于任务开始的瞬间，结束于任务完成的瞬间。他的欲望很快回到系统之中，与下一个任务产生联系。因为系统与主体间建立了正向反馈机制，在极端情况下，系统便能替代现实，成为意义的唯一来源。

《大医凌然》第二十六章提供了一个非常生动的细节：最初凌然不在乎与患者、同事的关系，一门心思扑在获取技能上。于是系统为他设置了一些与他人互动的任务，完成后可以得到名为"病人的衷心感谢""同行的钦佩"的道具（能够兑换宝箱）。在奖励的驱动下，凌然便关心起他人的态度来，不光开始查房，还花时间与患者、同事聊天，照顾他们的情绪。虽然任务变了，凌然待人接物的方式也变了，但行为动机却始终没有变。

这俨然是"被困在系统"中的新型"套中人"：在系统面前，获得他人的好感与治愈疾病没有必然的区别。而一旦主体的欲望随系统变化，就会服从系统的命令，以系统替代真实的他者，以系统的价值为价值。

这种"工具人"还不同于大工业时代的"螺丝钉"。"螺丝钉"要求主体变成一个人形机器，配合流水线生产，让主体成为马尔库塞所说的"单向度的人"。与这种单向度相配的，是一种"控制论"下的"集权主义"想象：人们终将像《美丽新世界》所描述的那样，安于给定的意识形态，执行上游的所有命令，成为恶托邦统治下的僵死的主体。

然而，在宏大叙事取消后，意识形态不再唯一。加之网络环境，人们进入了一个充满反馈与互动的系统空间。此时，更大的危险不是主体被单一的意识形态捕获、变成一颗钉子，而是被透明化——人们可以透过主体的行为直接意识到系统结构，如道具如何分布、技能等级如何排列、什么任务更重要、什么任务不重要等。比如《大医凌然》，读者可以通过凌然学习了什么技能，反推出系统的技能库是什么样的，哪些是初级技能、哪些是高级技能、哪些是一般道具、哪些是稀有道具等。换句话说，主体所执行的任务，反而变成了系统与现实的中介，变成了系统的工具人。与其说主体在系统中实现了自身，不如说系统通过主体的操作被带入现实。

而主体之所以表现出"透明性"，正是持续不断的"正向反馈"令系统有机会接管主体的快感通道。主体越是迫不及待地完成任务、欲望奖励，就越容易陷入系统设置的快感模式。若是系统可以无限地生成任务，那么主体就需要反复体验与系统拉开微小距离、进行现实操作，然后迅速回到系统代表的象征秩序之内的过程。起初这件事可以很快乐，因为所有的反馈都是即时且肯定的。但久而久之，主体会在反馈中体验到"反馈本身无意义"，并对系统生产意义的方式感到厌倦，体验到一种深度无聊。但越是匮乏、越是想要逃离无聊的境况，就越会本能地需要近在眼前的、唾手可得的意义——接受任务、完成它，从而获得微小的肯定性。这就是"刷"或"肝"的精神机制。它是一种有快感而无快乐的工作状态，却不属于任何一种工作伦理，只是动物性的强制重复：主体陷入了无聊的痛苦状态，却为了暂时地逃避空虚，仍要重复痛苦的行为，只为了获得微小快感。

实际中，透明化不总以这么极端的形式发生。透明与不透明、陷入强制重复的工具人和作为享受游戏的玩家（主体）之间的界限总是模糊的。在有些系统设定下，主人公甚至表现出强烈的专业性。

罗三观.CS 的《我能看见状态栏》（2018）提供了一个很好的例子。这本小说深受《豪斯医生》影响，主人公孙立恩看到病人身上冒出文字，写着病人或病情的关键细节，这就是"状态栏"。"状态栏"也是一个来自游戏的设定，它可以即时展示目标对象的属性，方便玩家做出判断、进行操作。于是，孙立恩总能先人一步踏上正确的诊断方向。譬如，"状态栏"上的病人信息可能是"秦雅，女，24 岁，短暂性脑缺血发作"，孙立恩要做的，就是从这行短短的信息出发，进行推理：

> 孙立恩迅速在脑海中回忆上课时教授们所讲过的病例。人体中的免疫系统在多种条件的共同作用下，减少了体内的免疫 T 细胞数量，同时抑制了残存的免疫 T 细胞的活跃程度，而同时有大量免疫 B 细胞增生。免疫 B 细胞增生后，错误分泌了大量的自身抗体。这些抗体会将正常的人体组织当成入侵者进行标识，并且和正常组织组合成免疫复合物。最后在补体血清蛋白 C3 的作用下，引起急慢性炎症反应。严重时甚至会发生组织坏死。

> 如果秦雅的脑动脉血管壁中的某些正常组织被免疫 B 细胞错误标记成了抗原，那么在免疫系统的攻击下，这些血管确实有可能产生炎症反应，从

而引起血管壁组织增生。而在增生下，越来越狭窄的血管壁自然就无法允许足够的血液通过，从而引起了秦雅的昏厥，以及"状态栏"所提示的短暂性脑缺血。

"符合症状。"孙立恩点了点头……"做个风湿五项检查明确一下。"但出于对"忽然晕厥"症状的谨慎，孙立恩还是继续说道："等护士采血之后就马上送 CT 室，脑出血一定要排除掉才放心"。

使用"知识储备"是孙立恩独特的诊断方式，"每一次遇到了奇怪的病人，我都会用上所有自己学过的东西和内容，尝试诊断患者"（《我能看见状态栏》第二卷第一百四十三章），换句话说，孙立恩没有借助经验去判断，而是直接"依靠知识体系"进行分析。这看起来很正常，因为在一般人的印象中，医生本来就是"专业"且"博学"的，可这不符合临床原则。临床诊断的基本原则是："要首先考虑常见疾病，而不是一开始就往疑难杂症和罕见病的路上走。先常见，后罕见，先考虑能治的疾病，再考虑无法治疗的绝症。"（《我能看见状态栏》第一卷第六十九章）但"状态栏"很大程度替代了经验判断，直接导向知识体系内的逻辑游戏。

正是"状态栏"是否会给出提示这一差别，令《我能看见状态栏》与《豪斯医生》截然不同。专家不光与普通人有壁垒，与专家系统之间更有壁垒——唯有专家知道，常人眼中坚实可靠的专业性总是存在适用条件下，完美的系统只存在于理想中，现实中的系统千疮百孔。系统每一次正常、良好的运转，都离不开专家亲临现实情境，一次次用人的理性拯救专业的有限性。因此豪斯将"everybody lies（每个人都撒谎）"奉为座右铭，时刻提醒自己不要被表象蒙蔽双眼，而孙立恩则在进行一场以专业性为门槛的头脑风暴。

这便是"状态栏"的"真身"：在浩如烟海的病理学知识库中，它点亮了朝某个方向前进的指示灯。主人公则顺着指示的方向，运用头脑寻找唯一的正确答案。因此，即使"状态栏"看起来不如前面的系统那样全能，不会令主人公陷入"刷"或"肝"的危险，但它仍然连接了主人公与现实，把医疗游戏化了；孙立恩也仍然是这场游戏的玩家，而非专家，只是他玩的游戏看上去更复杂一些。但这仍然不妨碍通过孙立恩和"状态栏"的关系，看到医疗知识被游戏化，然后这场游戏降临现实。

四 结语

近年来，人们提出"现实题材的网络文学"这个概念，期待网络文学书写现实，医疗题材正是其中的绝佳代表。但是，批评者们却一直忽略系统设定的媒介性，只关注"医疗"的现实部分。这种思路无异于将媒介环境视为虚拟的，认为这是一个充斥着"游戏""幻想"的不严肃空间。除非它重新变成"严肃的"，否则就永远无法进入现实。

但这种"游戏性"，恰恰是系统设定的不可回避的现实性：在系统环境下，似乎万事万物都被游戏化了，系统对主体的中介，最终会翻转为主体对系统的中介。这是现实与媒介的短路，这种短路的后果却要由主体去承担：无论是积极地进行任务还是做一名更高级的玩家，都指向了一种无须面对他者的、去责任化的社会想象。这深刻地联系着当今世界系统对人的制约，囿于篇幅，就不在这里展开。但总的来说，不光医疗具有现实性，系统设定也以文本结构照亮了媒介环境的现实。而媒介环境本身，不应当再被视为虚拟之物，而应当视为切入文本的前提条件。

异变与共生：网络文学玄幻世界和现实伦理

何淇滢

中南大学文学与新闻传播学院

近年来，数字技术的高速发展带动了网络文学市场的急剧扩张，网络文学用户规模成倍增加。中国互联网信息中心（CNNIC）发布的《第 47 次中国互联网络发展状况统计报告》显示，截至 2020 年 12 月，我国网民规模为 9.89 亿，其中手机网民规模达到 9.86 亿，互联网普及率达 70.4%；我国网络文学用户规模达 4.60 亿，较 2020 年 3 月增长 475 万，占网民整体的 46.5%。《2020 中国网络文学蓝皮书》显示，2020 年网络文学全年新增签约作品约 200 万部，全网作品累计约 2800 万部，全国文学网站日均更新字数超 1.5 亿，全年累计新增字数超过 500 亿[①]。

在众多网络文学作品中，玄幻题材网络文学作品常高居网络文学网站热度榜榜首。在网络文学的玄幻世界中，是否有必要服从现实伦理，这与网络文学悖论息息相关。如何处理好文学创作自由与道德伦理之间的关系，如何引导规范网络文学的发展方向、实现网络文学良性发展是当今网络文学发展亟须解决的问题。

---

① 中国作家网：《2020 中国网络文学蓝皮书》. 2021 - 06 - 02, http://www.chinawriter.com.cn/n1/ 2021/0602/c404023-32119854.html.

一 想象与快感：玄幻小说"爽文"阅读体验打造

随着互联网技术的推广普及，网络文学的消费者群体日渐庞大，网络文学市场发展迅速。自 1998 年至今，网络文学发展的仅有二十余年中，生产的网络文学作品不计其数，数据表明，这个曾经被传统文学忽略和边缘化的文学形式，正在逐渐成为大众文学的主流。

在众多网络文学作品中，最受读者欢迎的体裁莫过于小说。而在众多网络小说中，又以玄幻小说的生命力最为强大。自 2003 年"网络文学三大奇书"问世，玄幻小说逐渐进入主流话语范畴，几乎每年都位于网络小说点击量的榜首，在各种网络文学网站的排行榜上名列前茅。正如刘春阳所言，21 世纪以来，融合武侠、动漫、科技、网络游戏等多种形式于一体的玄幻小说成为网络文学的领跑者①。

挣脱现实束缚，重构想象中的世界是网络玄幻小说"爽文"体验的基础。当今大热玄幻小说可大致分为三类：第一类是以爱情为主线，构造仙侠世界中的神、魔、人之间的爱恨情仇，如《三生三世十里桃花》《花千骨》等；第二类是以事业为主线，讲述拥有"金手指"的草根主人公克服万难的修炼历程，《凡人修仙传》《升龙道》等皆属此类作品；第三类则兼顾爱情与事业，讲述男女主人公在玄幻世界中互相扶持、智斗反派的艰辛故事，如《诛仙》《择天记》等。这三类玄幻小说有一个共同特点，即以虚无的仙侠世界为背景进行世界架构。玄幻小说为读者建构了庞大、精彩的仙侠世界，并根据作者个人喜好及情节需要对世界内的人物形象、场景架构、时空变换、条例规则等进行了重塑，使之成为现实之外的另一片虚无天地，用来承载读者的想象和弥补现实世界中无法获得的快感。

轻松的阅读过程和极致的阅读快感是网络玄幻小说"爽文"体验的直接体现。当今市场上的网络文学作品大多呈现的是轻松愉快的阅读体验。大

---

① 刘春阳：《消费社会语境下的网络玄幻小说》，《兰州学刊》，2012 年第 11 期，第 91—95 页。

部分传统文学要求读者具有一定的文学素养和知识水平，才能揣摩作者文字中深藏的秘密，才能透过纸页理解书中的奥义。在阅读传统文学时，读者往往需要对书中的内容进行解构、重塑，即根据自己的猜测与理解，结合对作者本人及其创作背景的了解，将书中的内容重新分解再重塑内化为自己的想法。这也可以称为阅读传统文学时的"收获"过程，"有所得"是阅读大部分传统文学之后的共同表现。然而，较之传统文学，网络文学没有那么多前提要求，网络文学的阅读门槛直接设置为了"识字"，即只要具备基本的识字和文本理解能力就可以阅读网络文学作品。读者在阅读网络文学作品的过程中，脑中不必进行大型的文字内容转化与思想加工工作。网络文学作品以最直接的语言描述为读者提供单纯的"阅览"享受。在此基础上，阅读大部分网络文学作品时就不需要解构重塑的过程，但也可能没有"收获"过程。即"阅读"成为读者阅读网络文学的基础目的和手段。

在玄幻题材网络文学作品中，这种阅读快感得到了更极致的体现。玄幻题材所特有的"草根成长""逆天改命""仙侠虐恋"等内容，进一步强化了读者的阅读快感，将读者放到不受现实规则束缚的幻境空间。有趣的是，大部分幻境空间有着和现实世界类似的"等级秩序"。不同的是，在现实世界中，大部分读者无法打破这层壁垒。然而，在幻境中，作者笔下的这位"草根主人公"却是具有"金手指"的独特存在，能够逆天改命，打破桎梏，登上顶峰。这就是玄幻题材所体现的极致阅读快感的一种——借别人的人生来圆自己的梦，看别人的人生来疏导自己求而不得的苦闷。现实中有诸多不如意，皆在网络文学的玄幻世界中获得了化解的可能。如果说"草根成长""逆天改命"的玄幻题材网络文学作品的快感来自对已知的当下世界的不满，那"仙侠虐恋"类网络文学作品的快感则来自对未知世界的创造。"仙侠虐恋"往往需要庞大的世界架构和多种族的关系设定，在这一世界架构中有时还会借鉴古代神话故事中的人物设定和人物关系，这首先满足了人们自古以来对"神仙""妖魔"故事的好奇，具有跨越时空的探索感和趣味性。再者，作者对"虐恋"故事的展开和叙述，其中所特有的关于种族的障碍、不可更改的劫数都深深吸引着读者的目光，这也是这类作品受欢迎的原因之一。最后，摆脱现实束缚的"仙侠虐恋"突破了众多的限制，拥有许多不可预测的可能性，而所有的可能性都有赖于作者的填补。读者无法根据现实逻辑猜测接下来的剧情，这也增强了作品的刺激感和吸引力。

然而，玄幻真的能完全摆脱现实束缚，流于想象和满足阅读快感吗？处在社会大环境下的玄幻小说是否有必要服从现实伦理？政府又该如何引导、规范网络文学作品的创作？这都是值得我们探讨的问题。

二 自由与约束：网络文学玄幻世界构造与现实伦理冲突

以唐七的《三生三世十里桃花》为例，该书以爱情为主线，讲述了天族太子夜华与青丘白浅之间的爱恨情仇。该书有两个关系颇受争议：其一是青丘白浅原与夜华的二叔有婚约，后因第三者插足婚约作废，而后阴差阳错下白浅又与夜华订婚，若置于现实世界来看，白浅原来应当是夜华的二婶；其二是素锦刚开始嫁与天君为大妃，而后又因与天君的交易被天君赐给夜华为妃，这段关系在现实世界中，素锦应当是夜华的奶奶。这两段关系若放于现实世界皆可谓惊世骇俗，而在《三生三世十里桃花》中，作者却道："神仙当久了，这年岁也就不那么重要了。"不同于部分网络文学以"背德"作为吸引读者的噱头，《三生三世十里桃花》中对年龄持忽略态度，即不刻意赘述，在该书的世界观中，年龄早就消磨于漫长的岁月之中，成为可有可无的概念。该书作者专注叙事，凸显个人情感，虚化了现实世界中的年龄概念，不甚在意现实世界中的伦理问题，由此也引发了诸多争议。

诚然，网络文学的发展需要天马行空的想象力和自由创作的空间，无法强制用传统文学的文学伦理加以规范。因为网络文学不同于传统文学，娱乐性、消遣性、游戏性是网络文学的重要特征，它是靠网络点击率生存发展的，缺少点击率，再好的作品也难以在网络文学市场中立足。从以上视角观之，则不应过多指责网络文学中的娱乐消遣的叙事元素，而该正视其存在和发展的规则规律，更加包容地看待网络文学。传统文学讲究文学伦理与现实关怀，讲究深刻有内涵，对读者进行启发式教育；网络文学则降低了文学门槛，读者阅读网络文学多出于娱乐消遣目的，而无所谓从中汲取知识。玄幻小说更是娱乐消遣阅读的首选。在娱乐消遣目的之下进行的阅读，故事的创新性、情节的趣味性、人物的灵动性才是真正抓住大众口味的关键。正如《三生三世十里桃花》，对传统言情的叙事模式进行了创新，人们的关注重点在于白浅与夜华之间三生三世的情感纠葛，而年龄辈分之说则在作者有意隐匿之下显得不甚重要。倘若将网络文学强行置于传统文学的规定之下，偏要在传统文学的镜子中照出网络文学的本相，则会打破网络文学市场的规律，制约网络文学市场的发展。

与此同时，应当明确的是，玄幻并不等同于虚构和不现实。在部分网络文学作品中，玄幻元素是化腐朽为神奇，连接主干剧情的神来之笔。如知名网络作家齐橙的作品《材料帝国》，就借助了大热的"穿越"元素来描写20世纪90年代的材料工业发展的新可能。以现实内容为主干，借助玄幻元素来完成现实中不可能做到的时空跨越，二者的融合让人眼前一亮。由此可见，玄幻元素的运用在网络文学作品中是十分普遍的。网络文学作者的笔下有千万种可能，这些可能来自作者天马行空的想象力，也离不开作者对现实世界细腻的感知力。网络文学创作固然不能完全摆脱现实伦理的要求，但是若一味强调现实伦理而挤压网络文学作者想象的空间，就可能压缩文学创作的无限可能性，也会破坏现实世界的多样呈现方式。

然而，网络文学并不只是负责"娱乐"，由于与大众心理结合紧密，网络文学的道德价值也值得重视。以玄幻小说为代表的网络文学有必要走出过度自我的情感格局，担负起对主流道德认知的传播，网络文学的发展不可以忽略现实伦理，否则容易造成价值虚无主义。

网络文学玄幻小说以其想象的荒诞诡异受到不少读者和评论家的好评。倘若网络文学的想象能昭示生活真相，能以生活逻辑为基础，并表现作者对社会历史的真知灼见，这种激赏当然并无不可[1]。问题在于，文学的文学性

---

[1]　田泥，杨飔：《网络文学离公共领域有多远——关于网络文学的"新民间"论反思》，《探索与争鸣》，2018年第6期，第104—108页。

不在于形式而在于内容。从内容角度来看，玄幻小说时常显得悖谬虚无，依托"架空世界"展开过度强调幻境幻想，形成了"至虚为宗"的趋势。在这样的趋势之下，若不以现实伦理加以约束引导，则将助长价值虚无主义潮流，使读者沉溺于文字幻想中，逐步忽略现实关怀，模糊道德伦理边界，混淆幻境现实。不同于以金庸为代表的武侠小说对古典英雄的塑造，当代的玄幻小说专注于塑造"异世"英雄。前者是"侠之大者，为国为民"的儒家英雄形象，后者则颇具个人主义倾向。无论是《三生三世十里桃花》，还是《凡人修仙传》，都展现了社会历史语境变化下的深刻伦理转向。

除此之外，玄幻题材的网络文学作品若不在题材之外将内容着眼于现实，守住现实伦理的底线，则将助长价值虚无主义。无论是何种题材的网络文学作品，都应该在创作时把握住创作的核心价值观，作品中应当体现积极向上的人生观、世界观、是非观。玄幻题材网络文学作品在追求给予读者高品质的阅读享受的同时，还当重视作品对读者思想观念潜移默化的影响，引导读者向善求真。任何网络文学作品都不能为了夸大情感描述越过伦理道德底线。玄幻题材作品中的诸多想象应当更多为情节服务、为叙事逻辑服务，而非为强化个人情感取向有意在现实伦理的底线边缘试探。

在众多争论之中，可以发现争论的矛盾点多集中于网络文学的自由度及规范性的界定问题。应当明确的是，网络文学的创作自由绝对不是无底线的自由，这是对自由极大的误读。在公众领域中，自由的底线是法律，自由的边界是道德。文学作品要进入大众视野，必须经过法律和道德的双重拷问，这一标准同样适用于进入公众视线的网络文学作品。玄幻小说虽说以"造梦"为特点，但是在玄幻小说造就的神秘世界中也不能以"背德""违法"为噱头吸引读者，而应当尊重现实伦理，走出狭隘的情感格局，把重点放在叙述故事、架构价值世界上。网络文学的玄幻世界可以在法律范围内进行天马行空的想象和叙事元素的重构。对于娱乐消遣的玄幻小说，也不必吹毛求疵、过度苛责。然而，出于对大众文学健康长远发展的考虑，必须对大众阅读进行正确合理的引导，通过建立相关机制来引导民众将更多关注点转移到更具现实感的小说中。文学创作需要自由量度与自由空间去承载更多精彩的想象,也需要政府与社会共同维护净化网络文学的创作空间,增强网络文学创作的现实意义和文学内涵。

三　引导与规范:网络文学良性发展新路径

习近平总书记在十九大报告中深刻指出,社会主义文艺是人民的文艺,必须坚持以人民为中心的创作导向,在深入生活、扎根人民中进行无愧于时代的文艺创造①。中国网络文学经过 20 余年的高速发展,已然成为新时代文学领域的重要组成部分,"构筑中国精神、中国价值、中国力量,为人民提供精神指引"②是新征程上网络文学的新使命。要实现网络文学的高质量发展,必须坚持对网络文学进行引导与管理,守正创新,在舆论阵地上强化价值引领,在榜单推介里优化价值引领,在行政监管中细化规制引领。

(一)聚焦舆论阵地,强化思想引领

随着网络文学的主流化、成熟化、经典化发展,其在数字技术革新和媒介格局转变中催生了新的发展动能,在舆论阵地上的覆盖面和影响力显著提升。作为互联网时代的产物,网络文学在数字阅读市场和网络舆论阵地中具有天然的优势,能够从时代中汲取智慧,以"草根"视角、生活现场、时代语言、文学笔触创造人民喜闻乐见的文化作品,以潜移默化的方式影响大众的认知体系和精神世界。因此,网络文学应当自觉明确新时代的新站位,牢牢把握网络意识形态主阵地,传播时代新声音。

首先,要用习近平新时代中国特色社会主义思想强化网络舆论阵地建设。党的十八大以来,以习近平同志为核心的党中央高度重视文艺工作。

---

① 共产党员网:《习近平:决胜全面建成小康社会　夺取新时代中国特色社会主义伟大胜利——在中国共产党第十九次全国代表大会上的报告》,2021-03-25,https://www.12371.cn/2017/10/27/ARTI1509103656574313.shtml.

② 共产党员网:《习近平:决胜全面建成小康社会　夺取新时代中国特色社会主义伟大胜利——在中国共产党第十九次全国代表大会上的报告》,2021-03-25,https://www.12371.cn/2017/10/27/ARTI1509103656574313.shtml.

2014 年 10 月，习近平总书记在文艺工作座谈会上指出，文艺创作方法有一百条、一千条，但最根本、最关键、最牢靠的办法是扎根人民、扎根生活①。2021 年 8 月，中宣部等发布《关于加强新时代文艺评论工作的指导意见》，明确指出要以习近平新时代中国特色社会主义思想为指导，全面贯彻"二为"方向和"双百"方针，坚持创造性转化、创新性发展，弘扬中华美学精神，进行科学的、全面的文艺评论，发挥价值引导、精神引领、审美启迪作用，推动社会主义文艺健康繁荣发展②。这为新时代利用网络文学强化网络舆论阵地建设指明了方向。网络文学作品要以社会效益为核心，自觉摒弃低俗化、低幼化、低智化的不良倾向，主动贴近现实、贴近民生、贴近群众，让人民在网络文学作品中看得见时代发展、社会进步和美好生活；要重视微末叙事，从平民视角切入，展现奋斗精神、人间真情、家国情怀，在作品主题选择、人物形象塑造、故事情节设计下功夫，用真情怀写出好故事。以中国作协"百年百部"系列活动为例，国内 30 余家重点网络文学平台将遴选出一批反映中国共产党百年奋斗历程的优秀网络文学作品，以线上联展的方式向广大读者免费开放，用实际行动庆祝中国共产党成立 100 周年。这既充分发挥了网络文学娱乐大众、服务大众的属性，也增强了网络文学感化人民、凝聚人民的功能，彰显了网络文学在新时代文化强国征程上的强大感召力。

其次，要用社会主义核心价值观引领网络文学发展。社会主义核心价值观是当代中国精神的集中体现，是凝聚人心、激扬奋斗的强大动力源泉。网络文学作品要坚定文化自信，铸牢民族之魂，将个人创作融入对社会主义核心价值观的追求中。要根植中华文化，主动挖掘优秀传统文化基因，探索东方神话元素、历史传奇故事、悠久民间传说中的叙事价值，用新的叙事手法赋予传统文化新的时代内涵。要弘扬时代精神，增强现实观照，加强现实题材创作，让人民在网络文学作品中见得到过去、望得到未来，也看得到现在，

---

① 人民网：《习近平在文艺工作座谈会上讲话（全文）》，2021-03-25，http：//culture.people.com.cn/n/2014/1015/c22219-25842812.html.

② 新华社：《中央宣传部等五部门联合印发〈关于加强新时代文艺评论工作的指导意见〉》，2021-08-09，http：//www.gov.cn/xinwen/2021-08/02/content_5629062.htm。

努力在面向世界科技前沿、面向经济主战场、面向国家重大需求、面向人民生命健康的生动实践中寻找文学线索，讲好中国故事。自 2020 年开始，国家新闻出版署还组织开展了"优秀现实题材和历史题材网络文学出版工程"，引导创作者积极从中华民族灿若星河的历史文明中取材，从中国共产党艰苦奋斗的光辉历程中取材，从当代中国人民凝心聚力的深刻实践中取材，努力创作出反映新时代、传播正能量的优质文学作品。

(二)聚焦榜单推介，优化价值引领

中国网络文学诞生之初主要服务于创作者的自我表达需求，这集中表现为对通俗、娱乐、个性的追求。而后，在野蛮生长状态之下，网络文学更多服务于市场化的需求，在商业化运作中，玄幻类和言情类作品快速增多，但内容质量良莠不齐。要打破网络文学作品"量大质不优"的局面，须从长远计，须以正确的价值导向带动网络文学创作向更优质的生态环境转变。

网络文学作品评选及榜单的发布是 2015 年以来中国网络文学的一个巨大亮点。一类是网文读者、文学社团、媒体等发布的榜单，如艾瑞咨询公司发布的最具改编动画潜力的网络小说排行榜和最具影视化潜力网络小说排行榜、福布斯·中国原创文学风云榜、北京大学网络文学研究论坛的年度推荐榜、阅文集团的中国原创文学风云榜等。另一类是政府发布的榜单，如广电总局的网络文学原创作品推介，中国作家协会的网络小说排行榜，浙江作家协会两年一度的"网络文学双年奖"，以及"茅盾文学新人奖·网络文学新人奖"等。

在网络文学"有高原缺高峰"的现象下，网络文学评选及榜单发布对于引导网络文学作品发展方向，助力网络文学优胜劣汰、激浊扬清，推动网络文学创作实现从量到质的转变有着重要作用。在权威榜单的示范激励下，网络作家能更加积极主动地转变创作理念、优化创作内容；网络文学网站能更加重视社会效益、加强引导；政府能更好地发挥引领作用、规范网络文学市场，使网络文学不断向精品化、规范化和主流化的方向发展。

不同于单纯以"点击量"作为评选标准的热度榜单，政府榜单及部分媒

体、文学社团榜单更加关注的是网络文学作品所传达的思想内涵及现实意义，从中也可以看出主流意识形态对网络文学创作的规制和引导，尤其是对现实题材的推崇和提倡。基于国家新闻出版广电总局 2017 年优秀网络文学原创作品推介的指导思想，2017 年推出的榜单中现实创作题材作品数量占比一半以上，而作品数目最多、读者群体最广的玄幻类作品只占三分之一，足见政府对网络文学作品现实意义的重视。在 2018 年的优秀网络文学作品申报中，一批反映新创业、社区服务、脱贫攻坚等生活领域的现实题材网络文学作品脱颖而出，如描写 IT 行业竞争、创新创业风貌的《网络英雄传Ⅱ：引力场》；反映青年志愿者前往深山支教、参与扶贫工作的《明月度关山》和《大山里的青春》；记录普通人民日常生活，提出新型基层管理模式的《白纸阳光》；等等。2020 年各大网站平台发布的年度新作品中，现实题材作品占 60% 以上[①]。这些优秀的现实题材网络文学作品，正在给网络文学的发展注入新的活力、引领新的方向。在国家的有意引导下，部分原先专门从事玄幻等题材创作的网络作家也开始尝试创作现实题材网络文学作品。如网络悬疑推理作家丁墨创作的《待我有罪时》和知名网络文学作家唐家三少创作的《拥抱谎言拥抱你》，都体现了现实题材的多角度呈现。利用榜单的形式对网络文学创作进行无声的引导，是对网络文学作家的一种价值认可和精神鼓励，有利于形成积极向上的良性循环和示范作用，激发网络文学创作者的创作热情，促使他们创作出更多具有现实关怀的优秀网络文学作品。

（三）聚焦行政监管，细化规制引领

在当前网络文学蓬勃发展的大环境下，为保持其主流化、国际化、精品化的发展趋势，除了进行温和引导，还需进一步完善管理体系建设，以行政监管手段破除部分平台洗稿成风、粗制滥造、垄断版权、荒腔走板的僵局，对"灰色地带"进行规制管理，推动网络文学转型升级。

---

① 中国作家网：《2020 中国网络文学蓝皮书》，2021 - 06 - 15，http://www.chinawriter.com.cn/n1/2021/0602/c404023-32119854.html.

一方面，要加强网络文学作品审查。2020年6月，中国国家新闻出版署印发《关于进一步加强网络文学出版管理的通知》，要求规范网络文学行业秩序，加强网络文学出版管理。《关于进一步加强网络文学出版管理的通知》明确指出，网络文学出版单位要自觉承担、严格落实平台主体责任，建立健全网络文学内容审核机制，这促使网络文学平台必须在实践中探索良性健康发展的新模式。也就是说，既要持续完善审校流程、强化把关职责、坚持质量导向，坚决摆脱同质化、媚俗化倾向，也要严格实行作者实名注册制度，并利用智能识别与人工审查相结合的形式对网络文学内容登载发布进行规范，还要加强对评论打赏、复制转载行为的规范，在保护创作者合法权益的同时引导用户健康阅读。此外，中国作协还动员组织重点网络文学网站发布《提升网络文学编审质量倡议书》，将管理规范与行业自律相结合，激活网络文学网站的内生源动力和自觉行动力，在实践中具体落实网络文学综合治理的各项措施。

另一方面，要健全网络文学评估体系。2017年，国家广播电视总局颁布了《网络文学出版服务单位社会效益评估试行办法》(以下简称《试行办法》)，《试行办法》从网络文学社会效益优先的业态实际出发，设置了出版质量、传播能力、内容创新、制度建设、社会和文化影响等5项一级考核指标来专门针对网络文学出版服务单位的社会效益评估考核。具体计分方式则囊括了编校质量、网络文学价值引领和思想格调、排行榜设置、文学价值和文化传承、党建和思想政治工作及社会评价等多方面内容。同时，《关于进一步加强网络文学出版管理的通知》还具体指出，各级出版主管部门要组织开展网络文学出版单位社会效益评价考核，进一步强调了要明确奖惩机制，用行政手段规范市场秩序，建立起稳中向好、优中求进的行业发展秩序。这督促着网络文学出版服务单位以出版优秀网络文学作品为己任，提升作品质量，净化网络文学发展环境，也激励网络文学创作者主动转变思路方法，自觉担当作为，以时代视野书写时代精品。

四 结语

在异变与共生中，网络文学从现实找主题，向玄幻借创意，其中的冲突并非不可调解。在新时代的号召下，网络文学厚植现实主义的根基，借玄幻的想象力量来记录时代变迁、勾勒时代风貌、展现时代精神。然而，当下网络文学作品也仍然面临着思想娱乐化、价值商业化、规制模糊化等问题，其良性发展需要政府及各方社会力量的共同努力。既要把稳思想之舵、筑牢思想根基，也要协调社会效益与经济效益之间的平衡，还要把握自由与约束之间的张弛关系，以保持网络文学作者的创造力和网络文学市场的活力，在现实的土壤里创造出更多的鸿篇巨制。

论现实题材网络文学的社会价值实现

——以《搜索》为例

樊 媛

中南大学文学与新闻传播学院

自网络文学的大潮汹涌而来,相对自由的全民写作时代开启,新颖的题材与内容让读者应接不暇。长期以来,在众多作品类型中,玄幻、仙侠、科幻、游戏等非现实题材市场规模巨大,始终在各大平台的作品榜单中保持着极高的热度。一方面,该类作品可以充分满足作者自身及读者娱乐化的需求;另一方面,内容付费与网络文学产业化背景下企业的市场策略助推了非现实题材网络文学的增长。在众多非现实题材网络文学作品中,不乏独具匠心、富有内涵、能给予读者正能量或积极启发的上乘之作,但也不难看到,作者们惯用的重生、穿越、修仙,或为主角颁发"金手指"的思路,在一定范围内形成了模板化、套路化的现象。因此,网络文学被不少人打上了非现实的标签,由此也引发出诸多争议。

这一局面在 2018 年左右出现转变,从这时起,现实题材网络文学迎来高潮,成果丰硕,逐渐成为行业、产业的焦点。事实上,现实题材始终是网络文学的重要类别,当传统文学所擅长的现实题材和现实主义精神与网络文学相观照,当网络文学注入更多关注现实的血液,这些真实反映人民生活、启迪大众关注社会的优质作品,对文化产业发展与精神文明建设发挥着重要作用,蕴含着深刻的社会价值。然而,相较热门的玄幻类型,现实题材网络文学要实现"叫座又叫好",则对作者的要求更高,其影响力的扩张与社会价值的实现值得深入探究。本文以 2002—2012 年以玄幻为主的类型网文壮大和成长的时段内的现实题材作品《搜索》为例①，探讨现实题材网络文学的社会价值实现，力求为新时代现实题材作品创作与发展提供基础性的思考。

一　现实题材网络文学及其社会价值

（一）网络文学中的现实题材与现实主义

信息技术与互联网的发展为大众提供了广阔的表达与互动空间，与传统文学不同，网络文学自诞生起便具有分享与传播的属性，读者的兴趣是创作的关键影响因素。现实题材网络文学贴近实际、贴近生活、贴近群众的特点能在很大程度上引发读者的情感共鸣，因此长期以来都是网络文学的重要构成。现实题材与现实主义有着密切联系，但实则性质不同。现实题材作为一种题材类型，强调主题与内容反映客观存在的真实生活。而现实主义一方面关涉精神品质与文学风格，另一方面也是一种典型的创作手法。网络文学中的现实主义精神强调以人为本，关注时代环境与人类命运，敢于直面现实社会中存在的问题，敢于质疑、批判与抗辩②。现实主义的创作手法则强调细节的真实和塑造典型环境中的典型人物，在深刻认识社会环境的基础上，通过形象生动的描写塑造符合时代特性的鲜活且具有代表性的人物，以小见大，反映整个社会普遍化的现象，并从中探索本质的、完整的真实③。

现实主义是优质现实题材网络文学的应有之义。在现实主义精神指导下使用现实主义手法创作的现实题材作品，使得现实题材不再停留于取材与现象的真实，而是为读者带来思想的深化与格局的提升。而现实主义并非一定存在于现实题材中，部分现实题材作品情节松散、缺乏张力，未触及深层

① 许苗苗：《网络文学：再次面向现实》，《中国文艺评论》，2020年第3期，第54-64页。
② 中国作家网：《现实题材与现实主义》，2021-05-25，http://www.chinawriter.com.cn/n1/2018/1112/c421319-30395912.html.
③ 中国作家网：《现实主义与现实题材创作》，2021-05-25，http://www.chinawriter.com.cn/n1/2018/1008/c404033-30328601.html.

的社会矛盾,并不具有现实主义的品质与风格。同时,现实主义并非只存在于现实题材作品中,出于创作需要而采用带有玄幻色彩的表达方式,但能够充分展现立体的人物形象及社会环境,通过细节刻画与矛盾冲突揭露现实问题,则同样具有现实主义精神。《搜索》是典型的现实题材与现实主义兼具的网络文学作品,能够为读者带来强烈的震撼与警醒。

(二)现实题材网络文学的社会价值分析

1. 记录时代与影响时代

截至 2020 年 12 月,我国网络文学用户规模达 4.60 亿,占网民整体的46.5%①,网络文学已逐渐成为大众阅读的主要途径与内容,对推动全民阅读发挥着关键作用。现实题材网络文学根植生活,描绘真实的社会图景,讲述普通人的故事,从真实经历与真切感受中激发创造力,能够展现特定历史时期的时代风貌与精神气象。读者可以从中借鉴前期的社会发展经验,也可以洞察如今的客观现实问题,在引导与启迪之下自觉反思,追求更加崇高的审美理想和精神境界,同时采用实际行动解决问题,将由现实中凝练的作品价值再次传递到现实中,促进时代发展。

现实题材网络文学作品《搜索》描写社会现实,又摒弃简单复刻,具备强大的现实主义精神内核。故事以一个饱受争议的热点话题为开端:公交车上一定要给老人让座吗?故事中女主人公叶蓝秋因刚刚确诊癌症心情沉重未在公交车上给老人让座,受到了全车人的指责。同乘的记者陈若兮偷拍下了这一幕并在有意加工后在电视与网络报道,掀起了一场对叶蓝秋的"人肉搜索"与"全民声讨"热潮。最终,叶蓝秋在重重压力下选择提早结束生命,真相浮出水面后,陈若兮又成为网络暴力的下一个受害者。

国人尊老爱幼的认知与"道德绑架"之间的平衡,在如今的媒介环境下愈演愈烈的人肉搜索与网络暴力,媒体在真相与流量之间的抉择与坚守……作

① 中国互联网络信息中心:《第 47 次中国互联网络发展状况统计报告》,2021-02-03,http://www.cnnic.net.cn/hlwfzyi/hlwxzbg/.

者在 2007 年便将关注点落在这些至今都值得深思的复杂社会现象上，采用预判性的视角，敢于揭露人性弱点，敢于直面社会病症，冷峻锐利地描绘现实、批判现实，引发了有益的社会讨论，传达出对网络时代的冷静审视态度，为加强网络文明建设，营造风清气正的网络环境敲响了一记警钟。

2. 助推网络文学高质量发展

网络文学用户规模的扩大意味着用户精神文化需求的多元化，同时不同职业的网民加入网络文学创作也促进了网络文学类型与风格的丰富，极大地满足用户需求并有效创造新的需求，共同促进网络文学产业的增长。产业的日益成熟呼吁网络文学的可持续、高质量发展。作为引领文化产业增长的重要引擎，网络文学应始终坚持以"内容为王"，内容质量的提升是网络文学高质量发展的主要抓手与关键路径。优质的现实题材网络文学构思精巧，真实而不落俗套，进一步丰富了多样化的内容，是对过去网络文学现实题材作品相对薄弱的一种丰富和补充[1]，能够促进网络文学形成百花齐放的局面。

作品《搜索》实现了网络文学与传统文学的优势互补，语言精炼犀利，情节扣人心弦，每一位人物都性格鲜明，有着真实且复杂的心理及社会关系，为读者提供了沉浸式的阅读体验。作品质量成功获得主流文学界最高文学奖的认可，作为唯一一部网络文学作品入围第五届鲁迅文学奖备选篇目，为后期现实题材网络文学逐步迎来新高潮树立了典型。

二　现实题材网络文学社会价值实现存在的问题

(一)现实题材网络文学社会价值实现的标志

现实题材网络文学传递的社会价值首先蕴含在作品意义深远的主题与高质量的内容本身。这需要创作者充分考虑社会关切，选取自己深入了解的具体题材领域，利用网络文学特有的表现手法塑造独特且具有时代代表性与

---

[1] 欧阳友权、曾照智：《也谈网络文学现实题材创作——以〈网络英雄传Ⅱ：引力场〉为例》，《南方文坛》，2020 年第 4 期，第 21-27 页。

个人魅力的人物，创造平凡又深入人心的故事情节。

而网络文学社会价值的传递与实现，则是以读者的情感体验、精神收获与行为转化为主要标志。现实题材网络文学作品若能吸引读者随着语言的变化与情节的进展产生不同的情绪反应，获得有效、独特、贴合的情感体验，才能真正证实作品的质量水平，才有可能收获更多好评，并得到广泛传播[①]。作品中的人物在矛盾冲突中寻求解决办法，在拼搏进取中取得进步，其个人经历与精神品质均会使读者与之深深共情。这些人物与情节对读者有着巨大的吸引力与感染力，形成了一种可供参考的借鉴经验，无形之中指引读者对现实社会进行反思并明确行动方向。

能够与读者产生强烈共鸣的高质量作品要想将其中蕴含的价值理念与审美意趣传递给更多人，扩大社会影响力，就需要重视作品的传播与推广。在网络文学在线阅读即时的互动与反馈机制下，读者能够从作品中满足精神文化需求，并随时公开发表自己的评论，其感想与评价也可能对其他读者的阅读兴趣产生影响，促进作品传播效果的提升。与此同时，在粉丝经济的力量、移动互联网的崛起、产业资本的深度介入以及周边媒体生态的发展成熟等因素助推下[②]，网络文学 IP 逐步走向影视剧、游戏、动漫、文创周边等全产业链开发，将作品价值延伸至文化产业甚至多个经济领域。

（二）对《搜索》价值实现受限的反思

这部如今看来有价值的作品销量在当时却并不可观。晋江文学城作者文雨专栏，《搜索》目前积分在所有已完结作品中排名最末。2012 年，在《搜索》被上海浦睿文化公司出版半年后，副总编辑张雪松表示：作品从销售端的业绩来看不太理想，最主要的原因为作品是一个社会题材，在网络文学主

---

① 人民网：用心用情用功　创作更多优秀现实题材网络文学作品. 2021-05-26，http：//media. people.com.cn/n1/2020/0407/c40606-31663134.html
② 闫伟华：《网络文学 IP 热的成因、本质及影响——一种"注意力经济"的解释视角》，《中国出版》，2016 年第 24 期，第 37-41 页。

流生态当中与众不同，愿意为这个题材买单的读者相对固定而小众①。一部本身富有极强社会价值，且受到了业界肯定，但最终无法被读者广泛接受的作品，其所传达的社会价值便无法真正实现。因此，对《搜索》作品的反思极有必要。

1. 预判性视角与当时网民诉求的冲突

《搜索》作品初稿发表于 2007 年 7 月，截至当年 6 月，中国网民总人数为 1.62 亿，仅占总人口 12.3%②。"天涯论坛""百度贴吧""人人网"等论坛或社区的建立，给予了网民相对自由的言论发表环境，网民迫切希望利用网络表达自己的观点。此外，2006 年"虐猫女事件"中，网友们利用"人肉搜索"短时间内锁定嫌疑人的事件让很多人拍手称快。而《搜索》作者把小说作为对网络时代的一次预警，作品中批判的网络暴力现象在当时还不是普遍现象，网民也难以看到人肉搜索背后的深远危害。作品的批判对象就是木应作为读者的网民本身，可能是作品题材在当时未得到广泛接受的原因之一。

2. "黑色路线"与大众娱乐心理的冲突

在现实题材网络文学近年迎来高潮以前，网络文学的大部分读者带着平民化视角阅读，并不一味追求作品的文学性与艺术性，更不会根据作品的社会价值大小去选择阅读与否，而是单纯为了获得愉悦与快感，因此他们对游戏化的剧情、幽默风趣的语言、有"金手指"的人物情有独钟。一般网络义学作者也是随心而写，为快乐而写。而《搜索》作者采用的"为达目的不择手段"的现实主义手法让许多读者感到小说内容太过残酷。小说以悲剧结尾，虽能引发人们对社会病症的深思，但对于部分思维能力有限的读者来说，营造了灰暗悲凉的氛围，他们并不会将心中的感慨与思考转化为积极的行动。这样的效果与读者本身阅读网络文学作品时追求娱乐轻松的目的相违背，自然损失了关注度。

---

① 人民网：《〈搜索〉小说遇冷 影视改编后网络小说还出书吗?》，2021-05-26，http://media. people.com.cn/n/2012/1130/c40606-19747873.html

② 中国互联网络信息中心：《第 20 次中国互联网发展状况统计报告》，2021-05-26，https:// www.cnnic.cn/n4/2022/0401/c88-799.html.

3.影视改编"热"所带来的原著小说"冷"

《搜索》在小说初稿发表5年后，被陈凯歌导演改编为电影，取得了骄人的票房成绩。首先，豪华的演员阵容让电影上映前便有了热度。演员实力派的演技完美刻画人物角色。其次，不同于网络文学界大众痴迷于非现实题材的主流形态，电影播出后，受众反而觉得这种独特题材让人眼前一亮，同时该电影相较同期对手，摆脱了"大众脸"，有着"独树一帜"的优势。此外，该部电影一改陈凯歌导演以往宏大叙事的风格，更加贴近大众审美。其对镜头语言、叙事节奏、戏剧冲突的把握体现出绝对的专业性。因此，电影上映一周拿下4500万元票房，之后三周出现负跌幅，凭借好口碑长线发力，在第四周突破1.6亿元大关，成为当时国产文艺片的票房之王。

电影《搜索》对原著的改编更加迎合了观众的口味。电影以媒体事件为主线，以叶蓝秋与杨守诚的爱情故事为辅线，将原著中的情感部分放大，给观众带来了更多感动。同时，电影的结局设置也没有延续原著的"黑色路线"，而是努力塑造人物阳光积极的一面：陈若兮淡然走出爱情失败，坦然面对事业低谷，仍旧不服输地说出重新开始的誓言；莫小渝化被动为主动，放弃阔太太光鲜却又寡淡的生活，独自追求自由与轻松。这与原著中陈若兮走向楼顶，莫小渝卧病在床的情节相比，让观众看到社会问题的同时也得到正能量的鼓舞。

电影改编成功是IP营销的成功，但对于执着追求文学作品本身质量的读者来说，观众为电影消费后，对原著小说并无兴趣。再加上改编的情节先入为主，很多读者误以为小说是根据电影改编的，让人啼笑皆非。尽管很多出版商都承认这是一部好作品，但也都清醒地认识到，原著小说的销量难以实现大幅增长。

三　现实题材网络文学社会价值实现的优化路径

《搜索》的社会价值实现情况启示我们关注并反思现实题材网络文学的创作与传播。如何创作出有深度有价值的优秀网络文学作品，并使作品充分发挥积极、深刻的社会价值，应是当代网络文学界甚至是整个文学界积极思考的问题。网络文学界内部与外部应共同发力，开辟出一个现实题材创作的新时代。

(一)市场自然调节，政策积极引导

整个文化领域的互联互通使得各项产业有着相近的发展趋势。近年来，影视剧行业现实题材作品增多，其中一些作品大获成功，让人看到了现实题材的发展潜力。不少票房大卖或收视可观的影视剧改编自网络文学作品，这激励了网络文学作者对现实题材创作的热情。同时，新一代娱乐消费主体受成长环境及教育理念影响，对弘扬爱国主义、英雄气概、发展成就等积极正能量的作品也有着强烈的关注度，因此，在目前的网络文学产业中，现实题材的作品数量逐步增长。

网络文学产业结构调整离不开宏观调控。十九大报告在"坚定文化自信，推动社会主义文化繁荣兴盛"中第四条"繁荣发展社会主义文艺"中提到：必须坚持以人民为中心的创作导向，在深入生活、扎根人民中进行无愧于时代的文艺创造。加强现实题材创作，不断推出讴歌党、讴歌人民、讴歌英雄的精品力作。党和国家第一次将"现实主义题材"单独作为一个顶层设计提倡的互联网内容建设、文化产业和内容创作与生产的方向与重点，改变了中国网络文学当下的现状，也将对未来发展趋势产生重大影响①。在政策引导下，网络文学平台上涌现了一系列取材自精准扶贫、大众创业、基建工业等反映现实、表现平凡人的中国故事的作品，作品质量与深度都有明显提升，同时激励读者艰苦奋斗，具有良好的社会效应。希望党和国家继续密切关注网络文学发展，结合时代特征给予充分引导，让现实题材作品更好地得以展现，让网络文学更好地彰显社会价值。

---

① 中国作家网：《中国网络文学进入现实题材新时代》，2021-05-27，http://image.chinawriter.com.cn/n1/2018/0427/c403994-29955240.html

(二)优化创作思路,锻造优质精品

网络文学作品的社会价值根本上取决于作品质量本身,作品质量以作者的创作水平为基础。作者在进行现实题材作品创作时,应优化思路,深入观察生活,将时代背景转化为创作舞台,寻求与读者的心灵共鸣,并为其提供积极的思想引导。

1. 深入生活与艺术创造

真正的现实题材和现实主义作品要深入生活、贴近生活,"非现实"不一定就是合格的"现实"。比如不少都市情感类作品,虽本身题材不是仙侠科幻,但霸道总裁与娇妻和孩子的套路屡见不鲜,与现实生活及真实的情感体验相差甚远。但深入生活也不意味着为了现实而现实,不融入任何的艺术特色。如果完全照搬现实,记着无意义的流水账,或是直接把新闻不加修饰地放到小说里,则丧失了创作的想象力,那么作品便无法给读者任何的思考空间,也便失去了灵魂,作者存在的意义更是微乎其微。

因此,在进行现实主义网络文学作品创作时,作者要善于观察,充分积累生活经验,挖掘现实社会中值得思考与探讨的话题,关注大众的真实关切。同时,要充分发挥文学优势,巧妙地进行艺术加工,刻画人物形象、制造矛盾冲突,引导读者心理,在描绘社会现实的同时,给读者更好的审美体验。

2. 立足时代背景

要想深入现实,就要深刻理解当今时代背景与社会现状。网络文学作为中国独具特色的文化产品之一,也有着自身深厚的孕育土壤。新中国成立以来,中华民族披荆斩棘、奋勇向前,经历了种种困难,但也取得了重大成就。尤其是进入 21 世纪以来,中国以昂扬的姿态存在于国际舞台。抗震救灾、移动支付、精准扶贫、高铁速度、基建狂魔、一带一路、5G 时代,这些中国特色标签背后,是无数平凡而伟大的人物,是无数小家与大国共同奋斗的故事,是无数值得被描绘与放大但又让人感同身受的场景。阿耐描绘改革开放历程的《大江东去》、周梅森反映国家重拳出击开展反腐斗争的《人民的名

义》、齐橙表现中国重型装备工业发展的《大国重工》，都展现了中国逐步实现现代化背景下的现实故事。

同时，中国独特的历史渊源、文化根源也让中国在当今时代背景下存在一些独特的社会问题。作者应直面这些问题，不回避、不夸大，深刻反思，带领读者关注、思考并积极采取行动矫正这些问题。例如，《都挺好》直面中国式家庭纠纷，直击重男轻女、老人赡养、翁媳关系、啃老寄生、兄妹亲情、职场生存等众多现实问题，讲述混乱不堪的家庭亲情回归的故事。

3. 寻求与大众的情感共鸣

相较传统文学，网络文学利用平台与技术的优势，呈现出一大特点：改变了作者单向输出的模式，可以实现读者与作者的双向互动。作者可以及时了解读者的反馈，从读者的评价中获取灵感；读者也可以接收到作者的回应，感受到自己评论的价值。网络文学作者可以充分利用这一特点，在创作过程中实时关注读者感受，以避免一意孤行所导致的本可能价值深刻的作品无人问津。因为无论什么时候，大部分网络文学读者选择阅读的一定是能与自己产生心灵共鸣的优秀作品。但要注意的是，作者不能一味迎合读者，被读者"牵着鼻子走"，而应保持自己的创作理念，巧妙运用写作方法与技巧，同时逐渐完善剧情，创作出更好的既能让读者满意，又能让作者满意的真正有价值的作品。

4. 创造崇高的审美理想

现实主义网络文学作品敢于直面现实，大胆地批判社会问题。但一部好的作品在揭露黑暗与缺点之后，还应提出解决问题的方法，或引导读者思考解决问题的办法，最终给予读者阳光向上的正能量，这也是《搜索》原著小说可以借鉴电影的一点建议。阿耐大获成功的作品《欢乐颂》就是一个优秀的典型案例。通过描写5个出身不同、个性迥异的女孩儿在魔都的生活，通过反映原生家庭、绅士困扰、情感纠纷等一系列问题，最终传达的是5个女孩儿努力奋斗，追求阶层破圈、性别解放的向上精神。

（三）行业激励扶持，提升创作水平

除了作者自身的努力，网络文学行业内也应形成更好的扶持机制，激励有价值的作品诞生。中国作家协会网络文学中心自 2017 年成立后，2018 年起推出重点作品扶持项目，倡导新时代现实主义题材创作，注重反映现实生活，讲述中国故事。2016 年起，阅文集团旗下多家知名原创文学网站联合主办现实主义网络文学征文大赛，吸引了数万部作品，并充分运用平台资源优势，对通过比赛遴选的优质作品进行全面推广与版权开发运营。2019年，江苏省网络作协、南京市文联和连尚文学共同主办了"向新中国成立70 周年献礼——首届全国网络文学现实题材主题征集主题征文大赛"，参赛作品生动展现新中国的发展变化与伟大成就，书写人民拼搏奋斗的历程与精神；2021 年，"新时代的中国"第二届网络文学现实题材主题征文大赛成功举办，作品从不同领域把握时代脉搏，提出对社会发展的思考，挖掘中华传统文化的创新传播。比赛充分激发了创作者的潜力，优质作品的涌现也让主办方进一步加大对现实题材网络文学扶持项目的投入，力求为读者贡献更多佳作①。

在激励扶持的基础上，各大组织与平台也开始重视开展创作者培训，从源头引导现实主义网络文学创作走向专业性、高质量发展阶段。例如，中国作协网络文学委员会、上海市作家协会、上海大学中国创意写作中心、阅文集团联合主办网络文学（现实题材创作）高级研修班，中国作协网络文学中心和上海作协主办中国作协网络文学现实题材创作培训班，阅文集团举办网络文学作家"现实主义万里行"系列培训班……一系列培训为网络文学创作者提供了学习、交流的平台，有效引导其了解现实题材，明晰创作方向，提升写作技能，为网络文学蓬勃发展注入了新鲜活力。

---

① 新华网：《第二届网络文学现实题材主题征文大赛揭晓 22 部获奖作品》，2021-05-27，http：//www.xinhuanet.com/politics/2021-01/11/c_1210975027.htm

四　结语

现实题材网络文学扎根生活、贴近人民，紧扣时代，在生动的现实生活情节中激发读者共鸣，于接地气的平凡人物形象中见不凡时代特征，蕴含着反映社会问题、引领读者思想以及助推网络文学格局拓展等方面的社会价值，承担着记录时代与影响时代的重要使命。在政策引导、行业支持、平台激励与作者专业素养提升的基础上，希望更多类似《搜索》的优质现实题材作品于网络文学的舞台完美绽放，通过良好的传播力与影响力更好地实现社会价值，推动网络文学生态的平衡与可持续发展，助力社会主义精神文明建设。

历史"爽感"与现实"逃逸"*

——评知白网络历史架空小说《长宁帝军》

江秀廷

安徽大学文学院

在中国几千年文明历史长河中，史书是记录历史事件，保存政治制度、文化传统等意识形态的最重要载体。从《史记》到《清史稿》，中华文明的博大精深、兴衰荣辱都被镌刻在一片片竹简、一页页薄纸上。除了包括二十四史在内的官方修史，一些流传民间的稗官野史通过口述、说唱等多种艺术形式流传至今。明清以降，小说作为一种艺术体裁展现出蓬勃的活力，史书里的帝王将相、世家列传成为绝好的叙事资源。从《三国志》到《三国演义》，从《宋史》到《水浒传》，历史小说以其特有的曲折精彩普罗大众，无意间完成了一次次民族国家的历史启蒙。历史小说不同于武侠、侦探等通俗小说类型，它极其考验写作者的知识素养和思想格局，每一次宫廷政变、军事冲突的细节往往都不是简单的凭空想象，所以我们很难把姚雪垠的《李自成》和唐浩明的《曾国藩》简单地归置为通俗故事。网络文学的兴起为历史叙事提供了一种新的可能，它为严肃的历史记忆增添了一抹活泼自由、清新娱乐的亮色，历史既可以被重塑，也能够被解构，甚至在一些网络作家笔下它成为一个任人打扮的小姑娘。正因如此，网络历史小说成为众多网络类型小说中的"显学"，《琅琊榜》《上品寒士》《孺子帝》等历史题材的小说代表了网络通俗写作的高度。网络历史小说《长宁帝军》连载于纵横中文网，作者知白在整整两年

---

* 国家社科基金重大项目，"中国网络文学评价体系建构研究"，18ZDA283。

时间里写下了 1600 章、530 余万字,是典型的网络超长篇写作。截至 2021 年 2 月,这部小说的推荐票数牢牢占据纵横中文网第一名的位置,并成为 2020 年中国小说学会网络小说排行榜十部作品中的一部。《长宁帝军》为什么"既叫好又卖座"呢? 这源自作者对读者心理的准确把握,通过"类型聚合"的故事编排、令人浮想联翩的"撩骚"语言表达、纯粹而炽热的"偏执"情感,《长宁帝君》最终从海量的网络小说中突围而出,成为佳作。

一 故事:"类型聚合"

网络文学的主体是网络小说,网络小说以类型叙事的样态生存在赛博空间里。以起点中文网为例,作品首先被分为"男性向"和"女性向"两大类,男性作品的网页标签下存在着玄幻、奇幻、武侠、仙侠、都市、现实、军事、历史、游戏、体育、科幻、悬疑等类型。不同类型以叙事套路、故事模式为标签。每一种类型都有常见的套路或者模式,如玄幻小说的升级模式、历史小说的穿越模式、都市小说的重生模式等。无论是套路、模式,还是"赘婿流""废柴流"等叙事倾向又常常处于衍变分化、重组聚合的过程中,所以有时一部小说到底属于玄幻类、仙侠类还是言情类是不容易分清楚的。除了起点中文网、纵横中文网、晋江文学城等其他网络文学商业网站也全部遵循这种划分逻辑。网络小说的类型划分,暗含着商业时代资本的逐利取向,文学不再追求普罗大众,而是在行业细分的基础上服务特定人群,粉丝及粉丝经济就是在这样的消费文化语境下产生的。除了线上文本,基于类型划分的粉丝经济横向拓展到贴吧、论坛、公众号、微博等不同的媒介空间,并在纵向的纸媒出版、漫画和游戏开发、影视改编等 IP 分发上发挥着巨大的影响力黏性。

就网络历史小说这一类型而言,同样有一批数量庞大的拥趸。从早期的爽文《回到明朝当王爷》,到《梦回大清》《步步惊心》《独步天下》这三部所谓的"清穿三部曲",再到"文青"色彩浓郁的《上品寒士》《大清首富》,网络历史小说的写作范式、存在形态在不同的时空场域里有所变化,但基本的叙事语法显然是比较恒定的。普罗普在《故事形态学》一书中将故事情节分为"可变元素"和"不变元素"，"变换的是角色的名称（以及他们的物品），不变的是他们的行动或功能"①，他认为"功能"对于特定的类型小说有着至关重要的影响，"角色的功能能充当了故事的稳定不变因素，它们不依赖于由谁完成以及怎样完成。它们构成了故事的基本组成部分。"②。类型学作为一种新人文学科研究方法，能够穿越形式与内容、历时与共时、文本与社会，通过类型指认、叙事语法归纳和价值观照，把握每一种类型的基本艺术特征。对于网络历史小说来说，其叙事语法就是历史空间里的人物经过一次次惊心动魄的故事，最终实现个体成长。

《长宁帝军》虚构了历史上一个强大的国家：宁国。主人公沈冷、孟长安并非历史上真实存在的人物，作者通过讲述一则精彩的故事，把小人物的个体成长与民族国家的命运紧密联系到一起。显然，《长宁帝军》属于"架空"类历史小说，而"架空"正是网络历史叙事突破传统历史小说叙事模式的关键，使得该类型小说在比特写作时代再一次焕发勃勃生机。架空即是想象出一个虚拟的历史空间，塑造出历史上非实有的人物形象，虚构出戏剧冲突激烈的情节故事。其实质是"实"对"虚"的借用，两者整合后，终于虚实共生。这样做有什么好处呢？写作者可以脱掉历史真实人物、事件的沉重外衣，轻装上阵，驰骋千里。这种叙事方式也符合"日更——VIP 付费阅读"模式，毕竟想象的速度是超越知识考据的。所谓一切历史都是当代史，网络历史架空小说采用"六经注我"的创作理念、策略，立足当下的同时又把中华五千年的文化精神内核吸纳进来，一切为我所用，历史精神的真实取代了具体朝代背景、人物事件的真实。如果说《三国演义》是对《三国志》的叙事进化，那么当下的架空类历史小说就是对《李自成》《曾国藩》的又一次类型变革。但是，架空并不意味着小说是无源之水、无本之木，《长宁帝军》的众多叙事元素都是作者在历史抽象基础上的灵活移置。例如，宁国就是对盛唐的临摹，宁国

---

① 普罗普：《故事形态学》，贾放译，中华书局，2006 年版，第 17 页。
② 普罗普：《故事形态学》，贾放译，中华书局，2006 年版，第 18 页。

最强大的对手黑武国与历史上的匈奴非常匹配,而桑国显然暗指丰臣秀吉时代的日本,大宁水师则让我们看到了明朝郑和时代水师的强盛。在人物设定方面,皇帝李承唐兼具李世民和朱棣的豪情与野心,主人公沈冷和孟长安的英雄气概、赫赫战功显然与历史上的霍去病对应起来。

架空完全解放了写作者的想象力,作者不仅可以借用历史真实内容,更是能够充分利用不同类型小说的写作策略,这使得《长宁帝军》具有了典型的"类型聚合"特征。葛红兵在总结类型小说的演进和发展过程中,提出了跨类和兼类两个概念:"跨类小说是兼具两种甚至两种以上类型小说的特质,其中哪种遏制都不占主导地位而形成的一种类型小说变体,如武侠言情类型,武侠和言情并举,从而形成跨类特点;兼类是一种小说特征为主导,兼具另一种小说类型的部分特征,本质上还是属于该小说类型。"[1]显然,《长宁帝军》属于兼类写作。作者在稳固历史叙事这一"基本盘"的基础上,还充分借鉴了悬疑小说、武侠小说、言情小说的形式与内容。首先,作为一部历史小说,《长宁帝军》抓住了历史和历史演义的两个最重要元素:权谋和战争。内部的权力斗争,特别是皇权的斗争一直该类型小说的焦点问题,在知白的笔下,皇权与后权、相权、太子继承权间的冲突都得到了充分的戏剧性呈现。战争不仅是小说的主题,更是作者结构故事的重要手段,主人公南征北战、东讨西伐构成了小说的内容主体:东疆消灭渤海国,西疆打败羌人和吐蕃,南征求立国、南越国、日朗国。北伐宁国心腹大患黑武国时,一战息烽口,杀敌十万;二战普洛斯山三眼虎山关,打通敌军南院大营的通道;三解别古城之围,利用火药击溃 80 万大军,终于平定天下。

其次,《长宁帝军》还是一部悬疑故事,沈冷究竟是不是皇帝的儿子? 这一悬念在小说开头就被提了出来,作者在最后一章才给我们答案,历史故事里常见的"换子疑云"成为这部小说存在的逻辑起点和终点。沈冷的身份问题一直吸引着读者的好奇心,作者借此创造戏剧冲突、推动情节发展。某种程度上,作者有意将人物身份悬置,造成一种扑朔迷离的、暧昧的艺术效果,

---

[1]　葛红兵:《小说类型学的基本理论问题》,上海大学出版社,2012 年版,第 188 页。

像诱饵一般引导读者走向故事最终的"真相大白"。读者粉丝在书评区讨论得热火朝天,他们借此深度参与到小说的叙事中去,作家与读者之间的互动作为一种伴随文本,在很大程度上改变了故事的发展进程。作者显然是悬疑小说大师希区柯克的信徒,他把沈冷的身份装饰成一颗炸弹,"炸弹绝不能爆炸,炸弹不爆炸,观众就老在那儿惴惴不安"。

同时,小说也可以被看作是一部武侠小说,作者抓住了该类型的几关键词:武功、侠义、仇恨、江湖。具体表现在:小说里不仅有庙堂,还有流浪刀、流云会、红袖招这样的江湖组织,暗杀与反杀更是作者百试不爽的招式;沈冷从一个普通的码头渔民成长为武功卓绝的绝世高手;沈冷、孟长安与大学士沐昭桐父子、北疆大将裴啸的刻骨仇恨,并由此引发了你死我活的斗争。作者借助绝世神功,时常将主人公孤置在危险的情境中,经过一番你死我活的较量,或逃出生天,或击杀强敌,强烈的戏剧冲突极大地丰富了阅读的情绪体验。此外,把《长宁帝军》看作一则言情故事也不为过,父子亲情、男女爱情、兄弟友情、师徒恩情大量存在并真切感人,这种写作方式极大提升了小说的情感浓度、人道关怀。类型聚合犹如沙拉拼盘,张恨水把武侠元素融入《啼笑姻缘》,古龙的《楚留香》《陆小凤》里不缺少谋杀、解谜的侦探叙事,作家知白同样将文学的沙拉酱倒入令人垂涎欲滴的各种水果、蔬菜上,引诱着各类阅读者分泌出更多的艺术多巴胺。

二　语言:"撩骚叙事"

在传统的文学创作观念里,语言表达的精准、凝练既是作家写作水平的体现,也代表着写作者的叙事风格。在法国作家福楼拜那里,语言是反复锤炼过的符号结晶,《情感教育》《包法利夫人》真实流畅、客观冷静的言语风格显示了他作为语言大师的独一无二。另一位法国作家巴尔扎克则相反,他的语言复杂甚至琐碎。中国新文学的发展是通过西方文学的"拿来"和中国古代文言传统的"断裂"实现的,手口一致的白话表达逐渐从幼稚走向成熟。而随着数字媒介的兴起,文学由网而生,网络文学语言相较传统文学有了极大的进化，正如周志雄所概括的那样："网络语言是在网络环境中产生的，带有简洁、时尚、调侃的意味，多用谐音、曲解、组合、借用等修辞方式，或用符号、数字、英文字母代替一汉字表达……网络语言是一种调料，一种氛围，一种叙事的语调。汉语网络语言的母体是有深厚传统的中国文学语言库，网络语言常用戏谑、借用、化用的方式模仿经典语言，从而实现一种亦庄亦谐的表达。"①

《长宁帝军》的话语表达方式有着鲜明的网络叙事特征，小说里存在着大量的人物对话，甚至一些章节里全部由两个、三个人的说话交流组成，对话在推动叙事方面起到了极大作用。如果关注一下对话内容，一种普遍存在的，甚至具有一定规律性的对话风格显得非常独特，笔者将其总结为"撩骚叙事"。所谓"撩"，是指撩拨、引诱，是一种欲言又止、欲说还休的话语动作；所谓"骚"，是风骚，指向行为后果及由此形成的总体性语言风格。这种表达方式有点像段子，只对那些能够"破解"作者意图的阅读者开放，并产生一种哑然失笑、会心一笑的情感体验效果。既然有"笑"的阅读感受，那么"撩骚"与同样能产生"笑"的幽默，又有着怎样的区别呢？

幽默与古希腊喜剧有着非常紧密的关系，在阿里斯托芬等戏剧家的笔下，观众能够从滑稽之余看到讽刺，从诙谐之外体味到幽默。而在中国，是林语堂首次将 humor 翻译成幽默，并在《语丝》杂志上写下了大量幽默性灵、平和闲适的小品文。而在小说创作方面，老舍、张天翼、钱钟书的笔下具有风格各异的幽默表述。以《围城》为例，钱钟书时而用幽默揶揄，时而借幽默讽刺，如：

有人叫她"熟肉铺子"，因为只有熟食店会把许多颜色暖热的肉公开陈列；又有人叫她"真理"，因为据说"真理是赤裸裸的"。鲍小姐并未一丝不挂，所以他们修正为"局部的真理"。②

这一张文凭，仿佛有亚当、夏娃下身那片树叶的功用，可以遮羞包丑；

① 周志雄：《网络叙事与文化建构》，《文学评论》，2014 年第 4 期，第 185-193 页。
② 钱钟书：《围城》，人民文学出版社，2012 年版，第 5 页。

小小一方纸能把一个人的空疏、寡陋、愚笨都掩盖起来。自己没有文凭，好像精神上赤条条的，没有包裹。[①]

"撩骚"不一样，作者知白常常借助对话传达出暧昧的、只可意会不可言传的内容，如当下流行的"基情""开车"，或者只是一些冷笑话：

秋实道人坐好了之后问："国公为什么会突然到观里来？是有什么要紧事么？"

沈冷笑了笑道："想你。"

二本："呕……"

秋实道人哈哈大笑："我要是年轻七十岁就信你了，那时候对男人应该喜欢女人还是应该喜欢男人还有些懵懂。"

二本道人："我凑，师爷你三十几岁的时候还懵懂呢啊。"

秋实道人皱眉："我多大了？"

二本道人："你今年刚过一百岁。"

"放屁。"

秋实道人道："我明明才八十岁。"

二本道人道："那师爷你情窦初开够早的啊，十来岁的时候懵懂正常，但懵懂是该喜欢男人还是女人就过分了，那确实是三十几岁的男人才会怀疑人生的事。"

秋实道人："我拐杖呢。"

沈冷一脚把二本道人踹开："已经揍了。"

幽默与"撩骚"都能使人发笑，但这两者的发笑机制是不同的。在钱钟书笔下，制造幽默的是叙事者，幽默经常借助比喻等修辞手法实现，品质上是趋"雅"的；在作者笔下，"撩骚"的主体是小说里的人物，具有鲜明的人物言语风格，"俗化"程度更高。所以，幽默是理性的产物，"撩骚"来自写作者刹那间的感性。"撩骚"为什么会成为一种叙事方式呢？一方面与时代气息联系紧密，"屌丝文化"消解了传统高雅文化的深度，小说的思想主体、人物形

---

① 钱钟书：《围城》，人民文学出版社，2012年版，第9页。

象"形而下"的倾向非常明显。另一方面,相较于传统通俗小说,网络小说在"与世俗沟通""浅显易懂""娱乐消遣"的道路上走得更为深远,是"粉丝经济"文学实践的具体体现。"撩骚"的叙事功能是显而易见的,除了能够撩拨读者的内心,还能在紧张的权力斗争、军事战争之余释放写作者的压力,同时缓解阅读者的紧张心情,使得小说达到动静结合、张弛有度的平衡。这种平衡策略并不少见,例如在革命历史小说《红日》里,作者吴强除了展现激烈的战役、会战,还用了一定的笔墨描写主人公沈振新的家庭、婚姻、爱情生活,以此调整叙事节奏。《长宁帝军》的"撩骚叙事",某种程度上也是表现人物性格的重要手段,它甚至在无意间揭示了一条规律:网络小说的爽感除了依靠"金手指""无限升级"的情节设定,简单的人物对话也能起到同样的作用。

《长宁帝军》的"撩骚"与幽默不同,但并非凭空而生的陌生物,中国文学史上存在着一种"油滑"的语言风格,这与"撩骚"有着更为相似的联系。洪治纲曾对油滑与幽默间的关系做过明显的辨析,"从表面上看,油滑的叙事常常充满了各种嘲讽与戏谑,确实在某种程度上体现出幽默的情趣,但是如果仔细玩味,仍能看到叙事的背后隐含了作家对笔下人物的傲慢与不恭,难见深切的同情与体恤",而幽默"其背后应该站着一个严肃的创作主体,让我们能够从笑中发现作家内心的泪滴,在戏谑中看到作家深切的同情。换言之,真正的幽默,是作家倾尽自己的情感与心志所作出的审美表达,饱含着创作主体的审美洞察与思考,也承载了创作主体的生命体验与独特感悟。否则,就属于低级趣味上的油滑。"[1]中国现代文学的先驱鲁迅,他在《故事新编》的序言里就对这种风格表达了自己的警惕,"这就是从认真陷入了油滑的开端。油滑是创作的天敌,我对于自己很不满"[2],"《故事新编》真是'塞责'的东西,除《铸剑》外,都不免油滑"[3]。而在当代作家王朔和王小波的笔下,关于幽默和油滑的争论从未停止,语言风格一定程度上影响了作家的文学史

---

① 洪治纲:《小说叙事中的"油滑"》,《文艺争鸣》,2020 年第 4 期,第 1–3 页。

② 鲁迅:《故事新编·序言》,《鲁迅全集》(第 2 卷),人民文学出版社,2005 年版,第 353 页。

③ 鲁迅:《致黎烈文》,《鲁迅全集》(第 14 卷),人民文学出版社,2005 年版,第 17 页。

地位。

《长宁帝军》的"撩骚"叙事从本质上体现了网络小说写作的游戏心理，小说里敌我双方的斗争、同一阵营里的亲密关系都以轻松的言语快感表现出来。在这种游戏逻辑下，"虽然'以弱胜强''普通人创造奇迹'等虚拟快感原型均产自大众文化工业，但网民通过评论、打赏等方式沟通作者，进而影响情节走向，使作品成为互动的产物"①。诚然，"撩骚叙事"拉近了作者与读者的距离，但这种写作方式的负面效果也要引起我们的警示。就如同幽默不能流于"油滑"，"撩骚"也绝不能沦落为"色情擦边球"，写作者必须掌握好"度"，学会节制。毕竟，"芥末"只是一剂调味品，不应该把它当成主食。

三　风格："偏执美学"

《长宁帝军》虽然有很大的篇幅表现民族战争、国家治理，但这些只是手段，其根本目的仍旧是讲述主人公的英雄故事，这种可被称作"伪宏大叙事"的现象在当下很多网络历史小说中十分常见。我们还从这部小说里看到一个有趣的现象：在男主沈冷、孟长安几十年的参军过程中，因为赫赫战功而加官晋爵，由籍籍无名的小人物变成了一品大员、国家柱石。与这种外在的变化相比，他们内在的世界观、人生观、价值观却鲜有改变，人物的成长是精神失位的、有些跛脚的"浅成长"。在这种"浅成长"的基础上，小说呈现出来一种非常独特的美学风格，笔者将这种风格称作"偏执美学"。所谓偏执，是指情感的绝对、纯粹和炽热，爱憎分明取代了传统小说情感表达的含混、复杂甚至虚伪。这种偏执，打破了中国传统文化里讲究和谐的中庸之道：在小说内部，偏执表现在个体与个体、个体与国家的情感关系上，在小说世界之外，则是写作者对阅读者深度的情感偏向。

首先，《长宁帝军》里的君臣、夫妻、师徒、兄弟、敌友关系都得到充分

---

① 许苗苗：《游戏逻辑：网络文学的认同规则与抵抗策略》，《文学评论》，2018 年第 1 期，第 37-45 页。

展现，而且是单纯的、简单的——绝对的爱或者绝对的恨。例如，宁国皇帝与主人公沈冷之间已经打破了原有历史逻辑的君臣之道，彼此间绝对的信任、关怀和爱取代了皇帝的威严、对臣子的提防，臣子对皇权的恐惧、仆从也几乎消失不见；沈冷与沈茶颜由青梅竹马到婚恋生子，从来都是一心一意，爱情里容不下任何第三者，这与我们在赛博空间里常见的"种马文"何其不同；青松道人与沈冷、沈茶颜间的传统师道伦理已经荡然无存，老师可以没大没小、"无理取闹"，学生可以捉弄、调侃老师，师生间的严肃关系演变为轻松的游戏性存在；兄弟和敌友之间的关系是两对截然相反的情感呈现，孟长安和沈冷这两个"基友"，平日里言语间总是相互拆台、"互怼"，战场上却能够两肋插刀、舍命相救。但面对敌人时，沈孟两人从不心慈手软，他们诛杀沐筱风、裴啸等人的时候都是斩草除根、毫不留情。在个体与国家的关系上，无论是皇帝、大臣还是士兵、普通人，都有着强烈的民族情怀，有能力的将领如沈、孟，把维护国家统一视为己任，普通人民也对国家充满了认同感、荣誉感，他们都对祖国爱得深沉。《长宁帝军》既对中华传统文化中的"仁义礼智信"进行了时代阐释，又把当下中华民族复兴的豪情融入人物对话、情节冲突中去，形成了一种偏执的又带有"正能量"的情感表达方式。

沈冷和孟长安、沈冷与沈茶颜两组人物间的情感偏向具有鲜明的网络性特征，我们常常将其命名为"CP"。CP不能简单地理解成"Couple"（配偶），既可以指情侣关系、恋爱关系，"有时候也指一种暧昧的、界限不清晰的羁绊和情谊（即基情），可能包含友情或爱情"①。一方面，男性间的人物组合在通俗小说史上并不少见，《三侠五义》里的"御猫"展昭和"锦毛鼠"白玉堂，《绝代双骄》里的小鱼儿和花无缺，以及《福尔摩斯探案集》里的福尔摩斯和华生，都是具有互补性的形象设定。但网络空间里的"CP"关系，是一种"耽美"化了的人物配对。这种"女性向"的男性友情，超越了传统意义上兄弟间的"义气"，显得细腻甚至缠绵。另一方面，二沈之间的情爱配对也符合网络耽美小说的"纯爱"走向，他们是青梅竹马的少年伴侣，两人将身体与情感的

---

① 邵燕君主编：《破壁书》，生活·读书·新知三联书店，2018年版，第194页。

"第一次"给予彼此,同样符合耽美文学的"双洁"设定。作者知白在表现二沈之间的亲密情感接触时,既能够为读者提供性爱的想象空间,又总是点到为止,网络小说对情爱的诱导和对身体的驱离巧妙地结合在了一起。

其次,从文本世界之外来看,作家创作的主体性进一步偏向阅读者的"客体性"。《长宁帝军》共1600章,作者时常在章节结尾处的小结诉说自己的生活日常、创作计划,读者则会在每一章的书评区发表见解、与作者讨论情节设定等。例如在第893章的小结里,作者知白这样写道:"之前一章中描写火药包中放了大量铁钉,这不符合实际,欠缺考虑,已经修改,在这个环境设定下,铁钉的大量制作并不容易,所以改为碎石子和少量碎铁片以及箭头。"为什么会改呢?因为阅读者对最初的设定提出了怀疑,像这样读者影响甚至改变作家创作走向的例子非常多。可以说,小说世界的情感浓度是以小说世界外作者对读者粉丝强烈的情感投射为基础的。

网络小说与传统通俗小说最大的一个不同就在于阅读接受上,有网络作家曾以调侃的、又不失客观的语气说道:"读者不仅是上帝,还是三皇五帝。"而随着上架感言、段评、本章说、弹评等伴随文本的大量涌现,尤其是声音、图像甚至视频不断出现在网络小说的文字间隙,创作者与读者间动态的交互关系彻底改变了传统文学的生成方式和传播路径。有的研究者将这种沟通方式称为连接性,内部的文学性和外部的连接性催生了新的文学样态。也有的研究者将主客双方的交互命名为"主体间性",欧阳友权认为:"互联网的平等交互和自由共享使文学的主体性向主体间性延伸,网络写作是间性主体在赛博空间里的互文性释放,这是对传统主体性观念的媒介补救。在网络写作中,散点辐射与焦点互动并存构成了主体间性的技术基础,作者分延与主体悬置的共生形成间性主体的出场契机,而视窗递归的延伸文本则成就了主体间性的文学表达。"[1]某种程度上,这种间接性写作已经不再是简单的作家和读者的共同写作,还向着文本间性和媒体间性进行纵向拓展。例如,在《无限恐怖》中,作者开启了"无限流",将古今中外的恐怖叙事

---

① 欧阳友权:《网络写作的主体间性》,《文艺理论研究》,2006年第4期,第93—99页。

"有机"地融入同一个文本中,实现了跨文本的跳跃。管平潮在创作《血歌行》的时候,就已经充分考虑到了后续的影视开发和游戏改编,"我做过网络游戏的主策划,所以这次做大纲时,也写了很多的 excel,法器兵器一张,怪物、动植物、法术还有世系法术各有一张表……这也是为以后改编游戏做准备的"①。

《长宁帝军》的"偏执美学"风格逐渐成为网络写作的普遍现象,客观冷静的深度模式已被消解,这也对我们的理论研究提出了挑战:传统的阐释理论是否还能跟得上今天的创作实践? 20 世纪中叶以来,相较于文本中心论,姚斯、伊瑟尔等德国学者提出了"以读者为中心"的接受美学理论,"期待视野""召唤结构"等概念极大地丰富了文学研究的理论资源。但今天的网络文学,传统的接受理论面临着阐释的实效,如何完善、建设、发展包括接受美学在内的网络文学理论批评体系,就成了我们网文研究者不得不去思考的重大课题。

四 余论:"爽感"与"逃逸"

在《长宁帝军》里,作家通过"类型聚合""撩骚叙事""情感偏执"三种方式实现了"爽感"制造。追求快感和爽感是人类生命运行的基本需求,同时也是人类主体创造精神的内驱力。王祥将这种网络文学创作的快乐原则概括为"情感体验与快感补偿功能",他认为:"它是建立在情感体验与快感补偿功能基础上的,网络文学的文学性、独创性,经常就是一些快感模式的审美指代,是欲望叙事的审美化效果。"②与之相近,邵燕君借鉴马尔库塞《爱欲与文明》中的"爱欲解放论",提出中国网络文学的发展动因是以媒介变革为契

---

① 周志雄、管平潮:《网络文学需要降速、减量、提质——管平潮访谈录(上)》,《雨花》,2017 年第 1 期,第 38–49 页。
② 王祥:《网络文学创作原理》,中国人民大学出版社,2015 年版,第 14 页。

机的"爱欲生产力"的解放。① 网络历史小说与玄幻、仙侠等幻想类小说不同，制造爽感往往意味着对历史真实原则的违背。此前，《康熙大帝》《雍正皇帝》《乾隆皇帝》(二月河)这样的历史通俗小说都会遵守基本的历史真实，秉持历史正剧的严肃性，尽量做到叙事的客观、严谨。而在《长宁帝军》里，君臣之道、师徒之情、兄弟之义和夫妇之爱完全是脱离历史真实的，主人公与读者大众构成想象的共同体，生活在虚假却又甜蜜的乌托邦里。

读者不知道他们的快乐源自白日梦吗？当然不是，他们借助"虚假"的文字逃逸现实空间，实现对庸俗的日常生活的超越。在网络历史小说中，这种空间的移置是纵向的，历史架空比真实的再造来得更加容易，所以《长宁帝军》虚构了一个并不存在的宁国。而在幻想类小说里，"打怪、升级、换地图"更为常见，其中的"换地图"就是空间的横向开拓，例如，《斗罗大陆》里的唐三穿越到异时空的天斗帝国和星罗帝国，《斗破苍穹》里的萧炎则生活在斗气大陆上。空间位置的频繁移动呈现了生活的偶然性，打破了现实的稳定性结构，这与网络游戏里游戏玩家自由地建造房屋、村落、城市有着内在的一致性。

因此，网络历史小说注重的并非线性的历史时间，而是立体化的空间。阅读者幻想着逃出日益内卷化的、疲惫不堪的现实生活，在一个陌生化的环境里开疆拓土、实现抱负。在这个意义上，《长宁帝军》帮我们挣脱紧张、忙碌的学习和工作，为我们提供了一块舒服的栖息地，让每一位参与者都愉快地躺平在虚构的历史空间里。

---

① 邵燕君：《以媒介变革为契机的"爱欲生产力"的解放——对中国网络文学发展动因的再认识》，《文艺研究》，2020 年第 10 期，第 63-76 页。

半鱼磐：玄幻与现实的有序纠缠

刘钰卿　朱守涵

杭州师范大学

一　平行时空的多重展开：由叙事惠及世界构架

（一）双轨双世界叙事：平行世界理论的文学化应用

作者半鱼磐通过中华人民共和国成立初期 5 号首长的神秘失踪、"机要51"的离奇自杀和当代一系列不可思议的事件，将世界和瀛图这两个不同的世界打通。在循序渐进的情节进展中，"山海经世界"的画卷向读者缓缓铺开并改变着读者的思维定式。而以蒋怡丽和刘鼎铭为首的"鱼和灯"邪教组织是世界上较早发现平行世界的一群人，他们一直都在寻找那只类似于诺亚方舟的隐船，从而得以在地球毁灭之际全身而退。与此同时，半鱼磐借"两界之人"陆离俞（以下简称离俞）的穿越，将文本引向瀛图的叙事轨道，离俞对"山海经世界"的认知不再禁锢于《山海经》这部著作和当前学界所进行的研究和分析，而是可以伸手触碰到最真实的"山海经世界"，深入到历史谜团中去寻找答案。随着离俞对"山海经世界"了解的不断加深，他逐渐意识到自己所肩负的责任，明白了此次穿越的意义不再只是寻找郁鸣珂，也不局限于探寻历史真相，而是将他在瀛图所散发出的光芒照进现实世界，使这两个平行世界和谐共存。

半鱼磐的叙述视角在两个世界中来回切换，但并没有使读者感到思绪混乱，这主要得益于双轨之间搭建了许多连接轨道，比如郁鸣珂、女旻、蛇形符图、等臂十字架、吴博夏死亡、跨越两界的手枪、二战时期的日本军队和最主要的离俞等，这些人、物、事是作者所构建的平行世界得以成立的关键所在，不仅使得整个文本能够逻辑自洽，而且起到了推动情节发展的重要作用。半鱼磐在文本中的理论和情节层面上为读者提供了充分理解平行世界的可能，理论和情节分布有序，不会直接向读者讲述枯燥晦涩的平行世界理论知识，而是很好地将这些理论融汇到生动的情节中。除了以上所提及的贯穿全文的人、物、事，半鱼磐还非常热爱在人物对话中贯通两个世界之间的逻辑，比如虚博生与小李，王秉学与方秘书，方秘书与女旻，方秘书与蒋怡丽、刘鼎铭，5号首长与机要51，这些人之间的对话使读者对平行世界这一概念的理解不断加深，并且帮助读者在两个叙事空间的不断转换中产生一种奇妙的阅读体验。此外，在文本当中，读者既可以探寻现实世界中无法接触的隐秘角落——离奇杀人事件、秘密宗教团体、情报局跨国探案等，也可以了解远古世界中无比鲜活的存在形态——瀛图的山川地理和飞鸟神兽、人神怪之间的争夺之战、大夏的历史等。

由此，读者能在如此人物众多、情节复杂的双轨叙事中依然保持对剧情清晰的理解，并获得超乎寻常的阅读体验。

（二）群像式玄幻世界构架

半鱼磐在《山海经》系列作品中显示出了极大的创作野心，他致力于构建一个属于中国人的东方魔幻世界，在历史、地理、文化、人物等各方面都有精细的设定，表现出群像式的特点。双轨叙事中世界的构建逻辑和我们当前所处时代的现状如出一辙，所以在此就暂且不提。值得讨论的是瀛图的构建逻辑，半鱼磐笔下的瀛图这一异世界，是一个人、神、怪共存的奇幻空间。人类主要分布在位于北部靠海的玄溟（无支祁）、位于东部临泽的雨师妾（丹朱）、位于中部靠河的河藏（师元图）、位于西部偏远的荒月支（女魃），这四部始祖的魂归之地分别是归虚、悬泽、离木、昆仑山。在人类部族的叙述中，雨师妾部是描写得最为详尽的，甚至还向读者非常详细地介绍了雨师妾历代帝王的取名规则：帝名为两个字，第一个字固定为"丹"字，后一个字按照"玄朱离黄洪武文雀"的顺序选取，一组取尽，再从"玄"字开始重新选用，如此循环往复。再说神怪方面的建构法则，天下掌握异术者分为神巫门派、鬼方门派、天符门派、地炼门派，这四异术的方位分别是东、南、西、北，在第三部当中还出现了一直隐蔽修炼的刑天门派。各门派中，属鬼方和地炼叙述最为详尽，鬼方一派的宗师带弟子在招摇方修炼，亶元方、即翼方、砥石方、箕尾方这四方由门师和末师带领弟子驻守、修炼。鬼方内部等级制度分为两级，分别是士、师，士分为初士、氏士和方士，师分为门师、末师和宗师。地炼门分为有、无、相、生、化这五门（由低级到高级排列），分别驻守在少华山、大华山、少言山、大言山、皋涂山，宗师在大时山修炼。地炼门师一级只分为门师和宗师两级。瀛图有五海，分别是北海、南海、东海、西海、渤海，前四海分别由女神、女献、女盐、女州、女直掌管，渤海由男神禺强掌管。从以上瀛图的大致构成框架中我们可以看出，半鱼磐在追求宏大叙事的同时，也在极力打造一个充分细节、布局严密的叙事空间。这不但增强了读者阅读过程中的真实感，也吸引着读者深入这异世界进行探索。

离俞在瀛图这一异世界中的经历几乎都是从大大小小的战争中获得的，战争叙事在文本中随处可见，诸穆之战、苍梧之战、悬灯之战这几场战役描写得尤为突出，前两场战役主要是发生在玄溟一部和雨师妾一部之间的战役，当然其中也有异术之人参与，悬灯之战是各方势力错综复杂地参与其间的终极之战。半鱼磐的战争叙事颇有些《三国演义》的味道，战略战术的呈现、分兵列阵的过程、阵营内部的钩心斗角等方面的细节描写非常详细，容易使读者产生亲临战场的错觉。在这些战争叙述中，半鱼磐还非常善于在本就紧张激烈的战争局势中铺设各种伏笔，使整个战场变得波谲云诡、深不可测，进而使读者在不断的猜测和想象中获得深层次的阅读体验。在诸穆之战当中，对老树皮（黔荼）的铺垫尤为出色，在死牢当中的他就表现得与其他死士格外不同，他对瀛图之内大大小小的事情了如指掌，总是用阴郁的眼神观察着离俞的一举一动，只有他注意到了离俞的怪异举动，对老树皮的这些描写已经表明他绝不是个简单的小角色，但作者迟迟未表明他的真正身份和来到雨师妾死牢中的真实意图，所以当他在诸穆之战中带领尸军对雨师妾部倒戈一击，从而彻底扭转战局时，不禁使读者大吃一惊。在苍梧之战当中，女汨在离俞的协助下费尽心力从悬泽女侍那里求得悬泽之水，在读者和女汨一样认为胜利在望之时，深入玄溟部队的季后却发现投石机的背后隐藏了玄溟部队的大量船只，这里就已经暗示了玄溟最后会借助悬泽之水大败雨师妾，其实不仅在季后发现异样这一叙述中透露了最后结局，在叙述悬泽女侍对雨师妾始祖具有怨念之情这一描写中也已经透露了悬泽之水在此次战役中对雨师妾来说是不祥之水。这重重伏笔和明暗交织的线索使得以全知叙事为主的文本依然显得环环相扣、充满奇趣。

在整个庞大的叙事框架下，除了以离俞为中心所叙述的斗争过程之外，由各个人物和事件构成的支线叙事也是必不可少的，生动有趣、设置巧妙、符合逻辑的支线叙事会使整个文本变得丰盈起来，而一味注重主线叙事而忽略支线的铺设会使整个文本枯燥乏味。在《三国演义》所建构的世界当中，战争贯穿始终，忠和义是核心。但半鱼磐笔下的战争，不仅有君臣之忠和兄弟之义——女仆对无支祁的忠、漪渺对女魃的忠、司泫对雨师妾帝的忠、季后与离俞的义等，更有男女之情——季后与女姁、帝后对司泫，这些围绕情感进行叙述的支线使纷乱的瀛图和冰冷的战争变得更有温度。

（三）由历史的神秘空白到玄幻式的因果解释

《山海经》中的只言片语在半鱼磐的"山海经世界"中往往被扩充为情节复杂、细节充足的故事，给读者带来如同发掘历史神秘真相般的探索体验。《山海经》大荒东经中有记载："海内有两人，名曰女丑。女丑有大蟹。有人衣青，以袂蔽面，名曰女丑之尸"，半鱼磐为这句话中的女丑创设了三个版本的故事：第一，夏国国君在"十日并出"之时，将女巫放在烈日下暴晒以求攘除灾祸，所以女巫掩面遮挡刺眼的烈日以等待死亡，女丑便是那个女巫。第二，玄溟帝无支祁的第一任帝后因无法忍受无支祁对待她的方式而自杀，所以无支祁一气之下将这个爱美的女子命名为女丑。第三，半鱼磐还将女丑设置为离俞求取悬灯破解之谜道路上的一个障碍。就像西方新历史主义批评流派的泰斗斯蒂芬·格林布拉特曾经说过："历史是文学虚构的文本。"[①]半鱼磐之所以能够拥有如此广阔的创作空间并且在这个创作空间内为读者呈现了一个具有吸引力的故事文本，正是因为他恰当利用了历史中的那些空缺和读者对于探索这些空缺的好奇心，比如《山海经》这部包罗万象的著作是读者所熟知的，但其中的具体内容和真实情况是读者所不知的；夏朝是我国第一个世袭制朝代是读者所熟知的，但夏朝的来龙去脉是读者所不知的；我国在建国初期致力于原子弹的研发是读者所熟知的，但瀛图的河藏一部一直在探寻的离木之象是读者所不知的。半鱼磐在一定历史真实的基础上更完整地创造出了一个全新的历史、全新的异世界，这区别于《斗罗大陆》中完全虚构的异世界，也不同于《雪中悍刀行》中的侠义江湖，使读者在虚构中体验真实，又在真实中想象虚构。半鱼磐在作品中还利用了大量与《山海经》一样被人类视作充满神秘色彩或无法破解、确证的历史空缺，比如曾经是水泽之地而如今是干旱沙漠的罗布泊，摩亨佐达罗遗址，二战中一批日本士兵失踪，诺亚方舟之谜，等等。半鱼磐在这些历史空缺中充分发挥自己的想象力，将其巧妙转化为验证"平行世界"理论的现实证据，使文本内容更加丰富充实，还能使读者在团团历史迷雾中有一种已经寻找到路径走向的错觉，这便达到了半鱼磐文本设计的初衷。以神秘之境罗布泊和建国初期秘密进行的原子弹研发作为故事开头，不仅可以使读者在真实与虚幻的阅读体验中产生对整个文本初步的审美期待，也与后续的"平行世界"理论和情节推进相得益彰。虚构摩亨佐达罗遗址中发现 S 形 DNA，与贯穿整个文本的蛇形符图形成对应；将二战中神秘失踪的日本士兵与血洗崦嵫城的邪魔之人联系在一起；在诺亚方舟的启发下创造出能进入烛虚星照之地的隐船。

---

① 海登·怀特：《作为文学虚构的历史本文》，张京媛，译，王岳川、尚水，主编：《后现代主义文化与美学》，北京大学出版社，1993 年版，第 163 页。

二　宏伟世界中的缺陷人物：深度的人物造型

(一)非天才式的主角形象

作者的创作野心，很大一部分包含在人物命运的设计中。离俞本只是一个三流大学中知识存量一般、科研能力一般的平凡教书匠，直到他遇到了一个来自瀛图叫郁鸣珂的女人，为了寻找郁鸣珂而来到瀛图的离俞摇身一变成了鬼方一派受人崇敬的末师，不仅如此，他还是破解悬灯之谜的两界之人，所以一时之间他成为各方势力想要争夺的对象。但这并不意味着到达瀛图之后的离俞就能随心所欲地使用无边法力、毫无波折的成功转型、轻轻松松地破解悬灯之谜，他区别于网络文学中绝大多数"爽文"中的那些"天才式"人物形象，他在瀛图世界中依然被瞧不起，他末师身份的法力时有时无，他那些历史文化知识在瀛图世界的生存、斗争中并没有起到实质性的帮助，刘鼎铭后来放弃了对离俞能帮助自己和组织顺利渡劫的期待。最后已经破解悬灯之谜的离俞依然不是个方面完美无缺的"高大全"式的人物，他始终是个有七情六欲、会胆怯退缩、会故作镇定、有知识漏洞、非能力超群的活生生的人。来到异世界的离俞并不像其他穿越剧主人公一样对接下来的历史进展了如指掌，面对奇幻的"山海经世界"，他的所知所学完全不足以概括这个世界的全貌，他需要在不断的交往、斗争的实践中了解这个陌生世界的运行规则。离俞这一人物形象的创造性塑造使那些淹没在"爽文"中并且已经感到审美疲劳的读者顿时觉得眼前一亮，"爽文"中的完美形象在一定程度上可以使那些生活中处处受挫的平凡读者忘却现实烦恼，但离俞这一形象更容易使广大读者产生情感共鸣，使读者在惺惺相惜中获得更深层次的心灵慰藉，这不正是在忙碌工作之余阅读网络文学的读者所追求的精神需求吗？当然，半鱼磐也清楚地知道广大读者乐于看到使之产生共鸣的平凡主角，但并不喜欢甘于平庸的人物形象，所以展现离俞在瀛图艰难的探索和成长历程才符合广大读者的阅读期待。

第一部《山海经·瀛图纪之悬泽之战》中的离俞来到瀛图只为寻找郁鸣珂，对瀛图的了解还停留在《山海经》的叙述中，在每场战争中都是可有可无的边缘性人物；第二部《山海经·瀛图纪之大夏》中的离俞已不再是每天挂念郁鸣珂的"恋爱脑"，对整个瀛图的运行法则也已经大体掌握，在与女旐的交往过程中不仅担起了保护、照顾她的责任，而且在女旐的启发、劝说下意识到了自己来到瀛图的意义所在和应该肩负起的责任，并且从此开启了破解悬灯之谜的艰难旅程；第三部《山海经·瀛图纪之悬灯之战》中的离俞已经见识了神鬼天地人之间盘根错节的利益关系与无比惨烈的争夺杀戮，他已经成长为一个在关键时候可以独当一面的战士，在悬泽之战中他终于大放异彩，帮助以雨师妾为首的正义之师战胜了以玄溟为首的邪恶之师，并且彻底破解了悬灯之谜，但最令人为之动容的是最后离俞明明知道带着郁鸣珂进入瀛图求取悬泽之水以后就再也回不到世界了，也再不可能与郁鸣珂长相厮守，他却依然勇敢地、毫不犹豫地牵起郁鸣珂的手向壁洞跑去，因为此时此刻的他想守护的已不再仅仅是郁鸣珂一个人，而是两界苍生。与主人公离俞形成鲜明对比的就是以蒋怡丽、刘鼎铭为首的"鱼和灯"的邪教组织，还有瀛图那些为悬灯而挑起战争和杀戮的人神怪，他们都为了一己之私而造成生灵涂炭，这完全违背了太子长琴将悬灯之谜分散在四地以避免殉难之时大动干戈的初衷。而对现实中那些贪婪的争夺和丑陋的杀戮，作者半鱼磬感到悲哀和沉痛，于是他将这种情绪释放到艺术创作当中，通过对"鱼和灯"这一邪教组织和以玄溟为首的人神怪的塑造，引发读者对贪欲和自私进行深层次的思考。但半鱼磬并没有对人类和人性彻底失望，所以读者在"非天才式"主人公离俞的身上可以感受到作者的人文关怀和对人类未来抱有的无限希望。

（二）意志与性情俱佳的配角形象

《山海经》系列作品主要是在全知叙事下通过人物对话的不断深入推进来塑造人物形象、展现人物性格，在主人公离俞的形象塑造上偶尔采用心理描写以弥补语言描写的缺失。主人公离俞是在与阴险、可怕的人神怪一次次交锋中不断成长起来的，半鱼磬也毫不偏心地为其他人物勾勒了离奇曲折的成长线,也赋予了他们多面表现、立体展现的机会。

雨师妾帝丹朱在长宫女泪面前俨然是一个慈父形象,对女泪百般呵护疼爱,为避免心爱的女儿落入淫乱的无支祁手中,不惜以全国之力顽抗玄溟部队的猛烈进攻,当然其中也包含了一个帝王的深谋远虑,他早已清楚玄溟进攻的根本目的在于悬泽而非女泪。对内,他要调和帝后姬月和女儿女泪之间的关系,就算身为帝王也不免为这些俗世所扰,读者阅读这些情节时不免忍俊不禁;对外,在他统领的臣子和战士面前,他是一个具有雄韬伟略的政治家、军事家,他的帝王威仪震慑雨师妾各国各族。相较于玄溟一部为探寻悬泽之地、破解悬灯之谜而挑起不义之战,雨师妾一部是保卫国土而被迫迎战的正义之师,但人都是具有两面性的,旁人无法看出喜怒哀乐的帝王更是如此,雨师妾帝丹朱在诸穆之战中就展露了他温润如玉外表下的狡诈和残忍,他从前朝叛臣那听来尸军的作战方法,但最终这一残忍之举和不义之策因地炼门从中作梗而破产,雨师妾因而败于玄溟。雨师妾帝丹朱的政治谋略深不可测,从第一部末尾的苍梧之战开始他就不理国家朝政,装作被女与所蒙骗,装作不认识任何人甚至他最亲爱的女儿女泪。第二部当中的雨师妾帝在夏国王宫等到时机成熟之时便脱下面具,脸上不再挂着痴呆相而是重现帝王气象,逐步摆脱须蒙和女与的控制,反转情节的设置使雨师妾帝这一形象立刻变得丰满而深刻。第三部的雨师妾帝重新带领由雨师妾各部族集结而成的王者之师迎战刑天大神和玄溟一部结合各方势力组成的大军,最终在离俞的帮助下大获全胜。与卧薪尝胆如出一辙的成长线使得广大读者对雨师妾帝这一帝王形象印象深刻。

此外,还有一些颇为用心的人物形象也给读者留下了深刻印象。长宫女泪在雨师妾帝跟前是个温润乖巧的"贴心小棉袄",在离俞眼中却显得有些乖戾霸道,在司泫面前总是难掩少女的羞涩。她行事果敢,不论是坚决抗婚,还是向悬泽女侍求悬泽之水,又或是亡国后决定投靠河藏以报国仇家恨,女泪都是言必行,行必果;她非常孝顺,时刻挂念帝父,处处为帝父着想,为帝父分担治国、抗敌的忧愁;她豪爽真诚,对待潇渺和女姆她都毫无保留、无比真诚;她称得上是女中豪杰,在战场上拼搏厮杀不在话下。在战场上,女汩最初表现为冒进、鲁莽，在经历了沉淀之后，她又变得沉稳果敢、能统揽大局。司泫称得上是半鱼磐笔下最有魅力的男性之一，他外表温润儒雅，但在战场上却是一名战斗力超群的大将，深受雨师妾帝的信赖。可又在感情上始终被蒙蔽、欺骗，后因儿女之情与雨师妾帝恩断义绝，因此而招来雨师妾众多部族的声讨，好在一切误会在最后得以解开。事业上的成功与情感上的失败，战场上的机智与爱情中的愚蠢，忠义的美名与不忠不义的骂名，无限的风光与无尽的沉沦等矛盾体集合在司泫一人身上。林雨蓉这一形象也为文本增添了一抹亮色，她行事缜密，跟随方秘书的她经手的工作都是高级机密，她都能妥善处理；她强健敏捷，凭借过硬的身手保护女旻的安全，追捕行踪诡异、本领高强的犯人；她重情重义，女旻对于她来说本来只是工作的一部分，但她却为女旻的消失而难过不已；她又依然是一个少女，在严谨、机密、危险的工作之余，生活中的她是一个爱逛街、爱美食的少女。

三　时空惊异感与人性回归：穿越题材的两种突围方式

意图在超市化的消费氛围中进行严肃创作的作者，都必然面临网络小说创作的"龙门"：固定受众，这促成了一种特殊的写作现象。不同于传统小说看眼缘、买断式的消费，网络小说的消费以断章的点击、月票、订阅等可以随时中断的行为为主。因此，网络小说必须在简介和开头就抛出它的吸引力核心，即所谓的"卖点"和"标签"，否则读者随时可以无代价地离开。根据众多成功网文的案例，在所有标签中，"玄幻"和"穿越"独具魅力。一方面，它们先天地契合读者阅读网文时追求暂时脱离现实追求轻松释放的心理，另一方面，对于具有"创史"抑或"创世"野心的作者们来说，"玄幻"和"穿越"的架空写法也足够宽阔，可供发挥。但受欢迎的另一面便是媚俗，玄幻小说也是所谓爽文、套路文的重灾区。玄幻架空设定可以任意地赋予角色横行霸道的权力并将其合理化，因此是作者偷懒和取巧的绝佳工具，一旦使用不当就会导致完全脱离现实的创作。在很多优秀的穿越小说中，都可以发现作者面对这种脱离感时试图融入现实和保持深度的挣扎，这种挣扎的痕迹多表现为对"穿越"等固有概念的改造。有的作者会在改造的过程中形成较为固定的具有个人特色的写法,如桐华《步步惊心》和疯丢子《战起1938》呈现的"围观式历史穿越",意在对主角的行动力加以限制。以及疯丢子的"赛博格"概念的引入,意在探索现代科技下人的自我认识等较为复杂的问题。如果作者有野心,想要在穿越题材媚俗的泥潭中起身,触及小说的文学性、话题性、现代性,则必须寻求突围,对穿越概念本身进行独特的改造。

一方面,由于身为历史研究者,以一个"圈外人"身份受到编辑朋友的邀请从而踏上创作之路;另一方面,半鱼磐自己作为《山海经》的爱好者又具有强烈的写作兴趣,意欲探讨民族起源等大问题,为了小说本身的厚重感,在创作前期阅读了大量的文献,其创作是直接写完整部作品之后由编辑发表。无论从动机还是取材方式上来看,半鱼磐的创作都与常规网络小说创作存在相当的距离,在这样一个庞大知识框架的加持下,读者对于这个世界的干涉能力相对其他网络小说世界来说非常有限。但山海经系列作为网络类型小说,其生产方式与媒介又与传统小说完全不同。在众多文献的基础上,作者还需要寻找到能让读者以最轻松的方式走入自己世界的方法,否则一切都不会被看见。网络小说的缺点在于对读者溺爱式的友好,但如果能在这一要求下保持高质量的内容产出,这一缺点反而会变成巨大的优势。创作上的巨大野心,与网络小说特有的生产方式对作者提出的要求,就像两个大陆板块,而作者在协调上所做出的努力,就是这板块之间的岛屿和桥梁。这就使得半鱼磐的山海经系列成为一个较为典型的"突围"案例:怀有严肃创作态度的网络小说作家如何在娱乐气息浓重的网络空间留住写作深度的同时留住读者。半鱼磐在留住读者方面所做的努力尤为令人印象深刻,其中最有特色之处是他在叙事上对"平行世界"概念的活用和对人性主题的深化。

(一)莽荒神话的现代化想象

平行世界概念的引入一方面服务于剧情,另一方面,也是争取到读者的重要方法。当前穿越题材面临的一大问题,也是传统奇幻小说面临的一大问题,即它们失去了诞生之初所带给读者的新鲜感和惊异感。网络文学发展数年，玩弄时空已成为网文作者们的保留节目，穿越似乎沦为一种单纯的位移，作者无非是将一个角色从一个场景移动到另一个场景，写作的主要思路依旧是如何在固定环境里讲述一个完整的故事。这使得穿越设定连接和沟通不同世界的功能被弱化了。对于着重描写历史中人物关系的历史穿越题材来说，这种弱化的影响不会太大，但对于取材自神话，着重体现原始时期宏大、神秘世界观的神话穿越题材来说，这却是触及命脉的问题。进行山海经题材的创作，同样从材料到叙事都需要有序的编排。

首先，取材《山海经》，并非半鱼磐的首创，《山海经》作为少有的带有强烈幻想色彩的历史神话作品，不仅在神话、历史、地理、宗教等方面包罗万象，其中苍茫的原始意象对现代人尤其是国人的吸引力始终存在，且有待进一步发掘。将山海经中的造物和概念拿来作为小说的背景设定乃至人物起源，都是玄幻小说作家们的常规行为。市面上还有非常多山海经题材的网络小说，如宅猪的《人道至尊》、魔性沧月的《信息全知者》、丁一大爷的《山海密码》等。仅仅凭借题材和元素的堆砌，《山海经·瀛图纪》不足以出挑，真正使这篇小说脱颖而出的是半鱼磐在叙事上所做的加工。半鱼磐说："面对一个古老的作品，不一定要用古老的方法处理，传统的神怪题材的作品中，能成功的，都是把神怪情感化了，如果就《山海经》去写《山海经》，是没有情节性的，所以就需要对山海经上的神怪做一些情感化的处理，除了用传统的中国神怪作品的处理方式之外呢，我也会用一些国外对神怪的处理方式，那就是'狂欢化'。"①现代视角下对古老神话题材的再创作，最吸引人的部分依旧在于情感的共鸣，读者期待和遥远时空的人们经历"一样"的感受。山海经的优势在于，它所描绘的神怪源于人类童年时期的精神体验，来自人类对未知世界的浪漫想象，与人类集体潜意识尤为亲近，因此它能快捷地触及人们心里最原始最基本的情感，诸如爱与恐惧。而山海经的劣势也在于它的古老，作为一部以地理方位为成文逻辑的著作，它对于现代人来说更像一部设

---

① "东方玄幻人师半鱼磐，讲述《山海经·瀛图纪》的故事"，2021-08-24，https://item.btime.com/06j0ujfgl1coubk7t98irerssoc？page=1

定集, 而非连续的有剧情的叙事作品, 正如半鱼磐在访谈中提到的: "我们知道《山海经》是缺乏情节的, 写作的时候可以采用其中的要素, 却不能拘泥于它。这需要我们作者自己为小说增加一些戏剧性的情节, 叙述人物经历也需要一定的波折起伏。但是戏剧化处理的过程中, 也不能脱离神话的大致框架。"

由于缺乏连贯的阅读体验, 读者对《山海经》熟悉却难以共情, 这增加了写作的难度。山海经的世界与现代世界的距离确实如同两个平行世界间的距离。那么面对如此鸿沟, 应该采用何种方式让网络读者们近距离地去感受那个莽荒时代的空气呢? 一部分作者选择完全采用架空世界的写法, 直接创造一个架空的"山海世界", 沿用一些原著概念和角色讲自己的故事, 如《人道至尊》直接从三皇五帝开始写。此种写法亦可以产生佳作, 但一方面它忽视了现代语境和古代语境之间的裂缝, 另一方面又缩短了读者与角色、世界之间的审美距离, 在读者的代入感方面, 这种处理方式依旧存在欠缺。

对此, 半鱼磐采用了独特的双轨双世界的叙事方式。这一手法不同于常规穿越小说在不同世界之间移动人物, 而是直接将两个不同世界里发生的事件融合在一起。他借用休·埃弗莱特三世的平行世界理论, 在小说中暗示了现实世界之外的另一个平行世界, 或者说"纠缠世界"的存在: 吴博夏将木板的两面比作两个平行时空, 当木板变为透明或变为气体时, 两个原本不相交的时空便会纠缠在一起。在这一世界观下, 罗布泊一方面是现实中的那个神秘的罗布泊, 另一方面, 又是一个会在平行时空里漂泊的异界空间。这是整篇小说叙事展开的基点, 正是在平行世界纠缠的前提下, 作为"另一个世界"的"山海经世界"对于读者熟悉的现实世界来说才变得重要, 因为在"彼处"发生的一切似乎都与"此处"有着莫名的因果关系。这种关联感拉近了读者和"山海经世界"的距离。但这种距离的拉近只是使"山海经世界"变得重要, 而非熟悉, 甚至于, 这种距离的拉近反而增强了读者的陌生感, 产生一定的审美距离和戏剧张力。如小说中对远古巫术"司祭"的再现, 并非先直接展现巫师如何与神沟通, 而是写巫师在接受军事审问时, 如何在人们面前展现了异常的语言学习能力, 从而引起了他们的惊恐。其中侧重描绘的不是司祭本身，而是司祭在现代视角下引起的正常人的反应：

机要 51 心里一惊。这个人结结巴巴说出来的，正是他刚才在想的。这是怎么回事？他又是什么时候学会说我们的语言？

那人盯着机要 51 的嘴，继续用刚才说话的方式，一字一句都让机要 51 冷汗直冒："我是……什么时候学会说……你们的语言……语言？"①

在设定中，司祭世世代代负责与神交流，经过作者的想象，这成为一种语言相关的神秘能力，意味着拥有者可以读心、快速理解和学习异文化的语言，这些能力都与他们理解神的能力有同构的关系，成为巫术在现代的一种直观再现方式。作者通过机要 51 的心理描写，不仅向读者介绍了司祭，还直观且充满情绪感染力地向读者传达了一种常人面对古代巫术的惊异感。双世界纠缠的妙处便在这里展现出来："山海经世界"原住民对"山海经世界"习以为常，玄幻小说读者对作为玄幻世界的"山海经世界"习以为常，但是作为与"山海经世界"相纠缠的平行世界的现代人对"山海经世界"却完全陌生。因此，引入平行世界，作者便获得了一个"伪现代人"的视角，这一视角面对异世界的态度相对读者视角来说更为紧张，这种差异使得作者对"山海经世界"的描写充满了由戏剧反讽带来的张力，还原了人们初见穿越的惊异感。这便是神话与现实的接口。同样的，作者还采用山海经中诸多的断章，让现代世界的角色去猜测其含义，然后和"山海经世界"中的现象遥相对应，如"女丑之尸"的传说，对应穿越之后陆离俞遇见的蒙面女子。而在该女子出现之前，就有现代人对这段文本分析揣摩的情节作为铺垫。时空穿越所带来的惊异感，不能仅仅靠作者自己的解释，还需要技术性地拉开读者与书中世界的距离，并设身处地地还原人物当下的体验，这都需要基于现实发散的想象力和对人物及人物所在文化环境的深度理解。

（二）以爱情触及人神关系：人性与悲剧主题的深化

既然《山海经·瀛图纪》选择双轨双世界的叙事，一个是产生主线，供读

---

① "山海经·瀛图纪之悬泽之战"，2021 - 08 - 29，https：//www. migu. cn/read/detail/1200300000000006377. html.

者代入的主世界,即作为探索和发现的主体的现实世界,还有一个是作为被探索被理解的客体世界"山海经世界",那么同样的,读者的共情对象也有两种:作为探索者的现代人和作为被探索者的山海世界原住民。从另一视角看,前者是属于人性的,而后者更多的是属于神性的。但半鱼磐并不停留在此一简单的二元划分,而是试图在神性中探索人性:其中有很多神、怪的角色,具有比较强的神性。所以在处理的时候人物还是更多地保留了人性,人性会更具有文学色彩,更容易打动读者。其中值得注意的是如何将神性和人性相结合。要是停留在人这个角度,可能就缺乏了神奇性,故事会比较乏味平淡;但是如果都写成神性,人性这个东西又少了,他离得我们观众生活很远,很难让大家产生共鸣。写作时,我一般会在角色的神性中保留有一些人性的弱点。有弱点人物才能立起来,才有可信度。

半鱼磐选择将"人神恋"作为最重点描绘的情感,或许就是因为爱情在人性和神性之间的特殊地位,对于暴露神的弱点来说最为有力。在角色的神性中保留有一些人性的弱点,这一说法虽然依旧以基于神性和人性的二元对立呈现,但实际上其手法已经模糊了二者的界限,神性之所以给人"反人性"的感受,正在于崇高感自身通过对人性的压倒性姿态激发恐怖和超越性情感的特性。因此反人性也属于人性的一种,让崇高的神性遭遇人性的弱点,描绘高尚者的失败,便触到了悲剧性,并最终使得悲剧性在爱情这一人性与神性之间的裂缝中自然而然地渗透出来:

差异在于,中国的人神相恋大多是表达一种失望的情绪,很少有西方诗歌的那种激昂的欢悦。用鸿儒钱穆的话来说,就是"侍神而神不至,祭神而神不临"。至于为什么会这样,他就讲不清楚了。①

求不得,以人与神之间的关系以及爱情作为隐喻,贯穿在《山海经·瀛图纪》几乎所有人物的困境中。以主角陆离俞与郁鸣珂的关系为例,作为陆离俞在现世和异世追寻的对象,一个梦中的神秘情人,直到第一部的结尾也

---

① "山海经·瀛图纪之悬泽之战",2021 - 08 - 29, https: // www. migu. cn/read/detail/12003000000000006377. html.

还是没有出现。郁鸣珂从来只出现在他的梦中，甚至第一次以梦的形式出现时作者只是以"她"代称，没有名字，对于现实世界来说她根本不存在。当老张怀疑陆离俞只是编造了郁鸣珂来逃避罪名时，陆离俞的反驳几乎点破了这些关系的抽象本质："我不可能编造一个名字，然后为此耗尽一生。"[①]编造一个名字为之耗尽一生，难道不正是人与神之间的关系吗？同样的暗示还有很多，如郁鸣珂和陆离俞同为大学老师，她连发表论文的化名都是"离俞"。在作为奇幻世界的小说世界中，或许神的存在可以得到奇迹的证明，最后郁鸣珂也确实以神子的身份带着陆离俞拯救了世界，但基于现实的人神关系却只能依靠没有奇迹的信仰。信仰之为人的一厢情愿，正如陆离俞与梦中的郁鸣珂的关系，一方面激发了人物强大的行动力，一方面又因其虚无缥缈而暗暗指向了悲剧。

求神而不得，只是求不得的隐喻，求不得不仅限于人与神的关系，还寓于人与人的关系、神与人的关系，以及人与理想的关系。如帝后，求司泫而不得；如太子长琴，作为书中最典型的理想主义者，为了天下太平将悬灯之谜分散世界各处，却仍然无法阻挡战争的发生，是求理想而不得。由人性出发的理想主义，扩大到宗教性的牺牲，则变为反人性，人性与神性的冲突，终究还是人性的内部冲突。半鱼磐强调的情感化，一如古希腊悲剧的传统，其引发读者共鸣的地方，也在于人物在此种冲突碰撞中所遭遇的失败命运。

"有时候我在书中会有一些隐蔽的、特别的设计，有些读者会看出来并且在评论中点破，这还是令我很惊喜、很意外的。"[②]在访谈中，半鱼磐提到自己的小说虽然以大众化的娱乐为主，但仍不放弃追求更高的立意、更广的视野、更有深度的内容。在娱乐大众的同时，其试图承载的内里，依旧是人文的，关乎人的爱情、命运、理想、失败等一系列的母题。半鱼磐的山海经系列作品以其销量和口碑俱佳的成果说明，娱乐内容与严肃内容的矛盾，并

---

① "山海经·瀛图纪之悬泽之战"，2021-08-29，https://www.migu.cn/read/detail/1200300000000006377.html.

② "山海经·瀛图纪之悬泽之战"，2021-08-29，https://www.migu.cn/read/detail/1200300000000006377.html.

非不可调和，而且其中调和的思路、方法，其实具有一些明显的结构，不是完全不可复制的。这为当今意欲在网络平台上进行深度创作的作者来说，具备鼓舞和参考的价值，对于所有意欲在多媒体的大众平台上平衡市场接受和作品艺术性、思想性的创作者来说，也同样具有一定的价值。

爱情与成长的协奏曲

——评缪娟小说《翻译官》

蔡　玉

安徽大学

　　《翻译官》作为缪娟最早也最出名的一部作品，2006 年刚一发表在网络上就受到了众多读者的热烈追捧，出版多年后依然畅销，缪娟在纸质书的序言中概括了这部小说对于自己和读者们的意义，声称这是"很多人的一个故事"，很多读者也表示，看着书中的文字，会想起自己曾经爱过的男孩和一直坚持的理想。爱情和成长是贯穿小说始终的主基调，也是这部小说重要的两个主题，下面分别从爱情叙事、成长主题下的青春性写作，以及小说的价值与局限三个方面对《翻译官》进行阐释。

一　真实浪漫的爱情叙事

　　古往今来描写爱情的名著有很多，能够打动读者的也不在少数，比如《飘》中的郝思嘉与白瑞德，《荆棘鸟》中的麦琪与拉尔夫，《千山外，水长流》中的风莲与彼尔，还有《撒哈拉的故事》中的三毛与荷西。这些爱情经历了战火的洗礼、时光的打磨、生死存亡的挣扎、道德礼教的束缚、跨越国籍的融合。到最后，爱已不再是一种简单地想生活在一起的渴念，而是主人公们竭尽全力活着的所有意义，虽然他们的爱情到最后都不圆满，悲剧性的结局令人感到辛酸，但也正因为那些无法弥补的缺憾，使爱情变得不可磨灭。

　　与传统的悲欢离合式爱情不同，网络青春小说中的爱情书写是以当代人的生存现状为蓝本，在快乐原则的心理逻辑之下营造了一个充满浪漫风格的爱情故事。《翻译官》中书写的美好爱情戳中了读者情感上的阅读"爽"点，对读者进行脱离现实人生的补偿与安抚、救赎与疗伤。

《翻译官》和上面提到的文学经典不一样，这不仅体现在故事的大团圆结局上。作为一部在网络上写作、发表和传播的，以现代都市为题材的言情小说，其天生具有与传统文学不同的网络性特质。网络文学是大众文化的产物，这决定了《翻译官》呈现了一种与众不同的叙事伦理。爱是人类最热烈持久的情感之一，爱情是文学永恒的主题，"爱情伦理叙事最能体现创作主体的叙事伦理诉求，在不同的爱情伦理叙事模式中蕴含着作家的叙事目的、叙事意旨、道德价值判断趋向、文化立场选择和美学风格诉求等叙事伦理质素。"①下面立足于爱情叙事，对《翻译官》中的故事情节、人物塑造、叙事视角进行分析阐释。

(一)故事情节

《翻译官》小说主要讲述穷苦人家出生的漂亮、倔强、自强的外语学院学生乔菲，与外交部长的儿子程家阳之间的爱情纠葛。

乔菲和程家阳并不是一见钟情，他们初次见面是在学校组织的一场讲座上，彼时乔菲只是一名外语学院的大二学生，而程家阳是留学归来光芒万丈的翻译精英，受邀来给母校的学弟学妹们讲课，生活在平行世界里的两个人本不会发生交集。程家阳在出国留学之前就一直喜欢青梅竹马的姐姐傅明芳，这次回国却得知傅明芳即将结婚，失意不已的程家阳来到夜总会买醉，而在夜总会兼职的乔菲看到了喝醉后坐在地上抽大麻的程家阳。乔菲出生在东北沈阳的一个小镇，父母都是聋哑人，靠摆小烟摊为生，从小到大的磨炼使她养成了坚强勇敢的性格，在不出卖自己的前提下乔菲靠夜总会的兼职养活自己，但在她大二这年为了凑够父亲做心脏搭桥手术的钱，她打破了不出台的原则，同意出卖初夜，而另一边的买家是想要替程家阳排解愁绪的朋

---

① 张文红:《伦理叙事与叙事伦理——90年代小说的文本实践》，社会科学文献出版社，2006年版，第59页。

友，于是在程家阳朋友旭东的安排下，乔菲与程家阳阴差阳错地发生了性关系，至此，两条平行线开始有了交点。

乔菲和程家阳在彼此尚不熟悉的情况下就发生了性关系的行为体现了网络文学的颠覆性，传统观念中人应该秉持"富贵不能淫，贫贱不能移，威武不能屈"的观念，女性更应该做到"出淤泥而不染，濯清涟而不妖，中通外直，不蔓不枝，香远益清，亭亭净植，可远观而不可亵玩焉"。《翻译官》则重写了这一文学传统，男女主人公之间的性活动推动了爱情的发展，是二人最后两情相悦的催化剂，这体现了"网络文学以青春爱情为主的题材，以游戏、狂欢化的方式，颠覆性的姿态，使它成为当下大众文化的重要新生力量"。①但读者在阅读中会发现，即使先有了性行为，乔菲和程家阳的感情也是在后来的相处中才日渐深厚的。程家阳真正开始了解乔菲，是去沈阳老家找她的那次，他住在乔菲家破落的小房子里，那时他才知道乔菲的父母都是聋哑人，他惊讶于能把法语讲得那么动听的女孩，竟然从小生活在一个无声的世界，他见过乔菲为了成为翻译官而努力付出的样子，他心疼这个倔强女孩所吃的苦，从那个时候起，程家阳真正开始想要爱她。

乔菲和程家阳的爱情并不是一帆风顺的，一方面遭到了来自男方父母的强烈反对，另一方面还有一直单恋程家阳的文小华从中作梗，乔菲在夜店当"小姐"的经历也是她抹不去的污点，此外，乔菲为程家阳堕胎导致丧失生育能力，同样是乔菲的心结之一。而程家阳和乔菲在一起之后，第一次对自己所拥有的优渥物质条件产生了怀疑，经过深刻反思，他开始反抗父母的安排，当由金钱、社会地位导致的差异成为横亘在二人感情之路上的障碍时，乔菲和程家阳都没有选择放弃，二人以积极的努力共同对抗世俗的偏见，并在此过程中有了更深层次的情感交流，兜兜转转之后，他们更坚定了对彼此的爱。

（二）人物塑造

乔菲出身卑微，但她有着极高的语言天赋、积极乐观的生活态度、幽默

---

① 陶东风主编：《大众文化教程》，广西师范大学出版社，2008年版，第210页。

开朗的性格。程家阳是万众瞩目的天之骄子，除了显赫的家世之外，众人眼中的他还是一个聪明勤奋、谦虚刻苦的人。

如果从男女主角的身份设置及情节走向进行考察的话，似乎《翻译官》男女主角的爱情也可以归入"灰姑娘"类型之中，体现出十分明显的"灰姑娘"情结。小说看上去是灰姑娘遇到王子的故事套路，乔菲是灰姑娘，而程家阳是拯救她的王子。这就像消费文化浸润的电影电视剧中各种灰姑娘故事的变体，比如好莱坞经典电影《音乐之声》《窈窕淑女》，韩剧《天国的阶梯》《浪漫满屋》，我国台湾偶像剧《王子变青蛙》等影视故事所叙述的那样，一个各方面条件都很优越的男性爱上了一个平平无奇的"灰姑娘"。但实际上，《翻译官》中的男女主人公形象，并不是用王子和灰姑娘两个词就能简单概括的，作者巧妙地在小说人物行动的过程中，赋予其人物弧光。关于人物弧光，罗伯特·麦基在《故事》中是这样定义的，"最优秀的作品，不但揭示人物性格真相，而且在其讲述过程中展现人物内在本性中的弧光或变化，无论是变好还是变坏"。乔菲和程家阳就是这样两个不断变化发展、具有弧光的人物形象。

先说女主人公乔菲，虽然她也有着贫寒的家世，但她具备灰姑娘所不具备的新品质，即乐观坚强、自尊独立，这本小说的现实深度不在于强调乔菲的被拯救，而在于歌颂她的独立和坚强。乔菲有着一颗坚强的心，能够负担生活中所有的不如意，她永远逆流而上，再艰苦的环境中都能近乎野蛮地顽强生长。乔菲不是一味等待王子拯救的灰姑娘，甚至可以说，是乔菲将程家阳从前一段感情的失意中拯救出来。在这段真挚的爱情中，两个人互相促进，成为更好的彼此。

再来看程家阳，他并非那些面孔模糊、千篇一律的"霸道总裁"式男主人公，也不仅作为推动情节发展的功能性人物而存在，作者塑造了他的不同侧面。乔菲初见程家阳时，她眼中的程家阳是一个很年轻的男孩子，一双眼睛黑得发亮，高，瘦，身上穿着很随便的质地柔软的白衣黑裤的休闲装，却很有玉树临风的味道。这样一个出生高贵、气质优雅、白雪青葱一样的男子，却有一段十分颓废失意的时光。程家阳在得知自小相识并一直迷恋的傅明芳将要结婚的消息后，曾一度纵情于酒精，甚至通过抽大麻的方式借以排解心中的郁结。如果没有遇到乔菲，或许他会走向自甘堕落与自我沉沦。有读者这么形容程家阳，"与乔菲相比，程家阳光鲜亮丽的外表和才华横溢的光环下，原来只是一个苍白而卑弱的灵魂，一具金玉其外败絮其中的行尸走肉"。此评价固然过于偏颇，但不能否认的是程家阳除了光芒万丈的一面，也有失意不已的一面，直到遇到乔菲并与之相爱，他才慢慢走出颓废状态，是乔菲教会了程家阳放下过去，自我调整。

而程家阳在很长一段时间里并不真正了解乔菲，他第一次对乔菲有印象不是在报告会上，而是因为她冲开车时肆意鸣笛的旭东和坐在车内的自己比中指，当时他只是觉得这个女孩好玩，后来程家阳作为颁奖嘉宾，把全国法语会考一等奖第三名的奖状和证书发到乔菲手里，听到乔菲上台领奖时自我调侃的话语，又一次忍俊不禁。在后来的相处中程家阳越来越爱乔菲，他对她的渴慕，绝不仅仅有关身体，更多的是心灵的慰藉，是安全感的来源。

网络小说追求"爽感"，大多数言情小说的男女主人公在克服重重艰难险阻后最终幸福地生活在一起。缪娟在《翻译官》中也赋予了一个完满结局，但她的高明之处在于没有把男女主人公描写得过于"神性"，而是塑造出丰满而真实的人物形象，读者在阅读中不仅可以感受到女主人公乔菲独立坚强的性格，也能清晰地看到男主人公程家阳脆弱、挣扎和犹豫的一面，整部作品既真实又浪漫。

(三) 叙事视角

叙事视角是"作品中对故事内容进行观察和讲述的角度，根据叙述者观察故事中情境的立场和聚焦点而区分"①，不同的叙述视角势必会影响叙事效果和人物塑造，也反映了作者的创作心理，谈到爱情叙事，叙事视角也是不可不提及的。

《翻译官》采用双层内视角来叙事，"花开两朵，各表一枝"，分别从男女

---

① 童庆炳主编：《文学理论教程》，高等教育出版社，1992 年版，第 249-250 页。

主人公的视角进行讲述，同时运用心理描写的手法，"把人物内心世界的所想、所感等方面的心理活动过程和性格、意志等方面的心理特征径直予以表现。"[①]这样直接把男女主人公的内心世界展示给读者，满足了读者对人物心理的好奇，男女主人公之间的视角转换也推动了情节的发展。

程家阳和乔菲曾经因为金钱产生间隙，程家阳想要给乔菲买项链，而乔菲不想他们之间的感情掺杂进太多的物质。缪娟运用心理描写将二人内心的想法展示在台面上，程家阳不善于哄这个心爱的姑娘，"我也知道牵涉到金钱，对我们来说是敏感的事情。"他想通过给乔菲买东西的方式换来更多的安全感。而乔菲心里想的是，"钱，我们因此而结缘，却也是横亘在我们之间的距离"。乔菲知道家阳是想要她高兴，但乔菲内心深处有着女性独有的敏感，她不想自己的爱情里掺杂物质交易的成分，也不愿意将自己的全部人生依附在别人身上，她有自己热爱的工作，成为一名优秀的翻译官是她毕生的梦想，爱情不是她生活的全部，因此可以说，乔菲是一位拥有独立人格的现代女性。

小说从头到尾，是以程家阳和乔菲二人视角呈现的叙事，有两性对话的意味，读者可以从中看到作者缪娟的女性意识。虽然乔菲也具有貌美的特征，但那更多的是一种凸显个人魅力的方式，她吸引程家阳的重要条件是性格上的独特魅力，乔菲追求的是心意相通、灵肉一体的感情，她的美好爱情结局证明了这种努力是可行的。

二　成长主题下的青春性写作

（一）成长主题

从主题方面看，网络小说盛行的是成长主题，"成长"主题不断被各种类型的网络小说所阐释，在虚构类网络小说中，表现主人公成长主题的尤为突

---

① 牛炳文、刘绍本主编：《现代写作学新稿》，学苑出版社，2001年版，第208页。

出，比如网络玄幻和仙侠小说，多描写凡界少年成长为三界至尊的历程，尽管主人公的成长过程中会遭遇各种挫折和磨难，但最终总能凭着自己的坚强意志取得成功，在奋斗的过程中主人公可能会有一些奇遇，比如遇到隐士高人，或是借助奇珍异宝的外力帮助成长，这是虚构类小说的成长逻辑。在现实题材的网络小说中，成长主题也广受青睐，比如网络职场小说着力刻画公司小白如何奋斗到管理层，网络官场小说讲述大学毕业生成为一介官僚，网络言情小说中同样蕴含着成长主题，《翻译官》中的成长主题集中体现在乔菲梦想的实现和自我的成长上。

　　许多《翻译官》的忠实读者认为："这是一本不能只读一遍的小说。第一遍看的是爱情，但在读第二遍、第三遍的时候，打动人心的是梦想。"也有评论者指出，"《翻译官》讲的是一场青春的突围，困境里的蜕变，活着的生活。它是理想与现实的抗争与否决，是对爱情的果敢和向往"[1]，笔者亦深以为然。在爱情叙事之外，小说对翻译官这一职业刻画较为详细，从乔菲在学校里的学习经历讲起，描绘了她第一次参加中法贸易组织的纺织品见面会的场景，在这次交替传译上，乔菲因为不会翻译"火葬场"这个单词，将其译为"人们只要不死在这，就什么都可以做"，这引来了程家阳的侧目和忍俊不禁，第一次做翻译的经历让乔菲惊出了一身冷汗，使她在平时的学习中更加勤学苦练，这也让读者了解到，翻译这一行业并不像常人想象的那样光鲜亮丽，背后是日复一日的积累。从外交学院的一名普通学生成长为一位出色的翻译官，乔菲的成长之路走得并不容易，在学校时遭到恶意诽谤，进入翻译行业后在工作中被同事使绊子，但所有的困难都没有打倒乔菲，她始终一步一个脚印地往前走，最终实现了成为翻译官的梦想。

　　缪娟作为一名女性作家，又有着翻译官的人生经历，所以在创作时能够很自然地将自己的人生经验融入小说中，塑造出乔菲这样一个追梦成功的现代都市女性，她不仅在爱情中成为更好的自己，更实现了自己的职业理想，这样的结局满足了女性读者的期待视野。随着时代的发展和社会的进步，曾

---

[1] 肖惊鸿：《缪娟网络小说〈翻译官〉：谁的青春不梦想》.《文艺报》，2016 年 6 月 29 日.

经处于相对弱势地位的女性有了表达自身诉求的平台，而女性自尊、自强、自立、自主的诉求在《翻译官》中展露无遗。乔菲的成长历程不仅包含了浓郁的浪漫情怀，也不乏现实的真实写照。总而言之，《翻译官》这部小说较为真实地展现了现代女性的成长之路，激励更多读者去追求自己的梦想。

成长是不断变得更好的过程，是每个人褪去无知、懵懂与青涩的必经历程，而成长过程中自我建构的根本目的在于完成自我认同、促进生命个体的良性成长。因此，在代入感召唤之下，读者将阅读过程中作为接受者的自我转化为主人公的自我，以参与主体的身份来完成对理想自我的建构。

（二）青春性写作

有学者关注到网络文学主体和文本方面的青春性，将网络文学的特征之一概括为"青春写作"。"网络文学基本上可以说是一种青春写作，网络文学的青春性既表现在作者的年轻化，也表现在网络文学大量的恋情题材流行，以及青春情绪的肆意流淌。"[①]欧阳友权在《网络文学论纲》中所指出的青春写作特征，同样也体现在缪娟的网络小说《翻译官》中。

首先从题材上看，缪娟的《翻译官》是以青春为书写向度，讲述年轻人成长故事的小说，此文本属于典型的网络青春小说。对于网络文学而言，"青春性"一词比"青春"更为适合，它指出了网络文学与时间维度相关的具有意识形态性质的某种特质，内隐着一种由初始、活力、叛逆等因素构成的东西，渗透于网络文学的各个要素之中。[②]

网络文学主体分为写作主体和接受主体，写作主体即网络写手，接受主体则主要是网络文学读者，网络文学的青春性表现在网络写手与网络读者的年轻化上。传统文学讲究论资排辈，年长的创作者能够累加更多文化资本，成为文坛的中心人物，比如2012年获诺贝尔文学奖的莫言就是"50后"。21世纪随着互联网技术的飞速发展，人们在网络上的写作变得极为便捷，相对

---

① 欧阳友权：《网络文学论纲》，人民文学出版社，2003年版，第247页。
② 李盛涛：《网络小说的生态性文学图景》，中国社会科学出版社，2014年版，第222页。

宽松的网络环境和审查制度也使得作品发表更少受到意识形态的制约，呈现出多样的面貌。缪娟是一位出生于80年代的网络作家，她在开始进行网络小说创作时不过二十五六岁，曾经的工作经历和年轻的写作心态促使缪娟创作出了《翻译官》这部轻松愉悦的小说，也因此得到了大批年轻读者的追捧和跟读。

"从接受的角度来看，读者对文艺作品认同的深层原因在于读者对艺术家所秉持的价值观的认同"，就网络文学的接受主体来看，这部小说的读者有很多是比作者年轻的在校学生，而正是这群年轻的网络读者，促进了《翻译官》小说的不断传播，也增强了其影响力。该小说在网上连载时，就有一批读者在每一章下面通过跟帖、回帖的方式交流阅读感想，还会耐心标注每一章节的错别字，小说在网上获得好评转而在线下出版后，忠实读者们还会将此书推荐给自己的朋友，缪娟就曾经在书店里亲眼看到有年轻女性将这本书推荐给她的好朋友，甚至还有很多读者在多年后联系缪娟，讲述自己与《翻译官》之间的故事，比如有读者因为这本书而选择了报考法语专业，有读者遇到了自己的"程家阳"。以上这些是作者和读者之间的羁绊，是独属于"网生"一代基于互联网之上建立的血脉联系，读者们是缪娟的忠实粉丝，同时也是缪娟无话不谈的朋友，这样一批青春洋溢的年轻粉丝，也促使缪娟不断创作更优质的作品。

三 《翻译官》的价值与局限

《翻译官》作为一部网络青春小说，虽不具备传统文学的直接教育功能，却在以娱乐为旨归的文本中，实现了一种隐性的教化功能和价值皈依。作者缪娟在小说的创作过程中，融入她的自身经历以及她对当下现实的诸多思考，在强大的青春共情中引导读者将自我代入小说的故事情节之中，并被小说女主人公乔菲身上所寄寓的积极励志的人生态度所感染，为读者提供了一个相对理想的青春成长范式，受此熏染，读者会以一种无意识的认知将这种正向的青春能量代入自己的现实生活中，有助于重塑读者的意识形态，从而为其行为准则提供正确指引。同时，我们也应注意到这部小说所存在的不足之处，乔菲自身的奋斗和努力固然是她获得成功的重要原因，但小说中乔菲需要依靠出卖初夜才能拯救自己的父亲，而程家阳的一个电话就能安排乔菲出国，其中何尝没有大众文学中常见的为女性"造梦"的成分，乔菲所追求的平等说到底是不平等下的平等。虽然，她最终实现了阶级跨越，成为一名优秀的翻译官，但她之所以能够实现阶层跨越，是因为作者缪娟所写的是一个传奇故事，这个传奇故事满足了现代读者的幻想，事实上，乔菲的成功经历在现实生活中极难复制。

此外，从作者缪娟的创作经历来看，《翻译官》虽然是最早的一部小说，也是最为人所知的小说，但这并不是缪娟最好的小说。缪娟在《翻译官》后接连创作了《我的波塞冬》《丹尼海格》《智斗》《浮生若梦》《最后的王公》等一系列小说，虽然基本都以爱情为主题，但不再局限于现代都市言情：《最后的王公》以清末至民国的沈阳为历史背景，在小王爷显錫和明月的爱情描写之外，还书写了风雨飘摇的清王朝统治下的人情世态，上至统治阶级下至平民百姓，对每一个人物都刻画得入木三分。而《智斗》则是一部带有自传性质的小说，讲述了大龄剩女缪娟在单身时努力经营好自己，过着忙碌而充实的日子，在二十七岁时遇到了现在的爱人，于是巧施"诡计"，在几番智斗下最终收获了属于自己的爱情。这部小说比《翻译官》更真实而接地气，字里行间不再充斥幻想色彩，而是以自己为例，在诙谐幽默的笔调中告诉读者，无论迟早，每个姑娘都一定会有属于她的白马王子，但更多的时候，幸福来源于我们自己的内心。

四　结语

《翻译官》作为较早的网络青春小说代表作，以其细腻的爱情叙事和成长主题下的青春写作打动了无数的读者，改编后的电视剧同样获得了不错的口碑和收视率，这体现了在媒介时代，网络青春小说具有良好的生态空间和发展态势，以影视融合的方式不断拓宽自己的"生存之道"。同时，作为缪娟的处女作,《翻译官》同样存在着一些不足之处,从缪娟后来的创作来看,她一直在不断突破自己,努力提升作品品质,也在推动网络青春小说这一类作品不断精品化、优质化。我们要正视以《翻译官》为代表的这一类网络青春小说的内在潜力,期待未来有更多的作家能够书写出更好的作品。

后　记

　　尽管学术界对网络文学的产生年代仍有争论，但不争的事实是，网络文学已成为中国当代文学不可或缺的重要组成部分，海量的作家与作品培养了海量的读者。网络文学无疑是电子媒介的产物，但唯独在中国催生了网络文学这一"奇观"，这有着怎样的机缘巧合与必然语境？网络文学在中国落地生根并迅猛发展，不但是对"文学已死"的一种拨正，而且由其类型化写作而衍化出来的玄幻、穿越、修真等题材与主题，极大地拓展了文学的疆域。在传统文学还在讨论文学位移的问题时，网络文学已走得太远，留下令人炫目的超鸿篇巨制作品，无论是哪种题材、哪种主题，都有数不胜数的作品呈现出来，数量多得令人窒息，也令人惊喜。

　　网络文学如此占据着我们的文学场域，我们不能漠视，更不能嗤之以鼻。令人欣慰的是，中南大学欧阳友权教授以敏锐的学术嗅觉，洞察到了网络文学的惊艳之处，率先在学术界涉足网络文学的研究，他的筚路蓝缕，不但为网络文学正名，引领网络文学由草根走向殿堂，更是奠定了中南大学作为网络文学研究重镇而屹立于学术江湖的地位。

　　正是因为有着一支起得早、霸得蛮的中南学术人的艰辛耕耘，中南大学网络文学研究基地获批 CTTI 智库。为了使中南大学网络文学研究继续保持在学术第一方阵，文学与新闻传播学院的领导与同仁殚精竭虑，开展各种活动壮大研究成果。《网络文学研究视界》是一个有益尝试，这既是一个展示平台,展示中南大学网络文学研究成果,也是一个开放平台,希冀有志于网络文学研究的学界同行在此进行交流,我们希望《网络文学研究视界》能持续出版并得到学术界的认可。

感谢为《网络文学研究视界》撰稿的所有同仁,正是你们执着于网络文学的关注,正是你们洞悉网络文学已经发生、正在发生和将要发生的种种变革,才使得网络文学沿着正确道路不断前行,也使得网络文学研究成果不断丰富。

感谢学院领导的大力支持,有你们在,网络文学研究将更上一层楼!感谢中南大学出版社陈应征主任和浦石老师,因为你们的辛勤劳动,《网络文学研究视界》才能顺利出版。

《网络文学研究视界》编委会

2021 年 3 月 28 日

图书在版编目(CIP)数据

网络文学研究视界. 第三辑 / 禹建湘, 刘玲武主编.
—长沙: 中南大学出版社, 2023.6
ISBN 978-7-5487-5161-8

Ⅰ. ①网… Ⅱ. ①禹… ②刘… Ⅲ. ①网络文学—文
学研究—中国 Ⅳ. ①I207.999

中国版本图书馆 CIP 数据核字(2022)第 202932 号

网络文学研究视界(第三辑)

禹建湘 刘玲武 主编

□出 版 人	吴湘华	
□责任编辑	浦 石	
□封面设计	李芳丽	
□责任印制	李月腾	
□出版发行	中南大学出版社	
	社址:长沙市麓山南路	邮编:410083
	发行科电话:0731-88876770	传真:0731-88710482
□印 装	湖南省众鑫印务有限公司	

□开 本	710 mm×1000 mm 1/16	□印张 20.5	□字数 308 千字	
□版 次	2023 年 6 月第 1 版	□印次 2023 年 6 月第 1 次印刷		
□书 号	ISBN 978-7-5487-5161-8			
□定 价	128.00 元